本书系国家社会科学基金项目“跨文化语境与20世纪中国文学批评转型研究”的阶段性成果

周仲强◎著

文化的傳承与变革

——跨文化语境中金庸小说的艺术转型

ZHEJIANG UNIVERSITY PRESS
浙江大学出版社 | 全国百佳图书出版单位

图书在版编目(CIP)数据

文化的传承与变革:跨文化语境中金庸小说的艺术转型/周仲强著.—杭州:浙江大学出版社,2013.1(2015.2重印)

ISBN 978-7-308-10919-2

Ⅰ.①文… Ⅱ.①周… Ⅲ.①金庸—侠义小说—小说研究 Ⅳ.①I207.425

中国版本图书馆CIP数据核字(2012)第297337号

文化的传承与变革

——跨文化语境中金庸小说的艺术转型

周仲强 著

责任编辑 胡 畔(llpp_lp@163.com)

封面设计 春天书装

出版发行 浙江大学出版社

(杭州市天目山路148号 邮政编码310007)

(网址:http://www.zjupress.com)

排　　版 杭州中大图文设计有限公司

印　　刷 杭州杭新印务有限公司

开　　本 710mm×1000mm 1/16

印　　张 18.25

字　　数 290千

版 印 次 2013年1月第1版 2015年2月第3次印刷

书　　号 ISBN 978-7-308-10919-2

定　　价 38.00元

浙江大学出版社发行部联系方式:0571—88925591;http://zjdxcbs.tmall.com

序　言

周仲强的专著《文化的传承与变革——跨文化语境中金庸小说的艺术转型》就要出版了，这让我喜出望外，但是，当他要求我为这本书写序的时候，我却有点踌躇了，所以拖了一段时间。原因当然不是不愿意写或者不喜欢这本书，而是感到自己实在没有资格写这个序。一是我原本就是个学浅识薄甚至不学无术的人，只是爱读书、光会与书打交道才赖在大学的人，怎么敢轻易为别人写序呢？二是我虽然也读过金庸，但是对金庸实在没有什么研究，又怎么评价这本厚厚实实的专著呢？

但是，最后为什么又写了呢？

因为周仲强不仅是我的朋友，而且在很多方面都是我敬佩的、值得我学习的。

周仲强不是一个一般的学者，这里所说的“不一般”，不是由于他在什么名校读过，有耀眼的学位，或者有什么特殊的专业名号，恰恰相反，他毕业于一家并不著名的大学，而且在来华东师范大学中文系访学之前，忙于教学，并没有什么学术研究经历和成果；但是，自从与他相识的第一天起，我就发觉他不仅待人坦率真诚，而且对于文学有超乎常人的感悟和理解能力，能够敏感迅速地消化、吸纳他人的东西，并形成自己的见解。有时候，我不经意的一句话或一个提示，原本毫无价值，但是经过他的生发之后，很快变成了熠熠生辉的论述和文章，真有一种“变废为宝”的神奇本领。还有一点也令我称奇，在这之前，周仲强对于学术界流行的一些新理论和新观念知道得不多，很少接触这方面的书籍，但是一旦接触之后，他不仅不会为之所难所困，而且很快就能把握它们，知其所短，取其所长，运用到自己的学术研究中去。

其实，我对周仲强了解不是很多，但是知道他有过一段“濒临”死亡的经历。那是在他大学毕业之际，一场大病把他拖入人生的谷底，由于误诊久治不愈，当地医生已经宣告无法救治，被迫转院医疗时却峰回路转，很快恢复了健康。他说，那几个月是自己最绝望的时期，也是一生最难忘的记忆。之后，连他都感觉到自己变化很大。

生死如此，又何况那些貌似高深的文学理论与话语呢？

由此我也感受到，周仲强做学问的底气不是来自某种思想理论，而是一种刻骨铭心的生命体验，来自于他对于生活和文学的特殊理解和期待。他所研究的是文化传承的变革，是金庸小说中的文化意味，但是所呈现出来的是他本人的文化情怀和理想，所关注和追寻的是自己与金庸以及金庸笔下人物息息相通的生命感受和体验，其激动人心的关注点都在于如何为人生、为社会、为未来开创一片“新天地”。于是，“侠义”转换成了生命追寻，“江湖”变成了特殊的美学视域，“英雄”充满了文化缺憾和期待，“孤独”被延展为艺术空间，这一切不仅为当下金庸研究开辟着新的空间和路径，也为审视和理解生命与当下的文化处境和历史命运建立了一些新的坐标。

当然，这毕竟是一本学术专著，作者也不能不按照某种惯例来写作，所以难免有拖沓的但又显得面面俱到的地方——这或许更显得具有学院气，容易进入当下学术界。

在这里，我还要特别感谢周仲强能够参与由我主持的国家社科基金项目“跨文化语境和20世纪文学批评转型研究”，这不仅大大增加了这个项目成果的学术含量和质量，也大大减缓了我的心理压力，使我感到轻松和开心。

是为序。

殷国明

2012年8月26日于上海

目　录
CONTENTS

绪论：古今融通
——跨文化语境中金庸小说的当代意义

当下，中国文化呈现出多极复杂现象，既有文化自负、自信，也有文化的自卑、反叛，抑或是多种文化形态复杂共存。西方文化的大肆入侵和传统文化衰落的文化事实正在不断拷问着我们对待本土文化的思想和态度。这就引出当今中国文化存在的关键问题——在传统文化的传承与变革中应当如何理性、成熟地看待西方文化。通过阅读金庸小说我们可以思考这些问题并且作出回答，从而展现跨文化语境中金庸小说的艺术转型和当代意义。

一、竞争·反叛·自卑——中国文化的当代问题

从美学价值、道德规范、伦理教化、政治实践的角度看，文化的许多层面具有经典性、规范化和示范性作用，社会要求其成员按照文化的示范性、主导性的基本模式从事一系列社会活动，这些活动产生了不同的社会效果，由此产生了文化等级。[①] 社会秩序、社会伦理和国际政治经济格局就是文化等级成立的理由。如果默认这种文化等级，那就只剩下两种活动形式——模仿与竞争。文化模仿是文化创造的"影子的影子"，更多的是来自于文化自

---

① 文化的等级现象很复杂，一般理论认为，文化无所谓好与坏，但文化前面的诸多修饰语，如腐朽、高尚；传统、现代；专制、民主；地域、民族；社会主义、资本主义；红色、强盗；农耕、工业；主导、从属等等，显示文化优劣和等级的存在。在目前这个世界大格局中，西方国家依旧是第一等级，以美、英、法、德、意为首；泛西方国家为第二等级，以其他西欧国家以及东亚的日、韩等为主；而剩余国家在第一等级的眼里都是第三等级，比如中国、俄罗斯，在一个以西化为中心的文化世界里，西方文明成为核心，从而产生了各种为其服务的概念、观点、理论，共同形成一种西方价值观、伦理观、哲学体系，离核心越远则其等级越低，高等级的越有优越感，低等级的越自卑。这种文化的等级性主要来自于以往的国际政治经济格局。

负，一种文化的保守主义，如果仅仅是模仿、复制或粘贴，那是完不成国家或个人文化建构的。如果把它上升到国家层面，文化竞争就是试图让本国的文化实践活动成为一种新的示范性文化，一种普世性的文化价值规范，就如同学界高度认可的一个文化话题——有朝一日如果世界真的实现大同，那么，真正能领导世界，能够全面管理和有效统治全球的文化，中国的儒家文化应排在第一位。从个体角度看，如果不认可社会认同的经典性、示范性和主导性的文化，而是要创造一种反主流、个性化的文化，那就形成所谓的文化反叛。文化反叛从来就面临着巨大的压力，法律的、政治的、道德的、社会规范、舆论、习惯及自我惩罚等，构成一股超强的力量，如果一个人想跳出这些框架，势必会打破旧有的文化格局，这是文化势力所不能容忍的，这时候，我们就可以感觉到，平常温文尔雅的文化，会突然变得异常强硬起来，可能针对某人某事不依不饶，并可进一步强行控制其他人的行为，这就是文化的意识形态特征。这种"意识形态"通过有形的国家机器进行强制和打压或无形的宣传、教化和诱导方式，也就是规范性、强制性或诱导性地将一种经统治者认可的文化作为规范个人行为、实践的准则，织成法律的、道德的、伦理的文化网络，逐步规范人的社会实践，使之同质化、秩序化，就像花园里只能生长适意花木而不能长杂草一样。能与之抵抗，于惊涛骇浪中劈波前进的只属于少数。①

同时，我们也注意到，比文化反叛更为常见的是文化自卑，在经典的文化模式前自卑，就如当下中国人在美国文化模式前产生自卑感一样，产生的结果是抛却传统成为历史虚无主义。历史发展到当代中国，作为一种创造性实践的文化活动，在经济大潮和消费主义挟裹下，在西方文化和价值理念肆意侵略下，已经渐渐退化为一种压抑的力量，成为一种新的桎梏、一种精神和文化遮蔽。在此语境下，中国文化的主体性受到严重削弱，"文化主体性的失落，也就意味着这一国家历史的中断、民族精神和传统的丧失"②。中

---

① 意识形态的特征很复杂，不单单是控制与反控制之间的纷争。从另一角度观察，任何意识形态或多或少都带有乌托邦色彩，较负面的看法是，现实永远是枯窘苦涩，再怎么粉饰、打扮也无法取得大众认同。意识形态欲行之有效，必定许上一片精神和物质的乐土。

② 楼宇烈：《文化交流与文化主体意识》，《人民日报》（海外版）2004年8月25日第6版。

国人民慢慢丧失了对本土文化的信心,转而崇拜其他民族文化,特别是西方文化。一种民族文化的崇拜感失落或遭受轻视,这对于塑造民族文化精神品格有着强大的反面牵引作用,产生的后果将无法估量。龚自珍曾说:“欲灭人之国,必先灭其史。”所谓“灭其史”就是灭掉该国的文化。西方文化正以前所未有的速度和力量入侵中国,当代中国正面临着这样的困境,所以才有了中国当代文化建设上“弘扬民族文化,抵制西方文化的侵略”的倡导话语产生。在2011年10月18日发布的《中共中央关于深化文化体制改革的决定》里,提炼价值观、建立文化强国的焦灼与迫切之情,更是见诸字里行间,显示其重建一种新的中国文化的迫切性,也反映出当今中国传统文化的沉寂与衰落。因此,文化自卑的结果只能导致一种粘贴性人格,甚至是被动复制人格产生,不能成为一种充满活力的崭新人格,结果是民族文化意志的衰落、人的创造性的逐渐退化或丧失。因此,张柠认为:文化自负、反叛和自卑的最终指向,“都不可能指向纯粹的文化自身,而是指向确立文化等级制度的外部社会现实”①,以及对它的抵抗或者屈从。

可以这样认为,我们目前所面对的不是一种纯粹的文化传统或创造性的文化实践,可能是一种融合传统和当代思想的新的文化,有时候甚至是一种反传统文化的思想实践,一种文化上的侵略与反侵略的策略和意志。弘扬传统文化(中国文化的根),理性、成熟地看待西方文化是中国文化自信的重要方面,这是中国当代文化的一大关键问题。

二、传承·变革·创新
——金庸小说中当代文化问题的表达

金庸的十五部武侠小说,就隐然预示了文化发展的图景,试图表达出当代文化这一关键问题。金庸小说不是一种纯粹性的文化创造,而是夹杂着无数复杂的因素,历史的、现实的、商业的、政治的、个体的等各种因素在其小说中杂糅在一起,既是对传统文化的传承,又是对传统文化做出的变革和

① 张柠:《文化实践、符号等级和文化研究》,《文艺研究》2005年第3期。

创新，甚或是一种否定和反叛，构成一种多元的文化奇观。

金庸小说中既曲折书写并宣泄着乱世情结所深藏的焦灼和不安，又有洞察殖民和背井离乡背景下华人普遍的社会文化心理特征，还基于现实政治和商业化的考量，使得它们构成一个纷繁交错的生活空间、社会空间、政治空间以及爱恨交织的情感世界。各种空间以江湖的身份缓缓展开，自成一体，形成陈墨所认为的“生活在第二世界”，华罗庚所言的“成年人的童话”，以及陈平原所指出的“被拯救心理的释放”，金庸自己所说的“有一点人生哲理或个人的思想，表现一些自己对社会的看法”，是借小说塑造了另一个新社会本身，实现了阅读的古今融通。所以金庸小说在现实文化语境中的意义在于作为一种经过创新的文化形态，越来越得到张扬与认可，它们在由生产价值、政治价值、社会管理价值和纯粹美学价值构成的符号体系之外，形成自己独特的符号世界——金庸的侠义观和文化认同：重新诠释传统的英雄、侠义观念，赋予其现代性内涵，全面吸收传统文化的精华，融合当代中西方文化的精华，对传统文化作现代变革和创新，其中包含批判和否定。

虽然金庸作为精英知识分子对文化符号的解释和评价思路，很大程度上还停留在传统文化思维的桎梏之中，但他在解除精英文化与通俗文化、善与恶二元对立的思维和实践上，在弘扬传统文化并对之进行变革创新的实践上，在对西方文化的借鉴和运用上功不可没。于是乎，金庸小说以俗至雅终于得到学界的普遍认同，今后或许会成为一种经典、一个坐标。在人物塑造上打破非善即恶、非恶即善的对立状态，区分了正邪势同水火的传统代际与边界，譬如亦正亦邪的黄药师凭空降临，“君子剑”岳不群扯下面罩直面人生，等等；在人性刻画上，彰显人性的现代精神和价值，如狄云厌倦了金银财宝的贪婪得脱大祸追求自己心中所爱，乔峰厌倦了江湖的暴力和不能忍受的人生孤独而自杀，段誉厌倦了杀人的武学和江湖的诡诈而乖乖做皇帝，令狐冲厌倦了对权力的膜拜与痴迷携任盈盈归隐西湖梅庄在追求人性自由中“笑傲江湖”等。逃避于时代主题和宏大叙事的结构和表述空间，成为试图超越历史、民族、国家的一种存在，作为对历史的旁观者和局外人，他们最终选择的是人性的超脱和自由。

在金庸小说中，作者对传统文化及其历史的研究，既有对统治性符号的系统解读,亦即通常所说的帝王将相、社会政治、护国卫国、才子佳人的文化及其历史的重新表述,更有对不入"正史"的"野史"的审视和录用。通俗文化向来不登大雅之堂,古代著名小说《水浒传》能流传于世已可称是俗文学的奇迹了。而金庸创造了通俗文学的第二次光辉,使得通俗文学获得当代全球华人的关注,从读者的多层次、跨国界及庞大的阅读群看,金庸小说比《水浒传》获得更大成功,也许会逐渐演变成"前不见古人,后不见来者"的绝世景观。除了参照"正史"勾画小说情节外,金庸小说很多层面上涉及"野史"。"野史"作为一种特殊的文化符号体系,其中无疑有许多尚未得到研究或触及的文化材料,这是一种摆脱单纯的政治学、社会学、美学和伦理学的研究思路,从而为文化研究的社会学方法、民族志和地方志方法提供资源并开辟新的研究思路。对那些被压抑的文化形态的意义呈现和价值显现,具有相当重要的推进作用。

更能引发读者思考的是,金庸的武侠小说借助通俗小说这种"古代形式"的大规模创作,其实是现实社会、当代境遇、现代心态和人类情感的重新书写。借助于复杂错乱的时序、大开大合的思维实践、汪洋恣肆的语言、现代性主题的表达、心理需求的情节确立、古代人物的装束与品格,掺和着当代人的孤独、迷茫、焦灼与渴望,构建出一个乌托邦式的畅想型、怀旧式的侠义世界,满足现代人的社会文化心理需求,从而达到古今融和。其实文学是复杂的,不单是创造出一个新世界那么简单,而是多重因素叠加的结果。韦勒克认为:

> 一部文学作品,不是一件简单的东西,而是交织着多层意义和关系的一个极其复杂的组合体。①

韦勒克心仪的是组成文学作品的文学要素,既有文学内部固有的文学要素(诸如主题、情节、结构、想象、虚构、审美等)和文学语言自身的奇特性(包括音韵、节奏、修辞、空白、期待等),也有涵盖更广的文化意义,亦即是文

① [美]韦勒克、沃伦:《文学理论》,三联书店1984年版,第16页。

化的"话语霸权"或文化的"意识形态化"。意大利理论家葛兰西在《狱中札记》中认为，在民主程度较低的国家里，国家的统治方式是通过暴力和强权来实现的，而在民主程度较高的社会里，主要通过文化的宣传和渗透，通过在道德和精神方面的领导地位，让民众接受它的一系列法律制度或世界观，来达到统治目的。张柠认为：

> 大众文化实践的能动性，也就是为各种文化实践和符号生产争取表演的舞台，争夺话语权或者文化领导权。[①]

金庸花几十年的时间对他的作品进行三次大规模的修改，其目的就是争夺文化的话语权和话语制高点，到了中晚期因为武侠小说的极度畅销，金庸声名日隆，他一改为《明报》销量而写作的初衷，转而为小说能否名垂千古而写作，因为武侠小说不能为历史叙说历史，只能为虚拟的世界增添色彩。所以他笔下的武侠世界已经不等同于匈牙利著名的哲学家和文学批评家卢卡奇所美化的荷马式的"古希腊史诗世界"，即那个葆有"古代完整文明"的人们向往的世界，而是一个分分合合、多灾多难、动荡不安近乎破碎的世界，在这种关乎当代世界悲伤或惨痛现实的戏剧化、诙谐化、陌生化又有着熟悉感的表述中，我们能够辨认出现实世界社会和心理所存在的问题。带有浓厚现代性的创伤记忆，并通过金庸小说叙事、主题表达和运用的讽刺策略，达成一种亦庄亦谐的文化认同与批判。这里面有着对现代大陆政治的全景式的认知和再现，和中国传统文化的深刻理解和运用，更有现代性的植入与展示，为阅读者提供阅读背景和阅读需求的一切可能，完整地展现小说的当代文化意义。我们可以在阅读中体会和把握作者对现代社会问题的思考，可以感受现代情感的生生死死，可以认知传统文化的传承与现代变革，可以认同作者对传统文化所做的批判和否定，更可以展示对西方文化的"拿来"策略。

作为一种类型化的作品，自有它存在的意义和价值，武侠小说本身给阅

---

① 张柠:《中国当代文学与文化研究》，北京师范大学出版社 2008 年版，第 5 页。

读者提供了一种逃避现实的空间,而求得心理和精神上的一种慰藉,在这种空间中凸显的是对于传统文化、伦理、江湖道义、侠义精神的回归与怀旧。

三、古今融通——金庸小说的文化审视与录用

金庸学贯中西、会通古今的学问修养,势必使他在小说创作中面临一个并不深奥但又很难回答的问题:在真实的历史进程中如何对待传统文化。中国文化延及当代,儒教及其正统已日趋没落、解体,在这一事实基础上,他的侠义英雄故事如何与历史真实和现实存在取得一致意见?早期他的《书剑恩仇录》、《射雕英雄传》的着力点在于儒家文化,“道之所在,虽千万人吾往矣。”(《孟子·公孙丑上》)“民为重,社稷次之,君为轻。”(《孟子·梁惠王上》)“天下兴亡,匹夫有责”(顾炎武:《日知录·正始》)。郭靖一生好像就是为实践这些儒家的理想而活。他既不是朝廷命官,又不是武林领袖,以一介武林大豪带领一众英雄守护襄阳,最后随着襄阳城破而陨落,完成江湖中无人能企及的实践高度。然而儒家积极入世的民本主义和仁义道德、处世立人所设定的仍然是思考和行为着的个人与他所属的民族共同体之间的道德责任,并不曾要求一个普通的武林人士为外族的入侵和御侮而承担道义责任。在这一点上来说,《天龙八部》中的乔峰则面对了比郭靖等人更为艰难的选择。

学者何平曾认为,“只有曾经支撑着中国传统政治结构的儒教才能支撑起金庸笔下腥风血雨的多难江湖”。江湖多难,才需要更多大侠和英雄救世,儒家的仁义道德的至高标准“为国为民,侠之大者”也就成为衡量英雄的标杆。但光靠儒侠不能撑起人类的全部心理天空,社会中,即使江湖中这样的机遇和英雄也是凤毛麟角,人们可能更为关注于造型别致的英雄形象。所以在金庸后期的代表作中,金庸对文化作了相应的选择:《天龙八部》用佛理解释贪嗔痴怨怒,并对宿命文化作了文学的理解;《笑傲江湖》弘扬道学同时张扬人性的自由;《鹿鼎记》却借鉴西方小说的理念以“拿来主义”[①]的方法

---

① 鲁迅先生在《拿来主义》中认为对待西方文化应当“运用脑髓,放出眼光,自己来拿”,是为拿来主义。《鲁迅文集》第六卷,黑龙江人民出版社 1995 年版,第 33 页。

完成韦小宝的塑造。可以看出，金庸已经向传统文化多层面多角度汲取营养，甚至把触角伸向西方文化，表明后期的金庸在思想表述上已经走出“中国传统政治结构的儒教”影响，偏向于儒家文化之外的文化思想所进行的吸纳和应用，作为对武侠小说思考的最终成果，其封笔之作《鹿鼎记》选择借鉴西方文化来映照武侠小说的主题、情节和人物设置绝非偶然。学者何平在认真研究金庸小说对传统文化的传承和变革后，指出：

> 《鹿鼎记》对儒教正统、英雄道义的沉痛检讨是凝聚着时代精神的反省，或者可以说是一种外缘性的批判。①

韦小宝这个平民英雄的出现，既预示着侠义英雄尽成前朝故事，也预示着武侠小说的不可递延性。但在文化的审视和录用上，以传统文化为根，古今中外，都成为金庸小说共同的资源，他向我们展示了一种民族文化的自信，共同组成金庸小说在现实文化语境中的意义。

四、沉寂·相忘——现实文化语境中武侠小说的衰落

在阅读中，我们可以更进一层思考，为什么金庸之后武侠小说会走向衰落？

基于文化的自卑、反叛和自信，有以下几点值得注意。

1.塑造英雄侠客形象的传统文化资源已经枯竭。传统文化意义上的英雄类型塑造经过一千多年的写作实践已得到充分挖掘，作为创新的可用资源已不多。金庸尝试着英雄类型的创新探索，试图让更多类型的人物进入侠义英雄行列，身份显赫的如陈家洛、袁承志；家道衰败的如郭靖；平民孤儿如令狐冲；败类之后人如杨过；武林豪杰如乔峰，直至街头混混、无赖韦小宝都挤进英雄榜。特别是韦小宝已经是借鉴了西方小说的理念完成其对传统文化侠客类型的新思考，这种“中外合作”式产生的人物，是造成《鹿鼎记》毁

① 何平：《侠义英雄的荣与衰——金庸武侠小说的文化解述》，《读书》1991年第4期。

誉参半的重要原因。如果再继续探索新人物类型产生,或者梦想能不断更新英雄榜上人物,金庸自己也认为江郎才尽再无创新能力。韦小宝已是武侠英雄的特例,是穷人发达、少年得志的典型,是平民式英雄的典范,亦即是金庸对"英雄"重新思考的终极成果,这已经超出了传统文化的理念。一个作家总不能随心所欲、毫无由头地将一个恶棍或民族败类之流经幻化转而成为一个英雄模板,这不符合久淀的民族欣赏习惯。孔子曰:"过犹不及。"在武侠小说中,失去传统文化认同的英雄脸孔,是得不到大众认可的,也就没有存在的价值。韦小宝后,金庸找不到能够支撑其英雄理念的文化资源,他只好搁笔。

2. 不单如此,金庸小说中改造了江湖文化,使得传统武侠江湖消失于我们的阅读视线。江湖与现实合二为一充满了政治隐喻,江湖与现实边界变得模糊不清不分彼此,原本经典、普世的江湖文化经改造后似乎成为某种政治或人生理念挥洒的场域。它不再具有传统意义上的江湖性质,小说中的江湖经金庸改造后已不再是相对于现实世界的"第二世界"。固有的文化形态一旦被打破,要么以文化反叛姿态展现一种新的文化形式,要么是原有文化的经典性状况逐渐覆灭。金庸无力创造更具个性色彩又具有普适性的江湖文化,只好封笔谢绝江湖。由此,侠客活动开始失去了空间,没有了江湖也就没有了侠客。侠客如果生活在另类的世界里,武侠小说存在的意义又如何?武侠小说理所当然地走向没落。所以,读者在结庐江湖的同时,又只能相忘于江湖。

3. 而在叙事模式结构上,金庸也无法突破唐传奇以来一千多年形成的"分久必合,合久必分"江湖叙事形态。《鹿鼎记》作为金庸多年探索的最终成果,把全景式的皇宫生活和争斗植入江湖文化,展示作者构思上一次重大突破,但在叙事上依然无法摆脱"纷扰—平静"模式。随着天地会英雄陈近南的失败,韦小宝的归隐同样非常明显地昭示江湖已从纷乱走向平静,江湖仍然是合久必分,分久必合。金庸始终无法超越武侠小说叙事固态,一切努力终将化为乌有。

4. 武侠小说流行的社会文化心理基础已经悄然生变。20 世纪中晚期无论是政治活动频仍的六七十年代,还是改革开放初期,伴随着经济落后的是文化上的弱势，文化弱势导致国家民族地位弱化，全球华人在弱势中渴望被拯救的心理需求便显得紧迫而必须，张扬被拯救主题的武侠小说在这种社会文化心理基础上得以流行。21世纪初期，国力的强大伴随着人的主体意识逐渐苏醒并确立，被拯救的欲望逐渐被个性及人格魅力的张扬和渴求国家文化的强势所取代。在此文化语境下，武侠小说渐次被读者遗忘，符合新的社会文化心理需求的军旅文学(包括影视)开始大流行，在2005年至2006年到达鼎盛就是一个显证。

金庸创造了一个时代，成为一种标志，但同时形成了一种遮蔽，让人高山仰止。后金庸时代的卧龙生、诸葛青云、温瑞安、萧逸、聂云岚等作家虽然从金庸小说汲取营养，但已经无法赶超，只能仰望高山，感慨生不逢时。即使后来武魔、玄幻小说(韩云波命名为"大陆新武侠")一度崛起，但与金庸时代的壮观已经不可同日而语。但金庸毕竟无法超越自己，他在深刻地审视自我后，放下如椽之笔，留给读者更多的"空白"(伊瑟尔)和"视野期待"(姚斯)。这是金庸的绝顶聪明之处。

在当今浮躁的社会里，短时期内可能不会出现才如金庸之人，在出不了大师的年代里我们只好感之慨之，终将惜别挚爱的武侠小说。

金庸的研究资料相当广博，在这汗牛充栋的评论中，我不想或许也无能力全面系统评价金庸的得与失、功与过，我仅凭对金庸和阅读的喜爱，以接受美学为基本理论支持，从跨文化语境入手，紧扣文化创新，多角度、多层面立体地透视和把握金庸武侠小说艺术转型，在阅读中接受和感悟小说中蕴含的传统文化和道德内涵。对金庸小说传统文化的传承和现代变革做一点小小的告白，实现阅读的古今融通。并对小说提供的文化现象进行有破有立的现代解读，突出中国文化精神，确立金庸小说的当代意义和文化价值。

歌德说得好，凡是值得思考的事情无不是已被人们思考过的，我们所能做的，仅仅是重新思考而已。换言之：

> 也许一切都已经有人说过了，只是还需要理解。①

---

① [法]安德烈·孔特-斯蓬维尔:《小爱大德》，吴岳添译，中央编译出版社1997年版，第246页。

在阅读过程中对金庸及其小说的几个横断面不断进行重新思考和理解,他的成功或是他的不足。

通过文学展示文化的方式,能让世界对中国更少一些误解,多一些真切、生动的感知。当前,随着国家的强大和国际地位的提高,弘扬中国传统文化,具有很重要的当代意义,而金庸小说正是对中国传统文化的维护与弘扬。总之,金庸小说实现了古今融通,在现实文化语境中有其独到的价值和意义。

第一章　千年武侠的背影

一、武侠小说的现实思考

香港著名作家倪匡曾经给武侠小说下过定义：武＋侠＋小说＝武侠小说。这个说法被学界广为接受，认为“武＋侠＋小说”是对武侠小说的本质概括，少有人提出异议。起码在金庸写作《鹿鼎记》前，这个结论是站得住脚的，因为从唐传奇以来，中国的武侠小说基本没有脱离这个窠臼。但《鹿鼎记》的出现，使“武侠小说＝武＋侠＋小说”这个模式受到挑战，因为《鹿鼎记》不是一般意义的武侠小说，很难用明确的武侠小说的定义去描述它。

在很多人看来，主人公韦小宝既不会武功，也不是侠客，更不是英雄，而是一个市井无赖、地痞流氓，是反英雄、反武侠的典型，用如此主人公打造的小说理应不能成为武侠小说。如果按照梁羽生先生所说，武侠小说的关键是侠，没有侠的小说不能成为武侠小说，按这一说法，《鹿鼎记》就应该摒除在武侠小说之外。而且这种说法在当下学界属于主流言语，具有很强的说服力，因而广有影响。但是我们也不可否认，韦小宝进宫以后还是学到了不少“武功”：康熙与韦小宝从相识到莫逆，是借“武功”（打架、学武）。和康熙合力铲除鳌拜是用“武功”，破除假太后阴谋用的是江湖手段……只不过这些武功没有大侠的风范，不太入读者的法眼罢了。

从金庸设计的韦小宝的人生轨迹来看，韦小宝既然混迹于江湖场域之中，就是个江湖中人，就不得不“稍识武功”，必然从茅十八、海大富、陈近南、九难等身上，耳濡目染习得几招几式而初窥武学门径，况且韦小宝本身也有意并且偶尔在意过。只不过韦小宝的武功有些另类而已，什么“救命六招”

(“美人三招”、“英雄三式”)、“神行百变”、“宝刃”、“护身宝衣”等“武功”及其设计，都曾发挥作用，于风浪滔滔的险恶江湖而不得不具备，称之为江湖奇人丝毫不为过。特别是从九难师太身上学的轻功，已昭示韦小宝的武功(主要是轻功)已经进入化境，即使如神龙教中数一数二的人物洪安通追抓韦小宝，韦小宝也可以凭借“神行百变”的轻功逃命，就清楚显示其轻功的高妙：

> 韦小宝知道这一次给他抓住了，绝难活命，没命价狂奔。突然间嗤的一声响，背上衣衫被洪教主扯去了一块，若不是韦小宝身穿护身宝衣，说不定背上肌肉也被扯去了一条，他大惊之下，奔得更加快了，施展九难所授的“神行百变”轻功，在沙滩上东一弯，西一溜地乱转，洪教主几次伸手可及，都给他在千钧一发之际逃了开去。
>
> ——《鹿鼎记》

身具如此轻功，怎能说韦小宝没有武功？只不过作者有意避开武功在韦小宝身上的存在，让读者产生一种忽视意识，以此突出小说的反武侠性质，从而完成主题表述。况且，小说中众多人物如果不以韦小宝这样的人物作陪衬，不足以彰显武侠小说中众多武林人物的存在。所以，《鹿鼎记》基本上和金庸的其他小说共承一脉，归类于武侠小说其实也不为过。但从韦小宝的言行举止和为人处世的效果来看，《鹿鼎记》毕竟不完全等同于武侠小说，就连金庸先生自己也认为：

> 《鹿鼎记》已经不太像武侠小说，毋宁说是历史小说。①

著名金庸研究专家陈墨也认为：

> 《鹿鼎记》的确不像是武侠小说而像是地地道道的历史小说。②

---

① 《鹿鼎记》后记。

② 陈墨：《金庸小说与中国文化》，百花洲文艺出版社 1999 年版，第 11 页。

这么看来,《鹿鼎记》最多只能算类武侠小说。而此后兴起的武侠魔幻、玄幻小说更是偏离传统的“武+侠+小说”模式,由于传播方式的转变,网络开始渗透人们的生活,这些武魔、武幻小说主要运用现代科技,借助多媒体传播,声、色、光、电,特技加科幻等技术和技巧,情节和故事也不再局限在特定的时空中,而往往穿越时空,以幻想的方式让故事以“另类”方式呈现在读者面前,一些大家耳熟能详的故事因而重新得到挖掘并被赋予新的想象和内容,搭乘新媒体传播的热潮,拥抱商业化的手法,融入了更多的现代性元素,武侠小说已经是玄而又玄的魔幻小说。

武侠小说从唐传奇开始,兴于清、民国,盛于20世纪五六十年代。走过了上千年的发展历史。武侠小说赢得了各朝代、各阶层人士的普遍喜欢,成为他们阅读目标的首选对象之一。武侠小说之所以能在各文化层次的读者中产生广泛共鸣而得以流传,除了其自身力图融合(或称迎合)各种文化心理和各种生存状态因而具有多种解读的可能性外,很大程度上应归因于读者的期待心理和视野:人生既受苦难又不自由,动辄受羁于各种既定的程式与规范,原本逸动的心灵备受压抑,侠客之叱咤风云的俊逸和飒爽英姿,有时也象征着读者的开声吐气、一展须眉,尽扫抑郁;同时,侠客们力挽狂澜,千金一诺,大仁大义,蓬勃的生命,酣畅淋漓的元气,亢直的性格,奇特的武功,无所不能的成就,形成了大家心灵深处难以割舍的遐想或悠悠憧憬,侠气峥嵘,令人神往,武侠镌刻了一个民族旧日的梦幻。苦难与奋斗,耻辱与坚韧,光荣与梦想,沉沦与崛起,全在武侠的刀光剑影中斑斓闪现,武侠浓缩了宏阔的历史,积淀在民族的脊梁上,化做昂扬挺拔的巍巍之峰,让人高山仰止。特别是在过于紧张、快节奏或过于平淡、波澜不惊的当代社会中,感官化、碎片化、快餐式的审美体验让我们失去深入思考的耐心,即便是阅读体验,也更适宜于寻求精神上的某种安慰和刺激。人们一方面希望过着宁静悠闲的生活,一方面却又希望体验一种不同寻常的非凡人生。武侠小说作为一种成年人的童话,虽不入主流文学的行列,刀光剑影的江湖恰似虚拟的游戏世界,也不可能与现实生活的真实性等同,但是我们在阅读过程中,又往往抛弃了这种虚拟性的存在而从金庸小说所塑造的一系列侠客身上体验到一种生命激情的亢奋与张扬、精神上的迸发与舒展。从侠客们的侠骨柔情、信义、道义、情义中能看到真实人性的可贵，从而令当代读者得到一种心灵的慰藉。本质上可以认定是读者对侠义精神的文化道德认同。不过，从金庸小说本身来看，应该可以特别提出一点，金庸小说包容了传统文化特别是儒、释、道、墨的文化传承，又吸收西方文化的优秀成果，再结合中国当代文化的融通和重新阐释，读者在阅读金庸小说中实现了古今融通，所以金庸小说获得当代华人的普遍喜爱。严家炎说：

> 有华人处就有金庸小说的流传。[①]

陈硕在《经典制造》中也认为：

> 武侠小说长期以来便是华侨教育子女认识中国文化及文字的工具，海外华侨子弟对中国传统知识及历史文化的认识，很大部分得自于武侠小说，武侠小说中想象的中国和中国文化，建构了他们的身份认同。[②]

确实，金庸小说的阅读范围遍及华人世界，无论从阅读的广度和受欢迎的程度讲，至今还无人能够超越。

小说中侠客的行为举止，必须符合公众所认可的道德行为准则。无论哪一个时代的作家在重新诠释侠客形象时，都必须以特定时代读者需求为第一思考目标，从思维、情感、历史等方面引发读者的趋同思维，这样才能真正吸引读者。

20世纪60年代末、70年代初，联邦德国的文学史专家、美学家姚斯和伊瑟尔提出，文学研究应集中在读者和读者的阅读上，认为读者是整个文学活动中的一个不可缺少的主体，是阅读和产生意义的基本要素。读者不仅是作品的接受者，而且他实质上介入作家的创作活动并存在于作品文本的结构之中，甚至决定着作品的存在并生产作品。通过问与答和进行解释的方

---

① 严家炎：《金庸小说论稿》（增订版），北京大学出版社2007年版，第2页。

② 陈硕：《经典制造》，广西师范大学出版社2004年版，第66页。

法，去研究创作与接受和作者、作品、读者之间的动态交往过程，这就是美学界中著名的接受美学原理。姚斯提出接受美学中一种重要原则“视野融合”，只有读者的期待视野和文学文本相融合，才谈得上理解接受；伊瑟尔提出了“空白理论”，“在作品中未实写出的或明写出来的部分，向读者所暗示或揭示的内容，成为激励诱导读者进行创造性填补和想象性连接的基本方法”，接受美学成为文学批评的理论指引，并以开阔的胸襟包容其他的文艺思想，在世界上形成一股浩大的潮流，影响了一批又一批作者的创作实践和读者的阅读欣赏。在中国虽没有明确提出类似于接受美学理论的论述，但在姚斯和伊瑟尔出现之前其实就有很多作家有过相似的阐述。如鲁迅曾在《绛洞花主》小引评述读者阅读《红楼梦》的感受时说：

> 谁是作者和读者姑且勿论，单是命意，就因读者的眼光而有种种：经学家看见《易》，道学家看见淫，才子看见缠绵，革命家看见排满，流言家看见宫闱秘事……①

鲁迅没有概括这种现象使之上升到概念，形成系统理论，但从本质而论，鲁迅的话和接受美学理论如出一辙。千人阅读武侠小说，就会读出万千不同面孔。有人读出了刀光剑影，有人读出了善恶恩仇，有人读出了谋篇布局，有人读出了人生感悟，有人读出了美学感受，有人读出了哲学意蕴，也很可能每个人都像瞎子摸象，可各取所需式的阅读，已经足以使读者流连忘返。既能填补“空白”，又能满足“期待视野”。

按照王一川先生的理解，文学艺术活动应包括三个层次：一是艺术家的创作活动，它是艺术产生的起点；二是广大群众的接受活动，它是艺术得以证明和实现其价值的逻辑终结；三是联系创作与接受的活动，这一活动可能涉及的范围很广。武侠小说制造的娱乐，从根本上说是超乎功利的，至少其着眼点不在于改变人生，而在于追求精神和感觉的轻松和快感。如同高雅文学的震惊与启迪效应，武侠小说通过制造悬念来引发情绪的刺激，对于刺

---

① 鲁迅：《集外集拾遗·〈绛洞花主〉小引》，《鲁迅文集》第七卷，黑龙江人民出版社 1995 年版，第 177 页。

激的追求消解了作品的所谓“深度模式”。读者阐释武侠小说时可以有两种情形，一是浅尝辄止，二是由浅入深。武侠小说要求满足大众的阅读口味，而大众作为一种多数人的群体，常常喜爱那种不费力气就可以把握的读物，不愿意深究的读者完全可以只在字面上阅读，这也可以带来阅读乐趣。而愿意深入探究的读者则又可以从中看出另外的东西，达到由浅入深的效果。金庸小说给读者带来的解释包含着两种。著名报告文学专家陈祖芬这样评价金庸：

> 他给一个寂寞的世界带来多少力和美，多少仁和义，多少热闹，多少缤纷。①

20 世纪，武侠小说能够风行全国，除了武侠小说本身的故事叙述足够吸引人外，从中还可以看出现代人把对自身处境的困惑、迷茫与不满寄托在缥缈的武侠小说中②。郑振铎认为：“(世人)悬盼着有一类‘超人’的侠客出来”，以此“来宽慰了自己了无希望的反抗心理”③。明知道这只不过是夏日里的一场春梦，但还是欣赏武与侠在江湖上带来的斑斓色彩。清人张潮说：“胸中小不平，可以酒消之；世间大不平，非剑不能消也。”(《幽梦影译注》)能够把握自我命运，自掌正义，平天下之不平，何人不神往？即便无此绝技，不能仗剑江湖，但渴慕路见不平拔刀相助的大侠出现，以解倒悬之困厄，亦是情理中的。张恨水在《武侠小说在下层社会》一文中对此有过解释：中国下层社会对于章回体小说能感兴趣的第一是武侠小说。究其原因，他认为首先是幻想的满足。对于作为社会弱势群体的下层阶级，“他们无冤可申无愤可平，就托诸这幻想的武侠小说，来解除脑中的苦闷”④。

---

① 冯其庸：《读金庸小说》，见《金庸散文集》，作家出版社 2006 年版，第 386 页。

② 武侠小说的流行时间与时代、现实思潮构成重大关联，如新派武侠小说在大陆的流行恰是改革开放实施的关键期，中外文化的差异、西方文化的涌入、本土文化的坚守与拓展、国人的一时茫然无措、累积的社会问题等给武侠小说的流行提供了坚实的土壤。

③ 郑振铎：《论武侠小说》，《中国文学研究》(下)，人民文学出版社 2000 年版，第 334 页。

④ 钱理群编：《二十世纪中国小说理论资料》，北京大学出版社 1997 年版，第 351 页。

鲁迅也认为这个社会"唯超人出，世乃太平"[①]。所以，浪迹天涯、仗剑行侠、快意恩仇，留恋武侠小说与读者潜意识中的情绪和欲望的自然天成，那是显而易见的。在更为广大的阅读群体看来，很可能金庸的武侠小说、邓丽君的靡靡音乐、刘德华的流行歌曲、加缪的荒诞和萨特的存在主义，都是直面人类生存状态的一种表现方式，正好契合其孤独、高傲、无奈和无助的心境。同样，欣赏不等于价值判断上不分高低，在这里阅读者的选择和重构是至关重要的，读者的评价和认同对文学作品的品位高低的判断构成决定性的影响。学院派的批评者虽不能抛却固有的价值标准，但在阅读者呐喊声面前，他们有时不得不低下高昂的头颅，故作姿态地表示某种谅解和认可。所以，与其人为地为文学作品划分等级，不如切实考虑在特定生存状态下的读者对作品的理解和把握，形成批判的主流倾向，可能更切合实际。清末文人孙宝瑄在其《忘山庐日记》中称："以新眼读旧书，旧书皆新书也；以旧眼读新书，新书亦旧书也。"我以为，阅读和评论武侠小说必须强调接受者主体意识的接受效果。

在武侠小说里，除了传统的模式——蒙冤家毁，孤儿仅存，被神秘人救起，勤奋学武，艺成下山，复仇以外。在以金庸为代表的新派武侠小说里，这种模式逐渐被抛弃，取而代之的是纷繁复杂、眼花缭乱的武学新气象。丁永强在考察新派武侠小说的叙事模式时排列了 15 种核心场面：

> 1. 仇杀；2. 流亡；3. 拜师；4. 练武；5. 复出；6. 艳遇；7. 遇挫；8. 再次拜师；9. 情变；10. 受伤；11. 疗伤；12. 得宝；13. 扫清帮凶；14. 大功告成；15. 归隐。[②]

这些核心场面的排列正确与否，有无学术价值，我们姑且不论，但综观所有武侠小说，"武"的戏份往往超过"侠"，学武过程是情节推进的最重要手段。所以，我们可以得出这么一个结论：要行侠，就必须学武。学武的过程是小说主旨的外化，构成小说的主要情节，也是最为精彩的故事呈现。侠客首先

---

① 鲁迅：《文化偏至论》，《鲁迅文集》第二卷，黑龙江人民出版社 1995 年版，第 37 页。

② 丁永强：《新派武侠小说的叙事模式》，《艺术广角》1989 年第 6 期。

必须练就一身绝技，挟艺再去行走江湖，才能扶弱济贫，在驰骋行侠时还必须罕有对手，这样才能惩恶扬善，才能平天下之不平。

二、学武——侠文化中武的本源探究

小说里一般人学武的原因不外乎五种。

1. 在武侠小说里学武是英雄成名的唯一途径，武功主要是象征着一种强大的个人能力，代表着个人的风采，侠客形象呈现出一种强健的、丰满的人格，武功是侠客精神的外现，武功强弱，决定了侠客的风采与气度，决定了读者心目中侠客形象的尊崇与伟大。“降龙十八掌”以其天下第一的姿态，不但造就了郭靖这样一等一的大英雄，也让读者获得了“大丈夫当如是也”的艳羡与满足。就连乔峰也是主要凭此绝技成就“北乔峰，南慕容”的江湖声望，特别是在聚贤山庄酣畅淋漓、悲壮豪迈的一战，如果不是超绝的武功绝对无法展现如此宏伟的气魄，而其后的惨烈自戕也不会如此令人唏嘘。

2. 生存的需要。生存是人类的第一需求，学武的终极目标是为了让自己活着不被对手消灭，武侠小说里主人公大多为家毁无亲的孤儿，活着、学艺、报仇是他们孜孜以求的目标。他们心中烙下了仇家的名字，而他们同样“荣登”仇家黑名单，双方时刻准备搏杀。只有人活着，才有机会复仇，为实现理想而奋斗，才有机会行侠，成为名重江湖的侠士。但是，学武的结果并不代表所有个体都能成为侠士，只有那些学有大成的武者才能名震江湖，所以才有“江山代有才人出，各领风骚数百年”这种说法。这几年可能是你独领风骚，接下来几年可能是我纵横天下，没有什么人能永久独霸江湖。金庸深谙个中原因，所以在所有小说中，我们就很难分辨到底哪一个人武功绝顶而臻天下第一。在弱肉强食的江湖中学武强身健体已不是唯一目的，练就一身高妙武功以自保才是第一需要，否则，什么时候你突然在人们的视野中神秘消失，就像一滴水倒进江海，无声无息，此后再也无人问津。《天龙八部》中段誉从皇宫逃亡江湖，手无缚鸡之力，又呆头呆脑，无量山、绝情谷，被鸠摩智挟持等都是他应毙命之所，但他因缘际会，屡有奇遇，当他学会凌波微步、北溟神功和六脉神剑后，就已经不再为自身安全担忧，反而不经意间成为一个武艺高强的侠客。而大量死去的人，如“××帮”、“××门”、“××派”一夜之间就被灭帮、灭门、灭派，像过眼烟云，白驹过隙，转瞬即逝。

3.是侠客行侠的保障。离开武，行侠的目的只能停留在愿望的阶段，缺乏强有力的手段保障行动的实施，其结果就像堂吉诃德举着破枪，骑着瘦马，要去恢复已经消亡的中世纪骑士制度那样可鄙可笑。元稹在《侠客行》里说：“侠客不怕死，只怕事不成。”以一己之力去对付社会黑暗、拯世救民，没有高超的本领恐怕事难成。社会就是需要侠客来匡扶正义，读者在侠客身上寄予的希望越大，文学中侠客的武功就必须越高强。然而，武功的强弱是要借对敌的方式呈现的，侠客的宝剑必将出鞘，更需与敌手对决，才能完成侠客的“事业”。郭靖、杨过击败许多江湖上名声显赫的豪客后，才名震天下，才能快意恩仇，逍遥江湖，凭的就是一身过人的本领。天山童姥身负绝艺才能领导三十六洞洞主、七十二岛岛主，而三十六洞洞主、七十二岛岛主只能俯首听命于别人，福威镖局镖头林镇南技不如人最终被余昌海灭门。

4.源于小说的特性。即小说描写的主要内容是“武”与“侠”，武侠小说武与侠二者不可缺一，如果没有武，也就没有侠，就不能三位一体了，其实学武的过程构成小说精彩的情节，而招式的玄妙幻变也能吸引读者的眼球，金庸不会武功，但琴、棋、书、画、诗、文、歌、舞、诸子百家甚至樵、耕、渔、读等都进入他武功的视野，他在小说中奇妙纷呈的武学招数描写，如杨过的“黯然销魂掌”、郭靖的“降龙十八掌”、黄药师的“碧海潮生曲”、令狐冲的“独孤九剑”、段誉的“凌波微步”、张无忌的“乾坤大挪移”等，让读者直呼过瘾。所以，学武过程的艰辛与坚毅，往往成为武侠小说摹写侠客形象的重心，学武过程和武功的招式也是读者审美的主要对象。一部《射雕英雄传》其实就是郭靖一生学武的历程，《天龙八部》除了补叙乔峰的学武情节外，段誉和虚竹的武功成长道路也构成大半部小说的主要情节。

5.学武能展现一个人的品性。武功与人的道德修养、品性优劣息息相关，如“空明拳”只适合老顽童这样天真烂漫、空灵飘逸的人；“黯然销魂掌”只有在情感极度消沉时才能被创造和使用，杨过重逢小龙女后心情大快，就再也无法施展，老顽童一生从无此境遇，无论他怎样努力学习，最终一无所成；“降龙十八掌”只适合心智坚毅卓绝的人拥有，如郭靖、乔峰；东方不败挥刀自宫后，不能混迹于男人世界，性征的改变使得他只能用绣花针施展“葵花宝典”上的神功，等等。什么样的人使用与之匹配的武学，品性与武学高度融合一起。

在新派武侠小说广为流传的年代里，金庸俨然成为武侠小说的代名词，凡是阅读武侠小说者到了言必谈金庸的地步。金庸把武侠小说推向一个顶峰的同时，对武侠小说形成了一种遮蔽，本身成为一座横亘在中国武侠小说发展史上难以逾越的高峰。这座高峰难以逾越基于三种理由：一是金庸博古通今，才如大海，涉猎极广，所创作的武侠小说构思精奇，广为传诵。将历史、哲学、文学共冶一炉，为武侠小说开创了一片全新天地，后人无从超越。二是金庸改造了武侠小说英雄形象的理念。在人物创设上，英雄非英雄的界限已经消失，英雄的理念发生了改变，譬如韦小宝凭借什么成为英雄？英雄以成败论还是不以成败论？等等。对此，金庸在韦小宝身上寄予他对武侠小说英雄理念的全部思考。但后来者无法在此基础上发轫，造成江湖的后继无人。三是在江湖文化上，金庸小说中把江湖改造成现实，使江湖与现实边界变得模糊不清不分彼此，原本普适的江湖经改造后似乎成为某种政治或人生理念挥洒的场域。江湖不再属于侠客，没有了侠客的江湖将波澜不惊，失去了侠客的江湖不再是武侠的江湖，江湖消失了，也就等于侠客道德自我消失了，没有了侠客，武侠小说理所当然地走向衰落，这是金庸之后武侠小说风光不再的重要原因之一。

这样一道天堑的出现，对武侠小说的发展既是好事又是坏事，好事是武侠小说因为金庸而绚丽夺目，辉煌灿烂，坏事是金庸作为一代武侠小说的标杆人物反而成为武侠小说发展的休止符，阻断了无数武侠小说作家的梦想之路。随着金庸的退出江湖，武侠小说也因此走向了式微，甚至有人提出“武侠小说已死”。但我们由此贸然宣布“武侠小说死了”，也是要付出代价的。“江山代有才人出”，历史的进程由不得人为设定，“大陆新武侠”（韩云波语）的崛起就是一个证明。“大陆新武侠”虽然不能和金庸时代的辉煌相提并论，但依然在通俗小说发展史上留下色彩浓重的一笔。至于说不定什么时候忽然冒出一个比金庸更有水平的大家，把武侠小说带入另一个全新的境地，也是非常可能的。

我们期待着。

第二章　庭院深深深几许

——武侠小说发展的文化省思

历经一千多年的发展，武侠小说呈现明显的历史阶段性，不同时期的武侠小说都比较鲜明地打上时代的烙印，但其包含的文化精神却具有相似的维度特征。我们可以多角度看待武侠小说发展，从文化意义上反思其民族性、包容性和时代性，做到在弘扬传统文化的同时进行变革和创新。

一、从武侠小说发展史的角度来看

我们梳理一下武侠小说的发展脉络。

（一）秦汉的历史记载时期：武侠小说的孕育期

司马迁作《史记·刺客列传》，是中国最早为侠客和游侠作传的史学家。虽然太史公把刺客和游侠分别列传，但后世一般把《刺客列传》中的主人公当做“侠士”，把《游侠列传》的主人公当做“游侠”。荆轲、专诸、聂政在我们心目中无疑是作为历史人物的侠客代表，被人时时从历史中打捞出来。而像救人于困厄从贫贱始的朱家、短小精悍既行侠又四处避祸的郭解等作为典型的游侠，却很少入于百姓之口。《史记》在这两部列传中记载许多刺客和游侠事迹，但综观这些侠士的作为，我们不难发现，刺客行为占据了主导地位，如荆轲刺秦王、专诸刺杀王僚、聂政刺杀韩傀，等等。而游侠只闻于历史典籍和闾巷传说。那么，同时具备侠士行为的刺客和游侠，《史记》为什么把两者分类记载呢？仔细考察，可以发现，太史公之所以分门别类，主要源于时间和对侠客类型的不同定义。侠从古典类型到近代型（即现代人心目中的侠）的发展轨迹，揭示了中国上层社会的精英文化与民间社会的大众文化之间错综复杂的结构关系。从时间上给予结构化分析，先秦的“士”阶层的文武分途、战国民间游侠在上层社会养士风气中的早熟，构成刺客典型的“士”阶层特性，这些刺客的身份都属于“士”，在“养士”风气日盛的春秋战国时期，“士”往往游走于诸侯卿相之间，构成特殊阶层，并且要为诸侯卿相效死力。对此，鲁迅认为：

> 汉的大侠，就已和公侯权贵相馈赠，以备危急时来作护符之用了。①

这一阶层的人物既作为身份独特的“士”，又是和公侯卿互相连接，服务于公侯权贵。传说孟尝君手下素有鸡鸣狗盗之辈，危难时靠他们脱难解困。所以司马迁把先秦时的侠士都归类为刺客。但随着西汉豪侠中统治阶层的介入和皇权对于豪侠势力的忌惮和摧残，西汉的游侠逐渐趋于世俗化，西汉以后基本都沿着这一趋势发展，所以司马迁把汉代的侠士都归类于游侠。司马迁对“不爱其躯，赴士之困厄”的游侠给予极高的评价和极大的同情，尤其对其中社会地位低下的布衣之侠更是赞不绝口。因为在他看来，“卿相之侠”如孟尝君辈显名诸侯并不难，闾巷之侠如郭解类要称雄于列强就很不易，“至如闾巷之侠，修行砥名，声施于天下，莫不称贤，是为难耳”②。同时，司马迁也明确表示：“古布衣之侠，靡得而闻已”，“自秦以前，匹夫之侠，湮灭不见，余甚恨之”③。在司马迁看来，刺客虽有独立的性格，干练果敢，只身赴义，但都不算《游侠列传》里所记载的主角——“布衣之侠”、“匹夫之侠”。一种是“士”阶层的，一种是闾巷阶层之“匹夫”和“布衣”，这是对游侠本质认定后的归类。

从现代意义上对武侠认定的范畴看，《刺客列传》和《游侠列传》所记的历史故事中人物确实不具备现代意义侠客的“武”与“侠”的相加。在《史记》

① 鲁迅：《流氓的变迁》，《鲁迅文集》第四卷，黑龙江人民出版社 1995 年版，第 133 页。

② （西汉）司马迁：《全本史记·游侠列传》，华文出版社 2010 年版，第 421 页。

③ （西汉）司马迁：《全本史记·游侠列传》，华文出版社 2010 年版，第 421 页。

中司马迁主要以他们激于大义作为其描述的重点，而武（道）的表述仅属于从属地位，或者缺少作为大侠中“武”的选项。这一点已引起学者的重视，如龚鹏程《侠的精神文化史论》研究显示，汉代的有些事，皆由侠主持，但侠不一定出面，所以侠本人倒不一定有勇力武功，这一点很重要，也是汉代游侠的基本特征，像《汉书·游侠列传》记载“游侠者，以四豪为称首”的信陵平原诸公子，就没有勇武，朱家也没有，大侠剧孟则只好赌博，倒是郭解能够亲自杀人，父事朱家的楚田仲“喜剑”，至于陈遵，除了邀聚朋辈喝酒外，别无所长。而士确实勇力过人皆精技击。这也极有可能成为司马迁认定的刺客与游侠的本质不同的依据。不管是刺客还是游侠，有些方面契合韩非《五蠹》里所说：“侠以武犯禁。”这里的犯禁所指的不是叛乱，只是不合律法。鲁迅先生说过：

> 司马迁说：“儒以文乱法，而侠以武犯禁。”“乱”之和“犯”，绝不是“叛”，不过闹点小乱子而已，而况有权贵和“五侯”者在。①

所以《史记·刺客列传》、《史记·游侠列传》为初具侠客风范的刺客和游侠作传，也是只做意义上的认定，是武侠小说的孕育期，还不能算真正的武侠小说。

（二）从秦汉列传到唐传奇：中国武侠小说的滥觞期

据现存资料考证，最早的历史小说，是大约成书于秦汉之间、旧题为燕太子所撰的《燕丹子》，但真正作者已无从考证，《燕丹子》被文学史认为是“古今小说杂传之祖”。鲁迅在《中国小说史略》里说：

> 其所著录（小说），《燕丹子》而外无晋以前书。②

① 鲁迅：《流氓的变迁》，《鲁迅文集》第四卷，黑龙江人民出版社 1995 年版，第 133 页。

② 鲁迅：《中国小说史略》，上海古籍出版社 1998 年版，第 3 页。

此书一般认为是汉代以前的作品。[1] 作者长于叙述谈笑应对之事，娴熟于“外交”式的口语辞令表达，能根据民间和野史传闻来虚构情节，宣扬的是感恩图报、学武复仇的思想，塑造了多种类型的人物。其中“荆轲刺秦王”是全书最精彩的部分，司马迁考证燕丹子就是荆轲，“风萧萧兮易水寒，壮士一去兮不复还”，广为传颂，成为千古绝唱。小说注重写“侠”，注重侠客胆魄、意志的铺陈，少有纯粹的武功展现。《四库全书总目》认为《燕丹子》：“其文实割裂诸书燕丹、荆轲事杂缀而成，其可信者已见《史记》，其他多鄙诞不可信。”从现代武侠小说构成的因素看，还缺乏“武”与“侠”的有机融合，这是中国武侠小说发展的最初阶段。还不能说是真正的武侠小说，但已具武侠小说的雏形。

魏晋南北朝时期出现的一股崇尚老庄的思潮，讲究自然之道，清谈风气盛行，受这种玄学流行的影响，这个时期出现的武侠小说，主要集中在祖台之《志怪》、干宝《搜神记》、刘义庆《幽明录》、刘敬叔《异苑》中，魏晋时期的如《三王墓》、《干将莫邪》、《紫玉》、《谢允》等，以鬼神、仙术道法、灵丹妙药为主要叙事材料，侠客身上往往蒙着一种仙气，通常用玄妙而又神秘莫测的武功来实现行侠的理想，侠与仙、神构成某种隐秘关联，玄而又玄。六朝的小说有《周处》、《李寄斩蛇》、《魏武抢婚》、《贤媛》等，则反映了魏晋六朝时代对小说的早期理解，从小说的特性看，那时的小说还是处于起步阶段，还无法塑造复杂的人物形象，人物形象大多停留在概念化理解上，大凡违犯道德律法，或以武力胁迫或挟制他人的人都可被视为“侠”，属于典型的“侠以武犯禁”形象。但用现代眼光看，这种对侠的肯定与否定所形成的双重认识，形之于小说，亦侠亦盗的全新形象随之出现。流传至今，成为一种珍贵的文学资源为后世所继承，洞开了小说塑造多重性格、形象复杂侠士的先河。

武侠小说真正的发展期是唐代的唐传奇，侯建在《武侠小说论》中认为：

---

① 但值得商榷，因为《汉书・艺文志》未载《燕丹子》，《隋书・经籍志》中始著录，作一卷。其书明初犹存，永乐后亡佚。清乾隆时，四库馆臣于《永乐大典》中发现《燕丹子》上、中、下三篇，辑出成书。

> 最早的武侠小说，应当是唐代的传奇。①

唐代著名的武侠小说有《红线》、《聂隐娘》、《霍小玉传》、《昆仑奴》、《虬髯客传》等，其中早、中期有着代表意义的作品是《红线》。《红线》应该可以说是唐传奇中值得一提的小说，它是侠与武完美结合的典型。红线女身份是卑微不起眼的婢女，地位如此低下的婢女，一生行侠，盗富济贫暗杀贪官污吏，有时甚至肩负重任，扮演着重构江湖各种势力，使之和平相处，稳定社会的角色，而担当这一切的红线女本人以尚义任侠见长，极有风尘侠女的风范，但她是个社会地位低下的小人物，红线女其人其行，均代表着下层人民心中的愿望。清代乐钧《青芝山馆诗集》中有一首评红线的诗，里面有两句："铁甲三千人，不敌一青衣。"仅看这两句诗，已可见那飒爽女儿的俊朗英姿了。但在《聂隐娘》中我们看到另一种"侠"，聂隐娘已不同于红线女，聂隐娘毕其一生担任别人的保镖，在护主的同时，向读者展现了一些类似于玄妙的道术。武功有多高，我们不知道，但小说情节显示，聂隐娘武功不高。因为聂隐娘剑术的神奇无匹，都出自她自己之口，一到实战的关键时刻忽而消隐不见了。由此可以判断她只是具有一点道(仙)术，如自述的断人首级，两次使用化骨药水等，使用的都是非常手段，而非寻常的武功，这样的人物已初具武的秉性，但缺少侠气和侠义。《霍小玉传》只是一个凄美的爱情故事，只能说具有侠的概念却没有武的展现。《虬髯客传》是唐末武侠小说的代表。唐传奇虽然是中国武侠小说的起点，其思想和情节设置往往效法《史记》，明确交代故事发生的时间、地点，甚至标注年号。模仿痕迹明显的唐传奇给初读者两个启示：明里表示是对《史记》的依附，暗地里给读者造成心理上的真实感。唐传奇对侠士及精神的理解把握基本没有超出司马迁的思想范围，所以，与现代所鉴定的武侠小说的意义有一定的差距。

(三)从宋元话本到明代通俗小说：中国武侠小说的发展期

宋代没有承继唐传奇小说传统，自从宋太祖赵匡胤杯酒释兵权后，倡导

① 侯建：《武侠小说论》，《中国小说比较研究》，东大图书公司1983年版，第8页。

以文治国，不崇尚武力，且全国禁武，国家积弱，正史中无游侠事迹记载。但两宋时期，南、北文化交流渐趋频繁，城市人口开始集居，个体经济得到发展，资本主义的商品经济开始萌芽，市民阶层由此兴起，商品交易繁荣，商业发达的城市逐渐形成并走向兴旺，使得人口开始集聚在一些大城市里，拉动了消费。由于消费水平的提高，人们有了更多的闲时和余钱，可以大规模全身心地投入到这种带着浓重的娱乐性质的阅读和欣赏活动中。北宋时，市民的娱乐开始丰富多彩。鲁迅在《中国小说史略》中说：

> 宋都汴，民物康阜，游乐之事甚多，市井间有杂伎艺，其中有“说话”，执此业者曰“说话人”。①

瓦肆勾栏等场所应运而生，“说话”成为广受人们欢迎的一种民间文艺形式。从城市到乡村，到处可见说话人的影子，话本就是宋代说话人的底本，话本小说随着说话人的广受欢迎而流行并赢得读者的喜欢，有着深广的美学价值。这是因为：

> 话本就是随着民间“说话”技艺广为延展而繁盛起来的一种新的文学形式。恰恰是这一文学形式的兴起，为武侠小说从文言到白话，从短篇到长篇，从儒气十足的“文侠”到真正意义上的民间“武侠”这一巨变提供了前提。②

这一时期毕昇发明活字印刷，大大提高了印刷的效率，快捷的出版满足了人们快速增长的书籍阅读需求，印刷业的发展又为武侠小说的广泛传播提供了物质基础。作为宋代小说的主要形式——宋话本随即风行全国。宋话本中间偶尔夹杂的一些“朴刀杆棒”类小说，就有不少是讴歌侠客义士的。宋罗烨研究宋话本后在《醉翁谈录·小说开辟》中认为：话本中有“灵怪、烟粉、

① 鲁迅：《中国小说史略》，上海古籍出版社 1998 年版，第 72—73 页。

② 邓桥：《中国武侠小说的流变》，引自“红袖添香”博文。

奇传、公案，兼朴刀、捍棒、妖术、神仙”一类主题，而这些也是后来的武侠小说所喜用的。在此基础上，产生永垂不朽的武侠经典——《水浒传》。

在历代封建专制统治者眼中，聚众闹事和占地造反都是违反律令的，在正史中“造反”者都是杀人放火、面目狰狞、颠覆国家政权的妖魔鬼怪，属于严打和消灭对象。到了元末明初，国之刚立，百废俱兴，国家对意识形态控制稍稍松懈，各种思想复而兴起，《水浒传》由此诞生。《水浒传》一反传统道德的框架，为那些所谓“造反”、“替天行道”者树碑立传，并渲染他们豪侠仗义、除暴安良的英雄壮举，使他们成为读者心目中的英雄人物。

《水浒传》有几点值得关注。一是武功的描写，把神奇的中华武术接入武侠小说，借助道家文化，以汪洋恣肆的想象着重写出了梁山英雄实实在在的勇力和胆魄。这种依据武学原理创制的武功，一招一式既显得粗犷又显得真实可信，因而显得多彩多姿，这一成果已完全超出了唐传奇专以神奇剑术、道术描述侠士武艺的格调，开创文学史上“雅”、“俗”文学分庭抗礼之先河。二是写出水泊梁山中那种人类原始生命力的迸发，孔武有力，义字当头，一诺千金等成为后代人们的另一种向往。三是描述他们既蔑视朝廷礼法，快意恩仇，又枉杀无辜，行走江湖的种种“劣迹”，为后世的武侠小说创作提供了宝贵的借鉴。四是在内容上大开大合、气势磅礴。历史的、现实的融合在一起，抹去庙堂和江湖的边界，对忠诚之士与叛逆之徒不置褒贬，更将侠客作为与民族命运紧密联系在一起。我们从金庸和其他名家的武侠小说中明显感觉到这一影响。可以说，施耐庵的《水浒传》是中国武侠小说的第一座高峰。五是一部《水浒传》，能流传千古，恐怕还与它宣扬的侠义精神密切相关。108 位英雄聚集于绿林，并自称绿林好汉，一方面对抗朝廷，一方面等待招安，直至为国殉身，这也大概是后来绿林的出处，也是后来侠客能够“为国为民，侠之大者”的精神原点。而豪客这种大规模啸聚绿林不仅取其山野之间自由自在，大概也有与“庙堂”相对的“在野”意思，并且公开与朝廷对抗，构成备受历朝统治者侧目的美学基点。“在野”的江湖绿林似乎颇具“民主”意识，他们以武功和武德推选盟主，并以武德为第一选项，如宋江。他们既显示出一种区别“庙堂”政治体制的民间社团性质，又是一种较为松散的多数个体联合。并且每个英雄侠客开始有统一的绰号，从全文看，长篇小说《水浒》是一个个与历史结合的英雄故事的集合，对后世的武侠小说影响巨大。

(四)明末的通俗历史小说至民国的武侠小说：旧派武侠小说兴起与繁荣

《水浒传》的出现掀起了中国武侠小说的繁荣，从明代末期开始到民国，中国旧派武侠小说欣欣向荣，生机勃勃。

1. 明末至晚清时期的武侠小说，作品数量繁多，但成就不是很高，大致可分为五个流派。

(1)武侠神魔小说，以清代《济公传》与《绿野仙踪》为代表，尤其是《济公传》，主人公济公的一生富有传奇色彩，他既“颠”且“济”，《济公传》歌谣里有一句：“天不管，地不休，快快活活做王侯。有朝困倦打一盹，醒来世事一笔勾。”很能说明他的颠，况且他懂医术，悬壶济世，为百姓治愈了不少疑难杂症。他游戏于民间，扶危济困、除暴安良、彰善瘅恶，他好打不平，息人之争，救人之命，这些都在下层百姓的心目中留下了独特而美好的印象。济公形象在民间影响极为深远，广为流传。

(2)忠义侠盗小说，代表作品有《水浒后传》、《荡寇志》等。大致有两个主题：一是要“歼厥渠魁”，即消灭那些作恶的魁首；一是强调侠义与盗贼的区别，侠士为了维护名教纲常及正义，必须剿灭盗匪。

(3)侠义公案小说，作品以《七侠五义》、《施公案》、《彭公案》、《三侠五义》、《施公案奇闻》及其续书为代表。既有清官断案的曲折情节，又有侠客义士拼杀打斗的场面，事迹新奇，笔意酣恣，描写既细入毫芒，点染又曲中筋节。主要传递出一种观点：侠以武执法。给后代武侠小说江湖规则的制定奠定基础。但是这类小说主题不再是抗暴起义的英雄，替天行道，反而成为为官府奔走、以“肃清奸邪”为天职的侍卫。主人公已被道德规范、朝堂体制所束缚，身上侠气渐消，奴气渐长。当女侠十三妹转而想成为五花封诰的官太太时，这类小说就已经背离了侠客的精神。

(4)武侠神怪小说，如《七剑十三侠》、《仙侠五花剑》等，其实也是侠义与公案的合璧，但这类小说被叶洪生批评为“侠道精神之中衰与扭曲”[①]。

(5)英雄儿女小说，代表作品有《侠义风月传》、《好逑传》、《绿牡丹全传》、《儿女英雄传》等。这类小说让只知道“武”的侠走入了“情”的窠臼，开情侠组合的先例，为丰富武侠小说的人物画廊做出了很成功的尝试。侠是当代武侠小说创作的一个模式。但作者的思想比较陈腐，孟瑶认为“从《施公案》以后，则越来越接近于过分地歌功颂德，所谓英雄豪杰者，不过高级奴才而已”[②]。

2.民国初至40年代末，武侠小说创作又掀起新的波澜，旧派武侠小说到达全盛时期。这时期的武侠小说作品之多，传播之广，技法之高，读者之众，均超出历史，其声势浩大，盛况空前，名家名著，层出不穷，享誉史林。

向恺然、赵焕亭当时被称为“南向北赵”。向恺然一向以“平江不肖生”为小说笔名，成名于1920年以后，一生共撰写武侠小说十四种。以《江湖奇侠传》、《近代侠义英雄传》最为有名，享誉大江南北。其中《江湖奇侠传》被改编成电影《火烧红莲寺》，连拍十八集，影响极大。《近代侠义英雄传》被称是“近二十年来的侠义英雄写照”。80年代由黄元申、梁小龙和米雪主演的《霍元甲》[③]，作为首部被引进内地的香港电视剧，当年在播出时曾创造了万人空巷的轰动效应，一首《万里长城永不倒》的主题曲被亿万中国人传唱至今。《霍元甲》的爆棚是金庸武侠小说迅速流行的前奏曲和催化剂，引爆了中国人阅读武侠小说的热情。这本小说至今还不断被翻拍，有郑伊健、陈小春版，李连杰版，赵文卓版等，足见影响之巨大。没有《霍元甲》的火爆，金庸小说的流行可能还缺乏广泛的群众基础。平江不肖生小说中人物涉及以侠名播于四方的大刀王五、谭嗣同、霍元甲等清末各路英豪，他们的侠义和爱国主义事迹影响了千千万万的中国人。赵焕亭以《奇侠精忠传》闻名，但名

---

① 转引自龚鹏程：《侠的精神文化史论》，山东画报出版社2008年版，第150页。

② 转引自龚鹏程：《侠的精神文化史论》，山东画报出版社2008年版，第150页。

③ 特别是《霍元甲》不断地被搬上银幕，在华人世界产生极为广泛的影响。平江不肖生的作品人物都是清末具有强烈爱国主义精神的民间民族英雄，有着彻底的反封建反帝国主义的革命精神，将中华武术的精华与民族尊严、中华民族的最高利益有机地结合在一起，将个人恩怨与国家荣辱联系在一起，将重大历史事件与现实人物交汇在一起，给武侠小说注入了新鲜的血液，在思想上也达到了一个前所未有的高度。可以说，平江不肖生是一位富有开拓性的武侠小说家，也是一位现实主义武侠小说家。

声似乎比向恺然逊色一点，可能与影视改编的观众效应有关。这一点可以从同时代的王度庐因为李安把他的作品搬上银幕(《卧虎藏龙》)荣获奥斯卡最佳外语片奖，王度庐声名更为响亮得到证明。同时期的"北派五大家"还珠楼主、白羽、郑证因、王度庐、朱贞木，他们成名于20世纪30年代，其中王度庐被视为"悲剧侠情派"，一生撰二十种武侠小说，以《鹤惊昆仑》、《宝剑金钗》、《剑气珠光》、《卧虎藏龙》、《铁骑银瓶》五部曲最具代表性，李安根据同名改编的电影《卧虎藏龙》更将王度庐再次推向阅读热点。还珠楼主被称为"奇幻仙侠派"，代表作《蜀山》是一部糅合了神话、志怪、幻想、剑仙、武侠的超长篇章回小说，开中国小说界千古未有之奇观，共计正传五十集、后传五集，总三百二十九回，约近五百万言。成就最高的要数平江不肖生。武侠小说的模式至此完全成型。

(五)梁羽生、金庸和古龙三足鼎立:新派武侠小说崛起与繁荣

新中国成立后，大陆由于政治运动连连，民国时期流行的武侠小说已经式微。到了50年代，香港与台湾武侠小说创作冲破樊笼异军突起，作为一种奇特的文学现象名载青史。此时名家辈出，有一种长江后浪推前浪的壮观。香港的梁羽生、金庸和台湾的古龙是其中的三个杰出代表，号称"新派武侠小说的三大代表作家"，又称"武侠三剑客"。

梁羽生从《龙虎斗京华》开始，开创了新派武侠小说。他的小说主旨构思是基于"人"的主体意识的觉醒，不再强调侠客的集团性，撇开了明、清武侠小说遗留的侠是作为这种集团行动的法则和规矩的外化而非个性展现的观念，而偏向于个体，着力描述个体性的英雄和美人，以刻画他们的成长历程作为小说叙事的核心发展，关心他们的内在感情世界，努力探索侠客们隐秘的情感空间，铺叙英雄与美人恋爱的经过，侠义当头，辅以柔情，走的是刚柔相济的新武侠路子。

《七剑下天山》、《萍踪侠影录》是梁羽生的代表作品，特别是《七剑下天山》当数他最有成就的一部作品，香港导演徐克以同名将它搬上银幕，据此改编的同名电影风靡大江南北，引起轰动。这部小说将侠客和历史沉浮、民族矛盾完美融合在一起，寄寓了深广的历史寓意，表达有层次有深度有厚

度。小说将炽热的以民族大局为重的爱国爱民情怀与传统的侠义精神糅合在一起，在思想境界上超越了传统武侠小说。他善于细腻、真实地刻画人物心理变化，擅长于用古典诗词来引出背景、烘托气氛、渲染情感，注重情景交融式的意象再现，人物和主题表达有沉淀感和感染力，但不善于设计情节和运用计谋，较之金庸略逊一筹。

让台湾武侠赢得世界华人圈普遍认同的人是古龙。古龙称得上是一个可以在台湾武侠小说史上光耀史册的名字。他是台湾武侠小说界的不世奇才，也是唯一可以与金庸、梁羽生比肩的人。一本《多情剑客无情剑》以多情和无情的二元对立意境倾倒了多少人！他语言清新，意境高妙，内容、风格别致，擅长烘托气氛。古龙才华横溢，思路敏捷，构想独特，不受传统小说理论拘束，以散文化笔调将中外经典熔铸一炉，他为“武侠美学”理念的形成与“武侠文化”的推广作出了巨大贡献。化充实为空灵，创造出迄今为止无人能够企及的空灵飘逸之意境。他不善于武功招数的细致状写，人物刻画上也去繁就简，类似简笔画，格调清新平淡，有一种“清水出芙蓉”的神韵。

金庸的横空出世，把武侠小说推向了一个顶峰。金庸文思敏捷，多才多艺，文笔优雅、浪漫、知趣、婉约而又富于变化，他的小说既有绮丽柔婉，薄施胭脂之温婉，又有金戈铁马气吞万里如虎之雄浑，又能借鉴西方小说探求人生的本质、命运真谛的张力。在对小说的理解、人物的塑造、语言的运用、组织结构和主题的把握上均可与雅文学并驾齐驱。金庸小说的成功是空前的，上至专家学者，下至贩夫走卒都给予高度评价，赞美之辞溢于言表。大陆的“金学”、港台的“金学会”，还有集聚在世界各地的华人的阅读群和如雨后春笋般冒出的金庸研究专家等，都不言自明地昭示金庸小说的影响。

在梁、金、古三大家搅动江湖的同时，不甘寂寞的武林生机勃勃，热闹非凡，大家辈出，如卧龙生、诸葛青云、温瑞安、萧逸等作家各从不同方面对武侠小说作出相应贡献。

（六）后金庸时代的黄易、沧月：武魔、玄幻小说的发展与兴盛

金庸搁笔后，新派武侠小说逐渐走向衰落。在黄易魔幻小说出现前，产生了一位被称为“超新派武侠”，或称“现代派武侠”的温瑞安，1973 年发表大

作《四大名捕会京师》，一炮轰响，影响遍及港台和大陆地区。1981年又发表《神州奇侠》、《血河车》等重要作品，在港台刮起一股新武侠小旋风，奠定其新武侠小说领军地位。他把大量主流文学的东西引入了武侠小说，但没有形成大气候。温瑞安之后，江湖几无波澜。

直到黄易的出现，业已风平浪静的江湖又掀起了阵阵波澜，《覆雨翻云》、《寻秦记》、《大唐双龙传》构成黄易创作成熟时期独特的风格，即在传统的武侠路上融入了玄经易理。所以，黄易的迅速崛起具有相当的典型意义。在金庸之后武侠小说发展遭遇作者读者双重匮乏的困境下，黄易将视觉转向了武侠小说的另类变体——以科幻加魔幻作为题材的通俗小说的新类型"武幻小说"。代表作《寻秦记》，在叙事上跨越时空限制，在内容上将武侠和科幻有机地结合起来，代表了武侠作家向科幻、武侠、言情、历史、童话、推理等题材汲取营养后形成的辉煌，以《寻秦记》为代表的武幻小说在后金庸时代的香港和大陆重新崛起，赢得广大武侠小说阅读者兴趣的重新复兴，是武侠小说陷入困境之后的新变，也是武侠在新的环境下的新发展，就其本质而言，武侠魔幻小说的兴起，还是在中西方文化交流、文化融合和传统文化整合、创新基础上的文学新变化。即使在经济全球化的格局下，它的兴盛，有自己独特的文化渊源、文学渊源以及现实土壤。如果武侠小说在新时期不谋求与时代相吻合，那么，影视、动漫、电玩和互联网将夺走原本属于武侠小说的读者，武侠小说也将告别辉煌走向历史。

当下"魔幻武侠"出现，韩云波把它命名为"大陆新武侠"，代表性人物如沧月，沧月已发表武侠小说50余万字，代表作有《剑歌》、《夜船吹笛雨潇潇》、《碧城》、《东风破》、《血薇》等。《今古传奇·武侠版》2004年第7期编者曾将沧月定位为"动漫时代的少女武侠宗师"，虽有商业炒作之嫌，但所指认的沧月吸纳当代语境里的多种元素，特别是网络传播因素的介入运用，以女性的视角创作武侠，还是具有代表性的。

除沧月外还有小椴的《杯雪》、步非烟的《剑侠情缘》、孙晓的《英雄志》、金寻者的《大唐行镖》、凤歌的《昆仑》和《沧海》、盛颜的《三京画本》、赵晨光的《浩然剑》、平平凡凡的《武侠演义》等。

这些作家很重要的一点是改变以往武侠小说打打杀杀外表，武与侠不再是在人力的范围内进行的斗争，很有“拼将十万头颅血，须把乾坤力挽回”（秋瑾：《黄海舟中日人索句并见日俄战争地图》）的豪情壮志。逐渐走上了玄幻小说的红地毯。赋予武侠小说全新文化内涵，借助于全球化的视野和新媒体传播路径，陈述叙事与数码同构的节点，已学会用媒介思维去思考新武侠小说（武幻小说）。套用西方叙事理论的一句现成话语：

> 承认文本能够创造其他媒介都无法复制的原始经验，正是这种经验使媒介成为必须。①

至此，武侠小说全身心投入网络化和商业化的怀抱了。也就正式宣告传统武侠小说叙事模式的倾覆，新的类型小说叙事模式的诞生。

玄幻小说赋予武侠小说全新文化内涵，这种创新也让根据小说改编的中国武侠片再度赢得国际市场青睐。在某届上海电影节论坛上，凤凰影业总裁麦克·麦德沃说：“中国文化应该靠翻译传递到西方去，如果做一部纪录片那样的电影，没用。”武侠片在国际上其实就是最好的中国文化的“翻译”之一。除了令人称奇的拳脚功夫外，中国武侠片还用通俗易懂的方式演绎传统中国文化，让海外观众产生兴趣。程小东透露，投资2亿元人民币的《白蛇传说》，因秉承这一理念，海外版权销售十分火爆。与以往的《英雄》、《十面埋伏》不同，如今的中国武侠片不再架空历史，而纷纷从中国传统经典、民间传说故事中汲取文化养分，《画皮》和《画壁》均改编自《聊斋志异》，《白蛇传说》取材于《白蛇传》，《四大名捕》则是温瑞安的武侠名著，《杨门女将》脱胎于杨家将故事。业内人士表示，在全球叫卖“魔幻武侠”，其实是“卖意境”。当年《卧虎藏龙》的竹林之战，将中国文化的空灵飘逸传神“翻译”，如今，好莱坞大片都让功夫熊猫阿宝用“静下心来”，诠释充满禅意的太极招式。经历了一轮符号化的中国功夫展示后，中国武侠片要再度在国际上辉煌，就需要借好莱坞特技练外功，用中国传统文化修意境。

---

① ［美］詹姆斯·费伦，彼得·J. 拉比诺维茨等编：《当代叙事理论指南》，申丹等译，北京大学出版社2007年版，第602页。

二、从新派武侠小说角度来看

进入20世纪50年代中期，大陆政治此起彼伏活动频繁，文学走向极度边缘化，武侠小说便在内地销声匿迹，但在香港、台湾由于意识形态的显著差异武侠小说却得到了新的发展与繁荣，新派武侠小说在港台快速流行，并逐步被世界华人认同。80年代进入大陆迅速走红，形成蔚为壮观的阅读大潮。新派武侠小说，相对于旧派而言，“新”是指：一是构思新，人物类型、主题呈现和情节设置等都为全新格局。二是语言新，清新活泼，刚健有力，旧派武侠小说的许多过气词汇和陈腐语言已经被撇除。三是武功新，把内功带入武侠小说。传统侠义小说使用的是气功或硬功概念而从没有内功的概念，新派一经运用，就形成了一股潮流，讲武侠言必谈内功。四是内容新。温瑞安认为：写前人没写过的就是新，“写前人写过的，但是用不同于前人的方式写的；写前人写过或没写过的，但用自己领悟的方式写的都能称之为新”①。五是武功招式和兵器成为塑造人物形象的重要手段。“碧海潮生曲”、“落英神剑掌”只能相配黄药师这样的风流雅士，而不能配给郭靖；“左右互搏”只能适用于天真烂漫的老顽童；日月神教的东方不败挥刀自宫修炼“葵花宝典”已经是“非君子”只能用绣花针；潇湘子使用的武器叫“哭丧棒”，造型师为“鬼马”状……人物形象和武功贯通。从小说本身看，新派武侠从传统文化和外国小说中汲取新的表现技巧，把武侠、历史、现实、科幻、推理、言情等结合起来，用中国新文学的理念和表现手法融合西方小说新的感觉去构筑框架，使武侠小说进入了一个崭新的境界。新派武侠小说创始人是梁羽生（最初作品为《龙虎斗京华》，代表作为《七剑下天山》、《萍踪侠影》），金庸、梁羽生、古龙并称为新派武侠小说代表人物，成就最高的是金庸。金庸武侠小说创造了中国现当代文学史上的一个奇迹，一个难解之谜。

上至政府首脑要员、文人墨客、学者教授，下至农夫民工小贩，

---

① 温瑞安：《游侠纳兰》后记。

> 从中国到美利坚，只要有华人的地方，就有层出不穷的金庸迷……①

金庸武侠小说遍布世界的华人读者用他们痴迷沉醉的阅读热情，历久弥新的趣味欣赏，联想无穷的揣摩探究，脱口而出的广泛引用，情如挚友的小说偶像，把金庸武侠小说遴选为当代伟大作品，把金庸推上当代伟大作家的宝座。金庸把中华民族的审美精神、英雄模式、爱情理想、人格范型、人生情趣、正义观念、文化价值，以极富审美感受、极富个性强度、极富生命体验的艺术表现力传达出来，让每一个与他有“文化血缘”的读者都沁透肺腑地获得精神享受。香港作家倪匡评价金庸时用了“古今中外，空前绝后”八个字；台湾成立了“金学会”，出版《金庸研究丛书》。到了60年代，武侠小说热在台湾形成，古龙异军突起，凭借其清新辽远的意境、武侠和推理的融合脱颖而出，与金、梁形成三足鼎立之势。古龙在改造武侠小说叙述模式僵化和老化的毛病上是功不可没的。他采取了一个新的进路，要把武侠小说改造成现代小说，借以改善武侠小说被摒弃于现代文学之外的困境。王中原在《武侠小说新谈》中认为：

> （古龙小说）不趋于公式化，没有像坊间流行的武侠小说脱离事实，而是真实。②

古龙行文跌宕起伏，语言简洁错杂，句式简短跳跃，气氛紧张浓烈，情节新奇曲折，结尾出人意表。他比梁羽生和金庸更善于制造悬念，更善于渲染气氛，更善于抓住读者的兴趣。他的小说注重故事推理演绎，是典型的武侠“福尔摩斯”。在刀光剑影中，古龙总是能把表面如乱麻般的案件，一一条分缕析，通过严密的推理、判断、归纳、总结，寻出事件的最终结果，揪出元凶，铲除奸恶。由于内容新、情节奇、笔意曲、句式短，极尽繁复曲折之能事，因此极受读者欢迎。他的小说销量多、流行广，改编为电影和电视剧的也不

① 严家炎：《金庸小说论稿》（增订版），北京大学出版社2007年版，第3页。

② 转引自龚鹏程：《侠的精神文化史论》，山东画报出版社2008年版，第226页。

少，其影响非常之大。古龙小说以短剧成就最高，人物对话精彩纷呈，极富推理的意味，蕴含人生哲理，深受海明威的影响，善写男性之间的交情，写出彼此之间惺惺惜惺惺、肝胆相照，深得古代侠义的精要。不过，他的小说缺少回味，没有余音绕梁三日不绝的韵味。但有了读者，有了销量，有了名气，古龙平时不是很低调，偶尔还会在媒体上自嘲一通。相比古龙，金庸低调多了，金庸自己一再低调地声明：自己写武侠小说，不过是为了自娱娱人，最好不要与正式的文学作品相提并论：

> 我的武侠小说只有娱乐性。①
>
> 我的那些小说没有什么了不起。
>
> 我的小说就主题思想、文学价值各方面来讲，固然不能与鲁迅、巴金等大师并列，也远远及不上茅盾及近代、当代的其他许多小说家。②

当然，这是金庸先生的自谦之词，不足以全面说明金庸小说的现实和社会意义。从现在看来，金庸小说与传统武侠小说的显著区别在于，金庸将情爱文化的重新定义、人生哲理的理解和阐释、中国文化内涵挖掘和弘扬、西方文化的借鉴和运用，以及武侠小说的创新，统统倾注于“乌托邦”化的侠骨柔情的诗性叙事中，使得以武、侠、情为主题的小说上升到美学价值的高度。而且，小说中蕴含着相当丰富的历史文化知识，从传统文化、伦理道德、星象卦辞、天文历法、宗教艺术、风俗习惯到圣手妙药等无所不通无所不包。读者在阅读后既能怡情冶性，又能给人一种知识上的灌输和文化上的共鸣。当然这种大百科知识型的小说，在西方评论家眼中可能不太入流，西方小说强调文学性而鄙视知识性，正如《红楼梦》得不到西方人的青睐一样。但在中国显然与西方不同，知识性和文学性同样重要，关键是作品向读者传授了什么样的知识，读者能学到什么知识。知识性强的小说如果符合中国人的

① 《金庸茶馆》，友谊出版公司 1998 年版，第 211 页。

② 金庸、池田大作：《探求一个灿烂的世纪——金庸/池田大作对话录》，北京大学出版社 1998 年版，第 4、211 页。

审美习惯，照样会得到热捧。金庸小说如同《红楼梦》，由于包容了极为丰富的历史文化知识，照样得到国人的普遍欢迎，所以，中西方文化差异不能作为小说评价的标准。除此之外，金庸的武侠小说的成功，还在于为读者塑造了一批血肉丰满、形象生动、个性鲜明的人物形象：陈家洛、袁承志、周伯通、乔峰、段誉、慕容复、鸠摩智、张无忌、杨过、岳不群、令狐冲、任我行、桃谷六仙、郭靖、任盈盈、小龙女、黄蓉、韦小宝等，这些形象脍炙人口，如中国画中的水墨山水，亦正亦邪，亦刚亦柔，飘逸潇洒，仙风道骨，令人爱恋难舍。这正是金庸作品经久不衰的奥秘所在。

金庸、古龙、梁羽生、温瑞安、黄易、卧龙生、司马翎都为老一辈武侠小说的宗师人物，在读者中都曾产生巨大影响。为武侠小说在大陆的流行奠定了坚实的基础，并作出了不可磨灭的贡献。当然，武侠小说的良莠不齐，读者的口味不一，使得公众对之评价和要求产生异同，形成众声喧哗的武侠小说开放批评大格局。如王朔批评金庸，王朔认为：金庸的武侠小说，一是胡编乱造；二是情节重复，行文啰唆；三是人物性格模式化；四是小说语言是旧的、死的；五是立意不脱旧白话小说的俗套，在弘法的幌子下诲淫诲盗，还给那些无法无天的侠客脸上贴金；六是虚构了一群如同野生动物的中国人的形象，从而给世界很大的误会；七是中国资产阶级作家的精神世界永远浸泡沉醉在过去的繁华旧梦里，对金庸及其作品都作了全盘否定。南京大学教授王彬彬也对金庸持否定的态度，他认为金庸小说中的人物、情感及营造的文化背景都是非理性的，脱离现实的海市蜃楼。但也有北大教授严家炎把金庸带进神圣的大学讲堂，在北京大学中文系开设金庸作品研究课程并身体力行地讲授，认为金庸小说正在进行一场静悄悄的文学革命。因为金庸既是当代中国拥有读者数量最多的作家之一，其小说自 20 世纪 50 年代问世以来，风靡华人世界已近半个世纪，又是拥有被改编为电影、电视剧、电子游戏软件最多的以古代社会侠义斗争为内容的文学作品的作家，还是读者文化修养跨度最大的作家，严家炎认为：

> 不仅广大市民、青年学生和有点文化的农民喜欢读，而且连许

多文化程度很高的专业人员、政府官员、大学教授、科学院士都爱读。[①]

其小说中许多人物形象达到了家喻户晓的程度。受众之广，几乎无人可与比肩。金庸小说成了一种独特的文化现象，甚至青年学者王一川在给20世纪的文学大家排座次时，将金庸列为新文学运动的代表人物茅盾之前的“老四”（前三位是鲁迅、沈从文、巴金，之后是老舍、郁达夫、王蒙、张爱玲、贾平凹）[②]。

在这个大家族内，要求武侠小说的思想内容做到健康向上，并不算苛求。在梁、金、古这三大家中，金庸在这方面做得最好，符合正统大道的标准。但金庸小说有其自身的缺点，这是毫无疑问的。为了《明报》，为了销量，还为了迎合读者的口味。

首先，民国以来的武侠小说，其创作的目的是纯商业性的，作品的整体结构、篇幅，都取决于商业性的需要。这一点，在本就是为报纸服务的金庸小说创作中表现得很典型。但晚期，随着作品的畅销，金庸不再局限于商业目的，而是着力对武侠小说及其侠义精神的深入思考，倾心于传统文化的当代阐述，他把对现实及当代社会的理解附注于武侠主题的表述、形象的刻画，这样，与现实和政治密不可分的小说如《天龙八部》、《笑傲江湖》、《鹿鼎记》等先后面世。加上观照自身的经历，英雄出自平民的观念随之喷涌而出，金庸把武侠英雄的塑造最后归结为平民韦小宝有其宏伟目标，他想展示自己一介平民而能成为英雄的形象标志，又想夺取武侠小说的全面话语权。有研究者认为：

无论是对金庸小说进行文化研究，还是雅俗定位、寓言解读，都反映了知识分子在日益平面化、商业化、物质化的后现代社会中，通过返回民间、取得话语权以求得自身的生存和发展，并有限发挥知识分子精英作用的努力……（金庸小说研究）是知识分子自

① 严家炎：《金庸小说论稿》（增订版），北京大学出版社2007年版，第3页。

② 王一川：《重排大师座次》，载《读书》1994年第11期。

上而下的向民间渗透，以使知识分子话语有更大的生存空间。①

金庸在封笔之后，对其作品进行了三次大的修改，这在武侠小说史上是罕见的，显示金庸颇有以其作品鸣于世的雄心。其实金庸在塑造全面解构英雄含义的韦小宝时，他发现自己对武侠的理解已经是江郎才尽，之前的结构、叙事、人物甚或主题表达成为一道不可逾越的鸿沟，特别是在侠义英雄的塑造上，从陈家洛、郭靖到乔峰、令狐冲，可以说已经穷尽了英雄形象类型，最后似正似反的韦小宝居然进入金庸小说的英雄榜而成为平民英雄的代表，显示其对人物类型的构想已是竭泽而渔，小混混小流氓经改造都可成为英雄，那英雄是不是已经堕落为无赖？总不能把民族罪人或者恶霸地主再改造为英雄人物，重新树立新类型。即使金庸能够完成这样的"大作"，读者会认同吗？读者的审美感受对于重构作品价值至关重要，不被读者接受的人物类型是不具有美学价值的，所以金庸不得已放下如椽之笔。从金庸作品《鹿鼎记》显现的主旨看，现实社会其实并不需要真正的英雄侠客，只有油嘴滑舌、不学无术的韦小宝之流才是最懂得"适者生存"之道的。但韦小宝是英雄吗？是又不是，英雄若以成败论，那韦小宝无疑是最大的英雄，因为他黑白两道通吃完成了人生的辉煌，从一个妓院出来的小混混最后荣登一等鹿鼎公；但若以传统英雄标准论，韦小宝无法与英雄同列，因为他根本不具备英雄品质。在袁良骏先生看来，金庸写武侠小说的最终目的是为商业而商业，他认为：

> 金庸是靠武侠小说发家致富的，正因为有了他的武侠小说，他才敢于创办《明报》；他的《明报》的畅销不衰，主要也是依赖他的武侠小说撑门面。武侠小说写得越长，《明报》的寿命越长，金庸的财源越广。他怎么可能注意精练、注意删节、避免重复？不客气地说，有些作品简直是有意重复，有意拖长。按照严格的纯文学创作，这是绝不可以的；即使小学生的作文，也是不允许的。这个简

① 邓全明：《通向民间的路：论金庸小说创作和金庸研究》，《华文文学》2003年第6期（总第59期），第67、68页。

> 单的道理，难道金庸不懂吗？不是不懂，而是他不能不重复，不能不拖沓。这是金庸的聪明处，也正是金庸小说的悲哀处：为了财富，金庸只好“背叛”才华了。①

袁良骏先生说这段话时似乎立场很公正，态度很诚恳，大有为金庸不能珍惜自己的文学才华而痛心疾首之意。但我们不能妄下断语，这能否显出袁良骏先生作为一个文学研究者的真诚，能否对金庸小说作现代性的解构而揭示小说的实质呢？这样的结论似乎不能公布于众。不过我们也不能对袁先生吹毛求疵，各人都有自己阅读的尺度，对金庸这样的武侠作家，商业目的的存在是显而易见的，但金庸在作品中显现的才智和雄心同样可以昭示日月。他的武侠小说能成为一种文学样式的标杆，一种经典，与他的深厚的学养和深邃的中国文化思想的现代表白密不可分。我们知道，一部作品要成为经典，必须首先是畅销书，在读者中影响广泛沉淀深厚，而后慢慢才有可能成就伟业，没有经历畅销环节永远成不了经典。当然，不是所有畅销的书籍就必然会走向经典，畅销后走向经典的只会是一小部分，这其中的曲折相信读者自会分辨清楚。坦率地说，金庸及其写作本身并没有值得诟病的地方，通俗文学本身就是“以大众传播媒介为载体，按市场机制运作的、旨在满足读者的愉悦性消费需要的商品性文学”②，按王一川说法，通俗小说有以下几大特点：1. 流行性，2. 商品性，3. 娱乐性，4. 文学性，金庸小说具备这四大特点。金庸把小说作为一种“文化商品”来操作，本是极为正常之事，为了故事叙述需要，为了连载，他的武侠小说有些地方确实具有人为拉长的斧痕，但他从一开始就是为报纸发行量和招徕读者而写作，就必须采取迎合读者的商业手段，加上《明报》要生存发展，商业因素浓，为了版面和情节发展需要有限度地拉长叙事，本是小说和读者也能容忍的。无论外人怎样看待他，他严格地遵守了小说创作的规律，因而他获得了成功，他的小说也就成了艺术作品。

其次，金庸的十五部小说对传统文化进行大规模的现代化、商业化改

---

① 袁良骏：《再说雅俗——以金庸为例》，《中华读书报》，1999 年 11 月 10 日。

② 王一川：《大众文化导论》，高等教育出版社 2009 年版，第 120 页。

造，在追求商业目的同时，金庸一定范围内承继了“五四”文化批判精神，古今中外，贯穿一体，但走的是另一条道路。他绝不限于一种文化资源的运用，从弘扬儒家文化开始，同时高扬道家、墨家等多种文化，并接受外来文化的深刻影响，其中也包含否定与批判，呈现出一种复杂态势。既可以展现文化融合，也可以演示文化的四不像，同样可以表达对传统文化的全部否定（如塑造韦小宝这一角色）。现代化和商业功利化使得他不可能复制传统文化，他的小说要迎合读者，博取销量，不能照搬照抄传统文化，而是改造文化。

最后，他的十五部小说不是一气呵成的非常有条理性的连续剧，含有明显的各自为战的特点。虽然很多人物在多部作品中有传承，但后面的往往流于映象化，缺乏血肉相连的丰满与鲜活，如黄蓉、郭靖、周伯通、杨过等，后期作品出现的形象许多都是模式化的人物。作品有缺点，这是显而易见的，却不在有些批评者所认为的“正邪不分”或“武多侠少”上。即使是被梁羽生先生明确否定的《天龙八部》这部作品里的重要角色如乔峰、段誉、虚竹、慕容复等人身上及其各自的故事中，也不存在着“正邪不分”、善恶颠倒、是非混淆的情况。乔峰为天下百姓的安危献出自己的生命，段誉的诚实与见义勇为，虚竹的慈悲心肠，慕容复的无情无义，都给读者留下了深刻的印象。作者的爱憎观与道德倾向，书中表述得一清二楚，并未将“是非”予以混淆。但这部作品及金庸后期的其他一些作品，人物不再是非正即邪那般黑白分明，既有真小人，也有伪君子，英雄不再是梁羽生式的完美英雄，“坏人”也不再是彻头彻尾的坏人；英雄侠士身上有“邪气”，坏人身上有“善性”。对此，作者有过简单的解释，他在《金庸作品集·序》（三联版）中写道：

> 我写小说，旨在刻画个性，抒写人性中的喜愁悲欢。

要“刻画个性”和“抒写人性”，那就不能拿某种“侠士模式”去套写人物——即使这种“模式”非常正确、非常高尚。金庸的武侠小说虽然也是通俗文学，但是其中有沉淀深厚的历史文化底蕴，在通俗文学中独树一帜，因而独步武林。王朔还在其他场合推崇古龙，贬低金庸，说金庸不如古龙。古龙的武侠小说有着自己鲜明的特色，以奇、谲取胜，善于烘托气氛，结构、语言、情绪，都是现代的，较前人有了根本性的改观。古龙自己说过："我希望能创造一种武侠小说的新意境。"[①]确实古龙是身体力行的。但金庸总体成就比古龙要高，这也是不争的事实。从另外的角度看，两者各有千秋，寻求文化者爱看金庸，寻求刺激者爱看古龙。萝卜白菜，各有所爱，我们不能强求一致。

三、从金庸小说的传统文化传承角度来看

从文化传承视角看，中国的通俗文学传统源远流长，中国现代通俗小说与中国传统文化有着非常密切的关系，是中国传统的道德观念和美学思想在20世纪的体现，司马迁概括的侠义精神，儒、释、道阐述的文化传统，唐传奇以来对武侠小说的诠释，经过现代小说家的演绎发展，在新时期大放光彩。这些通俗文学作品的主题、情节和结构固然上承古代通俗文学的流风余韵，更重要的是，同工业化时代大众文化的生产方式有着更为内在而深刻的关联。这种新兴的大众文化同以前占据主导地位的主流意识形态文化以及带有启蒙主义标记的高雅文化，彼此又相生相克，已经成为当今中国文化市场的基本景观。同时，中国通俗文学作家也是20世纪最早接触和介绍外国文化与文学进入中国的作家，他们介绍的西方文学创作方法，引进的一些外国优秀作家作品对中国文学的发展提供了资源和动力，同样对通俗文学的美学转型也提供了理论依据与实践可能。因此从中国现代小说的发展中看，这些通俗小说实际上是中国传统小说走向"现代型"小说的一个过渡。

在全球化时代，中西方文化的碰撞、交流和融合，是产生伟大作家的先决条件。但任何一个作家，任何一部作品，无论其多么受读者推崇，地位多么尊贵，首先必须是本民族传统文化及其民族精神的承继者，他的根必然深深地植于自己民族的文化之中。因为民族文化不仅是一个伟大作家的精神家园、神圣的栖息地，同时也是伟大作品产生的母体、思想阐发的源头。对

① 转引自龚鹏程：《侠的精神文化史论》，山东画报出版社2008年版，第234页。

“本民族文化的情感厚度、体察深度与表现强度是作家、作品价值产生的主要奠基因素”①。金庸小说就做到了这一点，金庸小说是在中国传统儒、道、释文化与西方文化交合时期的文化平台搭起的小说文本，他的武侠小说是一个博大的民族文化审美价值体系。这个体系的形成与金庸本人深厚的学养密不可分，他的古文功底极深，精通历史，曾得到剑桥大学著名汉学家麦大维的高度认可。据香港《明报》报道，武侠小说名家金庸（查良镛）86 岁考获英国剑桥大学博士，金庸的老师、剑桥汉学名誉教授麦大维（David McMullen）忆述，金庸在剑桥时和普通学生一样，每周参加研究生读书会。有次他们讨论到一个中国古墓穴的题辞，来自北京大学及欧洲的学者都不明白，金庸就向他们解释内容，麦大维认为金庸的古文修养真是一流。

中华民族文化核心价值体系构成的主干成分，儒、释、道等传统文化内涵在民族文化、政治、道德、思想等形成过程中铸成坚韧的内核，在不同历史时期，成为中流砥柱，坚韧刚强。它时刻保持强大的文化同化力，使我们中华民族文化历经风雨屹立于世界之林而不倒。这个民族文化核心价值体系产生的审美价值放射着理想的温煦而灿烂的光辉，因而充满着中国文化东方式浪漫主义的美学格调。若干年后，金庸小说的精华或将沉淀为文化平台的一部分，或将成为我们的共同词典。金庸小说对人物形象、美学价值的高度重视和对自由思想选择的强调，显示出了小说家的博大胸怀，他不是传统民族文化循规蹈矩的始作俑者，而是传统文化的变革和创新者，对民族文化抱着家园般的挚爱，使得他努力弘扬民族文化的创造精神，以此呼唤后继者生发出无愧于祖先文化光辉的创造力。因为热爱这个文化，所以才满怀激情地参与创造文化。

金庸的小说，不仅传递了大量的中国文化观，许多人物的背后传递了大量的中国古代文化，还兼收并蓄地汲取外国文化的精华，同时又包含了近代和现代的文化观念，如道德观念、价值观念等。严家炎教授更是热情洋溢地称赞说：

---

① 崔文华：《金庸武侠小说的民族文化意识》，新华网浙江频道，2006 年 10 月 22 日。

> 金庸小说包含了迷人的文化气息、丰厚的历史知识和深刻的民族精神。作者以写“义”为核心，寓文化于技击，借武技较量写出中华文化的内在精神，又借传统文化学理来阐释武功修养乃至人生哲理，做到互为启发，相得益彰。这里涉及儒、释、道、墨、诸子百家，涉及千百年来中华民族众多的文史科技典籍，涉及传统文学艺术的各个门类如诗、词、曲、赋、绘画、音乐、雕塑、书法、棋艺等等。作者调动自己在这些方面的深广学养，使武侠小说上升到一个很高的文化层次。……我们还从来不曾看到过有哪种通俗文学能像金庸小说那样蕴藏着如此丰富的传统文化内容，具有如此高超的文化学术地位。①

孔庆东认为：

> 金庸小说博大精深，地负海涵，不仅将中国传统的武侠小说提升到空前高雅醇厚的境界，而且越出武侠小说的苑囿，集武侠、言情、侦探、历史、宫闱、传奇、志怪、风俗于一身，融中国传统文化与现代人类精神为一体，蔚成20世纪华人文学之奇观。有言道：“有华人的地方，便有金庸小说。”②

邬凤英认为金庸：

> 金大侠长期居住在香港这个中西文化的交汇点，早年还曾经在美国耶鲁大学修读，但他一直对中国的传统文化情有独钟，并通过自己的作品在传播国学方面作出别人难以企及的贡献。他的经历和成就证明：深厚的国学素养和以西方文化为主要内容的现代

---

① 严家炎：《金庸小说论稿》（增订版），北京大学出版社2007年版，第100—101页。

② 孔庆东：《论金庸小说的民族意识》，《西南师范大学学报》（人文社会科学版）2004年9月第5期。

文明，不只是不矛盾的，而且可以是相辅相成的。①

具体地说：

（一）历史文化的自觉传承与弘扬

金庸小说包含着丰富的历史文化知识，他的小说是历史文化的综合，在当代中国的作家中应该可以说是首屈一指的，深入挖掘小说中的历史文化知识，对于我们充分认识金庸对历史文化的自觉传承与弘扬有着鲜明的意义。

金庸小说不仅描绘历史，而且把古典诗词、正史经典、野史笔记、地方风物、人情风俗、琴棋书画等都写进了作品中，有的小说如《鹿鼎记》更像是历史小说。小说中蕴含的历史文化知识很多并不是直白、简洁地罗列出来，而是经过金庸的文化改造后散乱地分布在小说中，更多是通过人物、对话、行为等间接表现出来，如果直接在小说中找寻，因为没有系统阐述，可能会让你有点失望，这就需要我们用心去发现领会，尤其是那些蕴含思想性、观念性的知识，更需要我们拨开云雾找寻太阳，比如《笑傲江湖》祖千秋与令狐冲是这样论酒与酒杯的：

> “这一坛关外白酒，酒味是极好的，只可惜少了一股芳冽之气，最好是用犀角杯盛之而饮，那就醇美无比，须知玉杯增酒之色，犀角杯增酒之香，古人诚不我欺。”令狐冲在洛阳听绿竹翁谈论讲解，于天下美酒的来历、气味、酿酒之道、窖藏之法，已十知八九，但对酒具一道却一窍不通，此刻听得祖千秋侃侃而谈，大有茅塞顿开之感。只听他又道：“至于饮葡萄酒嘛，当然要用夜光杯了。古人诗云：‘葡萄美酒夜光杯，欲饮琵琶马上催。’要知葡萄美酒作艳红之色，我辈须眉男儿饮之，未免豪气不足。葡萄美酒盛入夜光杯之后，酒色便与鲜血一般无异，饮酒有如饮血。岳武穆词云：‘壮志饥

① 邬凤英：《从金庸支持复兴国学谈起》，见《中华读书报》2005年8月3日。

餐胡虏肉，笑谈渴饮匈奴血'，岂不壮哉！"令狐冲连连点头，他读书甚少，听得祖千秋引证诗词，于文义不甚了了，只是"笑谈渴饮匈奴血"一句，确是豪气干云，令人胸怀大畅。祖千秋指着一坛酒道："至于这高粱美酒，乃是最古之酒。夏禹时仪狄作酒，禹饮而甘之，那便是高粱酒了。令狐兄，世人眼光短浅，只道大禹治水，造福后世，殊不知治水甚么的，那也罢了，大禹真正的大功，你可知道么？"令狐冲和桃谷六仙齐声道："造酒！"祖千秋道："正是！"八人一齐大笑。祖千秋又道："饮这高粱酒，须用青铜酒爵，始有古意。至于那米酒呢，上佳米酒，其味虽美，失之于甘，略稍淡薄，当用大斗饮之，方显气概。"令狐冲道："在下草莽之人，不明白这酒浆和酒具之间，竟有这许多讲究。"

祖千秋拍着一只写着"百草美酒"字样的酒坛，说道："这百草美酒，乃采集百草，浸入美酒，故酒气清香，如行春郊，令人未饮先醉。饮这百草酒须用古藤杯。百年古藤雕而成杯，以饮百草酒则大增芳香之气。"令狐冲道："百年古藤，倒是很难得的。"祖千秋正色道："令狐兄言之差矣，百年美酒比之百年古藤，可更为难得。你想，百年古藤，尽可求之于深山野岭，但百年美酒，人人想饮，一饮之后，便没有了。一只古藤杯，就算饮上千次万次，还是好端端的一只古藤杯。"……祖千秋又道："饮这绍兴状元红须用古瓷杯，最好是北宋瓷杯，南宋瓷杯勉强可用，但已有衰败气象，至于元瓷，则不免粗俗了。饮这坛梨花酒呢？那该当用翡翠杯。白乐天杭州春望诗云：'红袖织绫夸柿叶，青旗沽酒趁梨花。'你想，杭州酒家卖这梨花酒，挂的是滴翠也似的青旗，映得那梨花酒分外精神，饮这梨花酒，自然也当是翡翠杯了。饮这玉露酒，当用琉璃杯。玉露酒中有如珠细泡，盛在透明的琉璃杯中而饮，方可见其佳处。"

——《笑傲江湖》

这是一段极为精彩的文字，金庸对酒和器皿的历史和文化知识以及诗词引用对它们的再认识让人读之惊叹。人说，金庸才如大海，从此节文字看，当不为过。我们姑且不论其酒道言说的科学性到底如何，光是他在谈酒论道时"引经据典"之恰如其分，联想之神思巧妙，文学造诣之高妙，就已经让读者心灵倍感熨慰。这不是金庸在炫耀他渊博的知识，而是金庸借祖千秋的言说，巧妙地将知识、人文、心境融合在一起，传达了他对传统文化的继承和发扬。当然，祖千秋不是莫名其妙地跑上船，傻傻地与令狐冲喝上一回酒，而是借酒文化、人文知识激发令狐冲内心潜在的雄心和斗志，恢复生机战胜病魔，以讨得圣姑任大小姐的欢心。

这个时期，是令狐冲生命的灰暗期，小师妹的移情给了他极其沉重的打击，受伤后，又被"好心"的桃谷六仙和不戒和尚先后注入真气，身上七道怪异真气左右冲突让令狐冲生不如死，在洛阳金刀王元霸家里终于得见情敌林平之家族的光鲜，和自己从小就是个孤儿相比，已经让令狐冲自惭形秽，夹杂着小师妹的负情，又屡受轻贱，终于变得自暴自弃。因为《笑傲江湖曲谱》纷争未果而结识"婆婆"任盈盈，对自己轻贱生命有了悔意。这种状况下，在船上，祖千秋以酒启之，最是合乎令狐冲的心意，令狐冲万事都可抛，唯有师妹情谊与酒始终未能放下。浪子加酒是令狐冲生命的本真，小师妹固然已是不可回首，那就唯有酒能够催生他行将凋零之生命气息。于是就有了祖千秋论酒的故事。祖千秋论酒从古诗"葡萄美酒夜光杯"起始，美酒、夜光杯交相辉映，酒入夜光杯，其颜色即从艳红转为血色，饮酒如饮血，自然契入岳飞的《满江红》"笑谈渴饮匈奴血"，闻之豪气干云，令人胸怀大畅。这样一种大漠驰骋、纵横万里的豪情壮志可以引发令狐冲摆脱日渐灰暗的心绪，激发他潜藏的勃勃斗志。令狐冲嗜酒如命，祖千秋借酒论说，从北方烈酒说起，诉以燕赵慷慨悲歌之士之雄烈，极是暗合令狐冲此时心境，祖千秋其实是投其所好为令狐冲排解心中郁结。当令狐冲为酒所动，意兴勃勃时，祖千秋转而论说绍兴之状元红，温婉润泽，似徐徐而来的江南温润春风，滋润心田。这一段论酒的文字融历史、文学、文化于一体，语言汪洋恣肆，联想、引用丰富贴切，更是兼顾情景交融，此情此景中令狐冲既能饮到天下之美酒又有可人在旁娓娓而道，实乃人生之快事也。当然，令狐冲确实是心怀大开的，内心的郁结随之稍解。

单一地大谈酒文化，对许多人来讲是轻而易举的，但能融入人物的性格和即时情景，情景交融，又能推动情节的发展，做到天衣无缝者，金庸能算一个。

再来看《天龙八部》中段誉评析茶花，同样令人拍案叫绝：

段誉道："王夫人，你说这四本白茶都叫做'满月'，压根儿就错了。你连花也不识，怎说得上懂花？其中一本叫做'红妆素裹'，一本叫作'抓破美人脸'。"王夫人奇道："'抓破美人脸'？这名字怎地如此古怪？是哪一本？"段誉道："夫人既不信，也只好由得你。"指着楼前一株五色斑斓的茶花，说道："这一株，想来你是当做至宝了，嗯，这花旁的玉栏杆，乃是真正的和阗美玉，很美，很美。"他啧啧称赏花旁的栏杆，于花朵本身却不置一词，就如品评旁人书法，一味称赞墨色乌黑、纸张名贵一般。

这株茶花有红有白、有紫有黄，花色极是繁富华丽，王夫人向来视做珍品，这时见段誉颇有不屑之意，登时眉头蹙起，眼中露出了杀气。段誉道："请问夫人，此花在江南叫做什么名字？"王夫人气忿忿地道："我们也没什么特别名称，就叫它五色茶花。"段誉微笑道："我们大理人倒有一个名字，叫它做'落第秀才'。"王夫人"呸"的一声，道："这般难听，多半是你捏造出来的。这株花富丽堂皇，哪里像个落第秀才了？"段誉道："夫人你倒数一数看，这株花的花朵共有几种颜色。"王夫人道："我早数过了，至少也有十五六种。"段誉道："一共是十七种颜色。大理有一种名种茶花，叫做'十八学士'，那是天下的极品，一株上共开十八朵花，朵朵颜色不同，红的就是全红，紫的便是全紫，决无半分混杂。而且十八朵花形状朵朵不同，各有各的妙处，开时齐开，谢时齐谢，夫人可曾见过？"王夫人怔怔地听着，摇头道："天下竟有这种茶花！我听也没听过。"

段誉道："比之'十八学士'次一等的，'十三太保'是十三朵不同颜色的花生于一株，'八仙过海'是八朵异色同株，'七仙女'是七朵，'风尘三侠'是三朵，'二乔'是一红一白的两朵。这些茶花必须纯色，若是红中夹白，白中带紫，便是下品了。"王夫人不由得悠然神往，抬起了头，轻轻自言自语：“怎么他从来不跟我说。”段誉又道：“‘八仙过海’中必须有深紫色和淡红的花各一朵，那是铁拐李和何仙姑，要是少了这两种颜色，虽然八花异色，也不能算‘八仙过海’，那叫做‘八宝妆’，也算是名种，但比‘八仙过海’差了一级。”王夫人道：“原来如此。”段誉又道：“再说‘风尘三侠’，也有正品和副品之分。凡是正品，三朵花中必须紫色者最大，那是虬髯客，白色者次之，那是李靖，红色者最娇艳而最小，那是红拂女。如果红花大过了紫花、白花，便属副品，身份就差得多了。”有言道是“如数家珍”，这些名种茶花原是段誉家中珍品，他说起来自是熟悉不过。王夫人听得津津有味，叹道：“我连副品也没见过，还说什么正品。”

段誉指着那株五色茶花道：“这一种茶花，论颜色，比十八学士少了一色，偏又是驳而不纯，开起来或迟或早，花朵又有大有小。它处处东施效颦，学那十八学士，却总是不像，那不是个半瓶醋的酸丁么？因此我们叫它作‘落第秀才’。”王夫人不由得扑哧一声，笑了出来，道：“这名字起得忒也尖酸刻薄，多半是你们读书人想出来的。”

王夫人出神半晌，转过话题，说道：“适才得闻公子畅说茶花品种，令我茅塞顿开。我这次所得的四盆白茶，苏州城中花儿匠说叫做‘满月’，公子却说其一叫做‘红妆素裹’，另一本叫做‘抓破美人脸’，不知如何分别，愿闻其详。”段誉道：“那本大白花而微有隐隐黑斑的，才叫做‘满月”，那些黑斑，便是月中的桂枝。那本白瓣上有两个橄榄核儿黑斑的，却叫做‘眼儿媚’。”王夫人喜道：“这名字取得好。”段誉又道：“白瓣而洒红斑的，叫做‘红妆素裹’。白瓣而有一抹绿晕、一丝红条的，叫做‘抓破美人脸’，但如红丝多了，却又不是‘抓破美人脸’了，那叫做‘倚栏娇’。夫人请想，凡是美人，自当娴静温雅，脸上偶尔抓破一条血丝，总不会自己梳妆时粗鲁弄损，也不会给人抓破，只有调弄鹦鹉之时，给鸟儿抓破一条血丝，却也是情理之常。因此花瓣这抹绿晕，是非有不可的，那就是绿毛鹦哥。倘若满脸都抓破了，这美人老是与人打架，还有什么美之可言？”

——《天龙八部》

段誉虽不懂武功，也不喜宫廷生活，但他饱读诗书，平时博闻强记，迂腐但善言，大理皇宫中茶花比比皆是，极品茶花在段誉眼中多已不见怪。在王夫人前面，他倒不是卖弄文采，而是话题投机，这些名种茶花原是段誉家中珍品，他说起来自是熟得不能再熟了，有言道是“如数家珍”，一遇到王夫人与之品茶花，段誉一下子才如泉涌，话语绵绵自然流淌，况且他对诗词典故、历史掌故、花卉虫草的识见超越常人，尤其是他子承父风，对女人外形内涵有独到理解。所以，他对茶花的分析评价也就以此作比，无论“红妆素裹”、“抓破美人脸”、“八仙过海”、“七仙女”，还是“风尘三侠”、“满月”、“眼儿媚”、“倚栏娇”，基本上是以美人的外形优雅妩媚、内质的娴静温雅作喻体，借助美人的形、质从色、形、质、感、品等多种角度来诠释茶花，并多用不同比喻词，极是贴切。语意温婉，显示非同一般的才识。

其中蕴含的文化知识丰富多彩。至于间或使用“落第秀才”、“十八学士”、“十三太保”作比，也与他的学识大有关联，一个书呆子，饱读诗书，以书本知识作答，可以清源溯本。还有一种可能就是段誉不一味以美人作比对是不想让王夫人错认为自己是一个花花公子。但无论怎样，都显示金庸文化知识的广博和深厚，可以认定，金庸是历史文化的自觉传承与弘扬者。

（二）文化创新的能动者

金庸的武侠小说，能够超越前人，卓成一家。对武学招数做出原创性贡献的一代武学宗师，他们留给读者的是名目新奇刺激、招式五彩斑斓、效果引人入胜的武学硕果，这种依据传统文化及其思想而成就的武功，往往都是文化与想象双重组合的结果，是一个人一生武学实践的最终成果（如内功心法、拳经、刀谱、剑谱、掌法等）。周易、太极八卦、阴阳五行学、经络学、道学、佛学等中华经典文献便是他们创制新武学的原理性依据，他们创造的光耀武侠小说的武学成果就是把文化典籍原理运用在武功技击领域，构建出充满遐想的武功击打创造性理论与实践体系。如老顽童周伯通的“空明拳”、“左右互搏”；杨过的“黯然销魂掌”，张三丰的“书屠龙宝刀二十四字功”，抑或是欧阳锋的“蛤蟆功”等，他们不是流派、技能师承者或别派秘籍循规蹈矩的继承者，不是对前人的武功简单予以能动发挥，而是富有原创意义地进行武功招式规范革命的开创者，从而显示出自己个性化能动创造的价值。武功文学化后作为武侠小说中充满想象或理想色彩的武学再创造，大都依据中华文化经典文献原理而进行。也可以说，金庸小说同样是中华民族文化所体现的文化精神的一个充满原创性冲动和审美感觉的承继者，表明金庸在通俗小说特别是武侠小说流变过程中作出的独特贡献。尽管这并不能概括金庸小说的全部精义，但起码可以提炼出金庸小说文化传承的价值。金庸就这样营造了一个以武侠小说为存在及阅读形式的依据传统文化和民族精神而构建的通俗文学审美世界，而这样的审美世界在文学上已臻天人之境，这是金庸之后的所有武侠小说作家所无力达到的境界，也是后金庸时代影响"大陆新武侠"创作的最有力的因素，风歌的综合、小椴的技巧、沧月的感觉、步非烟的想象、方白羽的哲思、慕容无言的现代都可以看出或多或少地留存金庸的影子。金庸创造了一个武侠时代。同样，这种对传统文化的解读、运用和创造是一切影视改编者们至今无法深入理解和予以影视化实现的境界。

从本质上讲，武学源自于道家文化，是道家文化开启了中国人广阔的想象空间，超越了人类旧有的思维模式，汪洋恣肆、神游万里、视接千载，从这一点上讲，金庸和其他一切武侠大家笔下的撩人耳目、色彩缤纷的武功形成，道家文化构成其事实基础。无论是依据文化原典，还是自创体系，没有想象，一切均不可想象。在金庸的小说武功创设中，道家文化是源，其他文化是流。从想象角度判断，金庸小说中的武功全部靠神思妙运得来，从文化角度运思，有相当数量的武功，直接或间接与道家文化有关，甚或直接取自道家的典籍或与道教构成密切关系。

> "逍遥神功"、"北溟神功"、"凌波微步"、"庖丁解牛掌"等，无疑是出于《庄子》，把庄子的神思妙语和瑰丽想象化为武学的原理；"九阴真经"、"九阳真经"，作者在小说中指明其来自《道藏》的典籍；至于像"太极拳"、"太极剑"、"独孤九剑"、"双手互搏"、"空明拳"、"空临《丧乱帖》"、"书屠龙宝刀二十四字功"等等武功的要义，

都含有道家文化的智慧与哲理。[1]

金庸对“虚空”的道之精义的揭示，对“虚静”道之境界的反思和深究，破译并阐明“道”的逍遥自由之美，充分说明了金庸小说深受传统文化的影响，点明了是道家精神才使得金庸小说给读者带来了感官和视觉的双重冲击，其审美意蕴和现实价值足以为世人所称道。我们从那些超越世俗礼法无拘无束仗剑走天下的武林侠客身上，感受到生命和精神自由之宝贵，体味出浓郁的道家飘逸、自然、本真的审美意蕴；而从那些光艳照人、温婉可心、明艳不可方物的绝代佳人身上，感觉到世间的温柔、绝世之美和道家空静、朦胧、至真的艺术美学。于是，我们可以这么说：

> 金庸小说作为一种经典就恰恰在于他通过传统中的程序化形式把本属于中国古典文化要求的东西表现了出来，配上了超凡脱俗、无拘无束、率真任性、想象丰富、调情浪漫的道家精神的音乐，自然、朴素、无为、虚静、至善一至真道之大美的缥缈幕布，并借助独特的武侠语言文化的天空，让我们做了一次堪称壮举的乌托邦飞翔。[2]

金庸的武侠江湖是中国小说美学中的一个独特场域，构成一个全新型的“创新型社会”。这个社会存在的依据有两方面：一是金庸小说设置的江湖逐渐从唐传奇以来一以贯之的江湖体系中摆脱出来，营造出别具一格的新江湖形态。中晚期的小说如《天龙八部》、《笑傲江湖》、《鹿鼎记》中呈现的江湖已非单纯的侠客江湖，而是跟政治、社会紧密连接在一起的创造性世界。这里面已包含了金庸对武侠、江湖的历史思考，并由思考沉淀而成的有关政治、人性等理念的深刻思想。让读者体味到一种前所未有的武侠江湖世界，一种鲜亮、光润的感官冲击。就创作的后继者而言，金庸的改造，使江湖超出了武侠小说本身的内涵和外延，让其后武侠小说作家产生出一种后

---

① 参看拙作《穿越道家文化的武功——金庸小说武学散论》，《小说评论》2010年第3期。

② 杜道明：《道家虚静说及其美学意义》，《中国文化研究》2000年春之卷(27)，第78—84页。

继乏力、高山仰止的无奈。二是人物的武功继承及其创造都非常人格化。以人品化成武功，不管是承继已有的武功范式，还是武由情生而另造天地，他们都可将武功发挥至群雄辟易的地步。如张无忌在明教秘洞里无意中获得"乾坤大挪移"秘诀并顺利练至第七层时，却有十九句无法修炼，张无忌是一个天性随和之人，既然练不了就不再强求强练，这一随和的性格倒救了张无忌的性命，原来那十九句无法修炼的是武功创造之人自己也没有练成因而写错的。如果是郭靖这样的性格，那完全可能凭其卓绝的坚毅、百折不回的心智去修炼"乾坤大挪移"，其结果不是走火入魔，就是筋脉寸断而亡，幸亏郭靖不是张无忌，如果郭靖像张无忌那样随和，那么，郭靖也就学不成"降龙十八掌"，也成就不了"为国为民，侠之大者"的伟业，所谓宝马配英雄即是这个道理。所以，决定一个人在江湖中的地位第一要素是他的人格道德素养，第二要素是他对武学的理解和造诣。如果他的品格和意志超越常人，而武功"震古铄今"达到前无古人的圣境，他就能引领武林的潮流。例如乔峰大破少林寺第一高手玄难"袖里乾坤"所使用的武功正是"太祖长拳"，就是一个典型的例子。"太祖长拳"是少林寺学武之人人人都会的入门武艺，但在他手中使将出来就可以独步武林，到达武林人士梦寐以求的境界；金轮法王可以依靠不世奇才练就密宗至高无上的护法神功"龙象般若功"世上还无人能到达的第十层；"降龙十八掌"是丐帮的镇帮绝技，郭靖可以凭坚毅和刻苦把它练到"震古铄今"。闪烁着熠熠光彩的个性化武功是金庸的原创。没有一个武侠小说作家笔下的武功能像金庸一样充满创造性，创造性的武功价值主要来自于个性及品性的彰显，以及社会认同的思想理论实践。个性化的原创武功创制在金庸小说中是最富有文化意义、最有人性价值的创造，也是金庸超越其他武侠小说的一大表征。也是由于重视武学的广博、创新和个性表现，所以就有了侠客岛上每隔十年就派赏善罚恶二使遍邀天下武术高手共赴侠客岛研究参详刻在石壁上的一套经典而又高深莫测的武学秘籍，能接到令牌之人，第一须是武林一方大豪；第二对武功有独到理解，能自成一派；第三对本门武功有创造性建树；第四在江湖中得享大名之人，否则，即使在江湖声名贯耳，也没资格到岛上参研至深的石壁武功。这个奇怪的现象出现后，几十年下来，前往侠客岛的几十位曾经雄霸一方的英雄豪杰在人身充分自由的情况下居然全部滞留岛上，沉迷于解读石壁上的武功，乐不思蜀，竟无一人回归中原，可以想见武功的顿悟和创造的魔力所在。这使：

> 金庸小说的文化创造理想就流露出一种充分尊重个性化原创精神的文化精英意识。这种尊重个性化原创的文化精英意识不同于重门第世袭、重身份等级的文化贵族观念。金庸小说中的这种文化精英意识充分尊重在个人禀赋和个人品性修养基础上的自由创造精神。自由创造能力的形成前提是天才教育，但最终的创造成功却是个人品性修养的平行进行，哪怕并不完全同步。所以，金庸笔下的“人中龙凤”，英雄豪杰，不因家族出身或门派背景而出人头地，最终只以个人“修为”论，这种“修为”是工具理性与价值理性的并行成长，是由武术的“术”之道与人格的“修”之道来共同完成。①

金庸小说的武功探索其彰显的最高价值必须是独创的，同时能蕴含着深厚人文关怀的，武功与个人的品德和修养息息相关，人物使用的外号和武功名称与个人道德素养有机融合，如“蛤蟆功”只属于西毒，赤练仙子叫李莫愁，“君子剑”只能赠送给伪君子岳不群，“铁锁横江”形容狠角儿戚长发……所以，武学竞争的最高境界是道德人品之争，自然是充满人文关怀。石破天能够秉天地之气，乘人文之理，从字的笔画的自然机理而悟出至高无上的武功得登武林殿堂极致，因而逍遥而游，而在岛上苦研多年甚至几十年的武林大豪却因为囿于旧的范式无法开宗立派，对密室武学各自解释，徒自争议，最终还是不明所以。在这里，充满人文关怀的武功能到达武功修为的最高境界。少林寺中灰衣扫地僧用佛法化解萧远山和慕容博心中的戾气，觉远和尚面对着西域凶僧尹克西和潇湘子大谈佛道等，事实证明他们想用人文精神实现他们心中的理想。当然，灰衣僧做到了，两个人都皈依其门下，最后功德圆满；而觉远和尚没有做到，盗走他佛门真经的二人依然为虎作伥，但

① 崔文华：《金庸武侠小说的民族文化意识》，新华网浙江频道，2006年10月22日。

里面蕴含的人文理想的张力是饱满的。而欧阳锋一生争强好胜，以夺取武功天下第一为第一要务，虽然逆练“九阴真经”因而武功卓然成就，也无助于个人人性的充实完满，欧阳锋最终被黄蓉设下骗局变得失心，张嘴逼问自己“我是谁”，因而迷失自己。在小说中欧阳锋最终虽与洪七公同归于尽，但表达形式是以其失忆症的癫疯形态走向最终的自我毁灭。

（三）民族文化理想的审美价值体系

金庸武侠小说是一个充满民族文化理想的审美价值体系，中国艺术研究院影视研究所的崔文华在《金庸武侠小说的民族文化意识》中认为：

> 金庸小说就在天下武学谱系的构建中自然流露出了自己的民族文化意识和价值判断。民族文化风格与精神的至高体现不是生活风俗、衣冠饮食、娱乐形式等等这些外部显现形态，而是文化心理、文化价值、文化理想、文化创造。金庸小说中的理想人物就是从自己的民族文化心理出发，捍卫着自己的民族文化价值，追求着自己的文化理想，完成着自己的文化创造。小说人物所拥有、所体现、所创造的这一切都表达着小说家的文化心理、文化价值、文化理想、文化创造，而这一切都深深植根于小说家的民族文化意识中。①

依据传统文化的思想和理念，金庸塑造了无数不同类型、让人无法忘怀的英雄。乔峰就是金庸着力打造的形象最高大的文化想象式悲剧英雄。从血缘遗传上讲，他出生在契丹，是契丹人；从文化精神传承上说，他长在中原，是汉人。处于民族矛盾空前激烈的北宋，金庸设置了一个人分处两族的极端处境让命运与他开了一个天大的玩笑，乔峰由此陷入了由文化符号造成的不堪负重的跌宕命运和空前的孤独，使他在汉人土地上不被汉人所理解，遭排斥打击，远离中原到辽国皈依本源后却没有人能理解他内心的愁苦和郁

① 参看崔文华：《金庸武侠小说的民族文化意识》，新华网浙江频道，2006年10月22日。

结，辽国国主依然要他领军南下征服大宋因而要遍造杀戮，在政治与人生的旋涡中无法自洁、自清。但这些都不能撼动他的博爱之心，一种超越狭隘民族意识的宽厚仁爱之心，和一种跨越时空追求生命本质的实践，这样一种浑厚博大、至善至仁、坚韧朴实的超越现实的人道主义精神，是乔峰得以成就大道的精神原点，这种精神原点就是他从小接受以少林寺为主的中原文化教育使然。所以有人说，教育可以改造一个人，同样也可以毁灭一个人。在明了自己身份后的乔峰做了辽国的南院大王，其人生追求的目标就是让宋、辽、契丹、女真等民族实现和平，各族人民和睦相处。是朴素、坚定的反战主义者。所以他所追求的这一种江湖已不仅仅是武侠的江湖，更应是大同世界的人类梦想，那是当代社会所有意识形态共同追求的理想境界，完全与现实相吻合，就是放在当下纷扰世界也是最为理想的一种存在。乔峰作为契丹人为了辽汉两族的和睦相处而背叛祖宗，他的悲壮自戕所具备的意义也不仅仅是一个豪士侠客所体现的人格亮点，更是个体所能亮显的最高等级的时代意义的极限。

金庸小说无关色情描写，在《天龙八部》中仅有的两处接近于色的描写中都适可而止，恋情干净，在他所有的长篇小说中主人公无一例外的都是男人，渲染了一种大男子主义思想倾向。与此同时，金庸彰显其另一种观点，武功的高低不如道德的高下，强调了道德上的邪不压正。

我们从陈家洛、胡斐、郭靖、杨过、张无忌、乔峰、令狐冲甚至韦小宝身上，体认民族侠义道德所形成的民族精神的历史意义，乐于重蹈英雄崇拜的覆辙，武侠小说作为一种营造梦境的文学是成年人的童话，虚拟的江湖世界也不能等同于现实社会，但我们还是愿意沉浸在武侠小说构筑的海市蜃楼般的迷幻里悠游自在。特别是我们更为关注侠客的英雄行为以及由此带来的人心鼓荡，我们更为神往的是他们身上具有的那种飞扬、亢直、刚毅、果敢、敢为人先的特质，却是中华民族几千年来民族文化和精神的延续。当下，全球化、商品化，审美的感官化、碎片化体现在都市人群平淡、平庸、平静又紧张焦灼的生活中，人们一方面追求着一种悠闲自在宁静的生活，另一方面却又希望超现实地体验一种生命激情的张扬、一种非凡甚或超越人世的超现实人生，借以作为对现实生活遗憾的一种补充。并且人们透过钢筋水泥森林正视其背后充满冷漠、浮躁和疑虑的当今社会，从纯朴、仁义、侠骨、柔情等风骨中看到了人性自然的可贵，从而令心灵无处安放的现代读者找到灵魂的栖息地，得到一种心灵的慰藉。

一种民族文化的弘扬不仅源于对传统文化的承继，更在于在此基础上的变革与创新，金庸一方面表现着以中原文化为核心的汉族文化与周边文化的深度融合，另一方面是在这种深度融合的过程中，渗透着深刻的社会理想和人性的理性光辉，更有一种文化的碰撞、对接和交互所引起的对重构中国文化的丰富建设作用，一种新的人性理想的光辉闪现。王一川先生认为：

> 金庸作品的特点是用通俗手法表现极深的意义。情节和细节虽然荒诞，但写出了中国古代文化的魅力，对儒释道兵等古典文化的神韵有了重新构建，而且作品体现了人的理想性格和对人性的考察，他与别的武侠小说作家不同，靠的是文化。①

在王一川的眼中，文化是掌握在金庸手中的一张最大的牌，随时都可打出。而陈墨先生却认为金庸武侠小说是中国传统文化的集大成者，他认为：

> 在某种意义上，金庸、梁羽生的武侠小说堪称中国传统文化的“小百科全书”（如果不能称为“大百科全书”的话）。②

严家炎认为金庸小说非常真实地塑造了人物性格，他认为：

> 他的小说事情是虚幻的，性格却是真实的。③

武侠小说成就大部分人的梦，却同时破灭另一些人的梦。然而，没有了武侠小说，却会让所有热爱通俗文学的心灵变成荒原。

---

① 王一川：《金庸可能当大师?》，载《中国青年报》1994年8月25日第5版。

② 陈墨：《金庸小说与中国文化》，百花洲文艺出版社1999年版，第3页。

③ 严家炎：《金庸小说论稿》，北京大学出版社2000年版，第184页。

(四)传统文化的现代化、商业化成功运作

1. 特殊的文化语境:香港的殖民文化背景和金庸创办《明报》的商业运作。

金庸的武侠小说创作时间大约在1955年至1972年之间,而自1966年"文化大革命"开始,到"批林批孔"运动的全面铺开,正是大陆对传统文化进行全面否定的时期。但是香港的话语环境几乎完全置于西方殖民话语的背景下,文化人难以用传统文化话语方式进行叙述,而金庸却在这样全面西化的文化气氛中,能自觉地努力寻求一种弘扬传统文化的有效策略,从而引起了华人世界共同的回应,实现了对传统侠义精神的现代阐释。1959年金庸创立《明报》。在多数人都认为不出一年半载《明报》就会关门大吉时,金庸凭着他的一支如椽妙笔,凭着他的武侠小说《神雕侠侣》和《倚天屠龙记》等,撑起《明报》大业,使《明报》得以维持并得到发展。金庸的武侠小说事实上是《明报》初创期的"招牌菜"。《明报》也确实靠金庸的武侠小说和他的社评逐渐确立大报地位的。金庸选择写作武侠小说并在《明报》上连载,一是他的前几部作品在香港大获成功,二是他清醒地做出判断,华人喜欢中国文化和中国形式的小说。他曾有过一个回答:"这是因为武侠小说是中国形式的小说,中国人当然喜欢看中国形式的东西。"[①]为了《明报》的发展,金庸不能把传统文化照抄照搬,必须对其连载的武侠小说内容、文化、思想不断翻新,以迎合华人读者不断增长的文化需求。想在武侠小说世界里掀起一次又一次的波澜,文化理所当然被视做第一商业手段。这种商业手段最为典型成功的即为:金庸小说中弘扬的传统文化基本上都经过作者的成功商业化运作。对历史的博学,对现实的精准切入,对读者心理体察入微的把握,对时局的独到见解,对香港商业化文化的认同,构成他创作成功的注解。

2. 金庸对待传统文化的态度:"拿来主义",先占有,后挑选,再现代化、商业化运作。

对传统文化资源进行怎样的再度挖掘与创造,当务之急不是批判与抛

① 杜南发:《长风万里撼江湖》,《金庸茶馆》第5辑,北京友谊出版公司1988年版。

弃，而是在取其精华、剔除糟粕的同时，积极发掘与弘扬传统文化的精华。对传统文化的保护与弘扬，使之成为小说创作的泉源，应采取正确的态度。小说中传统文化的选择和运用确实做到了鲁迅所说的："所以我们要运用脑髓，放出眼光，自己来拿。"[①]金庸先占有传统文化，再分析选择，进行挑选，将传统文化的精髓经过现代化、商业化改造融于百姓喜闻乐见的形式中，从而使中华文化在获取了最大的读者的同时得以根植百姓心中，成为百姓寻常生活的精神支柱。这种方法就是鲁迅对待传统文化和西方文化态度和方法的翻版。不过鲁迅从没想过要把文化拿来进行商业化运作，这是两人不同之处。

3.对传统文化的现代化、商业化改造的成功范式。

让传统文化运行于当代思想提供的给养中，这是对传统文化的最好保存。沉淀于历史长河中的传统文化的思想结晶，被从历史深处打捞起来，集聚在与当代文化共同运行的思考之中，这种深入到历史深处的思考，不是复活传统文化曾有的样子，而是使曾经鲜活的传统文化的精神气在当代文化的土壤滋养下，依然保持它曾经存有的鲜活。金庸武侠小说在传统思想的模式里注入新的血液，为传统文化的商业化、现代化做出了较为成功的尝试，其中最突出的就是以具有商业精神的现代自由思想改造传统文化，成功地将传统思想与现代化、商业文化结合起来。

4.认同·否定·批判——金庸式的文化创新。

小说人物所拥有、所体现、所创造的这一切都表达着小说家的文化心理、文化价值、文化理想、文化创造，而这一切都深深植根于小说家的民族文化意识中。早期，金庸采用儒家文化的框范去塑造人物，中期多种文化复杂并存，近儒、近释、近道，不一而定，既认同又否定，有的甚至出现前后矛盾状况，晚期在韦小宝身上集中体现金庸对传统文化的否定与批判。金庸这种综合不仅使他更容易获得更为广泛的读者，能够投合我们的传统文化心理的集体无意识，而且他对传统文化变革以及现代白话和西化语言的有意识的拒绝反而获得了双重效果，一方面他的语言让我们读起来觉得水乳交融，

---

① 鲁迅：《拿来主义》，《鲁迅文集》第六卷，黑龙江人民出版社 1995 年版，第 33 页。

仿佛融入了我们的血脉里，另一方面经过商业化、现代化改造的文化恰恰投合了华人反商业文明、反机械文明、反现代性的心理期待和怀乡情结、寻根欲望，我们阅读金庸小说就是对日常生活的逃离，也是对现代社会的逃离。

对传统文化的吸收并给予现代化、商业化运作，借鉴西方文化的优秀成果，这是金庸式的文化创新。

第三章　侠客天下行

——武与侠的缠绵纠葛

对武侠的含义，梁羽生先生有过精辟的见解：

> “侠”是灵魂，“武”是躯壳。“侠”是目的，“武”是达成“侠的手段”。①

武属于技艺层面，侠属于某些精神层面的彰显，武是手段，侠是目的。武侠二者之间有主次之分，可分可合。那么，字（词）典是怎样给“侠”释义的？《说文解字》中说：“侠，俜也。”又指兵士、甲士和武士。《辞源》中解释“侠”说：“旧时指打抱不平、见义勇为的人。”《中华字海》中是这样解释“侠”的：“旧称有义气、能扶弱抑强、舍己助人的人。”《现代汉语大词典》中对“侠”的解释是：“旧时指有武艺、见义勇为、肯舍己助人的人。”现在一般认为：所谓“侠”，是指“为国为民”、“行善惩恶”、“重然诺”、“讲义气”并身负武功者。

一、侠的起源

要谈论武侠小说，当然离不开“武”与“侠”，“侠”到底起源于何处？众说纷纭，据龚鹏程的研究结果显示，刘若愚研究了中国武侠小说的发展总结出三种，并倾向于日本学者增渊龙夫的侠客气质说②；崔奉源总结了八种，比较

---

① 佟硕之：《金庸梁羽生合论》，《梁羽生及其武侠小说》，香港伟青书店 1980 年版，第 96 页。

② 参见［美］刘若愚著：《中国之侠》，周清霖、唐发铙译，三联书店 1991 年版，第 2—4 页。

认同刘若愚的观点，认为侠的主要成分是气质和果敢的行动①；罗立群总结了六种，也比较赞同刘若愚的个人气质说②；汪聚应总结了五种，主要提出"刺客说"③；周庆华认为侠作为历史的真实存在已经烟消云散，隐退于历史的深处，即如论者所言，侠的本源已经丧失了，提出"无源说"④；龚鹏程自己认为，在文学和历史的诡谲辩证里，文学之想象和历史交糅氤氲，已经是个迷人的话题，侠，刚巧又为这种水乳交融的迷离烟景作了一番最好的见证。他得出的结论是，侠是"充满意义判断的历史"⑤；郑春元先生的《侠客史》归纳了现代各家学者对侠之起源的不同说法：

> 第一方面意见认为侠起源于某一学派。章太炎、梁启超、孙铁刚认为侠起源于儒；侯外庐、闻一多、鲁迅等认为侠起源于墨。第二方面意见认为侠起源于某一阶层，冯友兰认为侠出于士，陶希圣认为侠出于游民。第三方面意见认为侠起源于某一种人的气质、精神，刘若愚、崔奉源持这种观点。⑥

而他自己却认为：

> "侠"观念中的核心部分主要来源于墨家。⑦

在这里，我不想继续考证侠的起源，因为很多学者已经做得很深入了，本文单就侠的阐述源头和发展做一番诠释。我们发现，最早对"侠"有论述的是韩非："儒以文乱法，侠以武犯禁。"（《韩非子·五蠹》）儒士和侠士皆被

---

① 参见崔奉源：《中国古典短篇侠义小说研究》，联经出版事业公司1986年版，第30—39页。

② 参见罗立群：《中国武侠小说史》，辽宁人民出版社1990年版，第2—10页。

③ 参见汪聚应：《唐代侠风与文学》，陕西师范大学出版社2002年版，第2—12页、第24—37页。

④ 参见周庆华：《侠的神话性与社会功能——武侠小说类型研究》，《侠与中国文化》，台湾学生书局1993年版，第8页。

⑤ 参见龚鹏程：《侠的精神文化史论》，山东画报出版社2008年版，第6页。

⑥ 郑春元：《侠客史》，上海文艺出版社1999年版，第1页。

⑦ 郑春元：《侠客史》，上海文艺出版社1999年版，第90页。

韩非子列入讥讽的对象，但儒士和侠士的结局和命运却大不相同，儒士后来得到统治者认可，高居庙堂，成为安邦定国的股肱之臣，而侠士却被历代统治者所忌讳，认为侠好斗、尚武，违法乱禁。“其带剑者，聚徒属，立节操以显其名，而犯五官之禁。”侠客带剑聚众，好武斗勇，犯上作乱，常被称为国家社稷的蠹虫。

从历史看，“侠”很多时候是受否定的对象。不仅最早对“侠”有论述的法家代表韩非子厌恶侠客，站在法家的立场上进行批判，就连其他诸子百家也对侠士抱否定态度，孔子不语“怪、力、乱、神”，老夫子一生为统治者治国谋划，推行自己的治国理念和思想，当然不会喜欢侠客。老子清心寡欲，“无为而治”，庄子飘然出世，黄老之学与侠义精神风马牛不相及。倒是墨子的某些主张与侠相近，“摩顶放踵，以利天下”，为游侠的产生提供了思想的土壤。他主张“非攻”与“兼爱”，与侠客的主张一致，所以郑春元认为“‘侠’观念中的核心部分主要来源于墨家”。可见，武侠为以儒家思想为核心的传统的中国文化思想所不容。历朝统治者为维护秩序，巩固统治，当然不喜欢暴力抗法的侠客，贬斥游侠也是理所当然。当然，一些人为夺取政权，陷入战争泥淖时，都希望一大批具有侠义精神的侠客勇士能够挺身而出，为其卖命，但一旦坐稳江山，那些拔刀相助、劫富济贫、替天行道、聚众起义等都被认为是犯上作乱，为高居庙堂之人所痛恨，必除之而后快。即使在文学作品中出现侠客形象，也往往视为社会不安定因素，而大加打压，如《水浒传》对侠义精神大加称赞并予以肯定，在明、清两朝便被列为“黑名单”，或是禁毁，或是打入冷宫。

最早为侠客正名的是汉代司马迁，他在《史记・太史公自序》中说：“救人于厄，振人不瞻，仁者有乎，不既信，不倍言，义者有取焉。”[①]改写了侠士以往备受诟病的历史，以平等公正的眼光，审视侠士不平且桀骜的灵魂，为他们树碑立传，使得挥舞着刀剑戈戟的游侠、武士和刺客得以名留青史，并极力弘扬游侠和刺客的大义。在这里可以看出司马迁受儒家思想影响，在他的整个意义世界里，是以孔子后继者自任的，以儒家为依归，吴齐贤也认为

① （西汉）司马迁：《全本史记・游侠列传》，华文出版社 2010 年版，第 448 页。

司马迁思想属于儒家，他说过："(《游侠传》)首二句以儒侠相提，而论借客形主"，"侧重一句，儒是史公应言之意"。司马迁认为游侠应该有仁义精神，并为侠客立传，塑造了如郭解、朱家、田仲、王公、剧孟等深具侠义精神的文学形象歌颂侠义精神，赢得广泛认同。但司马迁依然受到传统文化的影响，在正视侠客的正面意义后，对游侠的一些不足并不完全持肯定看法，在《史记·游侠列传》中说"今游侠，其行虽不轨于正义，然其言必信，其行必果，已诺必诚，不爱其躯，赴士之阨困，既已存亡死生矣，而不矜其能，羞伐其德。"①在这里可以看出司马迁认为游侠所为还是"不轨于正义"的，即不合正义。

司马迁开始为游侠作传，即《史记·游侠列传》，开创一种文学类型的历史，其开篇虽也引韩非子的说法，但已基本不受韩非子影响。司马迁对侠客有自己独到的理解和阐述，游侠列传中所记的朱家、郭解、剧孟等游侠，都是体现出一种见义勇为的精神和"重然诺"、"轻生死"的无畏气概。《史记·游侠列传》如是记述朱家：

> 朱家用侠闻。所藏活豪士以百数，其余庸人不可胜言。然终不伐其能，歆其德，诸所尝施，唯恐见之。振人不赡，先从贫贱始。家无余财，衣不完采，食不重味，乘不过軥牛。专趋人之急，甚己之私。既阴脱季布将军之阨，及布尊贵，终身不见也。自关以东，莫不延颈愿交焉。②

也就是说，除暴铲强固是侠的精神，济危扶弱也是侠的精神，仗义疏财，在别人陷于困难境地时，伸出援助之手，也是侠的精神。司马迁的观点对后世影响很大，汉代以后讨论"侠"的含义，一般不会超出司马迁对"侠"的理解。其后，班固为《汉书》作《游侠传》，除照章录写《史记·游侠列传》里郭解、朱家等人侠义行为和精神外，增加了楼护、陈遵、万章、原涉等人的英雄侠义行动，也同样没有超出司马迁的总体认知范围。到东汉以后在统治者打压下，游侠一蹶不振，史料典籍里几乎无人专门记载游侠事迹。直到唐代，游侠才

---

① (西汉)司马迁:《全本史记·游侠列传》，华文出版社2010年版，第421页。

② (西汉)司马迁:《全本史记·游侠列传》，华文出版社2010年版，第421页。

重新崛起，其事迹见诸唐传奇，唐传奇是中国真正武侠小说的开始。唐以后，游侠及其武侠小说曲折发展，侠的理解也随之得到演绎。话本、清代的侠义小说、民国的旧武侠小说、20 世纪五六十年代的新武侠小说、八九十年代至今的大陆新武侠（魔幻、玄幻）小说等，对“侠”的理解随时代不同各有不同的诠释。据陈平原先生研究结果显示，

> 武侠小说中“侠”的观念，不是一个历史上客观存在的、可用三言两语描述的实体，而是一种历史记载和文学想象的融合、社会规定和心理需求的融合，以及与文类特征的融合。①

而在中国历史上侠士诞生之初，“侠士”并不一定与“武”相连。

> 古侠并不一定带剑，令人心目中武功高强的侠客，基本上是唐代小说家的创造。
>
> 游侠之立身扬名，靠的是结私交，讲义气，重然诺，轻生死，言必信，行必果，“不爱其躯，赴士之厄困”（《史记·游侠列传》），而不是“善于武术技击”。这种说法不见得与韩非的话直接矛盾，因为“武”很可能不是指武术武功，而是任侠使气，放荡不羁，“动不动就想打架”，或者喜欢“路见不平，拔刀相助”。②

在这里，陈平原提出自己的独特的看法——武不一定就是指武术技击，可能主要指侠气。这一观点很有新意，很可能是他在阅读《鹿鼎记》后由韦小宝的形象上形成的看法。只可惜陈先生没有继续深入挖掘，未形成系统理论，使得该观点仅仅停留在想法上而缺少佐证。

---

① 陈平原：《千古文人侠客梦：武侠小说类型研究》，新世界出版社 2002 年版，第 2—3 页。

② 陈平原：《千古文人侠客梦：武侠小说类型研究》，新世界出版社 2002 年版，第 88 页。

二、文学世界中的侠与侠义

有一点值得我们重视，与游侠并行发展的各朝代咏侠士的诗文蓬勃兴起，这类诗文大多以歌颂侠士行为为主，诗文中对侠义精神的描述作为武侠小说里呈现的侠义精神的另类阐述，极大丰富了文学世界里侠的意义，使得后代能够从中汲取丰富的营养，在前人的基础上创造出更新、更有意义的武侠新形象。小说和诗歌、戏曲这两者有重合的地方也有分离之处。诗歌、戏剧中的武与侠描述比较简约含蓄，而武侠小说里对侠义精神的描述更全面，更富有时代意义。

文学中描写侠士的诗句篇章比比皆是。如：

汉乐府诗云："安所求子死，桓东少年场。生时谅不谨，枯骨后何葬。"(《尹赏歌》)

陶潜诗云："其人虽已没，千载有余情。"(《咏荆轲》)

李白诗云："龙马花雪毛，金鞍五陵豪。秋霜切玉剑，落日明珠袍。斗鸡事万乘，轩盖一何高。弓摧宜山虎，手接泰山猱。酒后竞风采，三杯弄宝刀。杀人如剪草，剧孟同游遨。发愤去函谷，从军向临洮。叱咤经百战，匈奴尽奔逃。归来使酒气，未肯拜萧曹。羞入原宪室，荒径隐蓬蒿。"(《白马篇》)

"燕南壮士吴门豪，筑中置铅鱼隐刀。感君恩重许君命，太山一掷轻鸿毛。"(《结袜子》)

钱起诗云："燕赵悲歌时，相逢剧孟家。"(《逢侠者》)

张柬之《出塞》："侠客重恩光，骢马饰金装。瞥闻传羽檄，驰突救边荒。"

王维《横吹曲辞·陇头吟》："长安少年游侠客，夜上戍楼看太白。""出身仕汉羽林郎，初随骠骑战渔阳。孰知不向边庭苦，纵死犹闻侠骨香。"(《少年行四首》之三)

无名氏《咏豪侠醉酒》："江湖行侠任花香，百般侠情皆风流，风流为花花自流。"

卢照邻《结客少年场行》:"长安重游侠,洛阳富财雄。玉剑浮云骑,金鞭明月弓。斗鸡过渭北,走马向关东。孙宾遥见待,郭解暗相通。不受千金爵,谁论万里功。"

孟郊《游侠行》:"仗剑出门去……杀人辽水上。"

沈斌《结客少年场行》:"重义轻生一剑知,白虹贯日报仇归。片心惆怅清平世,酒市无人问布衣。"

崔颢诗云:"少年负胆气,好勇复知机。仗剑出门去,孤城逢合围。杀人辽水上,走马渔阳归。错落金锁甲,蒙茸貂鼠衣。还家行且猎,弓矢速如飞。地迥鹰犬疾,草深狐兔肥。腰间悬两绶,转盼生光辉。顾谓今日战,何如随建威。"(《游侠篇》)

苏轼《方山子传》:"少时慕朱家、郭解为人,闾里之侠皆宗之。……独念方山子少时,使酒好剑,用财如粪土。"

龚自珍诗云:"吟到恩仇心事涌,江湖侠骨恐无多。"(《己亥杂诗》)

"一箫一剑平生意,负尽狂名十五年。"(《漫感》)

《七剑十三侠》说:"天下有着三等极恶之人,王法治他不得,幸亏有那异人、侠士、剑客之流去收拾他。"

柳亚子诗云:"乱世天教重侠游,忍甘枯槁老荒丘。"

谭嗣同《仁学》,主张:"莫若为任侠,亦足以申民气,倡勇敢之风。是亦拨乱之具也。"

历代文人喜欢描写侠士、墨客,或者本身喜欢学剑和任侠,并不是想成为真正的侠客,只是一种自我精神的闪现。舞文弄墨故作风雅,一来可以自保,二来可以使游学生活和过程变得五光十色。以李白为例,李白重然诺,讲义气,疾恶如仇,一掷千金,虽然骨子里最本质的东西乃是游侠精神,但这种游侠精神只能寄寓在游学中而后才得以体现。"十五好剑术,遍干诸侯。三十成文章,历抵卿相。虽长不满七尺,而心雄万夫,王公大人,许与气义。"(《与韩荆州书》),据记载,他还从师学艺于裴旻,所学剑术高超,骑射也很精妙,“闲骑骏马猎,一射两虎穿。回旋若流光,转背落双鸢。”具有非凡的武艺,只不过他只游学而不作游侠事。龚自珍认为李白既有儒家的思想,也有道家和墨家的思想,所以亦文也亦武,所作诗歌比任侠更有文采,更热衷政治,更有宏大抱负而已。据李白《上安州裴长史书》自述:他年轻时与朋友吴指南同游楚地,指南死,“炎月伏尸,泣尽而继之以血……猛虎前临坚守不动”,数年后,他又裹吴骨殖徒步负之而营葬于鄂城。诗文中大量有关游侠描写,主要是创作时抒情和表达的需要,那种飘逸、豪迈、奇崛、浪漫诗风随着侠士浪漫行侠而翩翩起舞,以侠客形象满足作者和读者潜在的“英雄梦”;或是耳濡目染了民间流传的侠客故事后的某种冲动,借此“豪气一洗儒生酸”(苏轼:《约公择饮是日大风》)。

除小说外,古代咏侠客的戏曲、诗文繁多,其中以古典诗歌为代表。古代诗歌是一种高度凝练的艺术,是作者思想的结晶,常常“难写之景如在眼前,含不尽之意见于言外”(梅尧臣语)。创造的形象蕴含了更为深远的旨意,是我们通往美的桥梁,是人生境界,是生命的沉醉。闲读诗词,是心灵的旅行,是心灵的惬意和放松。或者说形象能够引发出超出形象本身更为深远的情韵,留给读者以更大的想象空间。更多的诗人热情讴歌侠客,主要借诗文中的侠客形象作为一种精神寄托,在写法上不追求精雕细刻,只追求概括、点睛,所以诗文中的侠客其仗剑行侠的举止未免大同小异,不能叙述离奇曲折的情节塑造性格复杂的人物,却多的是“拔剑谁无义,挥金却有仁”(汤显祖:《紫钗记》)。此类作品“欲以这种不可能的幻想,来宽慰了自己无希望的反抗的心理”①。

总之,咏侠士的诗文大量涌现是出于文学创作时审美的需要。而武侠小说与游侠诗文就不完全一致,除掉构筑英雄梦想大体一致外,小说那种大开大合的结构、汪洋恣肆的语言、刀光剑影的江湖、风光旖旎的河山、错综复杂的情感体验、爱恨交织的人性纠葛等成就了武侠小说侠士丰满性不同于诗文侠士形象的单薄性,能充分表达作家对社会、人生、时代全方位的文学理解。

---

① 郑振铎:《论武侠小说》,《中国文学研究》(下),人民文学出版社 2000 年版,第 334 页。

三、传统侠义文化的当代变革

（一）侠义小说的文学裁判

武侠小说可以形成类似司法裁判的中立裁判——文学裁判，如同沈从文小说专注于客观冷静地描写湘西生活一样致力于达到客观的中立性。真正的文学包括武侠小说不会因为政治压力和宗教压力而调整它的原则，而且不会因为任何团体、个人以及其他亲友的关系而给予特殊的照顾。作品一经形成，就开始由主体退而成为一个理性而明智的旁观者，不会流露出不相关的或无根据的情绪。其作品经读者阅读后形成的客观意义和实际价值往往大于作者的意图，而且往往不完全甚至完全不取决于作者的主观动机。

我们现在看金庸小说，当初金庸一段一段地在报纸连载，主要基于商业化目的，招徕阅读者，扩大《明报》的销路和影响，较少考虑小说思想的深刻性。而今被研究者不断地从不同层面、不同角度挖掘出的深层意蕴、从作品中发微的大义，很多本不属于金庸写作时所思考的范围，并非金庸的原创或他固有的理念，这些是他始料不及的，说明作品经读者阅读后已经重构了作品的内涵。加上现实的变化也不如金庸所料，就如60至70年代初台湾就禁止金庸小说的出版和发行，金庸还是金庸，不会为台湾而改变小说的思想及创作方法，但在70年代中后期其作品却流行于台湾，没有因为政治的原因而改变其固有的品质。

这种文学的中立性并不需要和小说提供的文学环境保持一段高高在上的距离，中立性鼓励它带着想象的具体性，带着理性和明智的旁观者——或者它的替代者即小说读者的情感感应去彻底感悟小说提供的这些现实，和当下现实达成某种程度的视野融合，来回应个体形而上的观念。

小说作为文学裁判将会关注某些群体遭受的不公正待遇，或某些群体的超现实世界主宰，试图给予他们一种真正平等的关注，这是引发阅读者情感共鸣的一个很重要的基点。武侠小说对弱势群体的关心和对命运的关注是文学体验的固有部分，它作为对底层生活和江湖行侠生活的自觉写照，让读者不自觉地走进小说的生活和情节中，然后发生一种错觉——现实和小说各自提供的生活哪一个属于他的生活？在阅读中因为沉浸其中，读者可能更认同小说中的生活，更愿意走进小说中去，就如同贾宝玉梦游太虚幻境一样留恋迷乱。从而从他自身作为理性旁观者的观点来评估小说中人物成功、快乐和痛苦的意义，以及那些快乐和痛苦对于有关生命的含义。独立的评价位于作为理性、明智旁观者和文学想象者交互的活动中心，阅读小说并不意味着漠视或拒绝承认历史中太多的痛苦和不公，武侠小说的中立性就像沈从文小说的一束冷静阳光，它贴近人们和人们的实际经验。这就是它留给读者更多的空间，能够做到公平，并且能够正确地进行自身独立评判的原因。这是武侠小说的一个新的当代诠释。

问题的明确指向性在于，在金庸小说中故事的结尾方式永远是一种道德裁判。作为人所敬仰的大侠，一生最终为之奋斗的是制武止争，《射雕英雄传》郭靖冒死恳求铁木真收回屠城之令，丘处机苦谏元兵止息干戈；《神雕侠侣》一灯大师被慈恩打得吐血而不还手，以功德化解恩怨；《天龙八部》乔峰以自杀阻止辽兵进犯等，都是以道德的标准来判定他们的行为，并且顽固地认为这是一种理性的江湖道义。而如果像乔峰一样以个体力量制止民族之间的战争，这种行为又是作为武侠精神的最大超度，这也同样是文学道德的意义判定。但他们息争之后，无论是至侠或非侠，都武功自废，无数英雄在武功巅峰之时选择归隐，从陈家洛到韦小宝，莫不这样。这些都是金庸笔下武侠小说道义上的至诚价值。

（二）侠形象的文化意义

人物形象的塑造是小说能否取得成功的关键。传统小说的理论是典型环境中的典型人物，在江湖这样的典型环境中金庸创造了许许多多意蕴丰富具有个性的典型形象，获得巨大的成功。之所以称为成功，第一指金庸小说中的人物意蕴深远、千姿百态、光彩照人，作为对传统武侠小说人物的创新，极大地丰富了武侠小说的人物画廊，得到了当代华人的喜欢，有的甚至成为家喻户晓的人物，这是金庸小说最为读者津津乐道的。但成功的同时，金庸的武侠小说人物塑造有诸多缺点和不足，如人物形象的理想化、观念化和商业化等。第二是指在大跨度的文化发展进程中小说弘扬的传统文化、人生理想、道德理念和生命价值观具体到小说的叙事和主题表达上，是符合历史发展方向的，这从小说人物的言行中得到成功体现。他们品行高洁、大仁大智、敢为天下先、救民于水火，是侠客的代表（但晚期有些作品塑造的为国为民侠客的行为却明显不如早期塑造的英雄）。即使是韦小宝，也体现了金庸后期思考侠义的当代意义后形成的现实英雄观——要以成败论英雄。韦小宝的成功，彰显金庸对英雄理念的探索进一步深化。韦小宝形象作为对历史的概括和对现实的期望，让无数金庸粉丝既狂喜又无奈，喜的是武侠小说人物榜上出现一个空前绝后的人物，悲的是韦小宝已不是侠客了，不属于侠客排行榜人物。

侠客在金庸小说中多彩多姿，形象各异，按照他们的思想和言行倾向，参照传统文化，将他们大致分类：郭靖可以称为最典型的以儒家文化铸就的儒侠；以张三丰为代表的武当派诸位侠士因为融通了道家文化的精髓可以归结为道侠，还有周伯通、杨过等也接近道家；一灯大师、虚竹和少林寺诸位高人等应是以释家要义构架灵魂的叫佛侠。也因为人物性格的复杂多样性，形象的各具特异性，侠客身上包容了多种文化因素，因此，我们无法简单地把他们加以归类，如陈家洛、令狐冲、袁承志、狄云、陈近南等，他们的行为、性格各异，或游戏人生，或抵御外敌，或逍遥自适，或仗剑行侠。当然这样的分法有很大不确定性，也不具有标杆性，因为很多人物不能定性，就如洪七公，他游戏人间，行侠和自我理念并重，近儒又近道，可能还包含了其他文化的因素。无论他们身上具备多少种文化因素，他们都有一种最为根本的东西，那就是“侠”的信念永固心中，这是支撑他们战胜邪恶、匡扶正义、笑傲江湖的不绝动力。

在金庸小说中，侠义是高于武艺的。梁羽生曾说：“‘侠’是灵魂，‘武’是躯壳。‘侠’是目的，‘武’是达成侠的手段。”①

所以，武侠小说的魂灵是侠义，武是侠的手段，凡是侠客都必须具备绝世武功。从金庸小说单一的作品看，十五部作品中任何一部小说，都有众多

① 佟硕之：《金庸梁羽生合论》，《梁羽生及其武侠小说》，香港伟青书店1980年版，第96页。

人物，其中武功绝顶的有多个，但称得上英雄或侠客的却寥寥可数，甚至有的作品还没有让人信服的侠客，如《连城诀》。在武侠小说中侠与武又是相互联结，密不可分，虽然侠不一定是武艺卓绝当世第一的，但有一点可以肯定，侠客是奇人武功也是极高的，否则行侠就得不到成功保障。与此同时，侠一定要道德、人格、品性高尚，金庸在《探求一个灿烂的世纪——金庸/池田大作对话录》中把自己小说中侠的基本精神概括为“见义勇为，奋不顾身”八个字，这是金庸对侠所作的最本质的界定，是侠之所以成为侠的核心。否则，任凭你武功多高也不能称为侠，如《天龙八部》中鸠摩智、慕容博，《射雕英雄传》中的欧阳锋，《碧血剑》中的金蛇郎君，《笑傲江湖》中东方不败等都是江湖一等一的高手，但他们或品性低劣或操守不佳都不能称为侠客。先期令狐冲武功无法与东方不败、任我行比肩，但作者极力描写他的侠义精神。令狐冲品德高尚，又能固守江湖道义，行侠仗义，故称为侠客。道德高尚与否是区分是否为侠客的最重要的标准。

（三）文化中的侠与文学中的侠

文学中的侠士不同于中国历史文献中记载的侠士，简言之，文学中的侠与文化中的侠形象不会重叠。文化中的侠是作为历史客观存在而被文献记载的，或士或民或游，而文学中侠却是虚构的，虽然他们或多或少的有着现实的影子，譬如出身、门派、成长、爱情等，但经头脑加工虚幻了的形象与现实有着本质的不同。刘若愚认真研究了武侠小说后，认为文学中的侠与文化中的侠是不同的，他对“侠”做过如下描述：文化中“侠”这个社会群体最初源于“士”阶层，是奴隶主贵族的最底层，大都拥有一定数量的食田，接受过“六艺”（礼、乐、射、御、书、数）教育，他们平时为公侯、卿大夫家臣，战时则充任下级军官。《辞海》是这样解释“士”的：“士者，事也，任事之称也。”[①]顾炎武认为：“（士）大抵皆有职之人。”[②]文学中的侠客大多属于不食人间烟火之人，没有哪一部武侠小说要交代侠客生活必需由何而出。他们一生心无旁骛专心致志地从事侠义大业，挂心师门和自我的情仇，仗剑行走江湖，行侠

① 《辞海》，上海辞书出版社 1979 年版，第 1336 页。

② 顾炎武：《日知录》卷七，商务印书馆 1993 年版。

走遍天下，满腔侠骨柔情。与此同时，为了情节的发掘和推进，作家还设置了许多美丽女性，作为侠客身份认同的补充，突出他们的忠贞和坚毅。除此，别无其他。因此，对“侠”不同的信仰，是付诸行动还是形之于意念，就构成虚拟的侠与现实中人不同之处。

金庸一方面吸收历史文化中侠客造型的文化精华，另一方面又把现实社会生活中侠客生存、发展和实践过程的思想认识等作为养料，再汲取传统侠义文学中侠的美学价值，经过艺术提炼加工形成当代小说中的侠，小说中的侠的精神品质明显高于现实生活中的侠，因此，金庸小说中的群侠形象相比文化中的侠更为璀璨耀眼。他们完全可以不用理会人类生存所需物质条件，只为理想而活着，一生仗剑行侠走天下。我“侠”故我在，形成别一种认识存在。而现实的“侠”却是经常因现实无法提供其实现理想的条件而使理想走向破灭（幻灭），或为生计或磨难所迫而陷于困顿，雄心壮志随时局的变化和自身的境遇沉浮，就像是一片浮云让人无所适从。打架斗殴、酗酒闹事也时有发生。虽“心怀天下”，但还是为杂事所累心有旁骛，未能一以贯之保持行侠本性，其形象体现的艺术审美价值比小说逊色多了。

文化中的侠依靠什么文化理念来载入历史和文化典籍的呢？著名美学家李泽厚认为中国文化特点是“儒道互补”。春秋战国时思想林立，流派纷呈，是中国历史上思想大解放的时代，形成的几大主流思想继而成为文化现象对中国社会的方方面面产生了极为深远的影响，在他看来，诸子百家思想历经历朝统治者的取舍，那些符合统治者意愿的文化部分就成为既定的选项而被固定下来，形成了符合统治者规范的文化而后作为治国安民的攻略，呈现明显的意识形态特征。我们的传统文化开始形成两大主流版图，一是占据“显学”身份的儒家思想为庙堂所津津乐道，二是江湖（民间）承接了更为广泛的道家思想的影响，同时还兼收并蓄诸子百家思想。对此，李泽厚认为：

> 道家作为儒家的补充和对立面，相反相成的在塑造中国人的世界观、人生观、文化心理结构和艺术理想、审美情趣上，与儒家一

道，起了决定性的作用。[①]

道家文化博大精深，源远流长，为中国思辨哲学之源头，也是中国哲学走向世界的一面旗帜。在东汉以后，一直处于隐学、民学的地位，并未获得像儒家文化那种以“国家意识形态”君临天下的显赫地位，但道家文化以其顽强的生命力渗透到我们文化生活的方方面面，对人类思想、文化、道德、行为、伦理等产生巨大影响，从一定意义上讲道家思想影响力并不亚于儒家思想，特别在民间，道家文化的影响力甚至有可能超过儒家文化，它与儒家文化互补互济，构成中国传统文化的两大基石。金庸小说中人物塑造很多采取“儒道互补”方法，如王重阳，先是为国为民奋力抗金，是为儒，失败后隐身古墓修道，是为道；洪七公率领丐帮替天行道，是为儒，游戏江湖，笑看人生，是为道；令狐冲行侠仗义、义字当头，是为儒，藐视伦理世俗、追求个性解放逍遥自由，是为道。

但金庸小说中“儒道互补”仅是方法之一，在人物打造上他动用的文化资源并不限于儒道两家文化，他博采诸子百家学说。依据传统文化塑造近儒、近道、近墨或文化杂糅等多样人物，其中有儒家的达则兼济天下，穷则独善其身的思想；道家的清静无为，逍遥洒脱的思想；墨家的兼爱非攻思想；佛家的慈悲与因果循环思想，还有阴阳家的阴阳五行学说、纵横家的纵横捭阖之策、法家的以法治国理念等，人物谱系蔚为壮观。典型人物如黄药师就是一个深具道家文化精神又兼通诸子之长，识见超人、武艺非凡之人，又精通阴阳五行、奇门八卦、星象医卜、天文地理、琴棋书画，他追求的是超越尘世逍遥自由的自然精神境界，不喜凡世俗物，桃花岛上留有他的身影，江湖上有他逍遥的足迹，游戏人间，行为怪异，虽藐视礼法，视儒家道德规范于无物，却又注重仁义大节，他是属于多种手段多种文化杂糅而成的典范。况且，金庸在完成人物的文化塑造时，掺和了商业化运作，对传统文化进行现代化改造，让传统文化以现代因素的方式呈现，不仅让传统文化重新焕发出熠熠光辉，也让现代人能用现代的全球的眼光审视和接受传统文化。这是

① 李泽厚:《美学三书》，天津社会科学院出版社 2003 年版，第 49 页。

金庸小说让我们的思考沉淀和价值新发现之处。

(四)侠形象的文化内涵

武侠小说中的侠客,其形象都是虚构的,读者第一感知的往往是“侠”的语言外形,而侠的精神内涵却是仁者见仁智者见智。抛弃侠是不是客观存在的现实观念,转而关注文学语境中侠的精神内涵,可以发现武侠小说在侠身上注入的传统文化和当代理念却有其合理内涵,如侠有正义、仁义、道义的信念,有敢为天下先的魄力和勇气,有邪不胜正,正义终将战胜邪恶的信心等。他们注重个人品德修养的提高,养成惊天地泣鬼神的浩然之气,他们匡扶正义平天下之不平,仁者爱人,以仁义行侠天下;他们有非凡的毅力,坚定的意志,拥有崇高的社会使命感,他们的意志坚韧刚强,坚守内心的操守。因此,现实生活中的日常教育很难培养一个人成为英雄或具有侠客气质和精神,而武侠小说却能做到,所以侠的一些精神核心是我们思想教育的应有之意,对读者的思想和道德品质的形成和发展起着潜移默化正面引导作用,这也是武侠小说存在的重要意义。更重要的是,中国人更喜欢与侠客梦想拥抱,并与意念中的武侠小说人物缠绵悱恻,视侠客为“梦中情人”,成为地地道道的“追梦族”,以此搭建梦想寄托的大厦。这种乌托邦式的梦想无论是正面的抑或是负面的,我们完全可以不必在意,对此结果也不能凭空下结论。但有梦想总是好事,能做梦说明我们还有念想存在。这也是金庸小说能迅速在华人世界里流行的文化心理背景。

韦尔斯从文化角度论述了传统文化构成中国人思想的重要作用,他在《人类的命运》中说过:

> 大部分中国人灵魂里斗争着一个儒家、一个道家、一个土匪。①

现实中的土匪历来为大众文化所摒弃,是暴力和血腥的象征。这里的土匪不是单纯指文学上和现实中的土匪,而是指称侠客这样一种文化符号,当然

① 转引自汪涌豪、陈广宏:《侠的人格与世界》,复旦大学出版社2005年版,第10页。

现实中的土匪不具备文学意义、美学价值和道德教育影响，但小说中的侠客与史书记载和现实中的土匪有着本质的区别，他们身上所弘扬的仁义道德的价值、惩恶扬善的社会功用，形象所起的教育规训、诱导作用是极具文学意义的。因为侠观念根植于我们民族文化的深层纹理中，已被国人广为接受。经过几代武侠小说作家呕心沥血的创作，到了金庸时代其塑造的侠客形象极具文学意义和美学价值，他们不仅勾起大众广泛的接受心理，而且对侠客精神和侠义行为高度认同进而成为一种价值取向，形成一种与现实社会的互补机制，影响人类的思想，丰富民族文化心理资源，有其独到的效果。由于社会的发展，土匪已与我们渐行渐远，但侠客却因为小说家的潜心创作和文化沉淀而成为读者心目中的偶像，这种侠客是浪漫理想型的，亿万中国人的侠客心理也因此在阅读这样的小说中得到极大满足。所以，武侠小说只有在全民的普遍认同下才会流行。反过来，侠客形象的传颂和流行在某种层面上也影响着中国人的思想心理和行为，特别是成年人的思想、行为习惯更易受其支配。因此，要研究中国现代人的思想行为规律的途径之一必须分析中国人内在的侠客心理并匡算其与小说中侠客的正比数关系，在考察一个人的思想行为时，既要考虑现实、政治、伦理等制约因素，又要联系其侠的行为心理，同时要探讨侠心理的内在逻辑发展，以此确定其品性优劣、道德行为高低并表达我们认同或否认的态度。

（五）侠形象的当代变革

当下，中国社会出现了深度信仰危机，这一方面表现为，西方文化的无选择涌入，大大压缩了我们民族文化的生存空间，情人节和圣诞节的过度追捧就是一个显证。在和西方文化的对抗和碰撞中，以往中华民族强大的文化同化力在全球化的大潮下，在经济建设为中心的心理指引下逐渐瓦解，让我们丧失了对传统文化的热情；另一方面，市场经济模式的普及和全球化视野，削弱了马列主义、毛泽东思想对中国人民思想意识形态的主导和支配，"三个代表"、"八荣八耻"、"社会主义核心价值观"等口号的相继提出就是一个明示。以经济建设为中心的主流意识形态超强地统治了大多数中国人对当下和未来的看法。功利化、感官化、碎片化等消费文化带来的行动观念继而成为人们津津乐道的话语，且呈普及化趋势。在这样的大环境中，传统文化逐渐式微和衰落是必然的。

在道德沦丧、信仰行将消失的时候，弘扬传统文化精神和侠义的理想人格，对于抵御外来文化的入侵，就具有积极意义。“侠”这种理想人格形象体现了传统文化的精神，金庸小说塑造的大侠，摒弃了传统小说如《水浒传》中“英雄好汉”的负面因素：好勇斗狠、滥杀无辜、目光短浅、粗暴滋事等不良品行，糅合了武士的果敢、聪慧、坚韧、勇力和文士的儒雅、潇洒、规矩、富有情趣。可以说是一群当代新新人类，最能体现传统文化的现代精神。在当代多元的信仰体系中，这种“侠”在构建思想意识，确立信仰坐标方面有着相当的优势，对侠义精神和文化的传播起着重要作用，对于新的文化价值体系的建立展现了非常进步的一面。

当年狄更斯、巴尔扎克、司汤达、德莱塞们通过忠实、客观、淋漓尽致的细节描绘刻画了“触须般神秘发展着”的、作为人类欲望和意志搏斗战场的19世纪的大都会，而20世纪作家既能承继历史又能契合时代表现社会现状碎片式感官体验的就为数不多了，金庸成为其中代表作家之一。一方面，香港空间本身所蕴含的人文意义和价值深刻影响了一代作家，另一方面，香港消费原则对主体审美的巨大影响让人无所逃遁。都市和商品改变了人群的审美模式，新的审美标准特别关注客体对象的审美性，感官、感性、抒情体验、欲望表达是其重要特点，与此同时，社会细节逐渐转化为主体的感受，身体也得到前所未有的重视。而身体及感官的欲望表达、对人生和侠世界的想象抒情体验是作家参与传统文化的当代建构的主要手段，也是文学书写的必须。外部世界、人的欲望如何转化为内心的抒情内容，就构成不同作家深刻的差异性。金庸这样有着深厚生活沉淀的作家在欲望表达和抒情中就彰显历史反思、文化融合与文化塑造，成为不可多得的名家，而新生代作家就只能是“感时花溅泪”而鲜有历史的内涵了。但有一点应肯定，那就是，建立在欲望基础上的抒情都具有鲜明的文化特征，这是身处其中的作家所无法回避的。

武侠小说作为一个有机整体，“武”和“侠”是不可分割的。如果一部小说，只有“武”而没有“侠”，那么这部小说只是一部暴力文学，而不是武侠小说;反过来,一部小说只有"侠"而没有"武",用孔庆东先生的话来讲,那是雷锋的故事,也不是武侠小说。但是光有武与侠的小说,依然只是旧派武侠小说,在新派武侠小说中,其故事已经突破了旧有的框架,在梁、古、金的小说中,情占据了重要角色,武侠故事更多的是靠情串起武与侠,体现武侠小说的侠骨柔情之美。

金庸对小说的总体架构虽没有超出梁羽生对"武"与"侠"的认识,但金庸对"侠"与"武"的理解具有历史的厚度与深度,已经大大超越了前人。从陈家洛一直到令狐冲,金庸对侠义的精神表达达到了前所未有的高度,人物形象也得到深度挖掘。而封笔之作《鹿鼎记》中韦小宝这一形象的出现,更显现金庸空前超越的思维。韦小宝这一形象是金庸否定自己小说侠义精神的核心武器,韦小宝与金庸笔下以前的任何一个"侠"相比,英雄平民化色彩都是空前绝后的,英雄不再是少数人的专享权力,而成为人人都可亲近的可感形象,英雄进入平民化阶段,虽然在平民中依然只有极少数人能步入这样的殿堂。在读者眼中,韦小宝身上所体现的英雄气质和精神显得单薄和褊狭,算不得顶天立地,傲视群雄,很多人都认为他是金庸塑造的反英雄的典型。其实,这是金庸借韦小宝来质疑、消解以前对"侠"的"狭隘"理解并进一步解构其意义。通过与其师傅陈近南比较陈述,重复着侠义英雄不复存在的言说,指明当代社会已经很难产生英雄了,其解构的力度是显而易见的。陈近南是天地会总舵主,因为他的愚忠,最后,终为作威作福的无知小子郑克爽所偷袭杀死,一世英雄,死于鼠辈之手,悲剧收场;韦小宝本人却凭着油腔滑调、溜须拍马、四处逢源,做了康熙的朋友,成为陈近南的弟子,他的平步青云是对行侠仗义以及建功立业的最大讽刺,韦小宝以其自身的成功从反面证明传统意义的江湖"侠客"已无生存的必要。韦小宝已蜕变为现实中的"侠",实质上正宣告江湖大侠与我们的挥手告别。

传统武侠小说的陨落从某种程度上说可能与金庸改造了江湖和侠客有关,他把江湖的侠客和侠客的江湖转而表述为现实的内容,江湖不再是相对于"庙堂"而存在的第二社会,从而使文学的侠客和现实的侠客合二为一,武侠小说也就失去存在的意义。但韦小宝本身又具备江湖"侠"的最本质、最单纯的特征,即"讲义气",他没有受过教育,只是耳濡目染地接受传统文化

“义气”影响，用的是最简单的思维方式，宣泄他的所作所为，他不愿背叛师傅，也不愿出卖朋友。但是到了最后，他仍然走不出失败的结局，只能选择退隐。这一结局在否定了“侠”在江湖的命运后，又一次否定“侠”在宫廷中的命运。在消解“庙堂”、“江湖”的“侠”之命运的同时，归隐似乎是金庸为“侠”找到的真正出路。从这一点讲，金庸即使雄心勃勃，想以小说而流芳千古，但依然没有超脱历史武侠关于“侠”的命运的终点安排。

第四章　正气浩然

——金庸小说中的侠义文化精神的内涵扫描

随着伊瑟尔"空白理论"、姚斯的"期待视野"提出，接受美学作为一种新的文艺美学思潮理论在20世纪六七十年代中后期的西方蓬勃兴起，旋即风靡全球。有那么一段时间，谈文学批评者言必接受美学。接受美学是以读者为主体的关于作品阅读与接受的美学理论，它的提出改变了传统研究的视野，是人类关于文学理论、阅读理论和美学理论上的又一次重大突破。

伊瑟尔在《本文的召唤结构》中提出了"空白理论"，即"在作品中未实写出的或明写出来的部分，向读者所暗示或揭示的内容，成为激励诱导读者进行创造性填补和想象性连接的基本方法"，李亮在《伊瑟尔的〈阅读活动〉简介》中是这样解释这种理论：

> (伊瑟尔)基本的观点是将文学作为一种言语活动，一种人类交流的形式。阅读自然是这种交流活动中不可或缺至关重要的一环。当然，由于文学不同于一般语言活动和交流形式的特征，比如说文学需要以相对固定的文本/作品存在作为基础，而文学交流的双方并非是面对面地对话等等，导致了文学的交流，包括阅读也具有一些区别于日常交流的特质。伊瑟尔在这种比附的基础之上，把阅读过程的完成归结到大致三个方面，一方面，作者生产出的文本，本身是针对着一个隐含的读者展开，它在作者有意无意地设计之下，具有一套指令系统，等待读者参与完成开启；一方面，读者顺着文本的指引，一步步将文本纳入视野，在内心逐渐建构起形象；再一方面，文本与读者之间存在一种互相作用彼此建构的关系。

姚斯所提出的“期待视野”是：

> 由读者的经验所构成的某种定势或现在结构。包括读者从已阅读的文学作品中获得的经验、知识，对不同文学形式与技巧的熟练程度，以及读者的生活经历、文化修养、欣赏水平、艺术趣味等，这些构成一种兴趣，一种期待，一种对艺术的要求与判定尺度。①

简单地说，“期待视野”指文学接受活动中读者原先各种经验、趣味、素养、理想等综合形成的对文学作品的一种欣赏要求和欣赏水平。

曹文刚是这样理解姚斯的接受美学的：

> 姚斯接受美学的文学史观不同于文学的外部研究和内部研究，而是着重于读者对文学作品的接受。在姚斯看来，读者对作品的接受过程就是对作品的再创造过程，也是文学作品得以真正实现的过程，文学作品是由作者和读者共同创造的。读者是中心，读者对作品的接受理解构成作品的存在。认为应该研究一部作品在不同历史时期的接受情况，使文学史成为文学作品的接受史。②

接受美学理论研究重点是读者和读者的阅读活动，强调读者阅读决定一切，文学评论的重点是读者阅读的接受状况而非作家、作品的本身研究，这是对传统研究二元模式“作家—作品”的一种根本性倾覆。文学批判的模式由此发生根本性的转变，“读者—作家—作品”三维结构批评模式正式得以确立。接受美学理论拓展了文学研究、美学批判的新思路、新视野、新格局。

接受美学引领我们把读者放到中心位置，尊重读者的地位，研究读者的个性化解读。

---

① 刘慧珍：《在阅读教学中拓展学生“期待视野”的若干策略》，《内蒙古师范大学学报》（教育科学版）2008年第21卷第12期。

② 曹文刚：《姚斯接受美学的文学史观》内容摘要，《重庆科技学院学报》2012年第5期。

虽然我们不能明确作为文本的小说是否都必须具有多重意义，但至少我们可以通过名家的论述来证明文本中已经提出的和未经提出的（空白）潜藏着丰富的寓意，或明或暗，显现的意义品类繁多复杂并存。

金庸武侠小说从接受美学理论角度理解，一是读者对侠义、情感与历史的关注与表现根源于自我英雄观念的理解表现和传统文化的认同改造问题；二是对读者而言也同样存在情感与愿望的寄托问题。也就是说，作家是借创作过一把“欲望的满足”①瘾，读者是借阅读过一把“欲望的满足”瘾，其中自然包括读者对小说所提供的传统文化及其思想的深度认知，同时也包含读者借小说和小说提供的文化思想实现其批判现实与政治的欲望，以此重构金庸小说批判的艺术转型和当代意义，这一点在金庸小说中表现得尤为明显。

“侠文学”作为通俗文学的奇葩，是中国独有的一种文学类型，源远流长，在漫长的历史画卷中，游侠刺客的勾勒和张扬穿透了泛黄的书页和漫漶的墨迹。司马迁在《史记·游侠列传》和《史记·太史公自序》中认为：

> 今游侠，其行虽不轨於正义，然其言必信，其行必果，已诺必诚，不爱其躯，赴士之厄困，既已存亡死生矣，而不矜其能，羞伐其德，盖亦有足多者焉。②
>
> 救人于厄，振人不赡，仁者有乎；不既信，不倍言，义者有取焉。③

他们向后人展示了一个民族的不屈和反抗精神，他们的事迹点燃了一代又一代人的精神之火并成燎原之态。我们称这些流芳百世万人称颂的游侠刺客为民族的英雄和脊梁。中华民族不能没有他们，要不然，我们的民族就少了血性，缺了勇武，丧失了勇敢的精神。

---

① 武侠作家的欲望有多种，有为写小说而写小说；有为生计所迫，不得已而为之；有为出名；也有为文学艺术而献身的等。

② （西汉）司马迁：《全本史记·游侠列传》，华文出版社2010年版，第421页。

③ （西汉）司马迁：《全本史记·太史公自序》，华文出版社2010年版，第448页。

武侠小说把侠义和家国旧梦系在一处。

从金庸武侠小说的内容考察，小说中“侠义”的含义应包括以下三点：最重要的是义；第二是理；第三是情。

一、侠与义

“义”的本义，是礼仪、容止。《周礼·春官·肆师》云：“凡国之大事，治其礼仪。”郑玄注：“古者书仪但为义，今时所谓义为谊。”因此，合理、适宜的事称“义”。孔子云：“其养民也惠，其使民也义。”(《论语·公冶长》)“闻义不能从，不善不能改，是吾忧也。”(《论语·述而》)越往后，义的词义就越来越丰富了。

《礼记·表记》曰：“义者，天下之制也。”

《礼记·儒行》曰：“儒有委之以货财，淹之以乐好，见利不亏其义。”

《礼记·大学》曰：“国不以利为利，以义为利也。”

《中庸》引孔子的话说：“义者，宜者。”

孟子说：“生，亦我所欲也；义，亦我所欲也，二者不可得兼，舍生而取义者也。”(《孟子·告子上》)他话中的“义”，既指向真理性的“道”，也指向行为规范的“善”。

孟子说：“义，人之正路也。”(《孟子·离娄》)

韩非子说：“义者，君臣上下之事，父子贵贱之差也，知交朋友之接也，亲疏内外之分也。臣事君宜，下怀上，子事父宜：贱敬贵宜，知交友朋之相助也宜，亲者内而疏者外宜。义者，谓其宜也。宜而为之，故曰：‘上义为之而有以为也。’”(《韩非子·解老第二十》)

唐代李德裕《豪侠论》说：“夫侠者，盖非常人也，虽然以诺许人，必以节义为本，义非侠不立，侠非义不成。”

朱熹给《四书》作注说：“宜(义)者，分别事理。”

胡适说：“宜(义)就是应该。”

后世与义相关的词大都是好的，如：道义、信义、情义、恩义、忠义、节义、正义、公义、大义、义举、义心、义士、义侠、义师、义旗、义演、义战、义卖、义无反顾、义正词严等等，都因其正当性和合理性而成为褒义词。

“义”原本是儒家五常（仁、义、礼、智、信）之一，孔子把义作为人的立身处世和做一个道德高尚之人的最高道义准则，并把它作为调整规范君臣、父子、兄弟、夫妇、朋友等人伦关系的行为准则，对后世传统文化的发展有非常重大的贡献。儒家五常作为中国传统文化的核心，实质上是一种伦理文化，虽然包含三纲五常、君臣父子、愚忠愚孝等应该批判并抛弃的东西，但也有很多值得弘扬的文化传统。不仅儒家如此，墨家也认为人应该有忧患意识和救世精神，大力倡导义，提出“万事莫贵于义”的观点，认为：“义者，正也。”还认为“义者，利也”。也就是说，利国利民利人为义。儒家往往把“仁义道德”放在一起，孔子更是把“仁、义、礼、智、信”作为儒家人格的最高理想。在儒家看来，义有以下几层意义：一是义是人的良知，“羞恶之心，义之端也”（《孟子·公孙丑上》）；二是义是合理的、正当的，那自然是善的，所以又有善的意思；三是义还是勇气的来源，“见义不为，无勇也。”（《论语·为政》）“子路曰：‘君子尚勇乎！’子曰：‘君子义以为上。君子有勇而无义为乱，小人有勇而无义为盗。’”四是义又是德行，是人的优秀品质，孟子云，“唯义所在，无所不倾”；五是义还有小大之分，凡是正当的、正义的、公正的，都可以归属到“义”里头去；同时，中国自古就有“义利之辨”，办什么事都应该“义先利后”，“由义生利”，而不可“为利害义”。所以侠要“重义轻利”[①]，这是江湖规则。所以“义”又是“利”的对立面，“君子喻于义，小人喻于利。”（《论语·宪问》）成为衡量君子与小人之辨的重要标尺。

儒家的“义”与江湖上的“义”意义有重合的地方，具有浓厚的“庙堂”色彩，李德裕的“义”有非官方的“江湖”色彩。义作为一种道德标准，内涵弹性很大。侠义精神具有很大的复杂性。个人信誉高于对父母、国君的忠孝。

“义”是中国侠士灵魂，也是金庸小说之魂，经过金庸的全方位重新诠释，义成为金庸小说中最富有人文精神的一个方面。

---

① 重义轻利最早语出《荀子·成相》：“请成相，道圣王，尧舜尚贤身辞让，许由善卷，重义轻利行显明。尧让贤，以为民，氾利兼爱德施均。”通过“祖述尧舜”阐明了君主爱民轻利的举措。

义是中国文化的根基之一，金庸作为新派武侠小说的领军人物，其作品涵盖的不仅仅是传统意义上“武”与“侠”的文学表现，更主要的是他的作品中呈现浓郁的儒释道等中国传统文化精神，并对传统文化进行新的解读，以现代人睿智的超然眼光扫描沉浸在香港殖民文化和商业文化氛围中的港人实际心理需求，打造全新姿态的新版武侠小说。这不仅是对司马迁游侠观点的全面阐释，也是对一千多年武侠小说发展的历史概括。

“义”在金庸武侠小说主要有三种情况。

(一)肝胆相照、惺惺相惜、一诺千金、不负于人的品质——信义

信，《说文解字》中的解释是：“信，诚也。”信，即守承诺、讲信用。“信”从人从言，人言谓之“信”，不“信”则不是“人言”。信的基本含义是守诺、践约、无欺。诚信的本义就是要诚实、诚恳、守信、有信，反对隐瞒欺诈、反对伪劣假冒、反对弄虚作假。

儒家把信当做仁的重要内容之一，在《论语》中“信”有三重含义：最重要的是信仰，二是受人信任，三是要守信。孔子云：“人而无信，不知其可也。”(《论语·为政》)“曾子曰：‘吾日三省吾身。为人谋而不忠乎？与朋友交而不信乎？传不习乎？’”(《论语·学而》)“自古皆有死，民无信不立。”(《论语·颜渊》)墨子对于“信”的理解，与儒家近似。他说：“信，言合于意也。”(《墨子》)他认为“诚信”就是人的言语要合于心识，而不指言语合于事实，“信，不以其言之当也”，凡人意发于内心，而言出于口。心口如一，言必有当，言而合意，就可叫做“信”。“信”对于人的功用，墨子明确提出“言不信者，行不果”，“行不信者，名必耗。”(《墨子》)他是把“信”当做“行果”和“名立”的主要原因。换言之，不讲信的人，行动起来犹犹豫豫，畏缩不前，就不可能得到人们的信赖，难以做到扬名立功于天下。就连不讲“仁义”的老子也认为要讲信义：“轻诺必寡信，多易必多难。”(《老子·六十三章》)“信言不美，美言不信。”(《老子·八十一章》)

武侠小说中信义既有为朋友两肋插刀的江湖义气，也有豪气干云誓死然诺的凛然之气。侠士践然诺，轻生死，为知己赴汤蹈火，以为这样才不辜负彼此一番相知相遇的情义。

信义是侠客在江湖上需要遵守的道德精神准则。

1. 信义就是生命。

古人云:“诚信者,天下之结也。”孟子说:“诚者,天之道也;思诚者,人之道也。”可见,自古以来诚信就是重要的品质。金庸小说塑造了许多言行一致、诚实不欺、重信重义的英雄侠士,对于他们而言,守信重诺是侠所遵奉的最基本的道德准则、至高无上的信条,是侠立身行义之本。侠把信义看做比自己生命更为重要,要么不答应别人,答应了别人就一定要做到。“信”与“义”是一致的,“信义”是“义”的具体化表现。就如司马迁的《史记·游侠列传》里的侠客——“言必信,行必果,已诺必诚”。

在践信、履信的过程中充满艰险,他们不会是一马平川,更可能的情况是一路荆棘,但在困难面前,他们不会退缩半步,必要时甚至抛弃自己的生命而在所不惜。在他们的眼里,信用和道义是一个整体,是生命的一部分,甚至从某种意义上讲高于生命,因为死亡只不过是一次生命的终结,而讲信义却可以让他们的灵魂不朽,信义本身就是侠士的魂。因而他们在乎的不只是面子上的问题,而是深植在骨子里的江湖信义文化,这种超然的人生观也构成了金庸小说里英雄侠士们的最高境界之一。

在《雪山飞狐》中,苗人凤和胡一刀为当世两大高人,神交已久,但起于祖辈的种种误会,结成世仇,因要了结上代的仇怨,两人之间不得不进行一场生死决斗。大战一天一夜不分胜负,英雄相惜,竟成莫逆。是夜,他们坐而喝酒,互论武功,大有相见恨晚之慨。

> 金面佛将苗家剑的精要,一招一式讲给胡一刀听。胡一刀也把胡家刀法倾囊以授。两人越谈越投机,真说得上是相见恨晚。两人喝几碗酒,站起来试演几招,又坐下喝酒。他二人谈论的都是最精深的武功,我虽清清楚楚地听在耳里,却一句也不懂。
>
> ……说到半夜,胡一刀叫掌柜的开了一间上房,他和金面佛当真同榻而眠。(《雪山飞狐》第四章)

依据江湖潜规则这两人要以武功决一雌雄,一是厘清江湖传言的苗家剑和胡家刀的无敌传说，更主要是要了结世代恩仇，原本生死相搏的两人却因武功和人品互为感应转而互相尊重，发自内心地认同并珍爱对方，互把对方看做异域知己，并且打破江湖铁律，把自己秘不外传的祖传武功倾囊相授，甚至共处一室同榻而眠，不疑有他。这份英雄之间的道德高义，就是他们身上那摄人心魄的侠气与信义。

更由于有信义，苗人凤和胡一刀的故事在拓展、延伸和深化，由于双方都是举世无匹的高手，胡一刀自觉和苗人凤武功在伯仲之间，所谓高手相搏失之毫厘，生死大战中极有可能因为一个非常偶然的因素而毁于对方的剑下，或两败俱伤，最放不下心的是刚出生的儿子，在生死大战前夕，他要“托孤”，所托付者，正是和自己生死对决的苗人凤，这是因为胡一刀以己度人，坚信苗人凤只要答应下来，那就一定能不负所托，所以面对敌手临终托孤，信义价值千金，承诺重于生命。足见江湖大侠“一诺千金”，忠信守义。

《笑傲江湖》中，大侠风清扬当年立下重誓“有生之年，决不再与人当真动手”，风清扬为誓言退隐江湖，独居华山之巅侧峰上，一生不与世人照面，直至令狐冲被罚面壁思过，与之相和，才传授“独孤九剑”，令令狐冲不得以弟子自居也不得外泄，后来田伯光无意中得知这一秘密，风清扬也没有自己动手也只是假手于令狐冲让田伯光立誓守秘，不愿违背誓言。

而令狐冲为了“决不可泄露（风太师叔之事）一字半句”的简单承诺，人生背负沉重的枷锁，虽屡屡遭人曲解，却无丝毫怨怼之意。例如面对师父的冷嘲热讽，令狐冲只能默默地承受一切：

> 我若不吐露风太师叔传授剑法的经过，师父师娘终究不能见谅。但男子汉须当言而有信，田伯光一个采花淫贼，在身受桃谷六仙种种折磨之时，尚自不泄露风太师叔的行踪。令狐冲受人大恩，决不能负于他。我对师父师娘之心，天日可表，暂受一时委屈，又算得了什么？

即使面对身边最亲的人——任盈盈那出于好奇心的询问，令狐冲的回答依旧是“我……我……答应过他老人家，决不泄露他的行迹”。在华山派中，人人都以为他吞没了《辟邪剑谱》，连素来知心的小师妹和贴心的小师弟陆大有也大加怀疑的时候，令狐冲依然选择有口不辩，甘受委屈。信义已经溶入令狐冲的血液中。

2.江湖信义就是讲原则。

信义是英雄侠士的生命，然而，由于武侠中的信义是不受法律、道德等社会公则限制，个人对此见解各有不同，但它是江湖一种潜规则，身在江湖都得高度认可信义原则，并遵从这个规则，无论在何种境遇下绝不违信。

在武侠小说江湖中，由于信义不是白纸黑字的条条框框，只是口耳相传或潜意识中认可的规则，所以在作家的表述里很有意思。如果是江湖中英雄大侠，那就一定要坚守信义，一定要讲原则，如果不属于侠客英雄的江湖人士，倒是可以权衡变通。当信义变为一种意识形态处于精神绝对控制地位时，受其支配，英雄大侠有时难免是非不分，囿于虚妄的信义准则，不近情理，让人难以理解。英雄侠士们这种近乎极端、不分正邪的“重信义”，蒙蔽了他们的理智，经常成为他们的行侠软肋。

《笑傲江湖》中，岳灵珊落单遭到六名青城弟子围攻，生死系于一线，刚好遇上已是恒山派掌门的令狐冲，令狐冲想去救她，但只因先前说过“我们两不相助”，为诺言所缚，不敢做有损恒山派名誉之事，没有出手相救，差一点让岳灵珊死于非命。亏得任盈盈玲珑剔透，善解人意，挺身而出，仗着不是恒山派教内之人，击败青城派，这才把灵珊从虎口里拯救出来。

《射雕英雄传》中，在明霞岛上，欧阳克被压在巨石之下，潮水上涨，生命岌岌可危，欧阳锋以受伤的洪七公要挟郭靖和黄蓉，助他相救欧阳克，迫于形势，郭、黄两人只得与欧阳锋联合，三人合力终于救出欧阳克，在这个过程中，欧阳锋救儿心切一度露出致命破绽，可以一击中的。

> 黄蓉告诉郭靖：“靖哥哥，待会儿西毒用力推那岩石，你冷不防在他背后一掌，结束了他。”郭靖道：“背后伤人，太不光明。”黄蓉嗔到：“他伤害师父，难道光明正大吗？”郭靖道：“咱们言而有信，先救出他侄儿，再想法给师父报仇。”黄蓉微笑着叹了口气，知道终究难以强逼他暗算伤人。

郭靖如果要杀欧阳锋，这是个绝佳机会。因为欧阳锋不仅屡次要加害洪七公，而且要杀郭靖和黄蓉，在这种情况下，你不杀他，那就是他杀你，更何况对方是无恶不作的老毒物。小说中没有把黄蓉作为英雄和大侠来定位，所以对信义的理解就可以权衡变通，不仅如此，黄蓉还可以有一点姑苏慕容的“以其人之道还治其人之身”的额外权力，因为黄蓉不是英雄，对坏人可以不守信，读者也认可这种失信行为；但郭靖就不能不守信，因为他是大侠。在这里，郭靖极看重信义，不愿套上背后伤人之类的道德枷锁。

郭靖曾对欧阳锋许下诺言：“从今以后，你落在我手中时，我饶你三次不死。”之后郭靖果然没有食言，三次放过欧阳锋，欧阳锋非但没有感恩报答，反而恩将仇报。直到第二次华山论剑之时郭靖才对此进行思考，并对此有了新的见解。

> (郭靖)暗想：“师父因为运功疗伤，耽误了两年进修，高手功劲原本差不得分毫，这一进一退，莫要由此而输在欧阳锋的手里，若是如此，当初实不该三次相饶。”他又想起丘处机曾解说“信义”两字，该分大信义和小信义之别，若是一己的小信义而亏大节，那就算不得是信义了。想到此处，热血上涌，心道：“虽然师父与他言明单打独斗，但若他害了师父，从此横行天下，却不知有多少好人要伤在他的手里。我从前不明‘信义’二字的真意，以致做了不少糊涂事出来。”当下心意已决，双掌一错，就要上前相助。

虽然此时的郭靖已成为江湖的高手，开始思索“我是谁”这一哲学思辨式的问题，完成了人生的一大转折，实现了由“人”到“大人”的转变，对信义有了更进一步的认识，但他依然认为事关国家和民族的是大信义，涉及个人恩怨的是小信义，大信义是万不可失的，但不可固守小信义以亏大节。所以他一生还是一如既往地坚守大信义。

《侠客行》中，摩天居士谢烟客曾分给三位有恩于自己的朋友每人一枚玄铁令，声称不论从谁手中接过玄铁令，都会依彼所求办一件事，而且即便对方是七世的冤家，也不能伸一指加害于他。这也就是所谓的“玄铁之令，有求必应”，类似于对自己画地为牢。正因为这种在外人看来毫无原则在自己认为是铁律的许诺，使许多有非分之想的人卷入了争夺玄铁令的争斗，谢烟客自己有时也很被动，怕被一些“别有用心”之人捡到让自己为难，幸亏捡到此令的石破天是个“万事不求人”的“狗杂种”，才使自己的种种担心没有发生，即便这样，为守信而不得不管教石中玉一辈子的他还是为轻诺所累。

坚守信义有时也处于矛盾之中，作为英雄处在不同情景下如果许下了多个诺言，要一一践守，其实践过程很可能会出现诺言与诺言之间的水火不相容的状况，践守了甲诺言，就要背弃乙诺言，反之亦然。这种二选一的极端处境一经出现，往往让处在这个旋涡中的侠客英雄倍感无可奈何和苦涩。如《天龙八部》乔峰被丐帮驱逐，在杏子林发誓“有生之年，决不伤一条汉人性命”；由于乔峰无意中掌伤阿朱，以致阿朱奄奄一息，靠乔峰内力活命，于是发誓“义不容辞，非将她治好不可”。但这两个诺言势成水火，如果遵守前一个诺言，阿朱必然毙命；如果践行下一个诺言，那就要大开杀戒。最后，因为要救阿朱，只有向“阎王敌”的神医薛慕华求助，而薛慕华此时正在聚贤庄召开“英雄大会”，目的就是合力捕杀乔峰。乔峰明知道携阿朱前去，无疑自投罗网。但最终情感还是战胜理智，毅然决然地踏进了聚贤庄。结果在聚贤庄打死了许多人。从信义角度讲，乔峰的这个选择也无可厚非，阿朱是弱者，扶贫救弱本就是侠义的行为，至于英雄大会来的都是各方武林大豪，与乔峰势不两立，如果乔峰不杀人，那就任人宰割，阿朱也就香消玉殒，如果乔峰拚死一战，阿朱或有希望。当“鱼我所欲也，熊掌亦我所欲也，二者不可得兼，舍鱼而取熊掌者也”（《孟子·告子上》）的情景来到乔峰面前时，乔峰选择了抵抗和还击。最终乔峰违背了一个诺言，但坚守了另一个诺言。后来乔峰在雁门关前见石壁上文字被铲平而怒气勃发又想杀人，但也猛然想起：

> 我离丐帮之时，曾断单正的钢刀立誓，说道：我是汉人也好，是契丹人也好，决计不杀一个汉人。可是我在聚贤庄上，一举杀了多少人？此刻又想杀人，岂不是大违誓言？唉，事已至此，我不犯人，人来犯我，倘若束手待毙，任人宰割，岂是男子汉大丈夫的行径？
>
> ——《天龙八部》

但此时乔峰只有徒自感慨而已。

信义在儒家文化里处于从属地位，孟子云："大人者，言不必信，行不必果，唯义所在。"(《孟子·离娄下》)也就是说，相对于最高道德本性的"仁义"来说，"孝与义"是儒家文化的根本与基石，"信"是次一级的伦理道德规范，所以二者具存、不可兼得时应舍鱼而取熊掌。但江湖大侠却是讲原则守信义，只不过从现在眼光看来，令狐冲作为大英雄却被潜规则所规未能更进一层，甚为可叹。

从现实角度讲，讲信义不能盲目，要具备最基本的是非判断，在没有违背"仁"、"义"的前提下，权衡利弊，讲一点人生与道德原则，那是最为符合人心人情的，否则"过犹不及"，反而成为一具沉重的精神枷锁。

3. 江湖的规则——讲信义。

在金庸小说中，断不能失信。失信，人皆齿冷。英雄大侠确实做到了这一点，但武林中的很多小人物甚至反派人物，也同样做到这些，让人确信江湖的规则就是讲信用。孔子曰："人而无信，不知其可也。"(《论语·为政》)信，是中国儒家传统伦理准则之一，信是江湖人士立身处世的基点，是具有普世价值的行为与实践。在儒家文化里，做人，既要取得别人的信任，也要对人讲信用。墨家同样讲究信义，墨子说："言不信者行不果，行不信者名必耗。"极力主张"口言之，身必行之"(《墨子》)。金庸小说通过对所有武林人物重信守义的叙写，使信义的外延得到广阔的延伸，内涵得到深化，成为武林人士立足江湖的道德底线。

有正必有反，武林之中什么人都有，虽然讲信义是江湖准则，并不意味着在金庸的武侠世界中人人都是讲信义的，在书中金庸还是为我们准备了许多反面材料，既有正派人士也有邪派分子，作为批判对象，使得江湖具备和现实同样的复杂与不可知。

最为典型的要数道貌岸然的全真教道士赵志敬，这是正派人士中一个违信的反面典型。他全不守信，在遭遇责难时却对信义进行诡辩——杨过与小龙女迫于练习"玉女心经"条件所限只得选择在古墓外花丛中裸体修炼，而在练功的紧要关头却被赵、尹二人无意中撞见，导致小龙女真气逆流身负重伤，虽然小龙女不太在乎名节只在乎杨过的爱情，但杨过却是想杀二人以绝后患，因小龙女不想杀人，杨过不敢违拗，于是逼迫赵志敬立重誓“不向第五人说”，赵志敬迫于形势，为了活命，当时满口答应，逃得性命，后来却出尔反尔，把他亲口承诺保密的事情当众说出，当小龙女问责时，居然强词夺理道：

> 不错，我立誓不向第五人说，可是眼前有第六人、第七人、百人千人，就不是第五人了。你们行得苟且之事，我自然说得。
>
> ——《神雕侠侣》

赵志敬的失信既有对杨过的怀恨在心，也有对尹志平的嫉妒，更是他本性凉薄和操守卑劣的告白。这样的无信义，金庸把他作为反面教材呈现在读者面前。

其次是绝情谷的谷主夫人裘千尺。被丈夫公孙止设计掉入地底山洞中孤独苦活十几年的裘千尺性情大变，机缘巧合被掉进山洞的杨过救出。杨过因为情花之毒命在旦夕，而手握可以救杨过性命的半枚绝情丹的裘千尺却绝无心意救人，黄蓉为感谢杨过的救命之恩立意要救杨过，想从裘千尺手中获得这半枚绝情丹，于是与裘千尺对赌，冒险承诺要不避不挡地接裘千尺三枚枣核钉来换取半枚绝情丹。

> 黄蓉凑过头去，悄声道：“……再者杨过于我有恩，我便送了性命，也要求得绝情丹给他。人生在世，有恩不报，岂不与禽兽无异？”说罢便退开三步，凝目以望。裘千尺听了“有恩不报，岂不与禽兽无异”这话，心中也是一动，暗想：“若不是杨过这小子相救，我此刻还是孤零零的在地底山洞中挨苦受难。”但这念头便如闪电般一瞬即过，善念消退，恶心立生，冷冷地道：“任你百般花言巧语，老妇人铁石心肠，不改初衷，来来来，你站开了，吃我三钉！”
>
> ——《神雕侠侣》

黄蓉守信冒死接了裘千尺三颗枣核钉，裘千尺却不能兑现自己的诺言：

> (裘千尺)心想:“我儿中了情花之毒,别说杨过不允婚事,他便当真是我的女婿,这半枚绝情丹也岂能给他?”但自己亲口答应给药,言入众人之耳,总不能立时反悔,她双眼一转,已有计较。
>
> ——《神雕侠侣》

她叫女儿取假药给黄蓉,竟想糊弄众人逃避自己的诺言,这种失信行为是作者树立的中性人物违信的典型。裘千尺违背了自己的诺言,但始终没有保住绝情丹,结果真药反被公孙止抢得。裘千尺的失信,让金庸有理由在她的结局中安排善有善报恶有恶报的文化理念。

当然,金庸在小说中虽动用了足够的笔墨叙说了江湖上的失信行为,但其主要的努力都花在坚守信义的昭告上。英雄大侠自不用说,就连为人所不齿的一些人物也打上信义的烙印。在《天龙八部》中,“四大恶人”中南海鳄神岳老三是反派人士的正面教材,他打赌输给段誉,虽然万千不情愿,却也是守信之人,当即就向段誉磕头拜师,无半点食言,以后无论是谁,只要提起拜师一事虽然嘴巴念念有词,恶语连篇,但结果都以承认了事,最后竟为保护“师父”而死。让我们感慨江湖规则的深入人心。

无论是正邪双方,江湖上把信用都看得重于生命,邪教或邪派号称邪,做事不像正派人士那样心口如一,明里讲信义,暗地里或危急关头不守规矩。即使号称老毒物的欧阳峰,表面文章还是做过一些,失信之事只能事急从权在暗地里做,故而在他背信弃义之时一听到郭靖声音就仓皇逃窜。①

《笑傲江湖》中嵩山派掌门左冷禅阴鸷狠毒,虽名为正派人士,但其作为与邪派无异,有时是有过之而无不及,但对江湖的信义却看得比生命还重,在与岳不群争夺盟主之位时遭岳不群暗算,被刺瞎双眼,门下弟子们准备“一齐动手,将华山派上下斩为肉泥”,却被他阻止:

---

① 《射雕英雄传》中,欧阳锋被郭靖饶命三次之后却依然不守信。“欧阳锋冷然道:‘事机紧迫,纵然有约在先,今日之事也只好从权。’”“欧阳锋喝一声彩,待要接着抢攻,猛听郭靖在洞外呼叫。他是武学大宗师,素不失信于人,此时为势所逼,才不得不对黄蓉用强,忽然听得郭靖到来,不由得面红过耳,料想他定会质问自己为何弃信背约,当下袍袖一拂,遮住脸面,从郭靖身旁疾闪而过,出洞急窜,顷刻间人影不见。”

> 大丈夫言而有信！既然说是比剑夺帅，各凭本身武功争胜，岳先生武功远胜左某，大伙自当奉他为掌门，岂可更有异言？
>
> ——《笑傲江湖》

在左冷禅的眼里，信义是脸面，是一个人立于天地之间的根本，头可断，血可流，眼可瞎，信义不可无。无论左冷禅背后有多阴狠，但起码在大庭广众面前，还是够"光明磊落"的，所以信义是武林人士遵循的人生守则。就连一灯大师这样的化外之人有时也囿于世俗的教诲，在劝导、教化裘千仞时，要裘千仞坚守诺言，所举的例子是动物护子情深、坚守信义的故事：

> "身产两崽的母鹿被猎人所擒，猎人欲杀之，母鹿哀求要等告之孩儿觅食之法，然后回来就死。后来母鹿果然又回来了。猎人见母鹿笃信死义，舍身守誓，志节丹诚，人所不及，就禀告给了国王，举国赞叹，为止杀猎恶行。"鹿犹如此，人复何言？
>
> ——《神雕侠侣》

以母鹿作喻，动物都讲信义①，何况人类？人应超越动物。

(二)路见不平，拔刀相助，扶困救厄，不畏强暴——道义

道义者，最早见于《易·系辞上》"成性存存，道义之门"。《辞海》解释说"道德和义理"，《现代汉语词典》注释为"道德和正义"。从某种意义上来说，道义即是法律的内涵和外延。

道义是一种社会意识形态，是作为人的约束、规范、规矩而存在。就儒

---

①　金庸武侠小说里林林总总的"信义"是个群体现象，具体反映到每个人身上却是不相同的，他们行信的出发点不同、动机不同、手段不同、重视程度不同、原则把握不同……但有一点却是相同的，那就是他们都或多或少受大环境的影响，在金庸笔下"重信"的大环境中，无人不受其影响，即使是无恶不作的大恶人，他可以随手杀人掠货，却不能轻易背信弃义，他可以不择手段地去利用信义为非作歹，却不会无视信义的存在，信义是金庸武侠世界中生存的本钱。在社会主义市场经济大潮一浪高过一浪的情况下，我们对"信义"有了更高的要求，然而社会中"重信"的大风气却似乎并没有形成，如果我们都能在遵守法律法规的前提下，从武侠世界中汲取"信义"的精华，无疑是治理"不重信"社会的一剂有效偏方。

家文化分析，道义的本质就是培养人的修养用来维系、调整和确立人与人之间关系的伦理准则。道义要求遵守诺言、履行盟约，注重个人的道德修养。道义是“身无分文，心忧天下”，“侠之大者，为国为民；手之妙者，改天换地”，是一种强烈的社会责任感，是一种人文关怀，是一种对他人负责的高尚境界。盗亦有道，看武侠，其实也不失为一种了解古典文化的方法，在文化的发展中，武侠已经不知不觉成为中国文化的一部分，它使中国文化中的仁、义、礼、智、信、廉、勇、耻等品质得到了很好的诠释，它描述的是一种我们都想达到却只能在想象中达到的境界，我们可以在其中品味人生的善恶，感动于那种现实中不存在的侠义情怀。

“路见不平一声吼，该出手时就出手。”这是古代豪客为人处世的方法，有人说，有华人的地方，就有金庸的武侠，这是对他武侠小说的一种称赞，金庸作为一代武侠大师，确也将古典文化中武侠的精神演绎得淋漓尽致。他的小说里面以哲学为依据，讲解江湖恩怨、侠义情仇、人生沧桑、百态变化。从他的人物、情节之中便透露着那份江湖道义，确也是现实人生的道义。金庸说：

> 我以为侠的定义可以说是“奋不顾身，拔刀相助”这八个字，侠士主持正义，打抱不平。①

武侠小说中的“道义”，既有“铁肩担道义”的雄风，也有侠客拯救受难的底层百姓和弱者的精彩表述。冯其庸在《读金庸》中说过：

> 我感到他书中贯穿始终的思想，是一种浩然正气，是强烈的正义感和是非感……我读他的小说，常常使人感到他笔下的一些英雄人物，具有一种豪气干云、一往无前的气概，他给人以激励，给人以一种巨大的精神力量，一种要竭尽全力去为正义事业奋斗的崇高精神！并且他笔下的人物，也使人感到有深厚的民族感情和爱

---

① 严家炎：《金庸小说论稿》，北京大学出版社 2000 年版，第 38 页。

国思想。①

有一点是确定无疑的：金庸在他的作品中表达、摹写了这个民族一些“崇高”的品质与精神。

在金庸小说中，道义表现得酣畅淋漓的可能要数《飞狐外传》。钟阿四为底层平民，弱势群体的代表，凤天南是权力、强势地位的代表，在凤天南的眼中钟阿四根本就是无足轻重、备受轻贱的角色，所以钟阿四因为两亩几分地就遭到凤天南的欺侮、打压，直至招来杀身之祸，这种欺压底层弱小百姓的行为在凤天南的人生词典里既高调又高频，在江湖世界里也是极为稀松平常的。但胡斐激于道义，出于义愤，要平天下之不平，替钟阿四一家申雪冤屈。道义把这两个互不关联的人物串联在一起。在有些人眼里胡斐多管闲事，但更多人会理解，他是为受苦百姓挺身而出，并且义无反顾，济危扶厄，丝毫没有理会前路重重阻隔（凤天南是典型的地主恶霸，势力大诡计多，胡斐在金钱、面子、美女之前毫不动心），一心要诛杀这“南天一霸”。这一点就是人们平常所说的“侠肝义胆”。同样，在《笑傲江湖》中令狐冲激于“五岳剑派，同气连枝”道义要救仪琳，全然不顾自己武功低微，不是田伯光的对手，依然屡次舍身与田伯光相斗，屡败屡战，几死敌手，靠的就是满腔道义支撑着他。亚当·斯密在解释人的正义本性时说：

> 无论人们会认为某人怎样自私，这个人的天赋中总是明显地存在着这样一些本性，这些本性使他关心别人的命运，把别人的幸福看成是自己的事情，虽然他除了看到别人幸福而感到高兴以外，一无所得。②

别人的幸福、安全就是自己的幸福和安全。令狐冲心中既激于江湖道义又能以自己生命之躯面对江湖恶人，心中有了善念，有了誓死拯救同为“五岳剑派”的弱小同道，才会忘掉自己。而《天龙八部》中的乔峰在道义上比郭靖

① 冯其庸：《读金庸》，《中国》1986年第8期。

② [英]亚当·斯密：《道德情操论》，中央编译出版社2008年版，第2页。

更淳厚，一种特殊的时代环境使他成为不可避免的悲剧性人物，北宋是辽宋民族之间高度对立时代，乔峰的行为超越了民族、邦国狭隘的传统观念，他以自己的生命维护了道义，成就大道。

《射雕英雄传》中郭靖是个尽人皆知的人物，在金庸笔下他相貌平平、资质愚笨，但他却有着一股子侠义情怀，重感情、重义气，即使杨康多次加害，他也总是宽恕他。郭靖、杨康这一好一坏，一憨厚一精明，形成鲜明对比，下场也是可想而知的。这构成“好人好报、恶人恶报”传统判断方式，同时这也是金庸笔下的江湖道义。可杨铁心、包惜弱、公孙绿萼这样的好人，最终惨死的结果，从另一角度明示，在现实生活中，善人也未必都有善果。但金庸有一个理念非常明确，那就是恶人的结局正如读者盼望的那样——恶报。完颜洪烈使得杨家妻离子散，到头来他自己全家都命丧黄泉。其中有一个细节，完颜洪烈在妻离子散家破人亡时站在窗前向天大喊：“真正的恶人是我，为什么报应不报应在我身上？”可见不是不报，时候未到。这些江湖道义在生活中又何尝不是如此？看恶人平步青云，好人遭遇不幸，很多人抱怨苍天不公，其实不必心急，就如《天龙八部》里玄慈方丈临死之前所说：

> 善因善果恶因恶果，该来的早晚会来，逃也逃不了，躲也躲不了。
>
> ——《天龙八部》

《笑傲江湖》里的令狐冲、《倚天屠龙记》里的张无忌、《飞狐外传》里的胡斐等等，不过是武功高强、顶天立地的男子汉，而《天龙八部》里的乔峰、《射雕英雄传》中的郭靖才是为国为民的英雄大侠，从开始的东邪西毒南帝北丐中神通，到后来的东邪西狂南僧北侠中顽童，金庸用一个侠字形容郭靖，说明在他心里，真心为民，救民于水火之中，凭自己的本领保家卫国的人称得起大侠，那些退居深山、归隐深林的人仅是高手，算不得真正的英雄。

人的一生中只有真心为大众为百姓谋得福利，为人民造福，才可流芳千古，自古的清官忠臣对于百姓来说，影响作用，远远大于那些空抱怨的文人墨客，因而为国为民是金庸的江湖道义。《鹿鼎记》里的韦小宝，可以说是最贴近生活的，处事游刃有余，左右逢源，从一个小太监到皇帝面前的红人，让人不得不佩服的小聪明，皇宫里的钩心斗角，尔虞我诈，就像现在的官场是非，学会韦小宝的为人处世，相信即可平步青云，步步高升。而韦小宝却也是十分重义气的，师傅陈近南，天地会的兄弟，宫廷里的皇帝，他为了两边不互相残杀，舍出自己的全部家当，他这个爱财之人能做到这一点是十分不容易的。现实生活中，懂得溜须拍马从而官场得意的人很多，而同样阿谀奉承，又肯为朋友两肋插刀的人，也不是没有，韦小宝是这一类人的缩影了，尽管贪图富贵却肯在关键时刻为朋友舍弃一切，这可以说是金庸的江湖义气了。

金庸的江湖道义也是生活中的人生道义，他的作品之所以受欢迎，是因为他的小说人物和情节更贴近生活，虽然讲的是江湖的腥风血雨、刀光剑影、人心险恶、尔虞我诈，但同时讲的是人间的大善至情，讲究的是人生百态，他的侠义精神正是现在所缺少的。

金庸在《神雕侠侣》的后记中说："这篇小说的主旨，是透过杨过这个角色，写世间礼法习俗对人心灵和行为的拘束。"金庸又说，虽然"为国为民，侠之大者"对现代社会仍有重大积极意义，但是国家界限终会消失，"爱国"、"抗敌"到时便会失去意义，但人的品德和高贵感情，永远不会失去意义，因此性格与感情，远比社会意义有更大的重要性。

金庸的武侠可以让人想到很多，他诠释的江湖道义也正是人生道义，发人深省，让人想到的也并非仅此而已。

（三）"侠之大者，为国为民"——仁义

金庸在《探求一个灿烂的世纪——金庸/池田大作对话录》中说：

> 中国人民间最重视的道德，第一是孝，第二是义。[①]

从中国传统伦理原则看这句话不是十二分妥帖，儒家五常之中，仁排在首

---

① 金庸、池田大作：《探求一个灿烂的世纪——金庸/池田大作对话录》，北京大学出版社 2010 年版。

位，孝悌只是仁的根本，不能代表全部的仁，但这句话也点明了传统文化中道德伦理的最本质问题。孔子以一生实践创建儒家学说，两千年来一直是中国文化的显学，儒家精奥在于儒家文化外形：求美，求善，求仁义；忧国，忧民，忧天下；重文，重礼，重气节；畏天，畏地，畏天命。孔子竭力倡导的“仁”、“义”，成功构建了独具民族性的社会文化心理结构体系，开创了主导中华民族几千年的文化——以仁、义、理、智、信为核心的儒家文化。仁是什么呢？孔子说：“孝悌也者，其为仁之本与。”(《论语·学而第一》)点明孝悌是仁义的根本，又说：“仁者爱人也。”强调仁者的博爱胸怀和精神，又云：“子张问仁于孔子。孔子曰：‘能行五者于天下为仁矣。’请问之。曰：‘恭、宽、信、敏、惠。恭则不侮，宽则得众，信则人任焉，敏则有功，惠则足以使人。’”(《论语·阳货第十七》)解释达到仁的五者为谦恭、宽容、诚实、勤敏、慈惠，认为谦恭不会遭侮辱，宽容得到众人拥护，诚信获得人们信任，勤敏办事成功，慈惠能差使人。由于儒家学说在建构中华民族传统文化心理结构的过程中，与道家、释家共同组成核心与支柱，在创建中华民族文化的过程中已成为不可或缺的决定力量，特别是儒家文化，其构建作用在更多时候大大超过道家和释家，千百年来为统治者所青睐，因而成为治国文化而世代传承，这种文化已经浸透在中国的政治体制、风俗习惯、道德伦理、文化心理和行为模式中了。李泽厚在《论语今读》中诠释了孔子学说，认为仁与义相对应，义是一种道德伦理规范，而仁是超道德的。[①] 孔子不但正面解释了仁与义的意思，更提出了对于当下都有现实意义的“富贵说”，孔子曰：

> 富与贵，是人之所欲也，不以其道得之，不处也；贫与贱，是人之所恶也，不以其道得之，不去也。君子去仁，恶乎成名？君子无终食之间违仁，造次必于是，颠沛必于是。(《论语·里仁第四》)

---

① 李泽厚先生在《论语今读》中说：“‘仁’因与内心情感直接相连而‘义’则并不如是，于是从孟子时起，便有‘义’在内抑在外的不同意见和争论，亦即具有某种必然、个体应予绝对履行的客观行为准则(外)，如何同时又可能是个体自觉要求即道德自律(内)的问题。告子以为，‘仁内义外’，孟子认为‘仁义’均内，董仲舒认为‘仁外义内’……”“与‘仁’相对应，‘义’作为行为准则规范，是儒学的道德伦理的最高范畴(‘仁’则超道德)，它既是绝对命令，又是自律要求。”

孔子认为任何人都不会甘愿过贫穷困顿、流离失所的生活，都希望得到富贵安逸。但这必须通过正当的手段和途径去获取。否则宁守清贫而不去享受富贵。强调合乎道（仁、义）的所得，反对不合乎道的利、欲追求。两千多年前孔子就肯定人的欲望，每个人都可以通过合乎道德的手段去获得富贵有其积极意义，这种观念在今天仍有其不可低估的价值。孔子还说："君子喻于义，小人喻于利。"（《论语·里仁第四》）以君子和小人的泾渭分明来突出义而忽视利。

儒家的"仁"与"义"是道德伦理范畴之一。孔子把"义"从属于"仁"，提高"仁"的地位是正当的合乎"礼"的行为，仁义还可以引申为道义、正义、公理、原则、规范等等。

> 就个体说，便成为行为的准则、规范、义务、责任。它基本上是某种理性原则。①

孟子是儒家学说的集大成者，他继承并发展了孔子的儒家学说，把"仁"与"义"串联起来谈论。《孟子·公孙丑下》云：人性有四善端，"恻隐之心，仁之端也；羞恶之心，义之端也，辞让之心，礼之端也，是非之心，智之端也。人之有是四端也，犹其有四体也"。仁与义排在前列，《孟子传》里记述过这样一件事："孟子见梁惠王。王曰：'叟！不远千里而来，亦将有以利吾国乎？'孟子对曰：'王何必曰利？亦有仁义而已矣。王曰何以利吾国？大夫曰何以利吾家？士庶人曰何以利吾身？上下交征利而国危矣。'"孟子棒喝梁惠王，主要目的是要国君带头实行仁义，而不是带头渔利。若国君带头争利，那么上行下效，最后就是"上下交征利而国危矣"。"义"的实质，是"从兄"和"敬上"，《孟子·离娄上》曰："仁之实，事亲是也；义之实，从兄是也。"《孟子·尽心上》："亲亲，仁也；敬长，义也。"从这里看，孟子已经把"义"上升到孔子"仁"的高度，认为"义"与"仁"一样，对家族亲人的关心和热爱是一种道德伦理，是带有普世价值的伦理准则。

---

① 李泽厚：《论语今读》，安徽文艺出版社 1998 年版，第 43 页。

儒家观点影响了后代许多学者，唐宋八大家之一的韩愈解释仁与义时说："博爱之谓仁，行而宜之之谓义，由是而之焉之谓道，足乎己无待于外之谓德。"（韩愈：《原道》）博爱、自律而至终极道德世界，《宋史·文天祥传》中说："孔曰成仁，孟曰取义。唯其义尽，所以仁至。"仁是终极目标，义是仁的前提，能够坚守义，才能到达仁。

金庸对仁义有着自己的看法，他在《韦小宝这小家伙》中说：

> "义气"在中国人道德观念中非常重要。不忠于皇帝朝廷，造反起义，那是可以的，因为中国人的反叛性很强。打僧谈佛，咒道骂尼，那是可以的，因为中国人不太重视宗教。偷窥，抢劫，谋杀，通奸，残暴等等罪行，中国民间对之憎厌的程度，一般不及外国社会中之强烈。但不孝父母绝对不可以，出卖朋友也绝对不可以。从社会学的观点来看，"孝道"对繁衍种族，维持社会秩序有重要作用，"义气"对忠诚团结，进行生存竞争有重大作用。"人情"对消除内部矛盾，缓和内部冲突有重要作用。①

金庸对义是一往情深，认为义在江湖中有重要作用。

仁义是情义、信义的提升，奋不顾身、拔刀相助。

义的最高表现为"为国为民"，在武侠小说中，男子的情义、信义是以仁义为先。义就是竭尽全力做分内所当为之事。乔峰、郭靖的"为国为民，侠之大者"，成为仁义的典范。

金庸小说中的侠客，大都置身于朝代更替、民族存亡危机深重的关键时刻，他们肩扛国家正义，身负民族和睦，面临这一切，侠士往往表现出一种为国为民甘愿赴汤蹈火在所不辞的英雄大义，甚至不惜牺牲自己的生命。当乔峰为了汉、辽两族的和睦相处而胁迫辽主，最后悲壮自戕，以特有的方式泯灭两个民族之间的恩仇；当郭靖，一个生于蒙古，长于蒙古，却心系大宋（也就是他的故国）的极具爱国情怀的人物横空出世时，"侠之大者，为国为

① 金庸：《韦小宝这小家伙》，原载于《明报月刊》1981年10月号，后收入《绝品》，台北远流出版事业股份有限公司1986年版，第237—238页。

民”就成为他的代名词，为了报杀父之仇和报答成吉思汗的养育之恩，可以助蒙古灭金国，但为了国家民族的大义，可以一生坚守襄阳，抗拒蒙古南下入侵，直至城破人亡；神雕大侠杨过借为给郭襄庆贺生日之际，送上三件礼物：第一件是两千只蒙古兵将的耳朵；第二件是烧了蒙古二十万大军的粮草；第三件是金轮法王的二弟子达尔巴(来解决霍都，为鲁有脚报仇，并归还丐帮打狗棒)。谁不说神雕大侠的义薄云天深具郭靖遗风？

仁义构成中国文化的强力符号进而影响英雄侠义的行为本质，儒家的仁义已是无处不在，已为千万中国人民所理解。就连道家色彩浓厚的黄药师也对儒家的仁义顶礼膜拜，例如，当欧阳锋把一个人头交给黄药师的时候：

> 欧阳锋哈哈大笑，朗声道：“药兄这几句话真是痛快之极，佩服佩服。”举起酒杯一饮而尽，说道：“药兄，兄弟送你一件礼物。”右手微扬，将一个包袱掷了过去。他与黄药师相隔数丈之遥，但随手挥掷，包袱便破空而至，旁观众人均感骇异。黄药师接在手中，触手似觉包中是个人头，打将开来，赫然是个新割下的首级，头戴方巾，颏下有须，面目却不相识。欧阳锋笑道：“兄弟今晨西来，在一所书院歇足，听得这腐儒在对学生讲书，说什么要做忠臣孝子，兄弟听得厌烦，将这腐儒杀了。你我东邪西毒，可说是臭味相投了。”说罢纵声长笑。黄药师脸上色变，说道：“我平生最敬的是忠臣孝子。”俯身抓土成坑，将那人头埋下，恭恭敬敬地作了三个揖。欧阳锋讨了个没趣，哈哈笑道：“黄老邪徒有虚名，原来也是个为礼法所拘之人。”黄药师凛然道：“忠孝乃大节所在，并非礼法！”
>
> ——《射雕英雄传》

由此可见，国家与民族之间的大义，是义的最高层次，忠孝却是人伦之纲，在中国规范着人们的行为。因此，不管你是谁，不管你是什么职业，不管你的道德品质如何，智商高低，忠孝、国家与民族之间的大义是我们做人的底线，所以，大侠郭靖成为家喻户晓的英雄，是金庸笔下当之无愧的第一侠客。连平素最不拘泥于礼法的黄药师也是把忠孝放在做人规矩的首位。基于这一点，我们就很好理解，在《碧血剑》中，焦公礼有感于民族大义最后和相交数十年的太白三英翻脸，是因为他最终明白太白三英拉拢他的目的是去和关外的多尔衮相勾结，所以不愿意跟他们搅和在一起，民族大义赫然在心。

二、侠与理

除了弘扬义字当头，武侠小说中同样述“理”。这个“理”，可以分为两种：第一种就是讲述在江湖中做人的道理，这是教人应该怎么做人，怎么处理师情、友情、兄弟情及正邪不两立等关系；二是阐述江湖纷争中体悟出的人生哲理，这是教人如何活得更好。一部《论语》说白了，大抵也就是教导如何做好一个人，如何处理人与人之间关系的书籍。如《论语》记述：“子禽问于子贡曰：‘夫子至于是邦也，必闻其政。求之与，抑与之与？’子贡曰：‘夫子温、良、恭、俭、让以得之。夫子之求之也，其诸异乎人之求之与！’”（《论语·学而第一》）孔子每到一个国家就会很快地听到那个国家的政治信息，就是因为他能够在交际时做到温、良、恭、俭、让。孔子靠的是崇高的人格魅力、高明的交友艺术、高超的交友能力。这使得我们想起古希腊哲学家苏格拉底说的：“不要靠馈赠去获得朋友，你必须奉献你诚挚的爱，学会怎样用正当的方法赢得别人的心。”金庸武侠小说从“理”的本质来说，基本承继了《论语》的做人思想，并加以发挥。对于大多数优秀的武侠小说来说，理是其中不可或缺的东西。就像《七剑十三侠》中的开篇诗：

> 善似青松恶似花，青松冷淡不如花。
> 有朝一日浓霜降，只见青松不见花。

以青松能历经霜降严寒屹立不倒与花儿经不起风雪摧残作对照，诗很明显带有劝人向善的企图，中国的侠文学也都带有这种倾向。如果把这种倾向一味理解为道德解说，就会沦为一种说教。

金庸小说力避说教嫌疑另辟蹊径，他的很多小说本身就是一部主人公成长史。一个少年人要成长，面临的道路和人生抉择就是最大的问题。做好人还是坏人？怎样做一个好人？这个好人是平凡还是高尚？所有道理都在主人公的经历中得到体现。如《神雕侠侣》杨过少年成长历史就是最为典型的侠客成长奋斗史，他的成长道路在金庸的安排下朝着预设方向顺利发展，基本没有能改变他本性的大事件出现。最早给予杨过影响的是他的母亲穆念慈，穆念慈是一个深明大义的女子，父亲杨康在他没出生就已经死了，不用考虑遗传因素。少年落难倒是让他沾染了一些坏习气，也不构成重大影响，虽然结识了西毒欧阳锋并义结父子，但此时的欧阳锋已非常迷糊，除了蛤蟆功外，西毒的毒素没有传给杨过。少年时，蒙郭靖携之上重阳宫全真派学艺，全真派是天下扬名的名门正派，虽摊上一个全真派的不肖之徒做师父，影响了他的艺业，但在重阳宫这样的大环境下，杨过的道德成长负面因素已降到最低。杨过倒是因祸得福，有了敌对的师父赵志敬，才让他有机会进入古墓，认识天下至真至纯至美的小龙女，从此杨过的人生道路翻开了新的一页。以后在与小龙女的分分合合中历经磨难逐渐成长，更从对郭靖的误解的心理变化中让杨过对郭靖的高尚人品和道德素养感同身受，接受"为国为民，侠之大者"的理念，让他完成人生的蜕变。

杨过的一生如果没有郭靖的榜样指引，绝不会明了做一个世间顶天立地英雄好汉的大"理"而成为神雕大侠。应该可以说，杨过的成长"理"路清晰，顺理成章。在他成长过程中任何一个另外的变故都极有可能使杨过变成另外一个人。但读完《神雕侠侣》后总觉得杨过最后的蜕变有点突兀和奇速，因为杨过在接受郭靖的理念前，给予他影响的都不具备这些思想潜质，欧阳锋、赵志敬、小龙女等不能对他的为国为民思想产生牵引力，在与郭靖的短暂相遇相知中他能感受郭靖的人格力量，但说到彻底改变杨过还是有点过于理想化，在杨过身上道德和仁义的理念灌输存在明显的人为或者刻意造作成分。

《侠客行》中，作者设置两个人物"狗杂种"和石中玉，外貌惊人的一致，内心道德的善恶高下却清晰可辨，狗杂种为人至诚至善，石中玉金玉其外败絮其中，读者读完全文，没有人不喜爱这个"狗杂种"，而对石中玉读者们都抱有相当厌恶的态度。同样，《碧血剑》中穆人清教导弟子道：

> 剑为百兵之祖，最是难学。本派剑法更是博大精深，加之自历代祖师以降，每一代都有增益。别派武功，师父常常留一手看家本领，以致一代不如一代，越传到后来精妙之着越少。本派却非如此，选弟子之时极为严格，选中之后，却是倾囊相授。单以剑法而论，每一代便都能青出于蓝。你聪明勤奋，要学好剑术，不算难事，所期望于你的，是日后更要发扬光大。更须牢记：剑乃利器，以之行善，其善无穷，以之行恶，其恶亦无穷。今日我要你发一个重誓，一生之中，决不可妄杀一个无辜之人。

这番话既是对武功中剑术及江湖的门派规矩的切中肯綮的分析，也是做人道理的宣扬。这跟《射雕英雄传》中江南七怪教导少年郭靖道理大同小异，郭靖就是从小接受侠义做人的教育，历经磨难，最后才能笑傲江湖成为金庸武侠小说的第一大侠。

至于在风浪滔滔的江湖中如何能过一种适意幸福的生活，让侠客能够安身于此而求取自适生活，金庸创造性地设置了许多类型。在《笑傲江湖》中，杀一人救一人的当世名医平一指遵照任大小姐指令为了救治令狐冲的性命，提出三戒：戒酒、戒色、戒斗。但令狐冲一点都不以为然，说道：

> 人生在世，会当畅情适意，连酒也不能喝，女人不能想，人家欺到头上不能还手，还做什么人？不如及早死了，来得爽快。
>
> ——《笑傲江湖》

这是一种淡然的生活态度，也是一种风度。《神雕侠侣》中杨过要与师父小龙女结婚，遭到外人横加指责、百般阻挠，但杨过无怨无悔，冲破重重险阻，这是一种逍遥随性的生活。

三、侠与情

情，有爱情、亲情、友情、温情。有郭靖和黄蓉的美满婚姻，有杨过和小龙女历经艰难最终幸福的爱情，也有因爱生仇而剑走偏门的江湖魔头李莫愁，有张无忌和金毛狮王谢逊浓烈的父子亲情，有武当七子兄弟般的友情，有段誉为朋友两肋插刀的友情，更有人间的温情等。

金庸小说的成功之处还在于其编织了一个复杂、多彩的情感世界，把人类的多种情感作了展览式似的展示。一般读者都认为“武”、“侠”、“情”是武侠小说的三要素，甚至有人认为“情”高于“侠”和“武”，应独领风骚，小说不状情就不会摇曳多姿。金庸先生自己也认为描写情感与人性才是永恒的，在《笑傲江湖》后记中说：

> 道德规范、行为准则、风俗习惯等等社会的行为模式，经常随着时代而变化，然而人的性格和感情，变动却十分缓慢。……我个人始终觉得，在小说中，人的性格和情感，比社会意义具有更大的重要性。①

著名历史学家钱穆在《湖上闲思录》里说：

> 西方人的爱，重在未来幸福上，中国人的爱，重在过去情义上。②

情义于中国人来说是头等大事之一，中国人历来讲究情义，要不然，会被斥之无情无义。小说是现实生活的浓缩，它们来源于生活，且高于生活。小说家的生花妙笔，为我们展现了一个个光彩逼人栩栩如生的人物形象。这些侠客行侠天下、纵横驰骋、侠肝义胆，情与义的真谛在他们笔下非常细致而巧妙地被尽情诠释。

古龙写尽了男人与男人的情义，但疏于写男女之间的情义，在武侠小说中谈论情与义，情到极致当然要首推金庸。金庸依据传统文化在“飞雪连天射白鹿，笑书神侠倚碧鸳”这十四部（总共十五部）经典武侠小说中，竭尽17

① 金庸：《金庸作品集》，《笑傲江湖》后记。

② 钱穆：《湖上闲思录》，三联书店2009年版，第11页。

年之心血，塑造了一个个豪气干云、重情重义的英雄豪杰，乔峰、陈家洛、胡斐、袁承志、郭靖、令狐冲、杨过、张无忌等一个个风格迥异，无一不是有情有义的英雄侠客，在他的笔下尽情流淌，有国家、民族的情义，有男人之间的情义，也有男人和女人的情义，或许“侠”已成为“情义”的代名词。

《神雕侠侣》中杨过本来要刺杀郭靖，但当杨过和郭靖一起巡视襄阳城，听郭靖说“侠之大者，为国为民”，又目睹郭靖光明磊落的侠义行为时，他的思想动摇了，到后来反而不顾自己安危救助郭靖，保襄阳。侠与义往往是缠绵纠葛的，称得上“侠”的人，必然信然诺、重情义、轻生死。小的方面，是路见不平，拔刀相助，除暴安良，惩恶扬善，仗剑行侠天下。大的方面，则是保家卫国，心系苍生。

那情又是如何，“问世间情为何物？”（元好问：《摸鱼儿・雁丘词》）此一问，切中肯綮又非常深奥。情即是人类的情绪和情感，具体在个体身上是一个人的心路历程。无真情，活着等同于行尸走肉。尤其像武艺超绝之人，失去真情，就会变成一个杀人“魔鬼”。这种人无是非善恶观念，杀人更是家常便饭，被人们视作“恶魔”，一如欧阳锋；有真情，生命才获得一种崇高的、超脱凡俗的意义，生活才赋予了他鲜活生命力。这种人，无论他是生是死，真情无法阻隔和泯灭，更可以在扬弃了尘世的污浊之后，从道义、人生境界上，达到一种醇化和升华，为后世之人所爱戴、崇拜。

情首先一定要真，庄子倡导“真”，认为：

> 真者，精诚之至也，不精不诚，不能动人。①

情到真时才会动人。人与人之间有真情，即使在“地狱”，走在奈何桥上人们也能相互扶持、携手共赴黄泉；即使苦寒地带，互相依偎，心中会燃烧一团熊熊烈火温暖你我他。人世间若无真情，隔绝、冷漠、苦闷、嫉恨、仇视等将充盈其间，尔虞我诈、互相算计，诚信消失殆尽，精神上将是一地鸡毛，生活在一片精神废墟之上的人，将会惶惶不得终日。《倚天屠龙记》中写张无

① 《庄子・渔父》，孙海通译注，中华书局2008年版，第360页。

忌为了救义父，中断婚礼，随赵敏下山：

> 赵敏道："好，你瞧瞧这是什么？"张开右手，伸到他面前。张无忌一看之下，大吃一惊，全身发抖，颤声道："这……这是我……"赵敏迅速合拢手掌，将那物揣入了怀里，说道："我这第二件事，你依不依从，全由得你。"说着转身便向大门外走去。
>
> 她掌中有什么东西，何以令张无忌一见之下竟这等惊惶失措，谁也无法瞧见。周芷若双目被红巾遮住了，只听得张无忌和赵敏的对答，更丝毫见不到外间的物事。张无忌急道："赵……赵姑娘，且请留步。"赵敏道："你要就随我来，不要就快些和新娘子拜堂成亲。男儿汉狐疑不决，别遗终身之恨。"她口中朗声说着这几句话，脚下并不停留，直向大门外走去。张无忌急叫："赵姑娘且慢，一切从长计议。"眼见她反而加快脚步，忙抢上前去，叫道："好，就依你，今日便不成婚。"赵敏停步道："那你跟我来。"张无忌回过头来，见周芷若亭亭而立，心中歉疚无已，待要向她解释几句，却见赵敏又在向外走去，眼前之事紧急万分，须得当机立断，一咬牙，便追向赵敏身后。
>
> ——《倚天屠龙记》

正在举行婚礼却弃婚而去，虽然成全了自己的一片孝心，但是却辜负了周芷若的一片深情。为一个生死未卜的人放弃一个世间少有美丽贤淑而且痴情的女子，他草率吗？答案肯定是"不草率"。张无忌是一个重情重义之人。冰火岛相濡以沫的生活，义父的养育之恩，贴心切肺。两眼失明、身陷龙潭虎穴的义父可能正处在水深火热之中，怎可为一己之快乐而不顾及义父的煎熬与生死，所以，赵敏以此让张无忌逃婚，就显得非常顺理成章。如果不打谢逊这张牌，张无忌肯定不会就范，这个重大关节聪明的赵敏岂能不明了，否则，那赵敏就不是赵敏了，要不然，聪明绝顶而又古怪精灵而满心为自己找幸福的赵敏岂不是要两手空空。

《笑傲江湖》中"采花贼"田伯光在江湖臭名昭著，深为正派人士所憎恨。

为了仪琳，令狐冲屡次和田伯光舍命相斗，在此过程中，田伯光逐渐为令狐冲的品性所折服，加上不戒大师的劝诫和胁迫，终于幡然醒悟，投入恒山派，改邪归正，取名“不可不戒”，并与令狐冲称兄道弟。但令狐冲的师父华山掌门“君子剑”岳不群，累于虚名，或另有图谋，却命令令狐冲当场击杀已受内伤的田伯光，以正视听，以纠名声。令狐冲虽迫于师命，不得不仗剑邀斗，但结果以自刺一剑放田伯光一马。这一结果大大激怒岳不群，使令狐冲想得到师父的谅解的愿望落空。但令狐冲重情义的风采却因此光耀照人。对朋友就应该真心真意，为朋友可以两肋插刀。因为令狐冲最看重师门、兄弟情义，与朋友同甘苦共患难，为朋友甚至可以舍弃生命，在自己认定的做人原则上潇洒自在，行侠江湖，成为极受读者喜爱的人物。情义是侠者的灵魂，所以《碧血剑》的主旨归纳为“仁者无敌”。

“侠骨柔情”这四个字往往代表着侠士的铮铮铁骨和有情有义，但情和义却不是同一东西，不能混为一谈。义更多时候是陈述侠客的风骨，代表忠贞、坚韧、义不容辞和一诺千金，而情，则是人性中最为饱满而又最为脆弱的一面，代表人的情绪和情感。人世间本就是爱恨缠绵，交织难分。武侠小说中的一片天地便如这人间世般写尽众生诸相，唯一的不同便是小说中人物性格比现实更鲜明。那种豪气干云，那种缠绵悱恻也远比现实来得沟壑分明，个性张扬。读之，使人或热血澎湃或潸然泪下。

从情感理论上讲，和深沉而真正的人类之情相关联的都是人类的基本焦虑。据李珺平在《中国古代抒情理论的文化阐释》中解释，人类的基本焦虑有两种：一种是生存焦虑，另一种是历史焦虑。生存焦虑是人和至大至刚的宇宙、自然的冲突，历史焦虑则是个人与人类的冲突，而个人与历史冲突或许可以经由两种行为——为自由、幸福奋斗即把大写的人看得高于一切，或为国家、民族的福祉奋斗即把社会义务和责任看得高于一切，加以适当的抵消和消除。[①] 这两种焦虑理论上可以厘清，但在现实生活中具体到每一个个体那里，双方又交织、渗透在一起并凝结成团。

金庸对情的理解，特别注重对中国传统文化的深度阐释，从人类传统固

① 参看李珺平：《中国古代抒情理论的文化阐释》，北京大学出版社2005年版。

有情愫的深刻体会生发，参之现代人的情感心路，组合为武侠小说独特的情感历程。既有古罗马奥古斯丁式的对感情狂热的崇拜，又有俄国托尔斯泰式遍览人间沧桑后的孤独恐惧，还有唐朝陈子昂式的茫然和惶恐，以及《古诗十九首》和张爱玲小说体现的悲哀和无奈。

为了便于说明，我姑且把他们分类展示一下：如《神雕侠侣》中杨过对小龙女的爱情表白：

> 小龙女问杨过："你一天想我几次？"杨过说："一天至少想两百次。"小龙女道："两百次不够，我要三百次。"杨过说："我一天想你四百次，上午两百次，下午又两百次。"小龙女接着道："你吃饭时也想我，就多一百次，一天想五百次。"……
>
> ——《神雕侠侣》(花城版)

这种纯真炙热的感情与奥古斯丁在《古罗马》中的爱情独白非常吻合：

> 请把你赐给我，我的天主啊，请把你还给我，我爱你，假如我爱得不够，请使我更爱你。我不能衡量我的爱，不知道我的爱欠缺多少，要增加多少，才算足够，情促使我的生命投入你的怀抱而不离开，直到融合于你神妙的容光之中。我仅仅知道这一点：除非在你怀中，否则无论在我身内身外，我只会感到彷徨不安。即使金玉满堂，只要不是我的天主，对我都是瓦砾。①

杨、龙的话语更多的是直陈，奥古斯丁则是直抒胸臆，暴露的情感浓烈程度相似，两者的言论和行为说明人类的许多情感是相通的，所以杨过才会视一众美女为无物，才有苦等十六年与小龙女相会，才会从悬崖断壁上跳下殉身，这是人间最为真挚的崇高而狂热的感情。这种感情在金庸小说中屡次得到展现，如《连城诀》中丁典也对凌霜华柏拉图式至死不渝的爱情，最

① ［古罗马］奥古斯丁：《忏悔录》，商务印书馆 1996 年版，第 378 页。

后，凌霜华为爱自己毁容不复再嫁人直至被她父亲活埋，丁典也死了，为一个弱女子，为了爱，只能牺牲自己的生命来维护爱情。

华山派剑宗的一代宗师，也是金庸小说中独秉“无招胜有招”剑术并臻化境的高手风清扬，武功盖世、剑术超神，只因当年风清扬于剑气两宗内斗时，曾被骗婚远走他乡而没有参加剑气两宗对决，最后剑宗落败，华山派掌门被气宗所得，他自感无面目面对华山派。在洞察世情冷暖后，离群索居，孤独地隐居华山后山不复出入江湖。他晚年时在思过崖遇到令狐冲，见他颇具慧根，性情与己吻合，便传他“剑魔”独孤求败绝学“独孤九剑”，并传授人生独到见解——世上最厉害的武功不是独孤九剑的“无招胜有招”，而是阴谋诡计，嘱咐他不得对外人道风清扬之事。为生活所骗一生苦守诺言，隐身于华山之巅而不愿面对世人，这种对世界的孤独恐惧正如托尔斯泰所说：

> 生命已使我厌烦，某种难以克制的力量诱使我找机会摆脱它……
>
> 我情不自禁地想象，在我不知道的某个地方，有一个人，他冷眼看着我生活了整整三四十年，看着我一面社会，一面学习、发展，肉体上和精神上都逐渐成长；而现在，当我在智力方面已经完全成熟，登上生命顶峰，全部生命的奥秘已经一览无余的时候，我却傻乎乎地站在这个顶峰上，清楚地懂得生命的空虚，过去、现在、将来都是子虚乌有……①

从风清扬身上，我们不禁对独孤求败一生求一败而不可得，站在巅峰之上，拔剑四顾心茫然那种孤独深切感有了更深一层的理解。金庸把这种理解诉之于小说叙事，就有了无数侠客在事业巅峰之时，却选择归隐之路的情节呈现，都表明英雄侠士在看破红尘后心路历程的自然天成。

读金庸武侠小说，深深地被金庸之饱阅世事，笔走游龙所折服。在我看来，一部小说的价值绝不仅仅在于它情节之精彩、故事之离奇、悬念之紧张。

① 陈琛主编：《列夫·托尔斯泰文集》，吉林人民出版社 1995 年版，第 387 页。

最最要紧的应是情感真挚，引人共鸣。当一个人能世事洞明，人情练达，那他也能明了一个人在享受快乐、愉悦的同时，伴随而来的也有悲哀和无奈。

《古诗十九首》中《青青陵上柏》：“青青陵上柏，磊磊涧中石。人生天地间，忽如远行客。斗酒相娱乐，聊厚不为保。驱车策驽马，游戏宛与洛。洛中何郁郁，冠带自相索。长衢罗夹巷，王侯多第宅。两宫摇踵望，双阙百余尺。极宴娱心意，戚戚何所迫？”

《回车驾言道》：“回车驾言迈，悠悠涉长道。回顾何茫茫，东风摇百草。所遇无故物，焉得不速老。盛衰各有时，立身苦不早。人生非金石，岂能长寿考？奄忽随物化，荣名以为宝。”

汉末社会风雨飘摇，腐败、黑暗、动荡恣意拨弄下层的士子们，他们对世情身同感深，不约而同地对人生的真谛进行探索和反思。有的高歌：“何不策高足，先据要路津，无为守穷贱，轗轲长苦辛。”（《古诗十九首·今日良宴会》）表现出争竞人世的奋亢；有的则浅唱：“人生天地间，忽如远行客。”（《青青陵上柏》）感慨功未就身先退的无奈和惶惑；有的则低吟：“服食求神仙，多为药所误。不如饮美酒，被服纨与素。”（《驱车上东门》）显示为及时行乐的颓唐。更有人产生“极宴娱心意，戚戚何所迫？”（《青青陵上柏》）的情感认知。而《回车驾言迈》的这位愿以荣名为宝的民间诗人，则发而为洁身自好的操守品性，虽然他同样摆脱不了为生命之谜而苦恼的烦愁。正如郭靖一句“我是谁？”的发问，给人以震撼人心的自我迷茫感和哲学思辨，久久回响在苍穹中，而欧阳锋的“我是谁？”却是心智迷失后，作为道德操守低劣的一类人迷途知返的牵引。

陈子昂《登幽州台歌》：“前不见古人，后不见来者。念天地之悠悠，独怆然而涕下。”传递出对历史、人世的茫然之意，那种无法超越的感慨，那种表现出因为功业未逮而人生速朽的惶恐，也同样为金庸所把握。反清复明的斗士红花会陈家洛事业未竟只得归隐，天地会陈近南功业未就，身死宵小之手，都让人感慨不已。

爱情，其表现机制有综合性质，每一桩真正的爱情中都独特地交织着不同的心理因素——从低级范围到高级范围，理智和疯狂，思想和情感都是按照寻求美的规律和一定的社会行为和社会准则而互相结合在一起。感性的东西在最初时影响力巨大，在整个过程中理智往往起决定性作用。从本质上讲，爱情是两个灵魂寻找自由并安放的活动，但“爱而不得所爱”的更多地偏向于理智的行动却阻滞了这种自由，其结局或者是意中人死掉了，或者是被一方抛弃或是自我被抛弃，不管怎样，都是一方渴求自由、渴求永久结合的失败。从人类固有的情感角度看，这无形中反映出人类试图克服孤独感的无望。

孤独感是人类情感中共同蕴含的潜流，与生俱来。人之所以孤独，是因为他情感上乃茕茕孑立的独特存在。大自然之中他是自由的可以四处走动的，他又是唯一能意识到自己生存着（即把自己当做对象来观照）的高等动物。一旦他用理性的眼光对当前思想、情感及其生活的世界独立判断并做出抉择时，他不得不陷入孤独。由于孤独，他渴求理解、沟通，这就有了亲情、友情、爱情等各种情感需求。但问题是，知音难求，两个以上各有理性的心灵之间，感情共振是很难得的——“盈盈一水间，脉脉不得语”（《迢迢牵牛星》），这更加深了孤独。孤独难以化解，导致人或静而生乐——由于悟透人生真谛获得空净澄明的喜悦；或乐极生悲——“极宴娱心意”，而突然戚戚有所迫。由此，各种情绪、情感纷至沓来。情到极致，孤独空虚随之而来。乔峰自杀从另一个角度另一层意义去辨析，那就是乔峰忍受不了人生孤独。杏子林事件发生后他从丐帮一呼百应的帮主一下子变成孤家寡人，阿朱出现，使他孤独的心灵由此不再孤独，但当他无意之中亲手杀死爱他的阿朱后，他的心灵便从此彷徨无依，表现出来的事实表征是对阿朱的妹妹阿紫的千依百顺，其目的是寻求心灵的一丝慰藉。乔峰对阿朱的感情从无到有直到情有独钟，是他那孤单的灵魂对情感的强烈需求，相较于对段誉和虚竹的情感还是有本质的差异，乔峰和段誉、虚竹倒不是真心相知，他们的聚合更多的是基于江湖道义和义气，更在于三个人相似的孤独感，段誉可以径自带着虚竹而成为乔峰的结义兄弟，而虚竹也因为与段誉结拜而认同乔峰这个大哥。而乔峰与辽王仅仅是惺惺相惜，互为利用而已。身世大白于天下之后，乔峰情感是孤独的，在极度孤独之下，乔峰已是“生而何欢，死而何惧”，死是乔峰的唯一出路。乔峰在雁门关前选择死是必然的，这既是对宋、辽两国的一个绝好交代，也是对自己心灵的一次绝好安抚。

金庸先生所倡导的"侠、义、仁"的人道主义，恰恰是现当代作家所缺乏的。他们不能以天下苍生为己任，而躲在小楼里编撰旧中国二三十年代人性的丑陋，或者走向四合院开说一地鸡毛。王朔的小说是对英雄的背叛，他的确是一个可以嘲笑金庸的人，因为他书中的人物都是痞子或流氓，曾经辉煌过，或即将辉煌，但绝不是熠熠发光的人。那些人处于盲动和极度空虚之中，有着非常强烈的逃亡意识，逃避自己的良心，逃避现实，逃避一切可逃避的东西，但无法逃避自己：对自己的恨，对传统的恨，对美好事物的恨，但有着本质的善良和自责。

第五章　结庐、相忘

——江湖：中国小说美学中的独特场域

武侠小说构建了中国小说美学中一个非常独特的场域——江湖。江湖是武侠作家极力营造的提供给侠客纵情潇洒的并适合于侠客生存发展的场域，在武侠小说中既是一个理想化、想象化又是一个乌托邦的社会形态，犹如陶渊明笔下的“桃花源”。这种社会形态作为对现实世界的想象与补充得到大众的普遍认同却不能等同于现实社会。小说所虚构的“江湖”，不是通常意义上的“人”所生活的世界，虽然现实社会的种种复杂态势是江湖的“底本”在作家的笔下或多或少地保留其固有因素，但用正常人的理性眼光去看，其体现的本质却是混合了人、魔、仙于一体的文学世界。在武侠小说的江湖里，没有起码物质生活条件的需求，也很少有欲望表达（权力抢夺和快意恩仇除外），江湖人物都是在刀光剑影中讨生活，一方面极力渲染杀人快感，另一方面是为了叙事需要，为能使侠客形象更为丰满、从单一武艺描写中跳脱出来，因而极力渲染“情与义”的致死缠绵。在江湖中讨生活的一般也不是具有世俗意义上七情六欲的人，那是一个超越世俗爱情观念的天上人间。特别是一生从不为衣食住行发愁的侠客，如《笑傲江湖》中华山派掌门人岳不群从不为门下弟子一日三餐担忧；《倚天屠龙记》中武当掌门张三丰和他的弟子虽然日子过得清苦，但日常费用竟也取之不尽。他们过得是“只需行侠，不需生产”的日子。①让我们感到与侠士的远距离。

从唐代开始沿袭一千多年约定俗成的江湖到了新派武侠小说家特别是金庸手上却逐渐改变了江湖的本质，金庸用他的思想和理念改造了原本完

① 舒国治：《读金庸偶得》，台湾远流出版事业有限公司2007年版，第63页。

全属于侠客的江湖，反而使它从属于归隐、政治、人性自由和平民，江湖由此慢慢退出侠客的生活圈而成为现实的一部分。让侠客从江湖走向现世，从而使侠客侠气不再是对传统武侠小说的全面颠覆，是金庸对武侠小说的独特理解和创造，与此同时，也让侠客走上了一条不归路。因为江湖是侠客的江湖，侠客是江湖的侠客，没有了江湖，哪来的侠客。所以，新派武侠小说虽然走向了顶峰但同时也走向没落。其中的原因之一恐怕与金庸改造了江湖的本质而让侠客失去生存的空间有关。

一、“江湖”雨纷纷——江湖的多重意蕴

放在现代汉语中，“江”、“湖”两字分开使用时单独成词，作为专有名词特指长江和洞庭湖，作为共名泛指三江和五湖。在中国侠文化中，“江湖”已演变成一个意义特殊的专名。“江湖”一词既不是“江”、“湖”两个专名分开解释后的简单相加，也与“三江”、“五湖”的共名无关，其意义已与现代汉语的江湖含义大相径庭。“江湖”这一专名指的是民间社会的江湖文化与专制朝廷的庙堂政治相对应构成的特殊意义，而这种意义在先秦时代早就有了。因此并非先有侠客，后有江湖，而是先有意义特殊的江湖，后有笑傲江湖的侠客。这是因为，在还没有侠客的文献记载前，就有了“江湖”的阐述。

“江湖”一词最早出自《庄子》[①]。庄子是站在“道”的角度最早阐述对“江湖”理解的中国第一人，实际上也是论述“江湖”最多的大家之一。

《庄子》全书使用“江湖”一词有七处[②]：

> 今子有五石之瓠，何不虑以为大樽而浮乎江湖，而忧其瓠落无所容？（《内篇·逍遥游第一》）
>
> 泉涸，鱼相与处于陆，相呴以湿，相濡以沫，不如相忘于江湖。（《内篇·大宗师第六》）此句重复出现在《外篇·天运第十四》。

① 在十三经和其他先秦典籍中，都没有出现过“江湖”一词。

② 张远山：《寓言的密码》，岳麓书社 1999 年版，于江《庙堂与江湖》一文，《社科纵横》2005 年第 2 期也引用之。

> 鱼相忘乎江湖，人相忘乎道术。(《内篇·大宗师第六》)
>
> 若夫以鸟养养鸟者，宜栖之深林，游之坛陆，浮之江湖。(《外篇·至乐第十八》)，此句重复出现在《外篇·达生第十九》。
>
> 夫丰狐文豹，栖于山林，伏于岩穴，静也；夜行昼居，戒也；虽饥渴隐约，犹且胥疏于江湖之上而求食焉，定也；然且不免于罔罗机辟之患。(《外篇·山木第二十》)
>
> 泉涸，鱼相与处于陆，相呴以湿，相濡以沫，不若相忘于江湖。(《外篇·天运第十四》)

"江湖"一词的原始意义，应该是《逍遥游》、《大宗师》中所指的"江河湖海"，属于地理学概念。沿用至后世，这种单纯的地理学概念逐渐被人们淡忘，倒是强调人性与精神自由等方面的意思被后人引用发扬。后世批评者论及江湖及其源头，被引述最多的是《庄子·大宗师》："泉涸，鱼相与处于陆，相呴以湿，相濡以沫，不如相忘于江湖。"这句话意为：泉水干涸后，两条鱼未及时离开，受困于陆地的小洼，两条鱼动弹不得，互相以口沫滋润对方，使对方保持湿润。此时，两条鱼便缅怀起往日在江河湖水里自由自在，彼此不相识的生活。庄子所指的江湖即是广阔逍遥的随性之处，也因为高人隐士不甘于受朝廷指挥控制，鄙弃仕途，以睥睨傲然之心，逍遥于随性之所。故含有相当浓厚的超越意识——超越人世规范，寻求真正的逍遥。犹如"采菊东篱下，悠然见南山"(陶渊明：《饮酒》)的自适与悠闲，"竹杖芒鞋轻胜马。谁怕？一衰烟雨任平生。"(苏轼：《定风波》)的淡定和潇洒等，与武侠小说的江湖基本无关联。

江湖地理学和人性逍遥自由的意蕴在汉代以后开始向政治意义逐渐转移，曹操的《辞邑土令》中有一句话很能说明这一现象：

> 江湖未静，不可让位，至于邑土，可得而辞。①

---

① 曹操：《辞邑土令》，《三国志文类》，卷七。

这里的“江湖”，是三国纷争的缩影，三国鼎立不分春秋，所指的是与曹操控制的中原地区相抗衡的几股割据地方的政治势力，如蜀国刘备、东吴孙权等，这是一个重要的变化。从这时起，庙堂与江湖，入仕或出仕，这些政治意义开始融入“江湖”，并且逐渐成为它的重要特征。

把江湖作为侠客生活的场域和背景，那是唐传奇的创造，《谢小娥传》有一句话：

> 小娥父蓄巨产，隐名商贾间，常与段妻同舟货，往来江湖。

《红线女》中侠女红线自称：

> 某前世本男子，历尽江湖，读神农药书，救世人灾难。

唐传奇创造出江湖作为布衣、闾巷之侠去向的最终旨归，与司马迁推崇的游侠本意相似，司马迁对“不爱其躯，赴士之困厄”的游侠给予极高的评价和极大的同情，尤其对其中社会地位低下的布衣之侠、闾巷之侠更是赞不绝口。虽然，那时的江湖还不单为侠客而设，只是民间寻常闾巷，但已有与朝廷相对意味，初具侠客江湖的意蕴。与此相对应的是唐代文人中却出现了大量直接写江湖的诗句，进一步推动了武侠小说的江湖言说。如高适诗“天地庄生马，江湖范蠡舟”，佚名诗“天下英雄出我辈，一入江湖岁月催”，杜甫诗“欲寄江湖客，提携日月长”，杜牧诗“落魄江湖载酒行，楚腰纤细掌中轻”，等等，其中的“江湖”，都隐然有与朝廷相对之意，即游侠、隐士与平民所处之“人世间”。至宋朝，开始出现与后世近似的杀伐江湖，如话本《汪信之一死救全家》中“汪世雄躲在江湖上，使枪棒卖药为生”，其江湖已有血腥味道；还有表达归隐意味的，如“永忆江湖归白发，欲回天地入扁舟”。（李商隐：《安定城楼》）“夜阑风静縠纹平，小舟从此逝，江海寄余生。”（苏轼：《临江仙》）等。于是，武侠小说的叙事就有了先“行侠”后“归隐”的主线呈现。明清至民国时作为旧派武侠小说鼎盛期，现代江湖的含义已正式形成。一直到新派武侠小说，“江湖”在武侠小说中，成为豪杰侠客所闯荡的社会。武侠小说中这种意义指向非常明确，江湖是侠客的江湖，侠客是江湖中的侠客，逍遥自在，快意恩仇。魔教教主任我行有一句名言：

> 老夫一生杀人如麻，快意恩仇。
>
> ——《笑傲江湖》

丐帮帮主洪七公自谓：

> 一生杀了二百四十一人，其中没有一个是好人。
>
> ——《射雕英雄传》

这种以博得人生“快意”为本质的“江湖”，在武侠小说的文本中大行其道且基本呈现虚化的空间状态，与现实社会背向而驰，走的是一条奔向想象化的道路，因其构建了中国小说美学中一个非常独特的场域，所以江湖成为一个极具审美价值的文学世界。但武侠小说里的那种刀光剑影的江湖生活毕竟已非正常的生活秩序。

金庸从创作《倚天屠龙记》开始，作品蕴含的政治因素陡增，江湖和现实开始联姻，武侠故事里包藏了政治隐喻，如《笑傲江湖》、《天龙八部》、《鹿鼎记》。对传统武侠小说思想进行解构并全面颠覆，金庸对武侠小说有着独特理解和创造，这在古龙和梁羽生的小说里那是绝无仅有的，古龙、梁羽生笔下的武侠比较纯净，武侠就是武侠，不与政治扯边。而在金庸，显然已密切关注政治并与之相和相知。于是，就有了另一种江湖，如止战争、好和平、追求民族和睦的乔峰式普世性江湖；追求人性逍遥自由的令狐冲式归隐江湖；甚至产生了不是英雄的韦小宝式平民江湖。这种对传统江湖叙事的颠覆，一方面创造了新派武侠小说的辉煌顶点，另一方面也让侠客走上了一条不归路，英雄最后归结到不识武功的韦小宝身上，让人产生“生平不识陈近南，纵使英雄也枉然”之慨。特别是韦小宝，他讲述的是穷人发达的故事，少年得志（英雄得以少年时）的故事，这种成功与得志在极端专权社会里是人人渴慕的理想境界。韦小宝成为金庸第一个也是最后一个“英雄的平民化、平民化的英雄”的典型。前者作为金庸对历史的概括,后者是金庸对现实的期望,这样的江湖设置和烘托的文学氛围已不适合于侠客纵横驰骋,而只能让韦小宝式的江湖“跳梁小丑”笑傲了。《鹿鼎记》中江湖淘尽了千古英雄侠客。

江湖的变异与武侠的不复组合,使得武侠小说在金庸封笔之后逐渐走向式微。于是在求变的思维下新的小说形式出现。号称“超新派武侠”,或称“现代派武侠”的作家温瑞安在1973年发表《四大名捕会京师》,崭露头角,1981年发表《神州奇侠》、《血河车》等重要作品,成为金庸、梁羽生相继封笔、古龙去世后,在港台武侠小说一片凋零之下出现的新景观。但一味追求“新、变、突破”,让他似有走火入魔之嫌,中国文字之美,就在温瑞安的“突变”下,被割裂得支离破碎;而梁、金、古创下的“新派武侠小说”,也在温瑞安的“好玩”下,被慢慢“异化”了。

黄易的崛起改变了武侠小说积弱不振的局面,通俗小说的新类型“武幻小说”横空出世,标志着武侠小说的小繁荣,黄易是这种新类型小说的代表者,《覆雨翻云》、《寻秦记》、《大唐双龙传》等小说是在传统的武侠小说发展道路上融入了玄经易理、科学幻想和现代科技,神话和科幻的色彩非常浓郁。在金庸之后武侠小说发展遭遇读者和作者双重艰难的困境下,黄易将视觉转向了科幻以及魔幻题材,并开创了通俗小说的新类型“武侠魔幻小说”。他的代表作《寻秦记》将武侠和科幻结合,由武道可以体会到生命及宇宙的奥秘,融入了更多西方文学的元素,描绘了一幅传统武侠作家向世俗投降的姿态图案,代表了传统武侠与情感、历史、科幻、推理等题材多维合体后形成的辉煌。这样的江湖不单是想象的产物,更主要是科学幻想的结晶,此江湖已非彼江湖。

二、江湖儒道辩——不同文化的阐述

我们注意到,被大家津津乐道的北宋范仲淹《岳阳楼记》有一句涉及“江湖”的名言:“居庙堂之高,则忧其民;处江湖之远,则忧其君。”被广泛引用为对武侠小说的江湖理解,用来指称与朝廷相对的民间社会。陈平原非常推崇范仲淹儒家的政治人格以及范氏对于江湖和政治的对峙和包容，在《千古文人侠客梦》中他认为：

> “江湖”的这一文化意义，在范仲淹的这一名句中表现得最为清楚。①

在陈平原看来：

> “江湖”虽远“庙堂”，但并非反“庙堂”。由“江湖”而“得意庙堂”，或由“庙堂”而“落魄江湖”，都不是什么不可思议的事。前者乃“发迹变泰”的故事，后者则可能是“英雄落难”的故事。②

从现代政治角度而言，“庙堂”如果代表主流政治的话，那“江湖”自然象征着“在野”，是主流政治的一个对抗存在和有机补充。从庄子的立场看，“庙堂”和“在野”是个人心灵、生命能否超越的两种对峙状态，在庄子是宁可当摇尾于泥涂中自适的乌龟，而不愿做供奉于庙堂之上占卜灵验的神龟的。③ 因为庄子认为居庙堂是对生命的一种摧残。这种思想为后世很多文人所理解，杜牧《遣怀》描述个人仕宦的不得意，称“落魄江湖载酒行”，事业不能成功，江湖就成为失意者或失志者无奈的归宿，或者暂时避祸栖身的居所。范蠡功成身退，云：“乃乘扁舟，浮于江湖。”以江湖为归隐之地，明显带有逃避政治迫害的意思。无论如何，“庙堂”和“江湖”间，实际上表明了权力中心的介入与远离，一进一退。就这一层面意思看，“江湖”是有“全身远害”（林保淳语）的意思。武侠小说中，作家的思维相对单一，情节设置重复和人物形象雷同化的倾向相当严重，在文本构思中往往让侠客们在权力斗争中最终输给对手，倒不是侠客武功不敌，而是情感、意志不敌，最后心灰意冷，退出江湖，主要是心理上失败了，大部分的武林大侠结局都重复着这一故

① 陈平原：《千古文人侠客梦：武侠小说类型研究》，新世界出版社2002年版，第137页。

② 陈平原：《千古文人侠客梦：武侠小说类型研究》，新世界出版社2002年版，第137页。

③ 见《庄子·秋水》。

事。当独裁者终于一统江湖,或江湖人物历经惨烈杀伐后纷纷凋零不复为权力和虚名所累,或叱咤江湖的大侠终不敌阴谋诡计而心灰意冷时,那些持仁义宅心者只好黯然引退,遁迹山林,甚至命绝江湖。或纵横天下的绿林好汉步入庙堂系上冠带,飒爽英姿不再。所以,武侠小说总是有一种归隐情结,体现"全身远害"的意图。主人公轰轰烈烈做一场之后,常常是"空怀安邦志,遂吟去国行"。自古以来侠客首先应当是遁身"江湖"的山林隐逸之士,虽然庙堂时不时向他们摇动橄榄枝唱道"王孙兮归来,山中兮不可久居",仍不肯入其彀中,这样表现的仍是一种倔强的不妥协、不合作态度。

从另一角度看,儒家"庙堂"所推崇的政治人格是积极入世忠君牧民的"君子",道家"江湖"所弘扬的文化人格是挥洒人生、笑傲庙堂的"真人"。庄子"江湖"的文化意义与范仲淹的儒家思想很少有交叉点,也无法兼容,所以,从武侠小说里展现的江湖本质来反观范仲淹对"江湖"的解释,可以认为范仲淹笔下的"江湖"并非文化中国的本真江湖,而是政治中国的江湖。一般武侠作家偏重叙写江湖,而远离庙堂斗争,即使文本中出现朝廷争斗,大多是作为江湖纷争的一种背景。所以,范仲淹"处江湖之远,则忧其君",则是因失宠于"庙堂",怀才不遇,空负满腔壮志才情而暂处江湖随时等候庙堂召唤的儒家政治意义的卑琐人格,就像陆游这样,徒有满腹诗书、定国韬略,直到60岁才被授予一个小官职,报国无门。范仲淹远未揭示那些远离庙堂,逍遥随性,不以进取得仕而喜的隐居江湖、逍遥江湖的道家独立自由的文化人格。道家一般不会"处江湖之远,则忧其君",而是"天子不得臣,诸侯不得友"(《庄子·杂篇·让王第二十八》),"独与天地精神往来而不敖倪于万物"(《庄子·杂篇·天下第三十三》)。

从儒、道文化对江湖的不同表述,我们可以得出如下看法:武侠作家一般不会亲儒反道或亲道反儒,至多近儒或近道,更多时候是"由儒到道"(曹正文语),其表述的理路大同小异。因为作品的思想有所附着,所以武侠小说作家文本主旨设定就显得相对简单,远不如正统小说复杂,武侠作家的时间大都花在情节的构思上,让更新奇玄妙的情节刺激读者的感官,从而谋得大众认可。所以,绝壁(谷)、深山、大漠、荒岛、人迹罕至之所等纷纷进入武侠小说视野并进而成为小说独特意象,构成叙事的峰回路转、九曲通幽或奇峰突起。杨义在《中国叙事学》中认为，研究中国小说必须把意象以及意象叙事方式作为基本命题之一，他说：

> 中国叙事文学是一种高文化浓度的文学，这种文化浓度不仅存在于它的结构、时间意识和视觉形态之中，而且具体而真切地容纳在它的意象之中。…… 叙事作品之有意象，犹如地脉之有矿藏，一种丰富的文化密码之矿藏。①

金庸小说勾画的独特意象是形成小说审美意境的最重要组成部分，也是金庸在前人基础上的创新。

唐传奇《聂隐娘》中记述聂隐娘学武所在：

> 及明，至大石穴之嵌空，数十步寂无居人。猿猴极多，松萝益邃。
>
> ——《聂隐娘》

令狐冲面壁思过的华山思过崖：

> （令狐冲）自行到玉女峰绝顶的一个危崖之上。危崖上有个山洞，是华山派历代弟子犯规后囚禁受罚之所。崖上光秃秃的寸草不生，更无一株树木，除一个山洞外，一无所有。…… 当年华山派的祖师以此危崖为惩罚弟子之所，主要便因此处无草无木，无虫无鸟，受罚的弟子在面壁思过之时，不致为外物所扰，心有旁骛。
>
> ——《笑傲江湖》

武侠小说展现了人类原始的勇与力，其情节设计在于最大限度发挥人的潜能和意志，将侠客推至生命临界点，置之死地而后生，于不可能之处焕发人

① 杨义：《中国叙事学》，人民出版社 2009 年版，第 277 页。

类璀璨的生命和力量美，最能迎合华人读者对于自身梦想的升华，绝境或与世隔绝之处就成为作者当然的意象选择，这其实是武侠小说最为吸引人的重要原因之一。同时，这种在文本构思中体现由“突兀”至“转向”的自然过渡，造就“山重水复疑无路，柳暗花明又一村”的意境，使得情节浪漫曲折而富有诗意，大大增强了小说的可读性。这样的江湖能让读者安然潜藏其中而心怀大畅。

三、江湖、现实——两种世界的逐渐融合

江湖中人何为？上者为国为民，仗义行侠、除暴安良，平天下之不平，中者为报家仇仗剑浪迹天涯，追凶杀人，下者追逐名利，争个天下武功第一，甚至不惜身入魔道，视生命如草芥。一句话，都是在刀光剑影中讨生活，说得通俗一点，便是杀人。《侠客行》一书中侠客岛的赏善罚恶二使张三、李四都是嗜杀如命的残暴之辈，每踏入中原一次，都会杀死上百人；即便是正派代表人物丐帮帮主洪七公也是杀人无数，他自谓：“一生杀了二百四十一人，其中没有一个是好人。”

一正一邪的代表性言论很能说明问题，在江湖中，杀人随性而动是家常便饭。这里，作家思想理路表述是清晰的，但读者却迷茫困惑了：

> 杀害人命是一个人所能使另一个人遭受的最大不幸，它会在同死者有直接关系的人中间激起极为强烈的愤怒。因此，在人们和犯罪的心目中，谋杀都是一种侵犯个人的最残忍的罪行。①

杀人是人类行为上人所公愤的绝恶事件，但杀人这样的最残忍行为在金庸的武侠小说中却因为行侠或风浪滔滔的江湖表达需要而被轻轻带过，我们不禁要问，江湖世界除了杀人及其前因后果外还有没有其他的内容，这让人产生疑问，武侠小说中的“江湖”到底是一个什么样的世界？

---

① [英]亚当·斯密：《道德情操论》，中央编译出版社2008年版，第103页。

武侠小说中的“江湖”，除了“全身远害”外，“江湖”还可以理解为，真正的高人，能够超越世俗的，则大可视江湖为悠游之地，远离权力中心的纠葛缠绕，隐藏于江海之间，称之为归隐式的江湖，如令狐冲携任盈盈退隐梅庄，杨过牵手小龙女悄然远逝归隐等。但充盈着杀伐，晃动着刀光剑影的江湖远非这种随时可以归隐的圣地可比，实际上江湖风高浪急，“浩荡出江湖，翻覆如波澜”（张九龄：《荆州作二首》）；“江湖中多盗贼”《汉书·酷吏列传》；“后数年，江湖多剧贼”（《后汉书·马棱传》）；“江湖多杀伐”，只是人处在其中不自知而已，所谓“人在江湖，身不由己”（古龙语），就是这样，你想要归隐，过逍遥随性的自在生活，还存在极大的不确定性，有时须得看别人的眼色。如果碰上政治斗争，想要归隐之人陷入其中极有可能成为政治斗争的牺牲品。如刘正风和魔教长老曲阳琴箫相交，引为知己，相约远离江湖，但与左冷禅五岳剑派合并阴谋有冲突，虽然刘正风清楚表明：

> 今日金盆洗手，想要遍告天下同道，刘某从此退出武林，再也不与闻江湖上的恩怨仇杀，只盼置身事外，免受牵连。去捐了这个芝麻绿豆大的武官来做做，原是自污，以求掩人耳目。
>
> ——《笑傲江湖》

其目的就是要远离江湖是非（从政治斗争中抽身而退），却被左冷禅横加阻拦，最终不可得，命丧荒山。因为权力斗争（政治）不容许圈内之人置身事外，人人都必须参与这场游戏博弈，自我选择的余地很少，规则是不能随意改变的，一旦进入某种角色，就不可能超脱既定的规范，除非是有强权之人或绝顶大侠要改变规则而得到别人认同。但刘正风无法也无能改造这一切，因为他不是在江湖上一言九鼎的人物，人轻言微。同样，梅庄四友渴望在孤山隐姓埋名，享受琴棋书画的乐趣，但却被卷入教主之争的阴谋中，卒以身殉，结局毫无二致。所以，江湖不提供给一般人以安身享乐的所在。武侠小说中真正的江湖是能够让侠客纵横驰骋，快意恩仇而又远离庙堂权力争斗中心的一块乐土，它属于侠客，是侠客的江湖，也是永远动荡不安的江湖，这也是自唐以来无数武侠小说作家苦心经营所营造出来的。而这种“江湖”的普适性远较其他形态的“江湖”来得实在和深入人心。

更为困难的是，所有武侠小说所构筑的专为侠客生存的江湖，其理想与现实的交叉与重合有时却让我们惶惑，就如《天龙八部》中乔峰所追求的民族和解的江湖到底是属于侠客还是属于人类的世界，就让人费解。在明了自己身份后的乔峰做了辽国的南院大王，其人生追求的目标就是让宋、辽、契丹、女真等民族实现和平，各族人民和睦相处。他最后为了消弭辽宋之间的战乱，为两族人民争取安居乐业的可能而胁迫辽主，事后引咎自杀。乔峰行为的动因是对汉人契丹“杀来杀去，不知何日方了”的恐惧，是为“宋辽两国千万生灵着想”，是朴素、坚定的反战主义者，已经脱离了汉族（或辽族）中心主义和英雄道义的伦理轨道，是破除各种话语蒙蔽后对事实的本原性做出的判断。乔峰所追求的这一种江湖已不仅仅是武侠的江湖，更应是大同世界的人类梦想，那是当代社会所有意识形态共同追求的理想境界，完全与现实相吻合，就是放在当下纷扰世界也是最为理想的一种存在。如果拔得更高一点，乔峰的视野极其开阔，他不是局限于人类褊狭的生存空间来思考问题，而是立足于大千世界和宇宙的终极关怀。当然，赋予一介江湖武夫以如此崇高的思想境界和道德意识，未免过于拔高了，这也是武侠小说作为一种童话存在的必然选择。然则，乔峰追求的江湖属于谁呢？侠客还是读者？我们可以不作论证地说明那是属于读者属于人类的。当乔峰大声说完，以两截断箭直刺胸膛自杀，就已经预示着江湖世界的大转向：

> 陛下，乔峰是契丹人，今日威迫陛下，成为契丹的大罪人，此后有何面目立于天地之间？

乔峰作为契丹人，为了辽汉两族的和睦相处而背叛祖宗，他的悲壮自戕所具备的意义也不仅仅是一个豪士侠客所体现的人格亮点，更是个体所能彰显的最高等级的时代意义的极限。乔峰作为一种文化符号所追求的或短暂达成存在的民族和解的江湖已经不能和武侠小说的江湖比邻而居，那是与现实合而为一的人类江湖，其传达出来的意指和能指都远非武侠小说营造的江湖可类比。当小说中的江湖和现实重叠在一起时，江湖不能成为相对于“庙堂”的“第二社会”。此时，我们显得愈加迷茫，怎样理解和把握江湖呢？是忘掉江湖呢，还是继续对江湖津津乐道？因为我们在阅读时很难辨别哪种世界真正属于我们，哪种世界属于侠客。

在《笑傲江湖》的结尾，在一曲《笑傲江湖》的协奏中，令狐冲和任盈盈达到一种更完满的幸福境界，从此二人退隐江湖，比翼双飞，过着随性和自由的生活，这是另一种以作者反思杀伐和归隐江湖的不安逸因而重新创造的理想江湖。以《笑傲江湖》为题，他们真能“笑傲”“江湖”吗？这是一个困难的推理。按照小说情节发展，他们远离了政治斗争的诡诈和残酷，远离了人世间嘈杂的声音，远离了红尘滚滚中罪恶燃烧的火焰，远离了虚妄和作茧自缚的社会规范，他们就这样快乐地在理想的高度上逍遥着，接近一种神圣的宁静。他们不再与世俗有关，他们只实现着完美。但这样的“江湖”已不再是武林中的“江湖”了，而是人性中自由、逍遥、快意的所在。这虽然是对杀伐江湖、全身远害之类的江湖的大嘲笑，但同时也证明了此江湖与彼江湖的本质不同。如果认可令狐冲归隐的“江湖”合理性，那么，侠客仗剑行走的“江湖”就会失去合规性。金庸写完《笑傲江湖》后，不得已写下与武侠小说显得有点不伦不类的《鹿鼎记》，借以作为对《笑傲江湖》思考的继续。并以此封笔谢绝“江湖”，因而无法再现昔日让我们魂牵梦萦的“江湖”。

作者表述清晰与阅读者阅读困惑的江湖世界构成评论界众声喧哗的开放格局，很多名家参与了“江湖”的讨论，如陈平原《千古文人侠客梦》①第七章《笑傲江湖》；韩云波《人在江湖》把“江湖”区分为“地理名词”、“社会名词”、“文化名词”②；王学泰《发现另一个中国》第二章《江湖——隐性社会的生存、理想与奋斗》③；林保淳《解构金庸》第九部分《金庸小说中的“江湖世界”》④等，都对“江湖”作了自己的理解。

对金庸一直持不同意见的南京大学教授王彬彬认为：

---

① 陈平原：《千古文人侠客梦：武侠小说类型研究》，新世界出版社 2002 年版。

② 韩云波：《人在江湖》，四川人民出版社 1995 年版。

③ 王学泰：《发现另一个中国》，中国档案出版社 2006 年版。

④ 林保淳：《解构金庸》，中国致公出版社 2008 年版。

> 金庸所虚构的武林世界，是一个非逻辑的世界，现代生活的逻辑在那里往往不管用。①

王彬彬对金庸基本持完全否定的态度，他将金庸笔下虚构的“江湖”认定为非逻辑、非理性的“形而上”产物，是不会与现当代社会产生一丝一缕的关联。

但关联还是有的，我们不但生活在体制枷锁之中，而且从不敢相信自己生而自由。因此侠文化反映着我们内心深处的隐痛，武侠情结，江湖迷梦，永远是中国人望梅止渴，画饼充饥，聊以自慰而已，正是“千古文人侠客梦，徒有临渊羡鱼情”。江湖在哪里？江湖在心中。国人只能在虚构的江湖的白日梦里，作一些关于侠客救世、独立自由平等的朦胧想象，却始终不能上升到系统的实践的社会思潮，武侠小说使我们着迷的原因也许正在于这种精神安慰作用。江湖信奉的道义行在地上如行在天上，或者称之为“海市蜃楼”也不为过。正如陈墨所言：

> 如今武侠小说已完成其历史使命，已经走向式微了，果如此，也没有什么可悲哀的，现实社会与我们渴望的状态一致，如果有一天，真的自由宪政行，武侠亡，江湖灭，岂非苍生之福？②

江湖远不远？不远。人就在江湖，江湖就在心中，江湖怎么会远？

江湖时节雨纷纷，颇有一些说不清道不明的成分，让人困惑不已。

我想，不但金庸小说中的江湖属于这种状况，所有的武侠小说中的江湖都可一概而论。

不仅如此，江湖随着社会、政治的变迁，衍生出多重意义。在当下，我们仅从江湖字面上理解“江湖”还应有多种解释，大概是：江西湖南、江河湖海、泛指四方各地、民间、旧时指隐士的居处、引申为退隐、黑社会秩序、有人的

---

① 王彬彬：《金庸小说“低端”：麻痹现实 只是精神骗术》，《辽宁日报》2011年8月30日，王彬彬采访录，作者高爽。

② 转引王玉华撰写《心中的江湖——谈谈武侠梦中的自由宪政隐喻》。

地方。

现今社会也唯有以暴力冲突为常态的黑道生态贴近所谓的江湖，也因此，江湖一词已演变成较为负面或特定的用语，如“混江湖”，意指混黑道；“老江湖”，比喻见多识广之负面人物；“江湖险恶”，指是非纷扰之地等。而那句大家耳熟能详的“人在江湖，身不由己”(此话语出古龙)意指人身处在特定环境中，因顾及周遭人事的压力，常做出非出于己愿的事。

但，这些已远离武侠小说中真正的“江湖”了。

四、分久必合，合久必分——江湖的必然趋势

《三国演义》开篇就说：“话说天下大势，分久必合，合久必分。周末七国分争，并入于秦。及秦灭之后，楚、汉分争，又并入于汉。汉朝自高祖斩白蛇而起义，一统天下，后来光武中兴，传至献帝，遂分为三国。”这段开篇说辞用来表述武侠小说中的“江湖”形态，也是恰到好处。江湖发展的必然趋势是“合久必分，分久必合”。

遍览武侠小说，只有正派或只有邪派的“江湖”是不会存在的，因为江湖不会为一方存在而单设，武林中的江湖只适合于正邪两派的共存，邪中有正，正中有邪，江湖才显得热闹、五色斑斓。风云际会的江湖，它随时会发生“正派”、“邪派”的殊死搏斗。其结果是此消彼长，而在对决之前，正邪两派的力量对比，往往是邪派略占上风，但最后代表着正义一方的侠客武学日益深广，正方逐渐压制邪方。随着不可一世的大魔头或纵横江湖的枭雄的覆灭，顶天立地的豪侠归隐，江湖暂时得以安宁。人心思动，久静的江湖又造就了妄图一统江湖的雄心勃勃的枭客，对权势(天下第一、武林盟主、一统天下)的永恒追求，使得那些人称“邪恶”的魔头层出不穷，什么“西毒”、“日月神教”、“明教”、“四大恶人”、“莫容复国”、“星宿派”等，还有许多打着“正派”旗号的诸如“五岳剑派”等，一时江湖浪高风疾，大有“黑云压城城欲摧”之势。此时，几乎所有的武侠小说中总会设计出一个家毁或无父、历尽艰辛磨难的少年，福泽深厚，机缘巧合，练就一身超凡入圣的武功，带领正派人士与邪派抗衡。最后邪派烟消云散，正派元气大伤，邪派再也无力挑动江湖纷

争，正派失去作战对手而“拔剑四顾心茫然”。然后，进入合久必分，分久必合的江湖轨道。这种久淀的思维模式预告江湖的一个铁律：一动一静，相辅相生，相生相克，静久思动，动久思静。也就正告武侠小说结构模式的不可超越性。从唐传奇以来一直到“新派武侠小说”，这种结构模式基本属于稳定的架构，即使才如大海的金庸在塑造英雄侠客时到底也没能逃脱这种定势的思维。即使是到了最后一部小说《鹿鼎记》，从金庸设定的人物韦小宝不太懂武功这一思路分析，金庸是想迈开脚步，放开手脚，准备扬弃旧有的模式，向新的结构模式进行了大胆的探索。但结果依然没有逃脱这种顽固的思维定势，随着天地会英雄陈近南的失败，韦小宝的归隐同样非常明显地昭示江湖已从纷乱走向平静，江湖仍然是合久必分，分久必合。但金庸大胆探索的意义即为：武侠小说可以不为武功而武功，可以以力量和智慧同构其本质。这一成果相继被后继者所采用，新一代的武侠小说由此而诞生，加上后人是不甘于步前人后尘的，总想超越，出类拔萃。所以，才有了抛弃传统模式而流行于当下的易理类和玄幻类的新一代武侠小说。

这种固有的结构模式我们可以从以下材料去考察：在《倚天屠龙记》中，从小身受寒毒之害，几近无救的张无忌无意中学成“九阳神功”，祛除了纠缠十几年的寒毒，张无忌得以重新行走江湖。他天性随和，没有成名欲望也没打算替父母报仇，只是从小在冰火岛受到谢逊的呵护因而心存感恩，一旦病魔祛除，张无忌要做的第一件事就是去海外冰火岛与义父团聚，接他回中原。这个愿望一直纠缠在他的脑海中。现实生活中往往阴差阳错，荒岛没去成，却激于义愤，在西域大漠中为救明教一群教徒身受峨嵋掌门灭绝师太三掌，以重伤之躯树立恩德，接着又误闯明教圣地得悉圆真的阴谋并学会“乾坤大挪移”，六大门派围剿光明顶明教总舵，在明教危急存亡之秋，他与各派高手相抗，九死一生，终于力挽狂澜。张无忌因缘际会练就一身盖世武功，以天下人叹服的武力和无可替代的人格力量，统领群雄，坐上教主的高位。但张无忌又有一个致命的缺陷，他既无政治头脑，也无政治热情，更无政治手段，在明教和中原武林之争及起义军和朝廷的对抗中，他处处被动，同时陷入了无数的武林纠葛，不由自主地周旋于各色人等之中，保护师门，起兵反元，搭救义父，清解恩仇，大事小事公事私事，弄得他筋疲力尽。虽然自己身负绝世武功，又有明教的庞大势力作后盾，更兼武当一派的力挺，张无忌仍是步步荆棘，吃尽了苦头。

明教有了张无忌这样不以权力作为追求的教主后，原本四分五裂、争权夺利的一众首脑复又团结在一起，明教势力已达独立抗天下的境界。义父谢逊终于大彻大悟了却恩仇后出家，张无忌安享天伦之乐的一息念想最终断绝。张无忌本可以安心做教主，就在他带着众豪客和义军在反元的道路上一路高歌前进，元朝行将覆灭明教将要打下江山时，张无忌却中计了，曾于少年张无忌有过救命之恩的明教大将朱元璋设下阴毒的陷阱，使张无忌误以为徐达、常遇春等故友背叛于他，意图篡权，令张无忌心灰意冷，主动辞去了明教教主的职位，悄然携妻归隐了。自此张无忌对江湖生涯再无半分留恋。江湖历经明教和六大门派的殊死搏斗，六大门派死伤惨重，而明教经朱元璋的操弄，已是江河日下，后继者教主杨逍德鲜而无作为，也已走向式微，江湖正邪各派均在“苟延残喘”，整个江湖又进入休养生息的途路。于是，血雨腥风的江湖最后又复归平静。

《笑傲江湖》中，有三条主要线索交错前行，一是少林、武当、五岳剑派等“名门正派”与“魔教”日月神教之间的斗争；二是五岳剑派内部盟主之位设立与争夺；三是日月神教内部教主职位抢夺与杀伐。其时武林之中，既有正邪之判，复存门户之别，少林、武当、青城、五岳自诩正教，与魔教（日月神教）冤冤相报，誓不两立。在正邪两派争斗中，令狐冲亦正亦邪，既是名门正派华山派的大弟子，后又是衡山派掌门人，更是少林、武当最为倚重的解决正派双方即五岳剑派中嵩山派与其他四派盟主纷争的一枚关键棋子。但令狐冲浪迹江湖之际，先结识采花大盗田伯光并结为好友，后又结识反派人物桃谷六仙、不戒和尚等，更与日月神教主要角色向问天结为朋友，又得该教“圣姑”任盈盈青睐。令狐冲助盈盈之父任我行杀死东方不败，夺回日月神教教主之位。所幸任我行在行将吞并五岳剑派时突然暴毙，江湖上侥幸免去一场腥风血雨。

然而这武林“正”、“邪”之间的斗争，实际并不如表面上的黑白分明。五岳剑派所谓“正派”中人左冷禅、余沧海等各怀异志，君子剑岳不群却是典型的伪君子。五岳剑派名虽一体，实存芥蒂。嵩山掌门左冷禅野心勃勃，企图夺取五岳剑派盟主之位，吞并五岳，称霸江湖，自恃盟主身份，凌驾四岳掌门，挑拨泰山派内斗，鼓动华山剑宗传人与气宗争夺掌门之位。一时江湖血雨腥风，纷争迭起。令狐冲与盈盈及诸多“正”、“邪”两派朋友合力，揭露并破坏了左冷禅、岳不群等人兼并五岳剑派的阴谋。岳不群以华山思过崖洞内石刻武功秘诀诱引诸派高手入观，旋用巨石封洞，欲尽诛异己，五岳剑派洞内自相残杀，各派高手精英几乎一役尽殒，五派纷纷凋零。仅衡山派令狐冲等赖女尼仪琳刺死岳不群，始得脱困。任我行倾巢来攻，欲称霸五岳，胁迫令狐冲入教，令狐冲凛然不屈，任我行终因心力交瘁而亡。最后令狐冲退出江湖与任盈盈共结连理，从此不问世事，正邪双方亦因此化干戈为玉帛。

如果武侠小说叙述的故事按历史年代排列，每一个朝代的武林世界都非常清晰地展示：平静的江湖——纷扰的江湖——复归平静的江湖，循环往复，缕缕不绝，这么一种历史的轮回，显示江湖历史和现实变化的趋同性，走的是同一条路线。这一路线图重复出现在各个时期的武侠小说故事里，只不过在不同的作家笔下呈现的面貌略有所不同罢了。

五、“邪不胜正”——永恒的江湖形态

唐韦绚《刘宾客嘉话录》：“此邪法也，臣闻邪不干正，若使咒臣，必不能行。”

正，通常是指好的、光明磊落的一面；邪通常是指不好的、阴暗堕落的一面；亦正亦邪就是既有正的一面也有邪的一面。

学者陈平原认为：“武侠小说的根本观念在于‘拯救’，‘写梦’与‘圆梦’只是武侠小说的表面形式，内在精神是祈求他人拯救以获得新生和在拯救他人中超越生命的局限性。”盼望拯救的人多，拯救之人于是出现，拯救之人即武侠小说所谓的正，阻碍拯救之人即为邪。武侠的写梦和圆梦虽是表现形式，但实质是为根本观念服务。

武侠小说引导我们首先通过侠客一个复杂的“冒险”迷宫，这个迷宫九曲通幽，有“山重水复疑无路，柳暗花明又一村”的复杂与刺激，当然不会激起令人不快的困惑不解和焦躁不安，反而勾起读者好奇心和阅读欲望，最后

它们差不多总是有一个完美的大团圆结局，正义是"幸存"的，所以武侠小说往往也拥有"正义神话"的雅号，正好印证江湖的结局的永恒形态——"邪不胜正"。这种结局在武侠小说中是经典的，也是最受读者欢迎的，虽然也是俗套，然而也是主流，也许在很长的一段时间内都不会受到挑战。这不仅因为在它的超现实叙事中，蕴含着一种社会公正的诉求，也是基于这些故事里的大侠已不再只是笑傲江湖的性情中人，俨然成了"替天行道"的正义卫士。刘绍明认为：

> 这些小说都是正邪立辨的，即使如金庸般才华横溢，笔下角色心理复杂，也难免落入同样的套式中。①

这是读武侠小说比其他小说轻松愉快的地方，它总是提供喜剧——一种久淀于民族深层心理的文化理想，供人咀嚼，以作饭后谈资。虽然有时也写一些受苦和悲怆的结局，但这种成分绝不浓厚，其结局带来的正面意义远胜于个体命运的悲剧感，正如乔峰的悲剧性自戕，留给北宋和辽国的安宁。武侠小说总的来说是积极向上的，是用来赞美生命活力、自由的。孟子说：

> 得道者多助，失道者寡助。寡助之至，亲戚畔之；多助之至，天下顺之。以天下之所顺，攻亲戚之所畔；故君子有不战，战必胜矣。②

"正"得到多助，"邪"只能是寡助。儒家文化观点的影响波及武侠作家，以此观点付诸创作实践，"邪不胜正"就成了理所当然的表述理路，并获得最为广大的阅读理解。问题的复杂性在于，武侠小说里人物很多没有明确界限，君子剑岳不群本质是邪派人物、真真实实的一个伪君子，但在江湖上是一个大名鼎鼎的正派人士；明教是江湖上臭名昭著的邪教代表，但其行事所体现的品格却远胜峨嵋派灭绝师太；桃花岛黄老邪亦正亦邪……很多时候

---

① 刘绍铭等：《武侠小说论卷》上册，香港明河社 1998 年版，第 216 页。

② 《孟子·公孙丑下》。

江湖不分正邪，什么是邪什么是正，没有明确界限。更为复杂的是，江湖上很多时候以力量决定一切，邪胜了正就拥有了发言权，称自己为正。只有胜败，无正邪，胜利的一方就是正。更有一种武林传统，那就是众口铄金，一个错误的结论被一千人各说上一遍，便会成为真理。很多江湖上的正邪判别，历来源于历史的流传。

《射雕英雄传》中洪七公对裘千仞有一段精彩的表述：

> 老叫花一生杀过二百三十一人，这二百三十一人个个都是恶徒，若非贪官污吏、土豪恶霸，就是大奸巨恶、负义薄幸之辈。老叫花贪饮贪食，可是生平从来没杀过一个好人。裘千仞，你是第二百三十二人！

这番话说得大义凛然，气势非凡，仿佛正义之剑高悬裘千仞头顶，等待死亡宣判，裘千仞听后默然无语。老叫花是胜利者，拥有话语权，就是正方的代表人，只是江湖中人该杀或不该杀，被杀之人是否就罪大恶极，理所当诛，则只能"运用之妙，存乎一心"了。那些江湖魔头们更是视杀人为家常便饭，看哪个不顺眼就可以一剑刺之，一刀砍之，甚至可以提着刚被砍杀的脑袋，招摇过市，却从未引起旁人的怀疑与质询。梅超风以活人头颅修炼"九阴白骨爪"，"无恶不作"叶二娘专偷人家婴儿玩弄后杀掉，余沧海为抢夺"辟邪剑谱"灭掉福威镖局，也可以设计让衡山派刘正风不能金盆洗手而全家倾覆。而那些身负"血海深仇"之人，励志学艺，几经风雨，终于艺成下山，所求的便是手刃仇敌那一刻的快感。如果是邪派人士，那将为江湖所不齿，如果是正派人士，那便是正大光明之替天行道了。因为正派是为驱除邪恶、执掌正义，平天下之不平，结果自然可以战胜了"邪"。这不仅可"快"一己之心，还可大"快"人心，这是江湖人心所向。

问题在于，侠客自我掌控是非正义，无视官府也无视法律，是不是正合"侠以武犯禁"呢？何云波在《武侠小说的江湖世界》中认为，自己认为该杀，便干净利落一刀了断。这里面难免带有很大的主观性、随意性。《射雕英雄传》中的洪七公，自谓："一生杀了二百四十一人，其中没有一个是好人。"洪七公杀人凭借的是个人道德律。况且,好与坏本身便是相对的,评判一个人不能以一己之好恶加以主观认定,否则就会失之偏颇。按照相对论来说,没有坏哪来好,很多时候是好中有坏,坏中有好,在特定语境中很难区分好坏,个人所站立场不同,代表的利益集团不同,判断事物的标准也不同。

在武侠小说中,淫贼淫妇是侠客们最为痛恨不齿的,往往被侠客杀掉或裸体示众,或遭遇强逼断绝情愫。我们不从历史文化传承角度去思考,光从现代人思维去发微,人类情感的多维释放如果不危及其他人,应当予以肯定。人家相好,哪怕是偷情,其实也不关侠客事,侠客为什么偏要千里迢迢去"为民除害",岂不多管闲事?在此,我忽而感觉,金庸倾力打造全景式反偷情、治淫夫淫妇的场景,是不是表达金庸对香港色情文化的拒绝和否定呢?如果是,那是大历史语境造成金庸对现代人私情的误判;如果不是,那是金庸本身生活经历使然,在苦追明星演员夏梦而不得的情况下,和夏梦保持了多年纯洁的男女之情,是个人情感在小说中的投射。何况,侠客也是人,会受心理、情景、突发事件、思维定势、外界传言等等影响,产生误判,做出错误的行动。更为麻烦的是,人即有人作为动物的共通劣根性。将一个人的生命维系在另一个人的主观判断之中,其好恶之感和即时情绪左右侠客杀人的举止,这正是侠客最为可怕之处。头顶着"正派"的大盖帽,就可以遮盖一切,甚至是邪恶的行为,如灭绝师太就可以"大义凛然"地灭绝她认为的"恶"与"邪"。夏志清教授也认为:

> 这些故事至今流传不衰,实在是与中国人对痛苦与杀戮不甚敏感有关。①

因为惩罚自有法律,每个人都无权擅自处置他人的生命。中国的武侠小说,则具有一种非人道倾向。当欧阳锋把一个人头交给黄药师的时候说:"这是一个腐酸秀才的头,因为听他在那讲要做一个忠臣孝子,老大不耐烦,就把他的头割下来了。"(《射雕英雄传》)却得不到黄药师的认同,黄药师恰

① [美]夏志清:《中国古典小说导论》,胡益民等译,安徽文艺出版社1988年版,第102页。

恰佩服忠臣孝子。不过，武侠小说还是张扬在惩恶的幌子下，该杀的千刀万剐，要杀个痛快，不该杀的不能乱杀。这相较《水浒传》往往"不问军官百姓，杀得尸横遍地，血流成河"的好汉们已不可同日而语了，两者的精神境界亦有天壤之别。

六、结庐、相忘——江湖世界的终结

"浩荡出江湖，翻覆如波澜"，在武侠小说作家笔下，安详平静的江湖总是出现在一段可歌可泣的英雄故事暂告一段落时，当故事还在文字中飞扬时总是正邪对决、血雨腥风、惊涛骇浪、纷扰无息的，历经波澜起伏的生死搏斗，武侠小说最后的结局无外乎"邪不胜正"。当如日中天的正邪双方纷纷偃旗息鼓，取胜的正方大多走向归隐，失败的反方则努力积聚下一轮争斗的力量和资本。随着老一辈武林豪杰的逐渐远离，黑白两道都化为古人，江湖亦不复见曾经辉煌的历史故事流传，终使武林暂时恢复安宁。这一民族传统欣赏习惯在武侠小说中显示强大的统治力。武当五侠张翠山正是有感于此，才说出"但求心之所安，义所当为"的话来。

单就侠客的生命气质而言，如此"江湖"，才是他们安身立命、显姓扬名的场域，毕竟，积极超越的生命情调，正须有纷扰多变、充满机遇和挑战的场域来相衬，才能相得益彰。"山不在高，有仙则名；水不在深，有龙则灵。"(《陋室铭》)江湖为侠客而设，侠客为江湖而活。离了江湖的侠客，注定要消失在这个世界里，将一如失了水的鱼，只能望河而泣，无水枯死。这正如《西游记》里的孙悟空，可以大闹天宫，自封齐天大圣，西天取经回来之后却唯唯诺诺，顽劣、自信、藐视一切的傲然之气荡然无存；《水浒传》群雄，梁山泊中可以意气风发，一旦接受朝廷招安，飒爽英气不再，气息就奄奄难振。而草莽英雄一旦入于冠带，其粗犷豪迈，也终将不敌细密的文人心思，张无忌终究不敌朱元璋，陈近南相较康熙终是英雄气短，其故可深思。但从另一面观之，韦小宝一个一无长技在手的混混却能纵情宫廷和江湖，风光八面，倒给我们另一种江湖的见解，朝廷在一些人眼里，依然也还是别样的"江湖"。

诡异而充满杀伐的多难江湖"不仅仅是现实之外的梦境"，还是借小说

“塑造了一个新现实”本身，武侠小说是“成年人的童话”（华罗庚语），也不无道理。说明江湖不仅仅存活于书本中，很多时候依然还是现实生活的主观体验和反应，充满浓厚的象征性色彩。正如任盈盈所说的那样：“江湖风波险恶。”纵然是“在别处的生活”，依然照耀着现实的血腥与残酷影子。于是，《天龙八部》里的乔峰承受不了平息民族的争斗的重任和江湖的暴力洗劫，段誉惊恐于杀人武学的日益增长，《笑傲江湖》的令狐冲厌弃了权力的膜拜与痴迷，《连城诀》里的狄云荡涤了金银财宝的贪婪与占有。他们逃避于宏大叙事的包裹，成为试图超越历史、民族、国家的旁观者和局外人，他们最终选择的是个人的自由，乔峰自杀，段誉乖乖做了皇帝，令狐冲归隐。

武侠小说在想象的空间中，以现实为蓝本，创造一个虚拟的江湖世界，供侠客驰骋快意。尽管作家笔下的“江湖”大异其趣，而刀光剑影、拳雨掌风之中，依稀皆可窥见其泼墨挥毫、纵情潇洒的身影。

人生不自由，动辄受羁于社会各种既定的规范中，所以不如意事常八九，侠客之叱咤风云的潇洒和俊爽，有时也象征着读者与现实冲突后的扬声吐气、尽扫抑郁——这也是武侠小说吸引不同阶层读者的原因之一。侠客游侠江湖或笑傲江湖，读者眼底心中，也自有这一江湖。

读者结庐于武侠小说，实际上是与小说主人公的认同状态相一致，从而达到一种自我幻化、自我遗忘的状态。真正意味深长的武侠乌托邦不仅仅是构造一个“懒汉的乐园”，精神的栖息地，而是在编织如诗如梦空间的同时，也不放弃对现实、人生的关注，并作一些有限度的抗争。

然则，金庸小说中的江湖，读者又作何观？当江湖逐渐演变成为一种隐喻世界，成为社会、政治或庙堂（权力争夺核心）的象征，行游其间，理当英姿飒爽的侠客，不是伤痕累累就是一如滑稽的丑角。在《鹿鼎记》中，陈近南下场又是如何？他不是妄称英雄吗？这样的结局处理岂不是对武侠英雄的最大嘲弄？仔细想想，现实社会其实并不需要真正的英雄侠客，因为现实不会提供侠客的生存空间，只有油嘴滑舌、不学无术的韦小宝之流才是最懂得适者生存之道的，但韦小宝是英雄吗？是又不是，英雄若以成败论，那韦小宝无疑是最大英雄；但若以传统英雄标准论，韦小宝无法与英雄同列，因为他根本不具备英雄品质。有研究者认为：

> 无论是对金庸小说进行文化研究，还是雅俗定位、寓言解读，都反映了知识分子在日益平面化、商业化、物质化的后现代社会中，通过返回民间、取得话语权以求得自身的生存和发展，并有限发挥知识分子精英作用的努力。他把金庸小说的研究看成是知识分子自上而下的向民间渗透，以使知识分子话语有更大的生存空间。①

失却江湖，侠客无立锥立地，反过来，失却侠客，江湖也就不复存在。然而，现实社会或统治者对稳定秩序的渴望与追求，向来吝于提供一个如此场域，让侠客纵横驰骋。山海悠悠，河川杳渺，何处有“江湖”？除了留存读者记忆中的世界外，缥缈峰外是缥缈，这是现实中侠客的悲剧宿命。

然而，鱼与鱼相忘，往往也就在这样的江湖之中。

如此“江湖”，与现实、人走近了，但越来越不适合侠客生存了，《鹿鼎记》颠覆了整个武侠小说的江湖世界，所以金庸也不得不封笔。有人指出：“《鹿鼎记》对儒教正统、英雄道义的沉痛检讨是凝聚着时代精神的反省，或者可以说是一种外缘性的批判。”②韦小宝的出现，预示侠义英雄尽成前朝故事。当江湖成为记忆中往事，当江湖不再让侠客纵情驰骋，快意恩仇时，当江湖完全与我们的现实生活融合在一起时，侠客已经消失不见了。

现实的结论是：我们只能相忘于江湖。

---

① 邓全明：《通向民间的路——论金庸小说创作和金庸研究》，《华文文学》2003 年第 6 期，第 67、68 页。

② 何平：《侠义英雄的荣与衰——金庸武侠小说的文化解述》，《读书》1991 年第 4 期。

第六章　英雄情结的勃郁与幻灭

——从陈家洛到韦小宝

英雄者，儒雅潇洒，才高八斗，胸有沟壑，一如陈家洛；有凌云之壮志，腹纳九州之量，气吞山河之势，包藏四海之胸襟，有敢为天下先，愿为天下人担当的雄心，一如乔峰；为国为民，肩扛正义，救黎民于水火，解百姓于倒悬之苦，明知不可为而为之，一如郭靖；拥有藐视一切之能力，傲视群雄之气势，顶天立地，飞扬意气，至情至性，一如杨过；英雄当以成败论，黑白通吃，出将入相，跑马江湖，一如韦小宝。

沧海横流，方显英雄本色。逆境更能造就英雄，更见其意志的坚毅、品质的卓越。顺境之下易出英雄但未必能成就真英雄，苗人凤、令狐冲、郭靖、乔峰、杨过等人在逆境之下，身体中的潜能却被充分激发，英雄本色才熠熠生辉。英雄命运大多是悲剧的，英雄的悲剧既在于英雄的宿命，也在于他们的心灵孤独和境界、视点太高，他们站在人生绝顶之处，俯视众生，如乔峰、独孤大侠、郭靖等，他们过惯天马行空的生活，习惯不了日常琐屑和平庸的生活，而平常的世界也会以种种不同的方式来拒绝他们。他们的悲剧命运是注定的，只能引起人们感慨万千，唏嘘不已。英雄最无奈的是既无对手所过平凡的日子又无所依托，像独孤大侠一生只求一败而不可得，拔剑四顾心茫然，空有满腔热血无法激情地燃烧。

英雄和英雄之间，往往那种激越的生命气概可以相互感染，就如乔峰与段誉。英雄与美人之间，绿叶衬托红花，可以山花烂漫，就如郭靖与黄蓉。古今中外，数英雄人物满如天上星辰，然称为当世豪杰者，皆寥若晨星，而终极完美之英雄者放眼望去则四海之内皆屈指可数。历史时光消逝，能永驻人们心中的，当可称为英雄豪杰，但世所罕有。

乱世才能出英雄，在国家、民族、百姓出现危难之时，总有一些人挺身而出，为国为民效力，这样的人，称为英雄。

一、英雄涵义透视

聪明秀出，谓之英；胆力过人，谓之雄。

人是万物的灵长，植物的精华是“英”，动物的强者是“雄”，于是人类中出类拔萃的人物自然就是“英雄”了。英雄，也许只是指某个特定时期的风云人物，也许只是指对某个时代造成影响的人物，若英雄只是称谓，对时局毫无影响，不足以称英雄。是英雄，就能把握大局，是英雄，就能决策千里，运筹帷幄。英雄原来指品质优秀，武勇超群，无私忘我而令人敬佩的人。英雄是一个比较主观的概念。一般指在普通人中间有超出常人能力的人，他们不仅个体能造福百姓，而且能够带领人们共同成就富有光明意义的壮举。

在每个人的心底，都有着当英雄的渴望，有人说过：“不想当元帅的士兵不是好士兵。”在武侠小说中，也就可以说：“不想当英雄的人就是庸人。”

但英雄从来都不属于多数人，他只留给武功卓绝、品德高尚之人，否则，岂不是人人都能成为英雄？

一般看来，英雄是这样的几种人：

英雄，以仁义行侠江湖，平天下之不平。

英雄，明知不可为而为之。

英雄，有担当，践然诺。

英雄，挽狂澜于既倒，扶大厦于将倾。

英雄，品质卓越，意志刚强，虽屡败却屡战。

英雄，为国为民。

如此之人，方可称为英雄！

时势造就了英雄，英雄却可以凭自己的智慧造时势，挽救危局。现实社会对历史的认真观照与深入审视，蕴含对传统文化观念的思考与批判，进而释放出现代意识。金庸的小说中，侠义英雄众多，从英雄豪杰陈家洛到市井无赖、江湖奇人韦小宝，千姿百态。这些英雄身上放飞了金庸的英雄情结和英雄理想以及对英雄历史与现实的反思。但从陈家洛到韦小宝，英雄的本质和内涵却发生了深刻的变化，表达了金庸对英雄救世观念的反省，反映出从追求理想到注重现实的人生观的转变，从颂扬英雄救世到感喟英雄无奈的转变，一言以蔽之——反映金庸内心英雄情结的勃郁与幻灭。

二、英雄模式的变迁

金庸笔下英雄有一个大体相当的标准：既有超常的能力又有超常的责任感。具体地说：第一具备生存、行侠需要的武功；第二具备做一个长者的智慧；第三具备对君主的忠诚、对朋友的真诚；第四具备为国为民的责任和历史使命感。金庸曾说，现代比较认真的武侠小说，更加重视如下几个方面：

> 正义、气节、舍己为人、锄强扶弱、民族精神、中国传统的伦理观念。①

金庸在塑造英雄时就基本朝着这个思路开掘的。俞磊从金庸作品的思想内涵出发，将金庸作品中的英雄划分为：

> 理念式的“前英雄”（如陈家洛、袁承志），人格神式的“英雄”（如郭靖），真正人意义上的“后英雄”（如石破天、令狐冲）。进而认为金庸后期的作品是通过对理性的反思和批判达到重新认识到理性的目的。②

赵华、蔡安延从金庸小说创作人格理想侧重点的不同，将小说中的英雄分为：

---

① 金庸：《金庸作品集》序，三联书店 1994 年版。

② 俞磊：《拷问理性——试论金庸后期作品的思想内涵》，《温州师范学院学报》（哲学社会科学版）第 20 卷第 5 期，1999 年 10 月。

> 群体本位英雄(《书剑恩仇录》到《飞狐外传》),个体本位英雄(《倚天屠龙记》到《笑傲江湖》),反英雄(《鹿鼎记》)三个阶段。①

而我认为金庸的英雄模式变迁路线图有脉可寻,从早期的"框架式的英雄"(如陈家洛、袁承志)到中期的"理想化英雄"(如郭靖)和"平民化、意念化英雄"(如杨过、石破天、令狐冲)到晚期"文化想象式的英雄"(如乔峰),最终以"正剧式英雄"韦小宝作为自己对英雄侠义的历史反思为结尾,金庸的英雄模式与理念清晰可见,从肯定开始到否定结束,伴着他走过了17年历程。

(一)框架式的英雄——陈家洛、袁承志

早期,金庸完全没有摆脱旧派武侠小说的思想窠臼,这时候他塑造的英雄,深受中国儒家"为世忧乐者,君子之志也;不为世忧乐者,小人之志也","深儿女之怀,便短英雄之气"等传统理念影响,喜读传统文化典籍的金庸脑中儒家文化影响是根深蒂固的,早期小说的文化思想基点是儒家文化。初写《书剑恩仇录》就把陈家洛写出儒侠类型的人物。他设置的人物一般按照儒家这个框架来框定,同时受香港商业化文化影响,以比较功利的尺度来设定,主要考量英雄的出身、受教育程度、长相、家世、地位、重任、使命来衬托人物。由于按照某种意念来设定人物,其塑造的人物形象就缺少英雄本身具有的超越常人的高大和丰满,虽然作者力图把他们作为理想化人物加以铺叙和塑造,但他们身上呈现的诸多缺点和英雄品质的对峙同构其形象的不显亮性,使他早期塑造的英雄都不是很成功。最为典型的当是陈家洛和袁承志,如陈家洛的优柔寡断、儿女情长、轻信幼稚、小肚鸡肠(如绑架乾隆、利用香香公主)等等,使他多次失去了建功立业的大好机会,最后只能似水流年花落去,空有一腔报国志。而在《碧血剑》中,作者着力写了袁承志,譬如袁承志锄强扶弱、行侠江湖、重信守诺,也写了他背负满腔报国之志,但他的许多话语和行动却游离于江湖英雄侠客的性格之外。他时而高傲,时而自卑,时而好色,时而一副凛然不可侵犯之神貌,似有不伦不类之感。金庸

① 赵华、蔡安延:《试论金庸小说人格理想的转变及意义》,《宝鸡文理学院学报》2003年第2期。

武侠小说中的早期英雄就是在这样的基础上建立起来的。

《书剑恩仇录》是金庸的第一部作品，主人公陈家洛是儒家思想框架下的理想化人物，也是一位可敬可叹的英雄人物。这位红花会的大当家，风度翩翩，才高八斗，毕生愿望是反清复明，为了实现这一目标，真可谓是鞠躬尽瘁，殚精竭虑。陈家洛文采武功都堪称一流，当可以建功立业，但事与愿违，就是这样一个英雄，最后不得不归隐江湖。写到他的归隐，其中一段文字最能表现陈家洛一生的失意和悲苦：

> 陈家洛提笔蘸墨，先写了“香冢”两个大字，略一沉吟，又写了一首铭文：“浩浩愁，茫茫劫，短歌终，明月缺。郁郁佳城，中有碧血。碧亦有时尽，血亦有时灭，一缕香魂无断绝！是耶非耶？化为蝴蝶。”群雄伫立良久，直至东方大白，才连骑向西而去。
>
> ——《书剑恩仇录》

一生纵横江湖的精华全部浓缩在一首铭文里，短短的几行字，虽简短，但意味深长，作者用了悲情的笔调，尽显一生的抱负和奋斗，也写尽心中曲折，风度翩翩的陈总舵主，不管原因几何，最终将告别历史舞台走向失败，不但在政治上失败了，而且在感情上也寿终正寝。向西奔向苦寒之地意味着逃离政治和现实，所有的愤懑和悔恨都外化在几句含着辛酸和血泪的诗中，江湖的是是非非和身世的恩怨纠葛都化为翩翩起舞的蝴蝶，徒感失落和无奈。陈家洛是想做到“大行不顾细谨，大礼不辞小让”(《史记·鸿门宴》)的，直至最后不惜把自己心爱的恋人奉献给乾隆为妃，以图事业成功。然而，毕生努力都随风飘散，挚爱的女人却成了别人的宠妃。在江湖上，连自己的女人都无法保护的人终究当不得绝顶英雄，所以他的失败是必然的，江湖上十分讲究这一点。但金庸当时却满心是想把他塑造成一位先民族大义后儿女私情的高尚英雄，复国、大义、德行、理想、目标等十分理念化的意识构成陈家洛生命的一切，他时刻谨记不敢须臾或忘。金庸本能地认同并由衷地讴歌他。

而《碧血剑》主题的表达和情节的构思是《书剑恩仇录》思想的进一步延

续，从人物的形象和内涵来说，两者似有相似之感，只不过《碧血剑》中人物类型更为丰富，最成功的亦正亦邪人物金蛇郎君以其形象的鲜明性和丰满性超越了《书剑恩仇录》中的一干人物，但主人公袁承志却并没有跳出陈家洛式的框架。两者也似有雷同之感：出生相似——门第高贵，修养相似——都能文能武，地位相似——年少英俊而当上了武林盟主，结局相同——起义失败而退出政治舞台。袁承志携带着青青和手下英雄移居海外，陈家洛则退隐回疆，非常典型地呈现出“达则兼济天下，穷则独善其身”的特性，可谓殊途而同归。当然，这两个人不能等同，在趋同情形之下，存在异反状况。

袁承志在江湖上得享大名，更主要的是凭借其父袁崇焕的余荫，虽然作者在描写袁承志时写出一个江湖大侠应具有的铮铮侠骨，但同时也写出他身上的诸多缺点。有几点值得注意，一是李自成可以对他动辄发怒，而袁承志没有表现出丝毫反抗心理，反而有一种庙堂的习气，卑躬屈膝，不能体现一方武林大豪惯有的桀骜不驯的风骨，显示其思想境界不高；二是袁承志好色，虽然这是人之本性，不能贬斥，但统一在袁承志身上就显得有些不伦不类。他一见绝色佳人陈圆圆，便有点想入非非，有了想法却又不敢表露出来，只压抑在内心，好不尴尬；三是袁承志的爱情生活，乏味无聊。他对女友的无理取闹，只能“忍心吞气”默不作声而一筹莫展。袁承志形象在金庸的武侠小说中不算很成功，跟陈家洛一样，这与作者早期思想不成熟有关，也可能是金庸对写袁承志的自身磨炼的叙述缺少详尽的计划，没有在袁承志的形象中注入惊涛骇浪式的经历，所以他的一生缺少某种可以经读者认可的叙事张力，终究难以体现大英雄的本色；四是由于他的对手金蛇郎君又太有戏，这可能是主要的原因。因为金蛇郎君的出色，袁承志的性格总是内抑和收敛，不能有充分的发挥，他似乎没有找到自己准确的安身立命的切入点，表现的行为举止缺乏震撼人心的深度。看似少年老成的袁承志，有时却很幼稚，他甚至学起大师兄黄真的滑稽行止来，表面化地想挥洒自如，一手举酒杯，一手拿筷子夹鸡腿，模样实在有些怪异，不伦不类。袁承志虽然拜穆人清为师，师出名门正派，但他武功中正派的一路却远不如从金蛇郎君那里偷学的邪派一路的好看、实用和有效。

从内在气质上看，他实在与金蛇郎君或是黄真有本质的差别，他不能像郭靖那样朴素，不会像杨过那样张扬。同一部作品中的另一个人物金蛇郎君是虚构的武侠奇才，相形之下，袁承志不过是个平庸的闲角。以一生事迹考量，袁承志虽是武林盟主，生平是做过几件武林行侠大事，但却没有做过什么轰轰烈烈的报国大事，很长时间都跟随在别人后面。闯王李自成揭旗反明，袁承志就尽力辅佐，励志帮助李自成成就大业，只不过袁承志一生没有惊天大手笔。等到发现闯王人性和行为丑恶的一面，袁承志心灰意冷，雄心壮志随之灰飞烟灭，带着青青和一众英雄移居海外去了，是一个不能成就大事业之人。一生成就似乎比陈家洛还差一点。从小说本身看来，袁承志当不得大英雄。当然，袁承志与陈家洛也有不同之处：陈家洛温和谦恭，风度翩翩，袁承志却过于自负，正人君子味浓于陈家洛的书卷气。

（二）理想化英雄——郭靖

"为国为民，侠之大者"理想化英雄人物郭靖的出现，标志着金庸塑造英雄的理念和模式有了一种新的变化。这个带有更多金庸本人影子的郭靖体现了作者早期对英雄的看法，郭靖本是个寻常男儿，他既无陈家洛的书卷气，又无袁承志的公子味，他也不像胡斐调皮得有趣。他出身农家，皮肤黧黑，天性愚钝，说话木讷，其貌不扬。凭借他的坚毅性格、集大成的武功、坚贞操守和为国为民的赤胆忠心成为人人佩服的大英雄，金庸写郭靖，不同于写胡斐和陈家洛。胡斐的可爱是从剑拔弩张中体现的，陈家洛的可敬是从执着于反清复明事业显明的，而郭靖的英雄品质却是从"为国为民，侠之大者"理念并身体力行而彰显的，且从一件件小事上来显见其卓越个性。他非常刻苦，是"笨鸟先飞"的典型，天资并不高，却兢兢业业，不甘自弃。他极讲原则，说一不二，这自然是令世人叹服的。

在金庸的武侠世界中，唯有郭靖被理想铸就了一生，当异族入侵、社稷难保之际，郭靖作为一个抗击外族入侵的理想英雄义无反顾地肩负起民族重负，明知不可为而为之，鞠躬尽瘁，死而后已，实现了英雄人格的集体主义精神升华，却也因此被推上了神坛，成了正统道德的化身。我们总是感叹杨过、张无忌、令狐冲之类英雄大侠在功成名就之后携所爱之人退隐江湖，从此不再顾问世事，不再有杀戮争夺。但是郭靖不同，前半辈子他在江湖上游荡学武、任侠，后半辈子守襄阳，守了半辈子城，做了一辈子大侠，直至襄阳城被破，元军长驱直入，他才随着襄阳一起陨灭，告别历史舞台。

在所有武侠小说中，郭靖是唯一称得上大侠之人，他的一生背负沉重的道义仁义大旗，鲜有仗剑潇洒走天下的风采。读着读着，我常常陷入深思不断盘问自己，如果金庸没有安排黄蓉做他的妻子，享受人生的乐趣，而仅凭一个将国家责任扛于肩上将江山社稷置于胸膛的七尺男儿，一个心系天下百姓苍生的大侠，他的心该有多孤独沉重，他的步履该有多艰难。但理想却撑起郭靖挺拔的身躯，“为国为民，侠之大者”的信念竖起大侠忠贞的大旗，让看惯了那些风流倜傥的手拿扇子逍遥武林的儒雅侠士，看惯了笑傲江湖的英雄大侠，看惯了冷酷的剑客，懂得看郭靖，看郭靖的人生选择，由此而产生深深的感叹——郭靖人生选择的残酷。个人只有置身大海波涛中才切身感知大自然力量的无穷无尽、个人力量的微不足道。就算你是当世惊天大侠，相对于大自然的雄浑博大来说，其力量同样也是这般的微弱，一样改变不了的是历史的必然。

于是，当西毒欧阳锋对自己发问：“我是谁?”郭靖心灵就有了感应，一句哲学思辨式的震撼的拷问——“我是谁?”震撼出笼，学武何用？是杀人，保命，还是为他人？这些问题盘踞在郭靖心中，久久难决。在第二次华山论剑，天下学武之人去争夺那个所谓的天下第一时，郭靖以弱冠之年纪，几与天下高手并驾齐驱，但他心中不以为喜，却在拷问自己。这个问题同样问的是所有在此道路上奋力追求成功之人，甚至在未来的第三次、第四次华山论剑，所有人在向往“无限风光在险峰”的境界时，作者借郭靖之口直截了当地提出，学武究竟为了什么？在其中我又是充当什么角色？当历经得到，历经失去，历经快乐与痛苦，才慢慢懂得理想追求的残酷与崇高。郭靖问的是自己，同样是问别人，难道武力就意味着杀人或被杀、征服与被征服么？在此，我想起笛卡尔在《谈谈方法》一书中提出来的哲学史上著名的命题“我思故我在”。当郭靖思索“我是谁”，一生所为何来？他深深陷入迷茫状态，看完小说的读者却明白，“我”即“为国为民，侠之大者”，郭靖当时却很茫然，只能以惑然表达自己的思考。

当然，理想化的代表人物郭靖，不可能沉沦。在人生历练的关键时刻，郭靖完成蜕变,他用他辉煌的一生告诉了我们什么是侠之大者。他既是传统意义的道德大侠,又是顶天立地的英雄大侠,用崇高理想铸就五彩人生。以一介平民辅守襄阳,虽是平凡,不在乎头顶的桂冠,却成就伟业。在金庸穿越千年的武侠传奇中,他是第一,不仅武功是天下第一,而且道德、事业也冠绝宇内,他是绝对第一的侠客,他是江湖武侠中真正的英雄,也是寄寓了金庸全部侠客理想的第一号人物。

(三)平民化、意念化英雄——杨过、令狐冲

金庸按自己的理想塑造好郭靖后,忽而觉得让一介武夫承担如此大的国家和社会责任,确实有点勉为其难。因为太过理想,这个世上再也无法寻找另一个"郭靖"。因后继无人,在金庸的英雄史上,郭大侠变成"独孤大侠",无人比肩,无人相伴,"前不见古人,后不见来者",高处不胜寒,除了道义和责任外,他还有什么。同样,郭靖的英雄壮举也让江湖人物望而却步,又有谁能像郭靖这样一生为国为民、鞠躬尽瘁死而后已呢？虽然,金庸其后又塑造了似乎有郭靖血统的杨过。这个至情至性的独臂大侠游侠风尘,一生为国为民着实干了几件大事,但与郭大侠相比,侠气已经是江河日下。不过,侠气虽然小了,人物却变得丰满起来了,杨过这个英雄毕竟超越了郭靖的心理存在,从神坛走下了一大步。在杨过身上金庸更关注的是人世间真情的阐述,和对传统伦理观念的大胆怀疑、大胆挑战。这不仅表现在他对师父小龙女那惊世骇俗的现代式爱情,还表现在对传统伦理规范的蔑视和挑战。按儒家和江湖规则,师徒之间是不许有男女私情的,否则大逆不道,但杨过置之不顾,为爱而舍弃一切。

性爱原是人性的真挚体现,对此坚执,必然会反过来再唤醒人性。正是这样,才使杨过获得了自我意识,所以他对社会的伦理规范公开背叛,也就实现了英雄人格的个性主义精神升华。于是,从杨过始,金庸接着就有了草根式的英雄人物令狐冲、张无忌、石破天等,他们一个共同的特点是没有丝毫的政治野心,缺乏政治领袖的潜质,是被动接受型,容易受人摆布,没有城府与主见。

从郭靖到张无忌,突出人格的高尚。英雄人物不一定要有丰功伟绩但

一定要有高尚的、健全的人格。草根式的英雄人物令狐冲、张无忌、石破天都具备这一品质。

对英雄衡量的标尺随时代而改变。道德是否中绳墨、人格是否重规矩，这是江湖评判英雄的标准。

杨过、令狐冲既是意念型又是平民化的人物，作为一种文化符号，是社会公认的浪漫型人物，他们的共同特征是爱情高于一切，既有自私、卑劣的成分，也有无私、高尚的一面，其本身的品质不值得全面肯定。而且，杨过是坏小孩变成大英雄的典型，这在金庸小说中是一个独特的存在。从出生讲，他父亲杨康是民族败类；从生活讲，少年生活凄惨，对世界充满敌意，对别人有防备之心；从江湖讲，他竟拜西毒欧阳锋为义父，为武林所不齿。处于这样环境中成长的侠士，应该是没有伟大的政治理想。

卡莱尔曾经描述过英雄：

> 像我们一样是一个人。他有着我们的悲哀、喜悦，有着我们的肢体、特征，本质上完全和我们一样。①

杨过本质上和我们一样，不过他所做的远远超越我们。

令狐冲是大侠肯定是无异议的，江湖人都称他“令狐大侠”，但能不能算大英雄呢？那就只能看各自的英雄标准了。令狐冲一生意愿除了因为江湖道义奋不顾身外，还有几件事必须要做：一是对师妹的情意，二是对师门（以师父、师娘为主，加上师弟）的情谊，三是对任盈盈的爱情，四是江湖道义。除此他似乎没有远大理想与国家民族之类的“大义”，情和酒构成他生命的两大支柱。但在他的生活中他甚至和普通人一样有着许多失败的隐痛，特别是他深爱的小师妹移情别恋让他蒙受重大打击，如果没有任盈盈假扮婆婆授予琴艺，他很有可能陷入其中而不能自拔。但集合了平常人多种品性的令狐冲却为更多的读者所喜爱、所接受，《笑傲江湖》也就被很多人评定为金庸最好的小说，这主要源于令狐冲弱于外在，强于内心，又与读者生活息

① ［英］卡莱尔：《英雄和英雄崇拜：卡莱尔讲演集》，上海三联书店 1988 年版，第 37 页。

息相关，从他身上可以找到一点熟悉感。虽说他曾经自弃、自虐，轻贱生命，从另一个角度理解，那其实是对生命存在的另类诉求，生命诚宝贵，谁不热爱生命，但当生命已没有意义或失去支撑点时，借酒消愁，虽然愁更愁，但失意之人却愿长醉不愿醒，这是自古皆然。这是金庸唱起的一曲关于侠客之风流、人性之自由的赞歌。令狐冲崇尚自由，高尚的人格是永恒的。

生就一副浪荡样，长着一颗骄傲的心，令狐冲从来没有被困厄所打倒。和陈家洛、袁承志们完全相反，小说中令狐冲从出场到终场，从来没想过要去做一件为国为民的"大事"，他所做的一切都是基于江湖道义。他一直沉溺在剪不断理还乱的个人情感的纠缠之中，难以忘怀与小师妹岳灵珊之间的青梅竹马之情，难以割舍师父师娘的养育之恩，难以回报红颜知己任盈盈的生死之恋……而且，为了这些爱和情，令狐冲可以将"大义"弃于脑后，弃理性如敝屣。如"比剑"一节，和忧心忡忡的方证、冲虚说得好好的，他上嵩山要凭高超的剑法阻止左冷禅的并派阴谋，以拯救武林于狼子野心之中。可是，左冷禅还没露面，令狐冲却情不由己地拔出剑和小师妹对起招来，此时往日情愫纷纷涌上心头，哪里还记得方证和冲虚的谆谆嘱托，到后来，他更是不由自主地舞起了与小师妹共创的风光旖旎却全无一丝用处的"冲灵剑法"，终于在心神俱乱的怀旧氛围里被岳灵珊的长剑重创。又如"围寺"一节，令狐冲明知少林寺是天下武学正统的象征，也敬重并坚信它是正义与慈悲的化身，但为了救出任盈盈，仍然毫不犹豫地率领群豪攻进寺去。令狐冲成了一个爱情至上主义者。在他那里，与爱情相比，任何世俗的理性、道德、大义、理想都显得那么苍白无力。

从某种意义上看，令狐冲是杨过的涅槃再生，不过比之于后者，他更是天生的不受羁绊。叛逆精神是他们共同的人生基石，只不过在杨过身上主要体现为冲破社会伦理偏见，而令狐冲身上则更体现为对生命的自由追求。值得指出：在追求中他对温情和爱情的渴望是一股巨大的推动力，是他前进途路中的路灯，但为情所困又给生命的自由追求筑起了新的藩篱。

（四）文化想象式孤独英雄——乔峰

金庸笔下的英雄人物极多，但若论意气之豪迈，行事之光明，胸襟之广阔，唯有乔峰。乔峰，他生在宋代，一个民族极端对立的时代，一个两种文化高度对峙的时代。在这种历史语境中，集结在乔峰身上的事，都是涉及文化意义之事：身世之谜，爱情之痛，江湖纠葛，君臣矛盾，民族杀伐等。乔峰所涉及的不是一般文化意义的小事，而是深嵌着家仇国恨的民族文化大事。乔峰身上背负大宋与少数民族对峙的巨大的文化符号，在两国利益的冲击下，乔峰身陷其中却不能自拔，他想逃避江湖纷争，却卷入了更大的国家之争。乔峰，心流契丹血，身受南朝养育恩。一生我，血管里流淌的文化；一育我，精神上蕴藉的文化，他能从血缘上厘清了“我是谁”，却从精神上无法弄清“我是谁”，他也没有办法像郭靖那样得到镇守襄阳城的好运气，而完成单一文化意义选择。当血缘和精神这两种文化处于对立甚至你死我活的境地时，身处其中的乔峰万般无奈，无论他如何选择都是错误的，其内心的挣扎和痛苦是可想而知的。乔峰一生时时刻刻处在两种文化的两难选择夹缝中，向左向右均不得边际，北宋、大辽、江湖人士甚至原是属下的丐帮，都在挤压，逼他做选择。重重压力下，乔峰的心在飘荡，无法找到栖息之所，即便想与阿朱逍遥在荒漠草原，身世之谜让他无法永远苟安。阿朱死了，寄身辽国，南下攻打宋人又是无法卸下的重任，笼罩着“北乔峰，南慕容”巨大光环的乔峰凭借他超绝毅力和不懈努力最终也没能逃脱这个樊笼，其自身的种种努力都付诸东流。

乔峰处在文化这个巨大旋涡中无法抽身、立定。在金庸的笔下，乔峰代表着两种对立的民族文化。这两种文化碰撞、对抗，势成水火，纠结在一个人身上，无一不是解不开的死结，这些死结一个连一个，终于令得英雄如乔峰不得不以悲剧收场。攻宋则不义，不攻则不忠。古来忠孝难两全，作为文化符号，乔峰独自扛着这面巨大的文化大纛，孤独地行走在精神沙漠中，忠义难以兼顾。最后，绑架辽主退雄兵，全了宋义损辽忠，遂断箭自杀。他一死泯恩仇，生死两不欠。既还清了他所杀的人命，也还清了两国的生养之恩。竖起了文化意义的标杆式英雄模样。乔峰，堪称金庸小说中的圣人，堪称英雄的绝世之作，但这也是英雄的悲哀，英雄常是身不由己的，在两国对峙形势的冲击之下，关注国家命运、心系百姓苍生，孤独的英雄无力可回天。

这英雄气概之下的内心凄苦，正可以面对日月。尤其因为乔峰是大英雄，所以他内心的凄苦，也比常人更深一层。

一是他异常孤独，杏子林事变后，乔峰成了孤家寡人，原来的至交好友、铁心追随的下属纷纷离他而去，聚贤庄大战更是他对中原武林宣战的直接方式。在中原，他的内心是非常孤独的，所以才有不顾一切解救阿朱的疯狂举动，从人性角度分析，落寞的乔峰其实非常渴求精神的慰藉，阿朱对乔峰那一种崇拜的情感，撩拨了他久久没有悸动的心灵，这就有了他们之间短暂的爱情之旅。当乔峰亲手葬送了这一切，他的自责自悔、他的赎罪愿望是多么的强烈。所以，在辽国即使做了南院大王，他依然郁郁寡欢，唯有以对阿紫的千依百顺来聊解内心的自责。当乔峰的这一潜意识意愿被阿紫错误理解后，阿紫的又一惊人举动，要取代她姐姐的位置成为乔峰的爱人时，在乔峰的眼里那是一种小儿游戏因而无法正眼相视。说到底也与乔峰的决绝有关，乔峰对阿朱的负罪感决定了他从此封闭了自己的情感空间。

二是金庸对乔峰这样的英雄，用文化与文化想象完成其形象的塑造，很少着力写他的内心之苦，力求正面突出其英雄的豪侠之处。长在汉，外在的教育和道德规范的强大惯性力量，左右着乔峰纯朴的内心；生在契丹，民族伦理血缘不可改变的人生支点，让他无法坦然面对这一切。文化熏陶和接受的教育可以造就一个人，也可以毁灭一个人。在文化和血缘对峙面前，乔峰终于将断箭插入自己心口，其意义在于向世人宣告，人的毁灭必然带来与之相关事项的毁灭，如情仇、世代恩仇等，古话说得好——一死泯恩仇，乔峰的死就是其内心深处无数凄苦积累的结果。

乔峰是绝顶人物。即使英雄如乔峰，立下大功而为南院大王的乔峰，同样难以脱逃宿命的怪圈。

在孤独的乔峰身上我们发现，何为真正英雄？

不在其极端的场面、极端的情感冲突，不在其芸芸众生俗不可耐的琐屑的喧哗中，这些都难以将英雄的本色浮雕般塑为永恒。

愈是那种孤立无援，那种辽阔的苦寂，那种让人恐惧的既没有回声又没有适当布景的空洞舞台上的绝对孤独，愈是能悲剧性地表达出生命最为深刻和本质的绝望。

英雄在寒冷的天空无奈和痛苦地飞翔，翅膀上毁灭的火焰燃烧出神圣的火光。苍白的背景，漠然的世俗，平庸的盲目，揭示着人性中丑恶的一面和愚昧所能达到的极限。而英雄的意志却在嗜血的自虐中达到其内在道德上的完满。愈多的流血，愈多的疼痛和愈多的野蛮，自虐般的激情就愈是快意地享受着与命运搏杀的血腥盛宴，英雄精神的航行愈高扬风帆。

这其实是金庸对英雄宿命理解的历史沉淀，也是文化意义上英雄悲剧的历史总结。

（五）正剧式英雄——韦小宝

金庸小说中的英雄类型化，在民族英雄、悲剧英雄、孤独英雄竞相展出后，金庸于其最后一部作品《鹿鼎记》中，却塑造了一位机智伶俐、聪明绝顶、油腔滑调、不学无术而又事事大成的正剧式的人物——韦小宝，跳脱了旧有武侠小说的格局，显示其对武侠小说及其英雄侠义的深层思考的理论沉淀，彰显了这一角色在武侠小说上的独创意义。

韦小宝表面看是不会武功（后来是学到一点另类武功），又不是江湖侠客，出生于妓院，混迹于市井，一次偶然，随茅十八进入宫廷，从此翻开他人生崭新的一页。在韦小宝身上集聪明伶俐、机智绝伦、江湖义气、阿谀奉承、溜须拍马、厚颜无耻、营私舞弊等习性于一身，无一技所长且又浑身毛病，这样一位不是武侠英雄又干成英雄们所无法完成的伟业的人物，幸运地成了英雄时代的偶像，在庙堂、江湖两个截然不同甚至是水火不相容的世界里，纵横得意，笑傲江湖，当是金庸对英雄理念的重新思考后的结晶，况且韦小宝根本不符合传统侠义英雄的道德标准，这就造成了《鹿鼎记》不被许多人理解的重要原因之一。现实的英雄要以成败论，从这一点讲，韦小宝是最大的英雄，确定韦小宝是否成功，那已经没有意义了，光是韦小宝的身份就让人头晕目眩，什么一等鹿鼎公、天地会青木堂主、神龙教白龙使、少林寺晦字辈长老等。没有人能否认韦小宝的成功，在江湖崇尚武力的世界里，韦小宝三脚猫样的另类武功，靠江湖道义、至情至性和他的聪明机智摆平帝王大臣，折服三山五岳。无论黑道白道，他能够大小通吃，就真的让人意外而且惊喜了。更让人啧啧称道的是清代四大名士顾炎武、黄宗羲、吕留良和查继佐改良社会时选定的皇位继承者竟然是韦小宝。这样的奇人本只有存在于小说中，可作者偏偏不这样认为，金庸先生说：

> 在康熙时代的中国，有韦小宝那样的人物并不是不可能的事。作者写一个人物，用意并不一定是肯定这样的典型。[①]

《鹿鼎记》本质上是武侠小说，韦小宝的武功和义气基本符合江湖文化要求，但小说主题和情节经金庸如此设计，却整个"颠覆"了武侠小说的体质，这真是"前无古人"的创举。一介平民最终成为时代所认可的英雄，而如陈近南之类的秉承传统侠义精神的所谓英雄却被淘汰出局了。这反映了金庸在后期小说中对英雄、对武侠小说的反思和理解。英雄的平民化，这是金庸对历史的总结，平民化的英雄那是他对未来的展望。反英雄、反传统是现代派文学的共同特征，塑造过众多侠中豪杰的金大侠，一反常态，以反武侠的《鹿鼎记》封笔，正是其大手笔所在。

韦小宝这个人物，既是典型的"反式"英雄，又是基本符合侠义标准的江湖人士，属于正剧式英雄。传统观念上的英雄侠客的品格和行为，除江湖义气外，无法在他的身上找到更多的内容。然而，他却以前所未有的成功成为所有读者心目中的英雄，无论他属于哪一类人物，都应验了古人所说："前不见古人，后不见来者。"唐传奇以来任何武侠小说中未曾出现过，以后恐怕也不会再有了。

正剧式英雄韦小宝虽号称"反"，但也不是全反，他也具备普通人的天性和追求。他崇尚自由自在、幸福快乐的生活，蔑视礼法、伦理、道德。韦小宝将此理念演绎得淋漓尽致，敢爱敢恨，不管是什么手段，甚至是下三滥的，只要拥有幸福、快乐，他就会去做。行事风格一贯大大咧咧，活脱脱一个乱世小子。他的一些经典语录，如"你爷爷的"、"大功告成，亲个嘴吧"、"我是一文不值，狗屁不如。你呢，就有如狗屁，值得一闻"、"屎可忍，尿不可忍"。书中的一些情节，令人忍俊不禁。

不能说韦小宝没有文化，韦小宝是有文化的，他一出现，就成为文化符

① 《鹿鼎记》后记。

号，一个新"武侠英雄"意义的符号：他讲述穷人发达的故事，讲述少年得志的故事，这种成功在极端专权社会里是人人渴慕的理想境界。穷人发达是对传统文化符号的反讽。少年得志是对英雄的反讽。

反讽技巧的释读使用，揭示的是游戏功能的本质性内涵，反讽语言的寓言化叙事，使读者在游戏人生之中，得到宣泄生命本真的快感。在这样的游戏形式下，使读者充分体会到现实人生无法得到的情感体验。《鹿鼎记》中，在诙谐幽默的欢乐声中将宫殿变成妓院，历史变成玩笑，帝王变成公然的嫖客，而地地道道的"杂种"韦小宝却变成无所不能、随心所欲的至尊人物。《鹿鼎记》可以说是对整个人类文明的极大反讽，使百姓在这种诙谐的变异之中，一张张地将所有神圣的面纱撕下来，并在这一过程中，感受着卑微者逐渐上升为高贵者的快感。徐岱《论金庸小说的艺术价值》中认为：

> 小说也因此而得以化玩笑为创造，使一个貌似荒诞不经的粗俗故事，拥有了种不可多得的诗性品质。正如巴赫金所指出的，在狂欢化的自由自在，不拘形迹的气氛中，甚至连放荡的举止也获得一席之地。①

金庸借助于这种游戏形式将人性本真尽情地发挥出来，从而达到对现实人生的某种程度的嘲讽，在更高的层次达到对人性的复归。

三、英雄视角的转换

视角是在一部作品中，作者看待世界或人生所使用的特殊视野和角度，视角的功能在于可以展开一种独特的视镜，包括展示新的人生层面，新的对世界的感觉，新的社会感受，以及新的审美趣味、描写色彩和问题形态。杨义在《中国叙事学》中认为：

---

① 徐岱：《论金庸小说的艺术价值》，《文艺理论研究》1998年第4期，第20页。

> 视角具有选择性和过滤性,当作者要展示一个叙事世界的时候,他不可能原封不动地把外在的客观世界照搬到纸面上……作者必须创造性地运用叙事规范和谋略,使用某种语言的透视镜、某种文字的过滤网,把动态的立体世界点化(或幻化)为以语言文字凝固化了的线性的人事行为序列。这里所谓语言的透视镜或文字的过滤网,就是视角,它是作者和文本的心灵结合点,是作者把他体验到的世界转化为语言叙事世界的基本角度。同时它也是读者进入这个语言叙事世界,打开作者心灵窗扉的钥匙。①

这里,杨义所指的视角具有广义性,仰视、俯视、平视、外视、内视和多视角交错等都属于视角范围。在杨义看来视角蕴藏着生命,蕴藏着生命哲学和历史哲学,视角往往偕同感觉的思想切入于行文运笔之间,借助于行文运笔,表达作者对物象、历史的印象、感官和哲理思考,使视角极具审美生命。

但审美的视角又有其独特性,相对于其他文学手段,审美更强调距离,布洛著名的“审美距离说”指出,在审美中必须保持一定的“距离”,使得客观现象无从与现实的自我发生关联,因而在审美过程中就不会产生功利色彩,能够显示其审美的本质。布洛还指出,在日常的经验之中,事物总是向我们显示其实用的方面,我们也不能弃绝自身的欲望,以纯然不计利害的眼光来静观事物的客观特性,透过距离看事物的方式是特殊的观物方式,不使事物与我们的需求相联系,在这种情况下事物才单纯地为我们所观赏。②

美学上常讲距离可以产生美,审美者需与审美对象保持一定距离③,才能比较客观公正地欣赏、评价美,距离过近,或没有距离,审美过程中人的情感往往附注在审美对象上因而功利目的超过理性,审美主体极易产生某种功利欲望,从而破坏审美的客观性和非功利性,所谓“情人眼里出西施”就是这个道理。这样欣赏力就会大打折扣,审美就不再成其为美学意义上的审美,其结果大多有失公允。距离过远,审美主体与审美客体之间因缺乏相互

---

① 杨义:《中国叙事学》,人民出版社2009年版,第197页。

② 参看布洛:《作为艺术因素与审美原则的“心理距离说”》,载《美学译文》第2辑,第96页。

③ 审美距离指的是审美时的心理距离,而非物理距离。

理解与情感的契合，无法达到主客体的融合而产生审美共鸣，审美关系很难建立。审美对象因为距离远而模糊、飘忽，产生不了真切感知。布洛说：

> 艺术作品之能否感动我们，它那感染力的强度如何，似乎是与它与我们的理解性和感情特点以及与我们的经验的特殊性互相吻合的完美程度如何直接成正比例的。①

同时他提出：

> "理想主义的艺术"往往由于它们那距离太远而转化为距离太小的吸引力而蒙受挫折。②

在这里，我们撇开视角的其他几种方法，主要针对金庸在塑造英雄时通过视角转换来表现对英雄观念的转变这一现象，阐明金庸对英雄从仰视始到平视止的审美历程。源于视角和心理方面的因素，也是因为被视对象的虚拟性，金庸小说(《鹿鼎记》除外)的英雄视角采取了倒三角仰视法。仰视虽可显现英雄的高耸与矗立，但对英雄而言，却有一种凛然不可亲近之感，产生遥不可及的距离感，常被誉为"脱离群众"。而与英雄的远距离，一方面可以让我们油然而生崇高的敬意，另一方面，也是因为距离，我们看英雄往往是笼着一层轻纱般看不清楚，看不真切，更多时候我们看到的是脱离我们生活的变形的英雄形象。

从陈家洛到韦小宝，金庸英雄视角已悄然转换，从仰视逐渐过渡到平视。从早期的"框架式的英雄"(如陈家洛、袁承志)到中期的"理想化英雄"(如郭靖)和"草根英雄"(如杨过、石破天、令狐冲)到中晚期"文化想象式的英雄"(如乔峰)，最终以"正剧式英雄"韦小宝作为自己对英雄侠义的历史反思为结尾，金庸的英雄视角清晰可见，从仰视开始到平视结束。

陈家洛的出现让我们对英雄有了仰慕之情，郭靖的横空出世，让我们对

---

① [瑞士]爱德华·布洛：《作为艺术因素与审美原则的"心理距离说"》，载《美学译文》第2辑，第96页。

② [瑞士]爱德华·布洛：《作为艺术因素与审美原则的"心理距离说"》，载《美学译文》第2辑，第99页。

英雄肃然起敬，乔峰的屹然矗立，让我们对武侠英雄有了一种悠然神往的深切感，而韦小宝的悄然降临，让我们对英雄应属于我们自己有了切肤之情。

人应有所仰视。仰视是生命寻求上进的积极状态，人的仰视是原始本能的举动，幼年的状态，是对于高山，对于蓝天，对于父母，对于偶像的特殊的眼光。青壮年时，追寻偶像与英雄，在缺乏英雄的年代里，我们要找寻英雄来寄托心中的渴望与念想，可现实中却一无所有，所以只能把寻找英雄的梦想寄寓在武侠小说中，寻找精神的慰藉，聊以打发平庸无聊的日子，并且在对小说英雄的仰视中感到自己的渺小和世界的无限性，或者在仰视中寻找无可奈何和无助的抒怀路径。郭靖的"为国为民，侠之大者"的理念和行动；杨过的至情至性，同样为国为民而成为独臂大侠的风采；乔峰为民族和解而自戕的历史悲壮，如巍巍高山，让人悠然神往。人不仰视就没有崇高，就沉沦俗事，就俗不可耐。

但是，这些英雄远离人间尘土，巍峨高大，让人可望而不可即，心中可以念想、可以崇拜、可以仰望，但毕竟高山仰止。我们没有陈家洛、袁承志的出生高贵，没有郭靖、杨过叱咤江湖的本领，同样没有乔峰生命的悲壮。精神上的需求固然不可少，但现实的残酷却更让我们揪心，我们不能一直生活在理想状态和意念中，更需要贴近我们生活的英雄，这就有了韦小宝。这是金庸反思英雄理念的最终成果，也让我们欣赏英雄的视角由仰视转为平视。

韦小宝的身上有许多中国人普遍的优点和缺点，但韦小宝当然并不是中国人的典型。民族性是一种广泛的观念，而韦小宝是独特的、具有个性的一个人。韦小宝性格具有多重性：狡猾、活泼、好动、好胜、懒惰、忠义、圆滑等。他有一般人所不能拥有的优点，如珍惜生命、慷慨大方、坚韧不拔、珍视情义、了解人性、当机立断、留有余地等。他虽然不学无术，是街头小混混，但是他却干成了他想干成的所有事，并娶了七位如花似玉的女人做老婆，引得多少人艳羡的眼光。在这个世界里，又有谁不想自己能够像韦小宝一样事事随心，纵横江湖，收放自如。如果英雄都以成败论，那韦小宝无疑是金庸笔下最大的英雄。这是平民中涌现出来的英雄，他跟我们距离是那么近，又是那么熟悉，那么触手可及。所以，人应当平视。平视可以看到世界本来的状态，平视使人的现实性增大，平视使人轻松，万物都是一致的，与万物同在，就是在平视中。在晚期，金庸的英雄视角抛弃了他固有的理念，对英雄的视角不再是仰视的，而是直面英雄的现实生存状态，找寻生活赋予英雄的现实性、可能性和理想性。所以就有了《鹿鼎记》中韦小宝正剧式英雄的横空出世。《鹿鼎记》里金庸对主人公韦小宝采用平视法，让他混迹于普通与不普通之间，使韦小宝成为金庸第一个也是最后一个“英雄的平民化、平民化的英雄”的典型。前者作为金庸对历史的概括，后者是金庸对现实的期望。

两千多年前，孟子就说过：“说大人则藐之，勿视其巍巍然。”（《孟子·尽心下》）“平视”时，被视者多高就是多高，不会产生错觉，况且主动视觉者不会产生心理错位，故而平等对待一切。而从下往上倒三角“仰视”时，被视者就会有很高大的感觉，仰视者处的位置越低，这种视觉效果就越明显。这里有两种可能：一种类似于鲁迅在《一件小事》中看到车夫崇高的品质后所说：

> 我这时突然感到一种异样的感觉，觉得他满身灰尘的后影，霎时高大了，而且愈走愈大，须仰视才见。而且对于我，渐渐地又几乎变成一种威压，甚而至于要榨出皮袍下面藏着的“小”来。①

指的是精神上的敬仰；另一种就是视角不同，它并没改变事实，更没歪曲事实，“横看成岭侧成峰，远近高低各不同”。当然，在现实生活中，我们所做的、应做的、遇到的主要是“平视”。唯有“平视”，人与人才显得平等，社会才能不分高低贵贱，人和人之间关系才正常。

学会平视，也许会失去很多仰望的东西，但至少保持了人格的尊严。

学会平视，也许会遗漏很多俯瞰的景色，但至少坚守了心灵的纯净。

抬起头，挺直腰板，微笑着平视身边的每一个人，你会看到同样尊重的目光。

虽然，“仰视”正义、仰视“英雄”，这种“仰视”随时随地我们都需要。但我们生活的这个时代，已经很难产生英雄了，这让我们更想念韦小宝式的

---

① 鲁迅：《一件小事》，《鲁迅文集》第一卷，黑龙江人民出版社 1985 年版，第 34 页。

"反式"英雄。

我们可以学习前美国总统林肯,你看人家朴实谦逊的自述:"身高6英尺6英寸,体重180磅,肤色黝黑,骨瘦如柴,黑头发,灰眼睛,别无其他引人注目之处。"这是多么难得的一份清醒啊!时刻把自己看做一个普普通通的人,尽管人家是一个大国的总统。

在这个时代,我们要奔向未来,需要仰视精神;要清醒地看到不足,还是俯视吧;回到现实并正视现实,平视吧。

四、英雄内涵的重新认识

当陈家洛矢志不渝,为反清复明事业鞠躬尽瘁死而后已时,当郭靖高高竖起"为国为民,侠之大者"标杆时,当乔峰以身化解民族纷争断箭刺胸时,当陈近南一生为之奋斗的反清复明大业失败而英雄无奈时,我们对英雄的内涵有了一个较为明晰的看法,那就是凡是英雄需要以天下为己任,并为之奋斗终生。儒家的修身、养性、治国、平天下的政治理想影响了一代又一代的人,无论你是在朝廷或是在野,做人要胸怀大志,忠君爱民,以天下苍生为念。范仲淹的《岳阳楼记》有一句名言:"先天下之忧而忧,后天下之乐而乐。"宣示其典型的儒家思想,无论人生得意或者失意,都要心系天下;《南史·孔休源传》也说:"休源风范强正,明练政体,常以天下为己任。"但是,当我们看到孙中山被迫辞掉大总统职位,革命失败,其后袁世凯篡位,继而张勋复辟,我们深深体味到英雄的无奈、人事的苍凉。韦小宝的风生水起,八面风光,让我们领略了英雄出自平民的新理念。英雄若以成败论,韦小宝应该是金庸笔下最大的英雄,这种英雄不一定要以天下为己任。所以,对英雄的内涵认识随着韦小宝的出现由清晰逐渐显得有些模糊。可以这样说,我们到了应该重新认识英雄内涵的时候了。

(一)从英雄的抱负来看

英雄不一定要以天下为己任。要以天下为己任须有一定的条件,起码武功要出类拔萃,品德高尚,心胸宽阔如大海,深具忧国忧民的思想。遍数金庸小说，这样的英雄只有郭靖和乔峰，雄略过人的杨过也只能算半个。倒是一般性的又被大家认同的英雄灿若星空，在古代典籍和文学中，英雄的形象总是终日不苟言笑的“正人君子”。而现代社会里，作为英雄陪衬物的幽默式平民在逐渐淡出人们的视野后，与之相对的英雄也随之锁入人们的记忆。虽然在武侠小说里，英雄层出不穷，让人艳羡不已，但他们都属于历史而不属于现实，也并非一定要以天下为己任作为成为英雄的必要条件，如石破天、令狐冲等。在不产生英雄的当代（因为当代社会缺少产生英雄的土壤），根本不存在以天下为己任的英雄人物。现实社会中，人们更看重的是成功，社会上成功人士获得大家的普遍认同。这一价值取向使大多数崇拜英雄的人感到难堪和沮丧。传统与现实的不同价值取向，使得英雄的内涵逐渐变得模糊，若以成败论，那郭靖和乔峰也不能算大英雄，若以郭靖和乔峰的标准和价值论，现实也已经没有英雄了。从当下英雄的抱负来看，英雄可以不要以天下为己任，要看结果。可成功的界定又是那么模糊和琢磨不定，像卡夫卡的“城堡”，虽说它就在眼前，却永远无法到达。如此，在使大多数人自以为无望成功的同时，也使少数“成功者”对此产生了怀疑。所以，当下英雄的内涵变化已经静悄悄地发生。

在金庸最能反映其政治观点的《笑傲江湖》里风清扬对令狐冲说过一句话最能表达当代英雄迟暮的感慨：

> 世上最厉害的招数，不在武功之中，而是阴谋诡计，机关陷阱。
>
> ——《笑傲江湖》

张无忌武功第一，先是为陈友谅所欺，终于被朱元璋赶下台，陈、朱皆不以“武功”见长。或许，张无忌内心也会涌起如风清扬一样的感叹：

> 倘若落入了别人巧妙安排的陷阱，凭你多高明的武功招数，那也全然用不着了。
>
> ——《倚天屠龙记》

在遍览当代社会形态之后，金庸提出“阴谋诡计、机关陷阱”的作用大大超越“武功”这一思路，反映了金庸对英雄的作用和成效的历史和现实的反思。“正人君子”式的英雄是不敌“小人”式的“反”式英雄。这一观点在《笑傲江湖》中提出来后，在《鹿鼎记》里的韦小宝身上大放异彩。

从赞美英雄到“反英雄”是“英雄主义者”必然经历的过程。我们可以从金庸的武侠小说看到这种过程，从《书剑恩仇录》开始，金庸塑造的“英雄”一个比一个完美，从陈家洛到胡斐、郭靖，“金氏英雄”豪气干云，而到了乔峰身上，终于“英雄气短，儿女情长”，英雄开始走向悲剧色彩，而在《鹿鼎记》中，金庸小说最后一个堪称“英雄”的陈近南也是那么无力、愚忠，最后死于奸人之手。韦小宝已完全成了一个“反式英雄”形象，所谓“反其道而行之”，这种“反”正是更深层次的一种对“英雄”的怀念和渴求。有感于现世英雄的不可再得，因之痛心疾首，苦苦思索，在万般无奈之中，金庸只有封笔，亲手让英雄永葬心间。我们则只好安慰自己，这是个“凡人时代”。

“反式英雄主义”其实是一种“为了忘却的纪念”。

> 《鹿鼎记》对儒教正统、英雄道义的沉痛检讨是凝聚着时代精神的反省，或者可以说是一种外缘性的批判。①

韦小宝的出现，预示侠义英雄尽成前朝故事。韦小宝这个人物，可以说是金庸先生用心血和智慧凝聚而成的艺术精灵。他一反以往武侠小说中主人公的公式化、概念化、高大全而无丝毫缺点的通病。韦小宝的人物形象奇就奇在他既不会什么高深的武功，也不是什么侠客；既不是“大善”，也不是“大恶”；既不是“大忠”，也不是“大奸”；既不是“大义”，也不是“大逆”，他是一个“正剧式英雄”的形象。他给人的印象是耳目一新的，他是那种特殊环境下产生的特殊形象，尽管在他身上存在很多劣性，甚至有很多读者不太喜欢。但是我们应该看到那种劣性全是当时社会环境造就的，是社会生活扭曲了他的灵魂。金庸先生把韦小宝置身于明末清初的社会大环境之中，才形成

① 何平：《侠义英雄的荣与衰——金庸武侠小说的文化解述》，《读书》1991 年第 4 期。

其性格的复杂性。其实，韦小宝更像19世纪晚期那种环境下造就的民族资产阶级的“英雄”形象，中国民族资产阶级就是在本国封建主义和外国资本主义的夹缝中“挤”出来的，带有双重性（即革命性和妥协性），就这一点而言，“庙堂”和“江湖”的双重特性是韦小宝形成“畸形”性格的阶级基础。

当我们所拥有的时代已经产生不了英雄时，有人开始怀念起英雄了，在总结了历史上英雄的共性后，很多人提出我们的时代虽然产生不了伟大的英雄，却可以产生许许多多中小英雄，所谓“行行出状元”，状元就可以称为英雄。遍布各行各业的“英雄”构成当今社会的一道亮丽风景线。所以又有人另辟蹊径，总结出当下英雄成功必须具有的几大品质：一是目标明确。知道自己要做什么。二是头脑冷静。注重逻辑思维，注重优劣势分析。三是坚持个性。不放弃学习，不放弃喜好，不放弃享受。四是付诸实践。永远不停留在口头。五是持之以恒，百折不挠。继而研，继而深，继而通，继而博。这样成功的人就是英雄。钱锺书早在《管锥编》中认为：

> 不为无为之事，何以度有生之年。①

意为不做无意义的事，如何打发有限的生命。也说明这一点。

英雄主义固然要通过具体的事件借助于具体人物来体现，但其价值内核显然又是具有跨越历史、穿越时空的永恒魅力。既然我们承认霍元甲、谭嗣同等在国家苦难民族危亡时刻表现出来的凛然大义、爱国情怀、不屈斗志正是英雄主义的典范，那么其内蕴的精神价值就会永存于天地之间，赋予我们这个时代新的内涵——如果这种逻辑成立，那么戚继光、岳飞等历史更为久远的人物以及他们身上寄寓的英雄主义精神，沉淀至今，熠熠生辉，就应成为我们现在的精神食粮。所以，英雄形象或英雄主义彰显的崇高价值，于现实社会的价值重构、理想再现、爱国思想的浇注都有非同一般的意义，而在重塑人类生命人格上更是居功至伟，应大书特书。这一点古罗马时期文论家朗吉努斯在他的《论崇高》一书中就已经描述过。他曾将这种理想人格

① 钱锺书：《管锥编》第四册，三联书店2008年版，第1433页。

滋养和育成比喻为“伟大心灵的回响”，并且认为，如果一个人一旦失去了这种对伟大心灵的感应、体悟与共鸣，得过且过，做一天和尚撞一天钟的平庸思想就会如影随形，愚蠢、麻木、冷淡、委琐就会接踵而至，人生必然因此暗淡无光。所以，我们完全可以说，在全球化的背景下，用放眼未来的视角去看待英雄，真正的英雄主义精神，永远都不只是一种过去式的历史陈迹，不只是少数英雄侠客的个体行为，而是现在进行时，与现实且行且唱，与我们每一个人的生命涵养、品质提升息息相关。一句话，只要我们还对自由、尊严、崇高的人生价值心存向往，英雄的心灵回响就不会断绝。但这样的英雄不一定要有以天下为己任的抱负和职责。

（二）从英雄的作为来看

英雄要以成败论，成则为王败则为寇。

几千年的历史经验告诉我们：胜者为王败者为寇。这句话也就成为一句名言，胜利了，就是王者，可以以胜利者姿态俯视众生，历史将因你而改变；失败了，就是土匪，就不能登堂入室、名留青史，结果什么也不是。中国历史上每一次改朝换代，从来没有文斗的结果，每一次都是靠武治，靠武装起义，枪杆子里面出政权。革命成功了，虽然血流成河，但可以撰写和改变历史，因为最后，历史是由胜利者撰写的，虽然后人也可以重新书写，但遗留下来的也只能是那些胜利者希望留下来的东西，失败者内容或散失、或扭曲、或变异，无法以真实的面貌呈现于后世人的眼里。所以后人所看到的基本上就是歌颂胜利者的东西，或者是贬低失败者的内容。从这一角度看，有时候历史并不可信。

“重在参与”、“成败不在结果而在追求成功的过程”，不是胜出者麻痹他人，就是失败者安慰自己的鬼话。从别人手里得到一份面包比得到一张面包的图片要更实际、更成功，画饼不能充饥，成功必定是一种对成功者有着实际意义的结果，它不是虚无的感受，也不是主观的体验。

丘吉尔对别人说：“你问‘我们的目标是什么’，我可以用两个字来回答：‘胜利！’不计一切代价的胜利，不顾一切恐惧的胜利，不论路多长、多艰难的胜利，因为没有胜利即没有生存。”

我们要对别人说:“你问‘我的目标是什么’,我可以用两个字来回答:‘成功!’不计一切代价的成功,不顾一切恐惧的成功,不论路多长、多艰难的成功,因为没有成功即只能生存。”

成功就是不断改造自我、最大实现自我的过程,对于处于底层的个体来说,一个成功的标志就是,不断超越世俗社会的阶层,使理想开花结果,达成最终目的。

我们老是提倡不以成败论英雄,是因为成功者寂少,失败者众多,总要找一个自我安慰的借口,中国人在鲁迅的笔下充满了阿Q的精神胜利法,可以无视现实的失败,重视精神的享受,这其实是自欺欺人,是失败者为自己寻找解脱的理由。综观古今,弱者往往得到人们的同情,共同的理由有三条,一是胜利者包揽了历史叙事,可供咀嚼的只剩下失败的痛苦经历;二是强者以高傲的姿态同情弱者;三是强弱分界不是很明显,胜利者不能感觉永久的快感,转换之际,强者感觉到了威胁,需要借助失败者的力量,帮助自己渡过难关。无论如何,做事者事事不成功,老是跟在成功者屁股后面,而梦想成功者,肯定是称不上英雄。所以,一定要以成败来论英雄。

张无忌,融合九阳神功、乾坤大挪移和太极拳剑三大盖世武功为一体,当世无敌。出道之初凭一腔热血化解明教与六大派积怨,不惧生死,其仁义勇德,令明教一众豪杰心悦诚服,被拥戴为明教教主;以他为武林至尊,号令群雄一举剿灭万余蒙古精兵,可称世间大英雄。以赤诚之心对待天下人,却因为不谙政治,不善弄阴谋术变,被朱元璋玩弄于股掌之间,最后心灰意冷不得不辞让教主职位,朱元璋篡权夺位,建立大明皇朝。而张无忌只能黯然退隐江湖,携赵敏归隐,让人感慨万千。不是张无忌不争气,而是英雄无奈。

而胜利者朱元璋却改写了中国的历史。历史载入的不是明教的一干英雄,而是主导历史进程的原本是世间小混混的朱元璋。

乔峰这样一个大智大勇、顶天立地的英雄汉子,杏子林以仁智平叛。丐帮倏然起了叛乱,乔峰消大祸于无形,胆识超人,谁人可比?但乔峰的结局又有谁能左右?

杏子林叛乱,最能见出乔峰的英雄气概和英雄的无奈,叛乱之起,人人欲杀乔峰而后快,但乔峰天人般的威风凛凛,竟又震慑得众人不敢轻举妄动。这是天才和群众之间常常存在的悲剧关系，群众往往是盲目的，往往易于被煽动而对指引过他们的天才忘恩负义，而天才又往往是孤独的，对群众的愚昧最多只能哀其不幸，怒其不争。乔峰平息叛乱，却毫无喜悦之意，反而有着说不出的孤寂和失落，他找不到对手，空有一身英雄气概，却不知使向何处。

最高傲的、最不屑于辩解和言辞修饰的豪杰，却不能不痛心地容忍着群众怀疑和怨毒的眼光。

在两种文化的激烈对抗中，无法左右自己的命运，对命运强加给他的一切无可奈何，无论他多么的竭尽才智，到头来还是以自戕来完成生命悲剧的辉煌。而悲剧恰恰是将有价值的东西毁灭给别人看。只有这种有价值的东西消失了，才能让人涌起无限的留恋和追慕，才彰显乔峰悲剧的崇高和他人格的伟大。

但乔峰仅仅留给我们仰慕英雄的精神慰藉。有些精神需求是可以互相满足的，我们和朋友交流可以是相互共利的，双方都互有义务和责任倾听和倾诉，我们和父母、亲戚都是如此，大家彼此来往满足了感情的需求。

而更广泛的精神需求不可能像“经济大饼”那样做大，使得人人有份，它是绝对稀缺的：学术界总有权威人士和普通学者之别；军界总有一呼百应的将军和成卡车的中、低级军官之分；娱乐圈总有大腕儿和跑龙套之异；每年高考总有状元和众多上线者之别。

历史告诉我们这样一个事实：国家大乱，一个有胆识的英雄出现了（时势造英雄），他可以领导人民停息内乱，统一国家或联盟（英雄造时势）。胡为雄《英雄观的变迁——从卡莱尔到普列汉诺夫再到胡克》中认为胡克重视对历史理解：

> 在珍视对理解历史“给予了重大贡献”的历史唯物主义和继承社会决定论这“一笔永久的财产”的同时，又以具体经验材料为根据，注意到了在历史发展处于重大选择关头，英雄人物的活动会发

生决定作用。①

乱世既出英雄，也出枭雄，在历史发展的关键时刻，往往是伟人出世的时候，和平时代是产生不了伟大人物。所以，英雄还是要以成败论。

（三）从英雄的历史作用来看

英雄"知世不可为而强为之"（《论语·宪问》），因此，英雄的结局往往是无奈的。

同是新派武侠小说大家古龙笔下的少年英雄、杀手浪子形象，虽然完全摆脱了旧派影响，但其心中的念想和抱负已经不是为国为民的大事，而是"拿不起的宝刀，上不得的高楼，唱不出的别离歌，饮不下的杯中酒"此类纯江湖事件，独上高楼望吴越，杯酒岂关天下事，小说主要表达的是英雄无奈。英雄无奈是多情，自古多情空余恨。

乔峰，金庸笔下最为顶天立地的大英雄，却生不逢时，在民族矛盾空前激烈的北宋时代，他很是无奈。在身份被揭穿后，融身两种文化的激烈对抗中，无法左右自己的命运。杏子林变故让乔峰成为孤家寡人，原来一呼百应的天下第一大帮帮主，却成为过街老鼠人人喊打的胡虏，命运对他开了一个天大的玩笑。他对命运强加给他的一切无可奈何，无论他付出多少，多么竭尽才智，到头来还是失去一切，结局是以自戕来完成生命悲剧的辉煌。对于乔峰自身来说，他"明知不可为而为之"，偏要只身阻止两国战争，最后以身殉国。正是这种伟岸的人格构成强大的人格魅力。在常人无法理解的英雄孤独和无奈被历史定格时，这种有价值的东西就消失在我们的视线里，留给我们的是无尽的追思和无限的留恋和仰慕。

英雄无奈，一个朝代总要埋没许多英雄。封建专制扼杀英雄成长，乱世才能出英雄。

宋朝的辛弃疾文武韬略全备，21岁参加耿京领导的抗金起义大军，一生力主抗金。不顾官位卑微，上《美芹十论》与《九议》奏疏，条陈战守之策，提

① 胡为雄：《英雄观的变迁——从卡莱尔到普列汉诺夫再到胡克》，《中国社会科学》1994年第1期。

出加强实力、适时进兵、恢复中原、统一中国的大计，显示其卓越军事才能与爱国热忱。但他一生抑郁不得志，空有报国之心和满腹经纶，多年不得重用，直到60岁才出任知府，已是“廉颇老矣”，奈何奈何。半截人生只能作词抒怀，凭借其诗词抒写力图恢复国家统一的爱国热情，倾诉壮志难酬的悲愤，谴责当时执政者的屈辱求和，而不能亲上前线，“壮志饥餐胡虏肉，笑谈渴饮匈奴血”。

孙中山，中国近代民主主义革命的先行者，中华民国和中国国民党创始人，三民主义的倡导者。孙中山是个大英雄，如果按照他的设计蓝图建立共和体制，那将是一条康庄大道。但世事沧桑，宏伟事业半道而废，颇有“出师未捷身先死”之感慨。辞去大总统后，孙中山继续未竟的革命事业，其实在那时，孙中山已经知道革命道路已是关山阻隔，重峦叠嶂，但他依然痴心不改，明知不可为而为之。革命失败后，孙中山继续革命，提出“革命尚未成功，同志尚需努力”的口号，被国民党尊为国父，直至1924年患病身亡。天意乎，人力乎？英雄无奈啊！

金庸总结了历史后，终于倾力推出韦小宝，韦小宝作为“英雄的平民化、平民化的英雄”的典型。前者作为金庸对历史的概括，后者是金庸对现实的期望。

时势造英雄，英雄造时势，现实的环境，与几十年几百年前英雄生存条件严重脱节，已不适合英雄的生存，跨时代的英雄消失殆尽，历史的英雄被新的潮流埋没。

五、金庸的英雄梦想的勃郁与幻灭

金庸，本名查良镛，生于1923年[①]，浙江海宁袁花镇人。袁花镇姓查的人很多，素有“袁花镇，查半边”[②]的说法，查家几百年来名人辈出，有：

① 大多数出版物都认为金庸出生于1924年，但据傅国涌考证为1923年，见傅国涌：《金庸传》，北京十月文艺出版社2002年版，第3页。

② 宾语、潘泽平：《金庸是我的“小阿哥”》，《人物》2000年第7期，第113页。

> 名臣、名医、学者、诗人、画家、书法篆刻家、鉴赏家、史志家、水利家。[①]

领尽风骚，清朝皇帝康熙称之为“唐宋以来巨族，江南有数人家”，并亲笔书写“嘉瑞堂”匾额赐予查氏宗祠，让查家在袁花镇风光八面。金庸最引以为豪的是他的祖先查慎行，查慎行是清朝的第一流诗人，一生作诗一万多首，黄宗羲、王士祯、纪晓岚等都说他的诗能与陆游并驾齐驱，《鹿鼎记》五十回的回目用的都是查慎行《敬业堂诗集》里的诗句。对金庸影响最深的是他的祖父查文清，他曾说祖父对他的影响有两方面。一是让他知道外国人欺负中国人，二是懂得了要读很多书。查文清在光绪丙戌年中进士，派往丹阳做知县，多有政绩，因发生“丹阳教案”后被革职，回故乡闲居作诗自娱，做了很多公益之事，编了一本《海宁查氏诗钞》，很有影响。1921 年病逝，徐世昌派人吊唁，并亲笔题写《象赞》：

> 萧萧白发丹阳尹，曾并簪花竟少年。
> 大好河山供写作，春风回首一潸然[②]。

金庸也说：

> 我祖父查文清公反对外国帝国主义者的无理压迫，不肯为自己的官位利禄而杀害百姓，他伟大的人格令我们故乡、整个家族都引以为荣。[③]

金庸的父亲查枢卿毕业于上海震旦大学，虽有雄心壮志，但力有不逮，一生无大的成就，回老家开办实业，也不是很成功。行事颇具祖宗风采，家里多

① 《明清两代查氏之杰出人物》，《海宁文史资料》第 46 辑，第 3—7 页。

② 《明清两代查氏之杰出人物》，《海宁文史资料》第 46 辑，第 12 页。

③ 金庸、池田大作：《探求一个灿烂的世纪——金庸/池田大作对话录》，北京大学出版社 1998 年版，第 83—84 页。

有文人雅士聚会。金庸说：

> 我父亲曾在上海震旦大学求学，似乎读书没有什么成绩，后来在乡下办理钱庄、茧厂、丝厂，也没有成功。我常常见他为了业务烦恼。我小小年纪也已察觉他办理企业太不精明、对人过分客气而随便，他似乎觉得交朋友比业务成功更重要。
>
> 每年春天的清明节和秋天的重阳节，父亲必定带我们上祠堂……①

金庸的父亲一生碌碌无为，不能光大门楣，深以为憾，所以把重振家族声望的希望寄托在金庸身上，除了谆谆教导外，逢年过节带着金庸拜祠堂，一来是例行公事，二来主要是让金庸感觉祖先的荣光，从小培养金庸要有衣锦还乡、光宗耀祖的观念。父亲的没有成绩与祖先的伟业构成强烈对比，对此，金庸也是耿耿于怀。他经常对人说，我父亲为人不错，潜在的意思就是父亲除为人外其他方面不太行，含有一丁点失望的意绪。加上表哥徐志摩的绝世才华也深深影响了金庸，使得他童年时代的英雄梦想就非常勃郁，决心要凭借自己的努力来重振家族辉煌，所以，金庸从小就偏爱读书，并把读书作为进军政界的康庄大道。我们从他的言行中就可深切感知他心中的念想。金庸自述：

> 我小时候在一个大家庭中长大。我曾祖父有两个儿子，我祖父是大儿子，住在一座大宅子的东半部，我叔祖父住在大宅的西半部。这座大宅子有五进，前厅挂着一块大匾，是康熙皇帝给我祖先查升写的堂名，"澹远堂"三个大字周围有九条金龙作装饰。我祖父有三个儿子，我父亲第三，他还有两个哥哥。叔祖父去世得早留

① 金庸、池田大作：《探求一个灿烂的世纪——金庸/池田大作对话录》，北京大学出版社 1998 年版，第 83—84 页。

> 下四个孙儿。这些堂兄、堂姐都比我年纪大很多，他们都喜欢读小说。[①]

“澹远堂”，那个金龙装饰的匾额代表了一个世代书香门第的荣耀和曾经的辉煌与显赫，那是金庸童年的记忆，也是永远抹不去的记忆。它高高地、威严地挂在大堂的中央。金庸出生在这样一个家庭，从小耳濡目染，爱读书是很自然的。而爱读书则是为了实现他心中的梦想。已故的著名文学评论家胡河清曾说：“金庸出生在一个破落的旧贵族家庭。”“具有深远的家世感，从而从遗传密码和贵族生活方式中摄取了大量关于中国士大夫文化的隐蔽信息。同时‘破落’又使他们降入了中国老百姓的生活之中，领略到民间生活的深广天地。”[②]

7岁就读于巷里十七学堂，后转入龙山小学堂。整个小学时代，金庸终日与书为伴，特喜阅读小说，已隐然表现出一个大文豪的潜质。15岁时，金庸编写的《献给投考初中者》一书出版，畅销省内外，初露才华。金庸毫不自谦地认为自己具备洞悉读者心理的直觉能力。他对自己人生第一部编撰的书籍有独到的理解。

> 这本书和文学修养无关，而是商业上的成功。对一个十五岁的少年来说，表示我能了解到消费者的需要，用简捷的方式来满足他们。以后我创办《明报》而得到成功，大概就源于这种洞悉读者心理的直觉能力。[③]

17岁时，金庸做出了一件“叛逆”之事：写了一篇题为《阿丽漫游记》的文章贴在学校墙报，影射学校的训导主任，被学校勒令退学，金庸被迫离开联高。

---

① 金庸、池田大作：《探求一个灿烂的世纪——金庸/池田大作对话录》，北京大学出版社1998年版，第85—86页。

② 胡河清：《金庸小说的情感系统》，《胡河清文存》，上海三联书店1996年版，第195页。

③ 金庸、池田大作：《探求一个灿烂的世纪——金庸/池田大作对话录》，北京大学出版社1998年版，第90—91页。

(一)从政,步入仕途,重振家族辉煌——梦想的勃郁

金庸小时候的理想是:当一名外交官。抗战后期,他如愿考进"中央政治学校"外交系。既读外交系,又修习国际法,虽然金庸自己说考外交系并不是一定要做外交官,主要是经济负担不起,因为"中央政治学校"不收费。但他骨子里的英雄梦想未有须臾远离,学成从政重振家道是他秉承父训的思维定势,所以,他从小遍览群书,勤奋努力,成绩优秀,第一学期他的成绩名列第一。虽然目标明确却始终未能如愿以偿。"中央政治学校"是国民党"党立的最高学府",是文派学堂武派办的中央政校,在学校里金庸忍受不了那些国民党嫡系学生在校园里为国民党清除异己胡乱打人、嚣张跋扈、横行霸道,于是仗义执言,打抱不平。谁知,他的"侠举"惹了祸,国民党特务学生把他看成"异党分子",一年零两个月后(1944 年 11 月),被校方勒令退学。

"查少侠"只好离开校园,浪迹江湖……后进中央图书馆,打工糊口,虽少薪水,但更多的空余时间使他得以阅读大量外国名著,对他后来的创作生涯产生极为深刻的影响。在此期间,与几个老同学一起办过一期《太平洋杂志》,自己任主编,由于物价飞涨,后续资金紧张,创刊号变成终刊号。1945 年金庸离开图书馆,1946 年经陈向平介绍,"对新闻事业抱有浓厚兴趣"的金庸进入《东南日报》做外勤记者。1947 年以第一名的成绩考入《大公报》工作,对金庸的一生产生难以估量的影响。读书做官的道路在时局危机时显然不是一条康庄大道,金庸越走越狭窄,直至走进死胡同。当读书不能给金庸带来理想中的一切时,金庸的英雄情结开始幻灭,不得不面对现实。只是金庸的英雄梦想始终一念未息,只不过他要另辟蹊径,走异路,逃异地。

1948 年 3 月,金庸被派往香港《大公报》工作。尝试运用自己的外交知识、国际法知识对时事作出公平、合理的评论,他的几篇国际法评论引起了国际法专家梅汝璈的注意。梅汝璈受邀担任新中国政务院外交部顾问后,邀请金庸北上北京任外交部研究顾问。本来金庸已不对此再抱什么幻想,却不期然又被梅汝璈的邀请重新点燃了内心潜藏的对外交官事业的热情。1950 年,为了圆自己的外交官之梦,金庸满怀希望,只身北上北京再敲"外交官之门",继续寻梦之旅。但由于金庸出身及就读国民党"中央政治学校"等

种种原因，无法进入外交部，结果颓然而归，金庸经过思想斗争最后只好垂头丧气地南回香港。他毅然北上不仅仅造成梦想的幻灭，更因此断送了第一次婚姻。这对金庸无论如何都是一个不小的打击。

金庸重回《大公报》，1952 年调到《新晚报》当副刊编辑。主编休闲性栏目“下午茶座”，喜欢逗留电影院，用“林欢”笔名写了好多影评，与“天方夜谭”栏目主编陈文统（梁羽生）交好，下围棋成为他们工作、读书之余的乐趣。他们一起下棋，一起写棋话，下棋之余他们有一个共同嗜好就是摆龙门阵，时常海阔天空大侃武侠小说。

1953 年，以梁羽生为笔名的《龙虎斗京华》在《新晚报》连载，一炮打响，风靡香港。受其鼓舞，1955 年，金庸偶试身手，写出第一部武侠小说《书剑恩仇录》，以“金庸”为笔名在《新晚报》连载，一举成名。“金庸”作为一个“神话”由此诞生。在这部书里，金庸塑造了一个出生在海宁的人物陈家洛，在儒雅的陈家洛身上我们依稀可以看见他表哥徐志摩的影子，也可见远离故土、事业无成的金庸内心的酸甜苦辣。

《书剑恩仇录》的成功超乎金庸本人的意料，金庸自《书剑恩仇录》后，一发不可收拾。1956 年《商报》刊登他的小说《碧血剑》，接着，《射雕英雄传》的发表，更是惊天动地，倪匡曾说过：“在 1958 年，若是有看小说而不看《射雕英雄传》的，简直是笑话。”《雪山飞狐》一出，石破天惊，全城争读。新派武侠小说的宗师地位，由此奠定。那年，金庸 34 岁。

35 岁那年，金庸拿着他的 8 万港币，沈宝新出资 2 万元，创立《明报》，第一次踏上前途莫测、无比艰难的创业之路。1959 年 5 月 20 日《明报》正式创刊，因为一无资金，二无背景，很多人都认为在报纸林立的香港站稳脚跟绝不是一件轻而易举之事，“一两年内一定倒闭”。但金庸凭着他的一支如椽妙笔，从零开始，凭着他的武侠小说《神雕侠侣》和《倚天屠龙记》，凭借他客观的时事评论，使《明报》得以苦苦维持下去。金庸写武侠小说，最初是为了赚钱，而后是为了撑《明报》大业。金庸从政道路被阻断后，他就选择实业作为突破口，以此接续未竟的心中梦想。

此时，他的政治热情没有丝毫消退，他以敏锐而准确的视角对当前的政治发表评论。他的时政评论深刻影响香港，引起大陆和台湾的注目，甚至美国白宫都在密切关注他的时评。

1962年是《明报》的转折点，5月，数以万计大陆居民涌向弹丸之地的香港，形成一股浩浩荡荡的“灾民逃亡潮”，香港顿时处于一片极度混乱之中，数量极其巨大的难民聚集在沙头角梧桐山等地，好似一枚巨大的定时炸弹，让港英当局焦头烂额，这样轰动全球的大新闻，各大报纸竞相报道。《明报》起初不想得罪各方，没有报道，在当局遭遇困窘之后，客观如实地倾力倾情报道、评论“逃亡潮”，既阐述这一事件可能产生的严重后果，又批驳包括联合国、台湾等方面的片面言辞。《明报》以及时、准确的中国报道，在香港报界独领风骚，声名大噪，大放光芒。发行量倍增，苦苦支撑的局面终于结束。《明报》因而销路突飞猛进，正式确立大报地位。

金庸有两支笔：一支是写武侠小说的“世界第一侠笔”，另一支是写社评的“香港第一健行”，两者不可缺一。如果仅靠武侠小说，《明报》根本不可能真正成为一份知识分子报纸，在舆论界树立权威，它最终的成功还是取决于它的新闻报道、时事评论和分析。香港市民喜欢看金庸的社评，连国共两党政要、美国国务院也剪辑他的社评，作为资料加以研究参考。

到了60年代末期，金庸试图在武侠小说创作方面进行一些新尝试，并表达自己的政治取向和对现实社会的一些看法。于是，便有了政治寓言——《笑傲江湖》，以及社会问题小说——《鹿鼎记》。

1972年，金庸挂印封笔，金盆洗手。封笔之后，金庸将近20年来所写的武侠小说逐字逐句地进行修改。经过10年的修订，一套15种共36册《金庸武侠小说全集》终于出版完毕。

中国千年武侠小说发展的壮丽画卷，出现了还珠楼主、郑澄因、平江不肖生、朱贞木、白羽、赵焕亭、王度庐、金庸、古龙、梁羽生等“十大宗师”，个中翘楚当是新派武侠三大家金庸、古龙、梁羽生，而又以金庸为其中顶峰。

这正是：“武林”至尊，唯数金庸；风行天下，谁与争锋？

至此，金庸的英雄梦想从勃郁到幻灭再到星星之火可以燎原的态势，生生不息。

关于金庸英雄理想的勃郁，其中有两个非常有趣的现象足以证明这一点，其中一个是金庸结交的都是政界要人，足见他对政治的拳拳之心。另一个是走教书育人与学术的道路,以另类方法圆心中的梦想。

且不说金庸是历任港督的座上宾,在1973年春,金庸应国民党之邀去了台湾,还与蒋经国见面会谈。蒋是"金庸迷",但他与金庸所谈的,并非武侠小说,而是时政国事……

据冷夏在《金庸传》里记载:1981年7月16日,金庸应中方邀请回大陆访问。金庸向中方提出一个要求:想见邓小平。邓小平看到报告后,在报告上写下批示:愿意见见查先生。7月18日金庸在廖承志陪同下见邓小平,见面时,邓小平笑盈盈地说:"对查先生,我也是知名已久了!"一个是著名政治家,一个是知名政评家,两个人谈起政治,当然不会流于一般的敷衍,政见和才智充分地表露出来。邓小平说:"我这是第三次重出江湖啊!你书中的主角大多是历经磨难才终成大事,这是人生的规律。"金庸此次访问,还得到廖承志的宴请。廖承志说:"查先生的社评写得不错,时常有一些独特的见解,不过有些观点,我们并不认同。"金庸表示:"是的,大家的看法并不尽相同。"

"我对中共的态度,是同意的支持,不同意的批评,总的来说是支持邓小平的改革开放政策。"金庸加应道。

> 中新社给《明报》开"小灶",提供电讯稿给《明报》刊用;向来对中共热嘲冷讽的"哈公专栏"停刊;"反共"的报道和评论大大减少……有人说:金庸"转"了。①

1984年9月,中英签订关于香港问题的《联合声明》,香港从此进入回归祖国的过渡期,而金庸有一段不寻常的、掀起不少惊涛骇浪的历史也行将开始。

1985年6月,中方委任金庸为基本法起草委员会委员。委员会第一次全体会议,金庸登台发言,他以《一国两制和自由人权》为题,表明了自己的政治宣言。

2001年金庸赴台湾接受"清华大学"荣誉教授头衔,并与陈水扁会面。

---

① 冷夏:《文坛侠圣·金庸传》,广东人民出版社1995年版,第249页。

金庸的政治倾向由此可见一斑，其政治风采已超出他作为一个报人和小说家的身份，这与他从小就勃郁的英雄梦想有着绝大关联。

但同时我们也应注意到另一种理解。牧夫在《渣甸山的黄昏——查良镛的权力、事业和家庭》中认为，金庸还是一个典型的中国人，他身上有类似古代士大夫那样根深蒂固的“忠君情怀”。作为一个现代知识分子，他试图：

> 在“修身齐家治国平天下”的古老模式中不断寻找着内心的平衡。然而，他也未能克服一种常见的弱点，在忧患中能保持清晰的判断和危机感，并有所承担，在安乐中却不能自持，包括对权力的诱惑。①

虽然他与政界保持密切关系，但始终不能完结他的理想。之后，他选择了另一条道路。②

(二)求学，走异路——梦想破灭后的挣扎

金庸挂印封刀，淡出江湖，已是不容争议的事实。在挂印封刀到淡出江湖的过程中，金庸先是访台北，后是访北京，接着出任“草委”，以圆早年的从政梦，以期找回当年投身政治的感觉。但时不我待，结果是时光不再，卖力不讨好。随后，访学牛津，先做硕士研究生，研究唐代历史，又感到个性不适合，难成一流学者。回港后，本性难移，操笔再战彭定康……然后才一退到底，自在逍遥。徐扬尚研究结果显示，在金庸淡出江湖的过程中，根植于无意识之中的政治激情对金庸作出如此选择的影响：他既肯频访台北、北京，并申明他从台湾、大陆、香港都看出了中国的希望，可见他对现实政治已是满意的多，不满意的少，从而少了创作与现实政治相对抗的武侠小说的激情，以批评为能事的时事政治评论，也就难以为继，《明报》的前途也就可想而知；早年的政治梦圆是圆了，但是那是一场噩梦；若再转轨历史小说创作，则势必再次面临着如何看待政治的问题：过去的批判态度恐怕难以为继，何

---

① 《解放日报》1988年12月号，第18页。

② 这一节文字参考冷夏：《文坛侠圣：金庸传》，广东人民出版社1995年版。

况歌功颂德既非其本性，也非其所长。在这两难的境地，如金庸自己所说，若再缺乏压力，金庸也就很难实现转轨历史小说创作的承诺，就算勉强写作，若想如愿写出经典作品，也就相当困难，若不客气地说：几无可能。①

我们从金庸封笔之后的年历即可看出端倪。

1972 年，告别武侠小说的写作，开始对武侠小说的修订工作。

1981 年，受到英国政府褒扬，获 O. B. E 勋衔。

1981 年后，金庸第一次回到大陆，以后多次与邓小平、江泽民、廖承志等领导人会面。

1985 年，任香港基本法起草委员会委员。翌年，获香港大学社会科学荣誉博士。

1988 年，任香港大学文学院中文系名誉教授。

1989 年，辞去《明报》社长职务。

1992 年，到英国牛津大学当访问学者；加拿大英属哥伦比亚大学 Doctor of Letters。

1994 年 10 月 25 日，北京大学授予金庸名誉教授，北大中文系前主任、著名中国现代文学史专家严家炎教授在授予仪式上发表讲话，称赞金庸武侠小说创作是“一场静悄悄的文学革命”。

1996 年，任剑桥大学荣誉院士。

1998 年，获香港市政局颁授“文学创作终身成就奖”；获香港（及海外）文学艺术协会颁授“当代文豪金龙奖”，同获此奖的还有巴金和冰心。

1999 至 2005 年，任浙江大学人文学院院长。

2000 年，获香港政府颁赠最高荣誉大紫荆勋章。

2001 年，国际天文学会将一颗由北京天文台发现的编号 10930 的小行星命名为“金庸”。

2003 年 3 月，澳门新马路的文化会馆开设金庸图书馆，金庸亲临开幕并

---

① 其中一个典型的事例就是，金庸明确地意识到，中国政治的最大弊端在于人治，中国走向现代化的最大阻力就是腐败，但是，他已经不能一如既往地运用武侠小说创作尤其是《明报》的时事政治评论，加以揭露与批判，发挥其舆论监督作用，而是改为私下提示。（参看冷夏：《文坛侠圣：金庸传》，广东人民出版社 1995 版，第 371 页）结果自然是“不说白不说，说了也白说”。

任荣誉顾问，馆藏中、英、日、泰、印尼版金庸小说。

2005年，剑桥大学授予金庸荣誉文学博士名衔，金庸随即以81岁高龄赴剑桥大学攻读历史学硕士、博士。

2006年，于12月完成剑桥大学硕士论文《初唐皇位继承制度》(The imperial succession in early Tang China)。

2008年9月，受聘成为吉林大学名誉教授。

2009年3月，获得"2008影响世界华人终身成就奖"。

2009年9月，金庸被聘请为中国作协第七届全国委员会名誉副主席。

2010年4月24日，金庸获"2010大本钟奖"个人奖之"终身成就奖"。

2010年4月27日，金庸获"2009香港艺术发展奖"的"终身成就奖"。

2010年9月，86岁高龄的金庸先生顺利完成博士论文答辩，以《唐代盛世继承皇位制度》的博士论文获得剑桥大学哲学博士学位。

2011年特选为中国作协副主席。

为了心中的梦想，金庸准备奋斗终生。这一切终究要归结于他的英雄梦想从勃郁到幻灭，他想以另类的方式在他的人生词典里画上句号。

第七章 技、艺、道、德

——穿越道家文化的武功[①]

邵汉明认为道家“立足于无为政治的社会理想，他们对世俗之仁义道德、刑名法度及人们的‘尚智’、‘好知’心理，对当时有为政治予以强烈地批判”[②]。道家反对强权暴政，痛恨人间不平。面对弱肉强食、恃强凌弱、以富欺贫的社会不公现象，老子指出：“天之道，损有余而补不足；人之道则不然，损不足以奉有余。”(《老子·天道第七十七》)侠也强烈反对和痛恨社会的不公平现象。历史上有无数侠义之士、起义领袖一再打着“替天行道”的旗帜号召人们起来反抗专制暴政，要以平等的“天之道”替代不平等的“人之道”。道家的天道平等的观念对平天下之不平的侠义观念有着深刻的影响。

道家蔑视礼法、传统和权威，反对一切清规戒律对人性的束缚。老子说：“天下多忌讳，而民弥贫；……法令滋彰，盗贼多有。”(《老子·淳风第五十七》)而庄子认为：“绝圣弃知，大盗乃止；擿玉毁珠，小盗不起；焚符破玺，而民朴鄙；掊斗折衡，而民不争。殚残天下之圣法，而民始可与论议。”(《庄子·胠箧第十》)侠以武犯禁，对朝廷权威的挑战，对现实世俗、礼法和传统秩序的蔑视与反叛等行为观念，与道家是相通的。道家崇尚自然，提倡回归自然，尊重人的价值，追求精神自由，维护人格尊严，蔑视功名富贵，终身隐居不仕，过着逍遥的生活。老子说：“道生之，德畜之，物形之，势成之。是以万物莫不尊道而贵德。道之尊，德之贵，夫莫之命而常自然。”其中“道”即天道。“德”即人道。天道渺茫，道是世间一切事物发展的源头，德是人立于世

① 本章的核心部分以《穿越道家文化的武功——金庸武学散论》为题，发表于《小说评论》2010年第3期。

② 邵汉明：《道家文化基本精神及其现代价值》，《光明日报》1997年12月27日。

的根本，德参道而立，故而天人可相合。通过几千年的演变、归纳、总结、提炼，道德就成了中华民族根深蒂固的为人处世准绳，它是社会意识形态之一，控制或引导人们的生活及其行为。道德属于上层建筑范畴，由一定社会的经济基础所决定，并为一定的社会经济基础服务。不同区域、不同时代、不同阶层其道德观念呈现不平衡状态。庄子认为："天地与我并生，而万物与我为一。"(《庄子·齐物论第二》)追求"独与天地精神往来"(《庄子·天下第三十三》)的自由境界。侠无视金钱、地位和现实社会的等级秩序，率性而为，我行我素，以血性和良知自掌人间正义，以侠义之举争取社会公平，从而赢得人格尊严和个性自由，实现个体存在的价值。可见，道家的自由观对侠的人格精神产生了深刻的影响。

更有一点，道家文化开启了人类汪洋恣肆的想象空间，极大地拓展了作家的创作思维领域，丰富了小说的表述手段，为武功文学化提供了思想、文化资源。

道家文化内容在金庸小说中占有十分重要的地位，他的早期作品儒家色彩较浓，中期道家思想抬头，后来慢慢占据主导地位，其中主人公"由儒至道，外佛内道，终归于道"①。

不仅人物形象蕴含浓厚的道家文化，与人物"双剑合璧"的"武功"在金庸小说中，也蕴含着深刻的道家思想，体现出丰富的"道"之哲理。道家认为，本体之道使万物得其功用，成为存在，他内在于万物而视其功用，如果万物离开了道，也就失去了万物之所以存在的根据。金庸小说的武功体道、入道后蕴含着深刻的道家思想。金庸对武功的经营，渗透着道家的精髓，金庸把道看成是武功的灵魂精魄。

道家之神应是飘逸，从根本上说，逸是不讲法的，是超越技术的一种存在，以神似反形式，以神写形，构成中国文学艺术最具特色的风貌。可以有层次、高低，但不可以模仿。在金庸小说中，武功描写既精彩纷呈，又层次清晰。武功不"入道"，只能是一种"技"，是"下乘武功"；"入道"了，方可称"上乘武功"。在"上乘武功"中，作者又按"道行"的深浅把脉"武功"，进入"逍遥

① 徐扬尚：《金庸解读》，武汉大学出版社 2001 年版，第 104 页。

而游"境界的武功才是"绝世武功"。陈平原认为：

> 所谓打得好看……是于一招一式中体现中国文化精神，写出剑中之书。[1]

曹布拉认为：

> 把道家文化思想和哲理化入武功，或者直接拿道家理念作为某一种武功原理的根本资源，是金庸的艺术创造。[2]

小说中有相当数量的武功品类，直接来自于道家的典籍或与道教相关。"逍遥神功"、"北溟神功"、"凌波微步"、"庖丁解牛掌"等，无疑是出于《庄子》，把庄子的神思妙语和瑰丽想象化为武学的原理；"九阴真经"、"九阳真经"，作者在小说中指明其来自道藏的典籍；至于像"太极拳"、"太极剑"、"独孤九剑"、"双手互搏"、"空明拳"、"空临《丧乱帖》"、"书屠龙宝刀二十四字功"等等武功的要义，都含有道家文化的智慧与哲理。把武功从技艺提升为一种具有鲜明中国特色的道家文化景观，使得读者在眼花缭乱的功夫中体悟到道家文化的多姿多彩和博大精深，这是金庸小说所体现的别一种"道"。

一、源于道家文化的武功

道教正式形成于东汉后期，距今已有近两千年的历史，是中国土生土长的宗教。道教这个词也是相对于佛教称呼形成后出现的，《法苑珠林·破邪》便有《道教敬佛》一卷，道士顾欢也写过《夷夏论》说要"寻二教之源"。道家典籍《甄正论》载："吴赤乌年，术人葛玄上书孙权，云佛法是西域之典，中国先有道教，请弘其法。"而后形成的道家文化，后世以先秦时代的哲学家老子作为始祖，其所著五千余言《道德经》，在中国传统文化中占有重要地位。

---

① 陈平原：《千古文人侠客梦》，人民文学出版社 1992 年版，第 73 页。

② 曹布拉：《金庸小说的文化意蕴》，浙江人民出版社 2004 年版，第 113 页。

道家思想对中华民族传统美德的形成有重要的影响，如道家倡导的虚怀若谷、吐故纳新、宽容谦逊的思想；清静无为、返璞归真、顺应自然、去物欲致虚静以养神的思想；物刚则易折、贵柔、以柔克刚的思想；无欲、无知、无为，清心寡欲、长生久视的思想等。台湾女作家罗兰在《罗兰小语》中说："中国人先天都有几分道家色彩。"中国科学技术发展也与道学密不可分，中国科学史家李约瑟指出"道家思想乃是中国的科学和技术的根本"①，道家文化的传承与发扬，形成了中华民族吐故纳新、开阔、雄浑的文化襟怀，使得中华传统文化能够弥久常新。

道家文化与武功的关系，可以追溯到武功的源头。从武功起源来说，武侠小说的武艺当以剑术为第一。剑术起源与古代人类的战争行为相关。在中国，剑术是各种兵器之首，大盛于战国时期，因为战车逐步退出战争，步兵成为主要力量，随之剑也成为格斗的主要武器之一。最早见于《吴越春秋》卷九和《庄子·说剑篇》，这两书是记述古代击剑技术的书籍。《汉书·艺文志》也载有《剑道》三十八篇，记录了汉以前剑器及冶炼铸造技术，是论述击剑技术的专著。

东汉末年道教的兴起，赋予剑以道家文化意蕴，"剑气"、"剑仙"、"飞剑"这类词语的出现并广泛使用，使"剑"开始具有某种神秘的象征意义，在技击方面剑术开始获得重视并得到推崇。据记载，曹丕不仅喜爱剑术，还在建安二十四年精心打造了一批兵器，其中有三口剑，三把刀，两把匕首。分别取名"飞景"、"流采"、"华锋"、"灵宝"、"含章"等，曹丕对这些兵器很满意，曾写了一篇《剑铭》来纪念，可见那时剑术已经很流行了。不过，那时的"剑术"尽管已颇为可观，还只是武艺的范畴。倒是由于道教法术普遍流传，赋予了"剑"更大的功能后，所谓的"武功"，才慢慢地见诸诗文和文献典籍记载。据李绰《尚书故实》说："凡学道术者，皆须有好剑镜随身。"这是一种道术士的传统。而这类削铁如泥的宝剑，也只有道术之士擅长制造，《神仙传》卷四记载"(孙博)晚乃好道，治墨子之术……能引镜为刀、屈刀为镜"，此时道术与工艺技能相结合。那些引剑变化的幻术，也是在这种原理之下创造出来的，

① [英]李约瑟：《中国科学技术史》第2卷，科学出版社、上海古籍出版社1990年版，第177页。

而注入内功心法的剑法大开大合，变幻莫测，很是好看。中国是个多灾多难的国度，两千年的战乱培育出的剑术神奇、老到、高深、匪夷所思，表面常让人费解，所以在唐代以前影响最大的是“剑气”与“飞剑”的传说。凡名剑皆有“精气”，而剑即可“气”化，则其可超越空间的限制，远飞百里之外，也自然不难想象出来。南朝有一道士名曰陶弘景，有一书流传后世叫《古今刀剑录》，详解宝剑诸般神奇莫测的功能，陶弘景正是从道教法术的角度来解释，在剑上附上道术方显现其功能。明代茅元仪写了一本《武备志》，记载了剑的多种用法，清代又有宋仔凤《剑法真传》一书传世。

林保淳先生断言：中国武功的根源，与道教是息息相关的。道教是中国民间影响力十分深远的宗教，八卦、占卜、炼丹、聚精、养气、养心、巫医、经脉（后来发展为点穴）、道医、驱邪、伏魔、降妖、消灾、祈禳，甚或长生不老等道法、道术深刻影响着中国人的思想及生活习惯。这一特色，在中国剑侠、剑仙小说时期，发挥了强大的影响力。受魏晋志怪小说的唐朝宗教意识的影响，唐传奇喜写行踪不定、来去自如的剑侠，将剑术与道家道法、佛家佛力混杂融合，武功被无限夸大，达到了神出鬼没的境界。所写侠客大都是来无影去无踪、神龙见首不见尾、行侠仗义、功成身退，丝毫不为世俗红尘所羁绊的人物。其中李靖与红拂的故事最为典型，又如神秘诡异的虬髯客，剑术神奇无匹、变化莫测的聂隐娘，以及各种剑丸、飞剑、神行、隐身的道术，恍惚间都进入了文人的视野。我们姑且不论撰写小说的人对如此的“仙术”是否信以为真，但实际上却不自觉地在撰写过程中，已经掺杂着大量想象的色彩，营造出瑰丽而光怪陆离的“剑侠世界”。林保淳在《解构金庸》中认为小说中的“飞剑”、“幻术”、“神行百变”、“剑丸”等武功描写：

> 这是中国广义的武侠小说首度以想象的方式，通过“武功文学化”的手段创造出来的武功。开启了后代文学小说的“剑仙小说”一脉，从明代的《十一娘云冈纵谭侠》、清代的《七剑十三侠》、《仙侠五花剑》，直到民国初《江湖奇侠传》、《蜀山剑侠传》，甚至当代的温

瑞安、黄易的小说，可谓脉脉相传，不绝如缕。①

北宋以后，武侠小说写实武侠派和虚实相间武侠派错位前进。民初之前，写实派风光八面，《水浒传》、《三侠五义》、《施公案》、《彭公案》、《近代侠义英雄传》等，这些小说的共同特征是，武功描写完全以写实方式进行，平实可信。武功施展开来，一招一式均是有板有眼，来历分明，据说初学者可以按部就班地学习。其中当以平江不肖生为代表，平江不肖生以精通拳术又兼具艺术涵养的作家身份，积极创作武侠小说，其小说中的武功中规中矩，讲究套路、招式的历史沿承。

文武兼备，既可金戈铁马，又能横刀赋诗的如平江不肖生之流的人，毕竟不多。在武侠小说盛行的年代里，无论是有意借武侠小说安身立命，或者不得已借武侠小说糊口的作家，对于武学一道，未窥门径，不能以武术名家发为武侠小说，占据了武侠作家的大多数，他们在创作时只能乞求于道家文化中色彩瑰丽的力量——想象。把“武功”以想象的方式“文学化”，此中人物当以金庸为代表。

据林保淳先生研究结果显示，以想象代替武学修养，始于白羽的《十二金钱镖》。据说白羽每逢摹写武功，往往先在纸上画出图形，再由他的技击顾问郑证因、张玉峰说解，然后才想象变化出一套一套的武功。白羽所采取的方法，是借武学招式的名目发挥想象力，一方面依据原有的武艺招数，一方面也“顾名思义”，以四字成语涵盖“武意”，虚虚实实，变化相生，实处固然招式分明，有板有眼；虚处也夭矫变化，灵动自然。②

文学，固然不乏写实成分，其素材也可取诸现实人生，但他的基本思想是想象和虚构的，绝不等于真实的状况。③

金庸自己就曾经说过：

① 林保淳：《解构金庸》，中国致公出版社2008年版，第171页。

② 林保淳：《解构金庸》，中国致公出版社2008年版，第171—172页。

③ 龚鹏程：《文学散步》，台湾汉光出版社1985年版，第145页。

> 大多数小说里面的招式，都是我自己想出来的。看看当时角色需要一个什么样的动作，就在成语里面，或者诗词与四书五经里面，找一个适合的句子来做那招式的名字。①

当一个人备受形躯拘限，无法超越的时候，以想象代替实际，有时也可以成为一种超越。

中国武术招式名称就颇具诗意，“大鹏展翅”、“仙人指路”、“丹凤朝阳”、“仙人指路”、“乌龙摆尾”、“渔樵问路”、“纵步连环劈”、“推窗望月”、“护膝撩刀”、“大鹏展翅”、“鸳鸯刀”、“立劈华山”、“白鹤亮翅”、“弹指神通”、“西施捧心”、“东施效颦”等皆诗意盎然，这些武功所能体现的诗意已经超越了成语所能给予我们的文字想象力，大多数读者就字的组合而凭空想象也能获得满足，于是，借成语而摹写、想象武功的门径无形中已经开启，在往后的武侠小说中，成为武功的骨干。

> 武功文学化，是武侠小说摆脱纯粹武艺层面，展现出人类“力的美学”的关键，让人在虚拟中悠然神往人的力量极限和其无限性。各时期的作家，无不极尽巧思，虚构各种虚实相生、变化莫测的“武功”。因为“想象”可以开启人的另一个生命层次。此径一开，不仅文学，连哲学也可纳入武功之中，并与中国传统文化密切结合，形成武侠小说独一无二的特色。②

而金庸的小说则从道家文化中汲取了多种养料，融入小说并将它幻化为武功，博大的道家文化大大拓展了读者的想象空间，丰富了小说的文化内涵，使读者在文化层面上产生对小说及侠义精神的认同与共鸣。

> “2009 香港艺术发展奖”27 日晚在香港大会堂举行颁奖典礼，金庸获颁最高荣誉“终身成就奖”……在颁奖仪式上播放的前期采

---

① 金庸：《射雕英雄传》后记。

② 林保淳：《解构金庸》，中国致公出版社 2008 年版，第 174 页。

访短片中，上届“终身成就奖”获得者、国学大师饶宗颐认为，金庸作品“想法出神入化，令人想象不到”。①

武功与道家文化的形似和神似是金庸创制武功常用的手法。比如，道家讲究真和纯二字，同时又推崇清心寡欲，正合“左右互搏”的要求；浑然天成胜过强行雕琢，无招胜有招，只重精神而不拘泥于形式正是独孤九剑的剑理；《九阴真经》修订版中改为黄裳所著，是中原的道家武学，源自《老子》；降龙十八掌招式名称取自《周易》；逍遥派派名和武功均出自《庄子·逍遥游》（李秋水的名字即为《秋水》篇名）。

道学思想的精髓就是逍遥、无为、顺乎自然。所谓“人法地，地法天，天法道，道法自然”是也。抱朴守一，效天地之行，法自然之则，从而博大精深，自然而然攻守无往而不利了。源于《庄子》的逍遥派武功，本自“老庄”的哲学思想，既讲究“以无厚入有间”的飘逸空灵，又讲究有容乃大的厚积薄发，所以天山童姥对虚竹说；

> 本派（逍遥派）武功，以积蓄内力为第一要义。内力既厚，天下武功无不为我所用，犹之北溟，大舟小舟无不载，大鱼小鱼无不容。
>
> ——《天龙八部》

逍遥派的神功如北溟神功、小无相功、天山六阳掌、天山折梅手等均具这两个特点。

道家文化是中国传统文化的重要组成部分，和儒家文化一起共同塑造了中国文化的精神特质。道家文化是对人生及价值的深刻反思，是对自然规律的深层次揭示。道家所达到的思想高度，其实远远超出他所处的时代。有人说：“道家在以一种前所未有的方式守护着人类的精神家园，辛勤地开垦着人的精神荒漠，把人生从一切无法消除的痛苦和灾难中拯救出来，超越人生困境和世俗情怀，使人获得一种宁静的自由和圣洁的心境。”（三毛语）

---

① 来源：新华网2010年4月27日。

在中国，虽然儒家文化一直占据统治地位，但道家文化对中国人的影响力一直不小于儒家。“大道无形”，道家文化渗透到人们的心中，源于道家文化的艺术想象则渗透到中国人的琴棋书画甚至武功中。武功经过“想象化”后，开启了中国人广阔的想象空间，道家文化左右了武侠小说中武功（招数）的变幻与发展，以无胜有，以柔胜刚，以意胜形，所以道家武功实乃人性和武学相融的境界。

二、妙笔生花——“技亦通于道”

把书法笔画化为武功的招式，借助于道家文化的创意，使道家文化和武功融合，是金庸的一大创意。以道家文化为根基，依据想象，完成武功创设，让实战中的武功摆脱枯涩少观感的真实境况，转而使武功成为一种让人赏心悦目的缤纷美学现象，武侠小说居功至伟。金庸对中国书法和武功的融合情有独钟，朱子柳、张三丰、张翠山、秃笔翁等都有一手别开生面的书法武功，让人应接不暇。从道的角度讲，书法武功与道家文化构成的关联主要靠认识与精神的融合，能不能体道或体道的深浅可以区分书法武功的高低，不能体道的书法武功只是一种技艺；体道的武功方能显示道家文化与武功的融合。小说中，“道行”成为区分武功深浅的标志，也体现金庸的思想——“技亦通于道”，技中体道，以道化技。庄子借庖丁之口说：“臣之所好者道也，进乎技矣。”①意为我所爱好的是道，已经超过技术了，显然就是告诉读者作者独创这路武功的原意。这种在武林人士手中笔画状极灵动、笔意枯涩的书法一插上道家文化想象的翅膀，就变得活力四射，飘逸灵动，神游太虚。金庸对武功的妙笔生花处理，极大地丰富了武侠小说的武功招式内涵，使小说的武功精彩纷呈。

在小说中，这种极具创意的书法武功一用再用。《神雕侠侣》中有一段精彩的描写，那是在大散关的英雄大会上，来自蒙古的霍都与朱子柳的一场笔扇之斗。霍都的兵器是一把铁骨的折扇，朱子柳的兵器是一支竹管羊毫

① 孙通海译注：《庄子》，中华书局2008年版，第56页。

笔。朱子柳先以楷书写《房玄龄碑》出击，随后以草书写《自言帖》迎敌，再以魏碑书《褒斜道石刻》挡击，最后用古奥难识的石鼓文将霍都击败。整个武斗的过程也完全艺术化了。我们姑且看一看朱子柳如何使用草书武功：

> （朱子柳）突然除下头顶帽子，往地上一掷，长袖飞舞，狂奔疾走，出招全然不依章法。但见他如疯如癫、如酒醉、如中邪，笔意淋漓，指走龙蛇。黄蓉还要给他助兴，提起酒壶斟了三杯酒，接连向朱子柳掷去。因为这时朱子柳所书的，是唐代有草圣之称的张旭的草书，杜甫《饮中八仙歌》云："张旭三杯草书传，脱帽露顶王公前，挥毫落纸如云烟。"黄蓉劝他三杯酒，一来切合他使这路功夫的身份；二来是让他酒意一增，笔法更具锋芒；三来也是挫折霍都的锐气。于是，朱子柳这三杯酒一喝，写到担夫争道的那个道字，最后一笔钩上来，直画上霍都的衣衫。群豪哄笑声中，霍都踉跄后退。
>
> ——《神雕侠侣》

朱子柳与霍都的武功在伯仲之间，决出胜负一般要在千招之上，但朱子柳以一路张旭草书的书法武功让霍都这个西域胡人摸不着头脑，不知朱子柳下一招从何而出，弄得灰头土脸。本来霍都对书法武功就有点不明所以，加上黄蓉递上的三杯酒，朱子柳酒增笔意，端的是酣畅淋漓，笔走龙蛇，让霍都更是惶惑。对中华书法艺术神韵全面、深刻的把握，使得朱子柳终于击败了霍都。不是朱子柳武功击败霍都，而是道家文化打败西域文化。

《笑傲江湖》中"江南四友"中秃笔翁用书法武功与令狐冲比武，秃笔翁连用几种书法武功均不能取胜，于是就用自创的《怀素自序帖》，书中写道：

> 秃笔翁这路狂草每一招仍然只能使出半招，心中郁怒越积越甚，突然大叫："不打了，不打了！"向后纵开，提起丹青生那桶酒来，在石几上倒了一滩，大笔往酒中一蘸，便在白墙上写了起来，写的正是那首《裴将军诗》。二十三个字笔笔精神饱满，尤其那个"如"

字直犹破壁飞去。他写完之后，才松了口气，哈哈大笑，侧头欣赏壁上殷红如血的大字，说道："好极！我生平书法，以这幅字最佳。"

他越看越得意，道："二哥，你这间棋室给我住罢，我舍不得这幅字，只怕从今而后，再也写不出这样的好字了。"黑白子道："可以。反正我这间屋中除了一张棋枰，什么也没有，就是你不要，我也得搬地方，对着你这几个龙飞凤舞的大字，怎么还能静心下棋？"秃笔翁对着那几行字摇头晃脑，自称自赞："便是颜鲁公复生，也未必写得出。"转头向令狐冲道："兄弟，全靠你逼得我满肚笔意，无法施展，这才突然间从指端一涌而出，成此天地间从所未有的杰构。你的剑法好，我的书法好，这叫做各有所长，不分胜败。"

向问天道："正是，各有所长，不分胜败。"丹青生道："还有，全仗我的酒好！"

——《笑傲江湖》

这段描写与其说是秃笔翁、令狐冲两人的武功比斗，还不如说是秃笔翁一个人书法艺术的精彩演示。秃笔翁和别人生死相搏，不仅没有去想如何胜敌，反而"书"性大发，置自己生死于不顾，挥毫泼墨，并且哈哈大笑。在这里作者放飞的是艺术家狂放、洒脱的性情，不是一种武功的展览。正如曹布拉《金庸小说的文化意蕴》中的评论：

把性命相搏的武打场面文雅化，不仅避开了侠义小说中打斗场面的感官刺激描写的传统套路，还化解了武侠小说的血雨腥风，别出心裁地营造出一种优雅的、智慧的、知识的、文化的较量氛围。①

秃笔翁似道非道，严格说起来，他不是道家人物，他的书法武功还停留在"技"的层面，没有和道家文化融合的武功缺少想象力，只能属"下乘"，所以

① 曹布拉：《金庸小说的文化意蕴》，浙江人民出版社2004年版，第282页。

还不能与令狐冲抗衡。但就在这“下乘”武功中，当秃笔翁偶尔到了道的境界——“物我两忘”时，他的武功就有了闪光点，借助于道学的精神气质，他的书法艺术便超越了以往的一切，到达生平未至的境界，以书法演练的武功也就进入了一个全新的天地。又如《侠客行》中的石破天不识得几个字，他只是根据字的笔画走势，就悟出石壁上的绝世武功。与此相对应的是各大门派杰出高手皓首穷经，苦思几十年而不得结果，其根源在于他们都从固有的思维中去寻找理论与实践支持，却没有一个人能从字体本身悟道。“道本自然”，“技亦通于道”，不合道的，想学至高无上的武功，偏偏是武功与他“道不同不相为谋”似的，不肯屈尊就范；合道的，不想学的，无意中得登武学神圣之殿堂。为什么许多才智杰出之辈孜孜以求、前仆后继不能到达的高点，却让一个类“文盲”的小子捷足先登呢？原因可以从道的角度去探明，先到的每一个人其思想的支持都是师门的历史传承，都凭石壁上的注释加自己的经验胡乱地释义，“原来这许许多多注释，每一句都在故意诱人误入歧途，可是钻研图谱之人，又有哪一个肯不钻研注解”(《侠客行》)。而没有一个人能根据道家学理去破解，各人所解构的意义与石壁上武功的本意风马牛不相及，所以不能触及根本。江湖上也不乏此例，小说在描述这一现象时带有较为普遍意义，如《鸳鸯刀》中江湖传言无论是谁只要持有一对鸳鸯刀就可以无敌于天下，这不仅诱使江湖各路英雄疯狂抢夺，甚至连富可敌国的皇帝都不能超脱，源源不断地派遣武艺高强者加入夺宝大军，鸳鸯刀真有那么神奇吗？谁料最后答案公布，秘密揭开，不过是刀柄上写有四个大字——“仁者无敌”。《倚天屠龙记》中屠龙刀的秘密是刀身中藏着《武穆遗书》，和《鸳鸯刀》的情节和主旨设计一样，小说设置的悬念有着异曲同工之妙。

整部《侠客行》，建立在类似《鸳鸯刀》这样的悖论或者误会的基础上：凡是去了侠客岛的一众武林大豪竟然无一例外地失踪，从未见有人从侠客岛全身而退，这些和人们玩“躲猫猫”的武林人士不是像普通人认为那样的上岛被杀了，或被囚禁了，而是因沉迷于破解岛上的绝顶武功，乐不思蜀，不愿回中原了，能够吸引几十个门派的杰出人士驻足侠客岛几十年如一日，一方面印证岛上的武功高深莫测，另一方面也证明岛上的武功确实是一个难解之谜[1]，否则，肯定会有人学成而归。但小说不单是告诉读者这个简单的道理，而是要澄清一个事实：认字的人注定要误入歧途，只有不识字的人才能掌握真正的武功奥秘。这种悖论让人忍不住地发笑，《侠客行》不仅主旨使人忍俊不禁，各个场面、细节乃至字里行间都浸透了一种笑意。在笑意背后却浸润着作者的文化意识，道学才是武功走向成功的必备工具。石破天不识字，自然不会阐释诗句的意义，但他是一个深具道家精神的人物，能顺道、体道，能理解字体笔画的自然机理，所以他破译了石壁上武功的密码，在这里，金庸有意引导读者的意识往道家文化靠近，从而体认道家文化。这种观点比比皆是，《倚天屠龙记》中也写道，武当三侠俞岱岩因屠龙刀为敌所伤，返回武当的路上又被人折断四肢骨骼，生命垂危，却不知凶手是谁。既是师徒，又情同父子，张三丰悲愤难抑，一夜徘徊，独创金氏"书法武功"之"空临《丧乱帖》"、"书屠龙宝刀二十四字功"。

1. 只见张三丰走了一会，仰视庭除，忽然伸出右手，在空中一笔一画地写起字来。张三丰文武兼资，吟诗写字，弟子们司空见惯，也不以为异。张翠山顺着他的手指的笔画瞧去，原来写的是"丧乱"两字。连写几遍。跟着又写"荼毒"两字。张翠山心中一动："原来师父在空临《丧乱帖》。"……这时师父指书的笔致无垂不收，无往不复，正是王羲之《丧乱帖》的笔意。

……这时他在柱后见师父以手指凌空连书"羲之顿首：丧乱之极，先墓再离荼毒，追唯酷甚"这十八个字，一笔一画之中充满了抑郁悲愤之气，登时领会了王羲之当年书写这《丧乱帖》时的心情。

2. ……张翠山凝神观看，心下又惊又喜，师父所写的二十四个字合在一起，分明是套极高明的武功，每一字包含数招，便有数般变化。"龙"(龍)字和"锋"(鋒)字笔画甚多，"刀"字和"下"字笔画甚少，但笔画多的不觉其繁，笔画少的不见其陋，其缩也凝重，似尺

---

[1] "侠客岛"上刻石的旷世绝学，只是貌似"甲骨文"。天下最高明的侠士，钻研几十年而不得解，"原来这许许多多注释，每一句都在诱人误入歧途，可是钻研图谱之人，又有哪一个肯不钻研注释？"金庸在解释他自己设置的悖论时作了如此解释。

> 蠖之屈，其纵也险劲，如狡兔之脱，淋漓酣畅，雄浑刚健，俊逸处如风飘，如雪舞，厚重处如虎蹲，如象步。张翠山于目眩神驰之际，随即潜心记忆。
>
> ——《倚天屠龙记》

这两种书法武功充分体现了书法是一种生命节律的情感流动，即人与书法通会情性。张三丰是道家的代表人物，他所创造的书法武功已经把人们从书法艺术的视觉欣赏带到了触觉欣赏，亦即带到书法所体现的内在精神上。

书法是中华民族经过数千年的历史和文化积淀而形成的具有独特的民族特点的艺术语汇。书法不仅是表达概念的符号和工具，而且表现艺术家对宇宙及人生的理解和感情，是人文精神的载体，讲究“达其性情，形其哀乐”。唐代书法家张旭“有动于心，必于草书发之焉。观于物，见山水崖谷，鸟兽虫鱼，草木之花实，日月列星，风雨水火，雷霆霹雳，歌舞战斗，天地事物之变，可喜可愕，一寓于书。故旭之书变动犹鬼神，不可端倪。”[①]就是最好的例子。

这种精神已到玄而又玄之境，这两套武功深藏道的玄机。江湖上武当与少林齐名，名动天下，人人敬仰。但门下弟子遭受暗算，只知与屠龙刀有关，居然查不出凶手是谁。掌门张三丰虽精通琴棋书画、星象卜卦、太极拳、太极剑等。但面对垂危弟子却束手无策，既不能为之报仇，又不能医治弟子伤残。“天下至尊，宝刀屠龙，号令天下，谁敢不从，倚天不出，谁与争锋”，到底藏着什么秘密？又苦思不得其解。思并痛着，徘徊难眠，情与意会，在情感极限——极度悲愤时，作者陷入了出神的创作癫狂状态中，“物”、“我”两忘，发乎情，止乎意，自然而然，如万斛之泉水汩汩而出，毫不断绝，独创“空临《丧乱帖》”、“书屠龙宝刀二十四字功”，兼备雄强和惨淡之美，以至于超越了创作者清醒时的创作水平。张三丰只有在这种情境中才会涌现灵感，心随意会，才有标杆式的两套独有的书法武功，要是在平日，那是绝无可能的。

---

① 黄简：韩愈《送高闲上人序》，《历代书法论文选》，上海书画出版社 1979 年版，第 291 页。

这种创作状态是所有悟于书道者所追求的最高境界。到了这个境界，不光是书法，琴棋书画等皆可变为绝世武功。崔大华认为：

> 书法创作无外在自然形态可依凭，因此它先天就不具有再现性，但它又具有形象，是一种虚化的抽象的意境。①

古代书法家往往称书法之象为“无象之象”，书法的意象恰恰是“大象之象”的道的恰当表述。清人笪重光说：“书亦道数也。”②

就是说，书法本身就和道家密不可分，书法艺术是道家精神的化身。但金庸对书法武功与道家文化的关系看法并不仅仅体现在上面观点，更认为书法是一种生命节律的情感流动，即人与书法通会情性。

书法艺术是中华民族独有的一门传统艺术，它深深扎根于民族文化的沃土。数千年的历史渊源与文化积淀，使之形成一种具有独特艺术品质的民族语汇。首先，书法艺术具有社会性的情感取向。中华文化强调天人之间的有机融合，人与天是不可分割的一个整体。古代的人们认为天有四时五行，以生长收藏，以生寒暑燥湿风；人有五脏化五气，以生喜怒悲忧恐(《黄帝内经·阴阳应象大论篇第五》)。人的社会秩序、情感变化和心理节律等都是与宇宙自然和谐统一的。人的精神情感即是自然的精神情感，同时也是社会的精神情感。书法家无论偏好哪一种风格、哪一种书体，在书法的语义上都表现出一种带有共性的社会精神情感。其次，中国书法艺术历来注重美与善的统一。美是一种特殊的快感，善是一种普遍的道德认知。美善统一，既是中国传统美学的重要特征，也是书法艺术品评的主要价值尺度。因此，中国书法艺术特别强调法与意的结合，文与质的完满，功与性的圆融。所谓法，即指笔法、技巧达成的形式美，如一味拘泥于法，而损害了人的精神、道德、情感、境界的意，那是不足取的。即“质胜文则野，文胜质则史，文质彬彬，然后君子”(《论语·雍也》)。书法作品要文质相兼、尽善尽美，才具有高妙的艺术价值。其三，中国书法有高雅的文化品位，它是人文精神的一

---

① 崔大华：《道家与中国文化精神》，河南人民出版社 2003 年版，第 397 页。

② 笪重光：《书筏》二十三则。

种载体，具有书象符号与语义符号双重内涵。书象符号是人格精神、文化修养的物化；语义符号是思想情感的直接流露。两者的相互契合，交相为用，使得中国书法艺术的文化品位不断地高雅化和精致化。真正的书法美是书象造型美和语义概念美的综合体现。把这样一种高雅的艺术化为武功，或反过来说，把性命相搏的武打场面文雅化，不仅避开了侠义小说中打斗场面的感官刺激描写的传统套路，还化解了武侠小说的血雨腥风，别出心裁地营造出一种优雅的、智慧的、知识的、文化的较量的氛围。

金庸踏准了书法和武功相合的节奏，用道家文化把它们串联在一起，二者如十指相扣，心心相印，可谓天衣无缝。面对书法武功，金庸是妙笔生花，艺术的、虚幻的、舒缓的、紧张的，应有尽有，既有让人如沐春风之感觉，又有让人心潮澎湃之张力，给精彩纷呈的武功平添了一道亮丽的色彩。而实际上书法与武功的联结不是金庸首创的，前人已有描述，如杜甫在《观公孙大娘弟子舞剑器行并序》里就记述：

> 昔者吴人张旭，善草书书帖，数常于邺县见公孙大娘舞西河剑器，自此草书长进。①

只不过金庸在它们身上附上了道家文化，并将它们发扬光大。在道家文化的映照下，书法武功犹如雨后的彩虹色彩缤纷。

三、武“艺”完美——“抱残守缺”

与道家思想相反的是，人类在固执地追求永无止境的发展，最终人类将自毁于永无止境的追求中。现代人往往强调精益求精，好上加好，追求社会、人生、爱情、事业的完美，追求更快、更高、更强的发展愿景。在追求过程中，往往忽视了“适可而止”、“知足不辱”的道理。金庸在描写武功时时常告诉读者，凡事不可追求尽善尽美，因为世上本没有绝对完美的东西，正如，至

① （唐）杜甫：《观公孙大娘弟子舞剑器行并序》。

阳至刚的降龙十八掌，大耗元气，不能持久；少林七十二项绝技需用佛法化解戾气；《葵花宝典》须挥刀自宫才能修炼等。能做到"抱残守缺"、"大盈若冲"的武功才能显示完美。如《倚天屠龙记》中写张无忌和小昭受困在秘道中，偶获奇遇，得以修炼至高无上的"乾坤大挪移"神功，当他练到第七层时，书中写道：

> 猛地里气血翻涌，心跳加快。他定了定神，再从头做起，仍是如此。自练第一层神功以来，从未遇上过这等情形。他跳过了这一句，再练下去时，又觉顺利，但数句一过，重遇阻难，自此而下，阻难迭出，直到篇末，共有一十九句未能照练。……而小昭却说："张公子，你说有一十九句句子尚未练成，何不休息一会，养足精神，把它都练成了？"张无忌道："我今日练成乾坤大椰移第七层心法，虽有一十九句跳过，未尝略有缺陷，但正如你曲中所说：'日盈昃，月满亏蚀。天地尚无完体。'我何可人心不足，贪多务得？想我有何福泽功德，该受这明教的神功心法？能留下一十九句练之不成，那才是道理啊。"……哪知道张天忌事事不为己甚，适可而止，正应了"知足不辱"这一句话。……要是张无忌存着求全之心，非练到尽善尽美不肯罢手，那么到最后关头便会走火入魔，不是疯癫痴呆，便致全身瘫痪，甚至自绝经脉而亡。
>
> ——《倚天屠龙记》

张无忌是个生性随和恬淡之人，从小在冰火岛又常听父亲讲解武当派的道家经典，道家的逍遥适性思想对他影响很大，所以他对世上万事就不再执着于完美，不懂的就不强练，就放弃。这一不执着，倒救了张无忌。

> 原来当年创制乾坤大挪移的那位高人，内力虽强，却也未到九阳真经的那一步，只练到了第六层。他所写的第七层心法，自己也未练成，只不过是凭着聪明，纵其想象，力求变化而已。张无忌所练不通的那一十九句，正是那位高人凭空想象出来的，似是而非，

> 已然误入歧途。要是张无忌存着求全之心，非要练到尽善尽美为止，那么最后关头便会走火入魔，不是疯癫痴呆，便是全身瘫痪，甚至自绝经脉而亡。
>
> ——《倚天屠龙记》

张无忌迭遇奇缘，能够学得乾坤大挪移心法。在于他的不贪、不痴，事事适可而止。修炼心法到第七层，留下十九句练不成，便就此打住，不去勉强，反而是误打误撞得了善果。张无忌成功，就在于他做到了“适可而止”、“知足不辱”。有时候越执着刻意于某件事，反而越不成功。在小说中，金庸反复强调“天人合一”，什么样的人，才配什么样的武功，乾坤大挪移心法的缺陷与张无忌性格的随性刚好相合，犹如日月互相辉映。如果乾坤大挪移心法完美无缺，张无忌练功一马平川，那张无忌性格中的随意、恬静、淡然成分就无从表现，乾坤大挪移心法这一类武功与张无忌的性格关系就显得生硬。这一点，犹如《天龙八部》中神奇无比的珍珑棋局，几十年无人能解，无数弈城高手望而却步。却偏偏被虚竹这样一个不大会下棋，也不想破这个棋局的人所解开。玄难高僧道出其中奥秘：

> 这局棋本来纠缠于得失胜败之中，以致无可破解，虚竹这一不着意于生死，更不着意于胜败，反们勘破了生死，得到解脱……
>
> ——《天龙八部》

老子说：“知其白，守其黑……知其荣，守其辱。”（《道德经·反朴第二十八》）“大成若缺，其用不弊；大盈若冲，其用不穷。大直若屈，大巧若拙，大辩若讷。”（《道德经·洪德第四十五》）“正言若反。”（《道德经·任信第七十八》）他又举出例证：“祸兮福所倚，福兮祸所伏”（《道德经·顺化第五十八》）“曲则全，枉则直，洼则盈，敝则新，少则得，多则惑。”（《道德经·益谦第二十二》）说明事物都会向它们的对立面转化。人们一旦懂得否定的辩证法，不再执着于“有”，反而会常保其“有”；自觉谦下地居于“无”，反而会不“无”。金庸读懂了老子，并把老子的辩证哲理融入武功中，彰显了金庸的伟大之处。

失去双臂的维纳斯，她的美不仅征服了西方也征服了东方。曾几何时，多少艺术家绞尽脑汁想为她重塑双臂，然而欲其完美，适得其反。从某种意义上说，人生便是一种残缺。没有残缺，哪来的完美。正如保留了断臂，就保留了永远的维纳斯一样。苏轼说："人有悲欢离合，月有阴晴圆缺，此事古难全。"相对于有缺陷，完美才高大起来。乾坤大挪移心法有缺陷，正是显示该心法的完美，因为它给修炼者注入了丰满的形象。有了阳顶天修炼时的坚韧不拔而命丧心法，才有了张无忌冲和平淡大道得成。我们也知道道藏经典武功《九阴真经》里有了阴毒的"九阴白骨掌"，梅超风和郭靖的善恶才得以昭然的。

与"抱残守缺"相联结的是"大盈若冲"。"冲"，是指虚而不满的意思，"盈"当然是满的意思了，"大盈若冲，其用不穷"这句意思是说最充盈的东西，看起来好像很空虚，但是它的作用却是无穷的。冲虚自然，仿佛一泓活水，永远不盈不满，来者不拒，去而不留，吐故纳新，流存无碍而长流不息。这就是"冲"而"盈"的境界。武侠小说中所写的高手，如果太阳穴高高鼓起，眼中光华如电，固然也是内力深厚之辈，但并非绝顶高手。真正的绝顶高手，目光反而温润平和，像《倚天屠龙记》中这样写张无忌：

> (张三丰)定睛往张无忌脸上瞧去，只见他目光中不露光华，却隐隐然有一层温润晶莹之意，显得内功已到绝顶之境，生平所遇人物，只有本师觉远大师、大侠郭靖等寥寥数人，才有这等修为，至于当世高人，除了自己之外，实想不起再有第二人能臻此境界。
>
> ——《倚天屠龙记》

这温润晶莹不露丝毫霸气的境界比那些凶神恶煞般的人可高明多了。

修道者首先要能冲虚谦下，冲和谦虚，虚而不满，源远流长，绵绵不绝。"大直若屈，大巧若拙，大辩若讷"。最直的东西，看起来好像弯曲；最巧的东西，看起来好像笨拙；最大的辩才看起来好像说话迟钝。玄铁重剑钝而无锋，屠龙宝刀神物自晦，都是这样的。

四、“道”“德”归——“逍遥而游”

道在滋生万物之后，并与万物同在同体。内在于万物之中的道，老子将其称为“德”。而“道”是“德”的本体，“德”是“道”的作用。“道”与“德”仅有体、用之间的差异，而无本质上的差别。德是道显现于万物之精气所在，而万物若得之于道就是德所寄。万物滋养后，还是由德之所在秉有道之全性。“鸟遇我手不能飞，全凭心意来指挥”乃道之灵气也。“大道泛兮，其可左右。万物恃之而生而不辞，功成不名有，衣养万物而不为主。”(《道德经·任成第三十四》)“道生之，德畜之，物形之，势成之。是以万物莫不尊道而贵德。道之尊，德之贵，夫莫之命而常自然。故道生之，德畜之，长之、育之、成之、熟之、养之、覆之，生而不有，为而不恃，长而不宰。”(《道德经·养德第五十一》)道法自然，凡事无可无不可，无是无非，潇潇洒洒，无行无迹，如云如水，“逍遥而游”；“明道若昧，进道若退，夷道若类。”(《道德经·同异第四十一》)这是道家思想的最高境界，以这样的思想孕育而成的江湖武功，自然而然，武功也到了“道”“德”合一的玄幻之境。道生养化育万物本是无意识无目的的，只是顺物之性，自然而然，没有外在的人为因素和意志的驱动，人和武功与天地万物相融合，“人法地，地法天，天法道，道法自然。”“道常无为，而无不为。”(《道德经·为政第三十七》)“孔德之容，唯道是从。”(《道德经·虚心第二十一》)老子就说明这一点。《笑傲江湖》中风清扬给令狐冲讲剑道能够体现武道合一境界：

> “活学活使，只是第一步。要做到出手无招，那才真是踏入了高手的境界。你说‘各招浑成，敌人便无法可破’，这句话还只说对了一小半。不是‘浑成’，而是根本无招。你的剑招使得再浑成，只要有迹可寻，敌人便有隙可乘。但如你根本并无招式，敌人如何来破你的招式？”令狐冲一颗心怦怦乱跳，手心发热，喃喃地道：“根本无招，如何可破？根本无招，如何可破？”陡然之间，眼前出现了一个生平从所未见、连做梦也想不到的新天地。
>
> ——《笑傲江湖》

不是所有人都能悟道，也不是什么时候都能随时悟道。《笑傲江湖》中令狐冲真正悟道是在华山绝顶练独孤九剑之时。独孤九剑的创始人独孤求败，一生欲求一败而不可得，放眼江湖，竟无一人比肩，瑟瑟江湖，高处不胜寒，心中凄凉，直至郁郁而终。独孤九剑之厉害一至于斯，其精义只有五个字——“无招胜有招”。什么叫“无招”，就是武功无招式，无迹可寻。就好像你走在旷野恰遇狂风，在风没有吹击你时（无参照物），你根本不知道风往哪一个方向吹，风是无形的，你怎知道风向？等到你知道风向，风已击中你了。你挡得了风吗？“无招”取其体循自然，无形无迹之意。领会了“无招”的奥妙，则修习任何功法皆可独步武林。独孤九剑的要诀在于“一切当须顺乎自然。行乎其不得不行，止乎其不得不止”，“如行云流水，任意所之”，不论行或止都合于自然之气，如行云与流水，行到何处，流向何方，全凭气韵驱使，这种境界，是武学的玄妙境界，也是人生的至极境界。独孤九剑的剑意要旨是顺乎自然、体察天心、任意所之。

老子说过“大道无痕”，在金庸小说里，武学的最高境界既不是少林寺的七十二绝技，也不是大理段氏的六脉神剑，更不是那邪门得紧的辟邪剑法，而是“无招”。“无招”不是什么招式，而是一种境界，亦即“逍遥而游”的境界。习武之人到了这一境界，动起手来固然叫人无法以现成套路拆解，而且把对手招式中的破绽看得清清楚楚，招招攻其必救，时时料敌机先。《庄子》认为，斋以静心，斋三日而不求邀赏，斋五日而“不敢怀非誉巧拙”，斋七日而自忘形躯，因循自然林木之性，至达“以天合天”。就可以从大道之中自然通向神技。自然的心灵境界即道心，是化成一切、会通一切的核心。令狐冲的性格随和、无功利，暗合道家之意，适于使用独孤九剑，所以能蒙风清扬传授。如果碰上左冷禅、岳不群之流，即使修炼，也只能得其形而不能会其意。孙子曰：“善战者，先为不可胜，以待敌之可胜。”又说：“胜者先胜而后求战，败者先战而后求胜。”①

说出了“无招胜有招”的真谛——要想战胜敌人，先要让敌人无隙可乘；只在有必胜把握的情况下，才寻求作战。跟无招胜有招的意思有异曲

① 姚有志：《〈孙子兵法〉读本》，广西师范大学出版社 2007 年版，第 67 页。

同工之妙。

从中，我们可以悟出以下的道理，武功的玄妙境界，是“无招胜有招”，正如风清扬所说：

> 敌人要破你剑招，你须得有剑招给人家来破才成。一个从未学过武功的常人，拿了剑乱挥乱舞，你见闻再博，也猜不到他下一剑要刺向哪里，砍向何处。就算是剑术至精之人，也破不了他的招式，只因并无招式，“破招”二字，便谈不上了。只是不曾学过武功之人，虽无招式，却会给人轻而易举地打倒。真正上乘的剑术，则是能制人而决不能为人所制。
>
> ——《笑傲江湖》

要练成逍遥而游的道家神功，还要“无为”。这一点《神雕侠侣》中独孤九剑创始人独孤求败，在他的剑冢的石板上所刻的学剑时不同阶段的进境，就已清楚地加以阐明了：

> 无名利剑，凌厉刚猛，无坚不摧，弱冠前以之与河朔群雄争锋。
>
> 紫薇软剑，三十岁前所用，误伤义士不祥，乃弃之深谷。
>
> 重剑无锋，大巧不工。四十岁前恃之横行天下。
>
> 四十岁后，不滞于物，草木竹石均可为剑。自此精修，渐进于无剑胜有剑之境。
>
> ——《神雕侠侣》

第一阶段，以刚强取胜，靠力量；第二阶段，以软剑之柔取胜，以柔克刚，靠巧劲；第三阶段，返璞归真，大巧若拙；第四阶段，最高境界，渐臻无剑胜有剑，无招胜有招，无为而无不为之境。所以要达到“无招胜有招”，就必须先“无为”。道家的“无为”，应该先从有为再到无为，是一种并非简单的无，是一种如同炼九转金丹一样转了又转后的无。它是“原”，是“元”，是“源”。像独孤求败这样的天才也经历了这样几个阶段，才达到无招胜有招之境地。

从有为再到无为，这个无为之境，才是逍遥而游的最高境界。李振纲说："大智若愚是为了比小智更聪明，讲无为是为了无不为。"①

在这里，我们不妨再看看周伯通，周伯通天性并没有为人世间所雕琢、修饰过。只是痴迷于对武功的学习与修炼，但这种爱好并非出于争强好胜的目的，更不涉及对名利的牟取。他无意中习得"九阴真经"，在寂寞玩耍中自创"双手互搏"、"空明拳"。《神雕侠侣》中第二次"华山论剑"时，周伯通的武功已达"天下第一"，但他浑然不知，毫不在意。在"排座次"时下意识地把自己撇开不论，这使得黄药师感慨道：

> 老顽童啊老顽童，你当真了不起。我黄老邪对"名"淡泊，一灯大师视"名"为虚幻，只有你，却是心中空空荡荡，本来便不存"名"之一念，可又比我们高出一筹了。
>
> ——《神雕侠侣》

周伯通不计较俗世虚名，做什么事都是随心所欲，自然而然，反而成为天下第一高手；而西毒欧阳锋一生孜孜以求，耍尽手段，逆转真气，倒练九阴真经，其结果是神思错乱，被黄蓉设计败于自身影子。这正符合了道家的无为而无不为之理。

从金庸小说体道角度看来，武技和内力是一种文化修养，是文功，不是武功。

既然武功之武并非武，那么武功的止境，需从器的层面上升华为对道的领悟，在技艺层面上却"散去武功"。这是金庸小说对器道体用之争的最后回答：至高之侠，主客观合一，物我相融。欲得最高武功，还是甩开此类之争，以无为为本。《笑傲江湖》中，风清扬教导令狐冲"根本无招，如何可破"，令狐冲学"独孤九剑"总诀三千字，却"不相连贯"，使令狐冲终于到达武功的最高境界。

无怪乎获得最高内力的人，几乎全是愚拙之人，甚至文盲。《射雕英雄

---

① 李振纲：《自然之德性与无为的智慧》，《哲学研究》2002年第7期，第51页。

传》中的郭靖,《侠客行》中的石破天,《连城诀》中的狄云,《天龙八部》中的乔峰等。

因此,武功的层层提高,是从剑术到修炼获得内力,到读书获得文功,最后是跳出功利的器道观,“散去武功”的无功之功,是“无为”而得到的“无不为”。

《倚天屠龙记》剑上铭文:“倚天不出,谁与争锋?”书中人物对此理解不同,我认为,倚天之剑,不用,是最超越之用,正如《射雕英雄传》全真派开创者王重阳,宁愿把武学经典《九阴真经》束之高阁,不练其功。

此时他们的武功到了体用合一、道德归一的境界,亦即“逍遥而游”的境界。

只要到了“逍遥而游”的境界,“武功”就可以实现与天地自然的内在统一。对武功来说,这无疑是一个十分美妙的理想境界,也是练武之人梦寐以求到达的顶峰。

任何武功只要达到天人合一的境界,就会无敌于天下。不仅如此,金庸还往往在他的武功上赋予了道德的附加条件,这个条件不外乎仁德宽厚之心、扶贫救弱的侠义之气,否则武功即使高绝也不可能真正达到巅峰状态而臻绝顶境界,如任我行。金庸的这一层意思可以借助周伯通在桃花岛上和郭靖所说的一番话清楚地表达出来:

> 师哥当年说我学武天资聪明,又是乐此而不疲,可是一来过于着迷,二来少了一副救世济人的胸怀,就算毕生勤修苦练,终究达不到绝顶之境。当时我听了不信,心想学武自管学武,那是拳脚兵刃上的功夫,跟气度识见又有什么干系?这十多年来,却不由得我不信了。
>
> ——《射雕英雄传》

不断地把武功进行想象改造,使金庸小说的武功气象万千。

侠客的中国性是无须赘言的,与中国文化的关联更是扯不清理还乱的纠结,有人提出:西方人有科学幻想,中国人有人文幻想,侠客和武功就是人文幻想中一物。江湖、武功文化化、文学化以后，“武侠是中国的名牌产品”①。其实金庸小说在故事展开过程中，既以幻想（想象虚构）以求奇，又以细节真实以求真，在真假虚实之间创造出“文备众体”、情韵盎然的伟大艺术作品。

道不完的金庸，说不尽的武功。金庸小说所体现的道家文化和哲理远不止上文所提及的，上文描述的那只不过是掀开金庸小说道家武功描写的冰山一角，像体现“物我两忘”、“齐物而观”思想的“双手互搏”、“空明拳”、“太极剑法”，有“游刃有余”的“庖丁解牛掌”，有“柔弱胜刚强”的“太极拳”，也有道家气功杀人于无形的“六脉神剑”等等，不一而足。但综观金庸小说所有道家武功的描写，作者还是有意识地把武功分为四类：“技”、“艺”、“道”、“德”，从某种意义上可归纳“下乘”、“上乘”、“绝世”武功。武功限于工具性的“技”是“下乘”，如内含道就是“上乘”，达到道的玄妙境界的是“绝世武功”。虽然在绝世武功中作者没有分出到底谁是天下第一，但作者却明确了达到“逍遥而游”道家境界的武功是至高无上的。刘坤生在《〈庄子〉九章》里说：

> 庄子把《逍遥游》系于内七篇之首，是庄子在其理论王国上首先竖起的一面大纛。②

肯定了人的最高境界是逍遥而游，武功也一样。金庸把道家文化渗入到小说的武功描写上。金庸小说的武功其实是道家文化的集大成者，不但向读者展示了道家文化的迷人魅力，也体现了作者对传统优秀文化中道家文化的自觉认同与弘扬，从而构成了金庸武侠小说武功的独特文化意蕴和艺术风貌。

---

① 李零：《丧家犬》，山西人民出版社 2007 年版，第 387 页。

② 刘坤生：《〈庄子〉九章》，上海古籍出版社 2009 年版，第 13 页。

五、道家文化的传承与创新

中国文学艺术的独特风貌早已为世界所公认、所惊叹！中国文化的两个最重要的组成部分——儒学和道学，它们一隐一显，共同浇灌着中国文化的土壤，对中国社会的发展和中华民族之性格的形成产生了深广的影响，对中国文学艺术的独特风貌的形成与繁荣，构成决定性的组成因素。但儒家更重社会的伦理道德和礼法秩序，而道家更强调一种超世俗礼法秩序的形而上风范，从而在文艺的根本性质和美学意义的把握上，道家更胜一筹。在文学艺术领域内，先秦诸子百家中唯有道家对文学所产生的影响最大、最深刻，鲁迅《汉文学史纲要》中早已指出，他说，诸子中，"文辞之美富者，实唯道家"[①]这一点也已为当今不少著名的文艺理论家和美学家所不断论述，其理论与实证成果已是泱泱可观。不管怎样，道家对中国文学艺术的影响巨大已是不争的事实。

老庄是对自然、社会、人生有深切体验和感受的思想家，在自然、社会、和人生三者关系中，他们尤其崇尚自然又非出于泯灭人生的价值，而是要求按人类自然规律行事，通过人的内在的自然本性与能力的发挥，在人与自然的和谐发展中来突显人的价值。他们的视野极其开阔。他们不是局限于人类褊狭的生存空间来思考问题，而是立足于大千世界和宇宙的终极关怀，因此在他们的学说中没有人类自我中心的狭隘观念。他们又都善于从负面或反面来观察事物，因此常常能发现常人所不易察觉的问题，看到常人所看不到的东西，从而给人以智慧的启迪。

道家渗入文学艺术，文艺体现道学是一种多层衍射的文化现象。

第一，道学的经典文本对文学艺术的直接影响。《老子》不仅是哲学经典，也是思辨哲理文学的源头，又是一首鸿篇巨制的散文化的诗歌。[②]《庄子》文采飘逸，文笔变化多端，极富想象力，浪漫主义情怀溢彩留香，全文基本都以寓言故事形式阐述自己对生命、自然和世界的看法。是一篇诗的散

---

① 鲁迅：《汉文学史纲要》，凤凰出版社 2009 年版，第 21 页。

② 《老子》是不是诗，是有争议的，倾向性意见是《老子》更像哲理性的一首长诗。

文、散文的诗，鲁迅在《汉文学史纲要》中说：

> （庄子）著书十余万字，大抵寓言，人物土地，皆空言无事实，而其文则汪洋辟阖，仪态万方，晚周诸子之作，莫能先者。①

《庄子》对后世文学语言有很大影响。其神奇的想象力和寓意深刻的寓言小故事，构建了庄子奇特的想象和哲理世界，“意出尘外，怪生笔端”（刘熙载：《艺概·文概》）。他们本身就是一种文学，一种古代至美的散文篇章。受其影响，在后世表现上，具有浓郁的道学风范的文艺潮流是其升华的表征。如东晋的诗文，谢灵运的山水诗，陶渊明的田园诗，唐代李白、王维的诗歌直至郭沫若的诗歌、金庸的武侠小说等，都直接或间接地接受道家思想和文化的影响。闻一多认为《庄子》这书中“有着你看不完的花团锦簇的点缀——断素，零纨，珠光，剑气，鸟语，花香——诗，赋，传奇，小说，种种的原料，尽够你欣赏的，采撷的”②。

第二，道学在发展中又衍化为其他思想流派。如道学渗入士大夫阶层的心中，魏晋时期产生了玄学，以探求生命本质作为对世界的反映，发展成向空灵清言方面开发其心灵的精神主流，魏晋玄学是道家学说新的发展；道学与民间巫术的结合产生了道教，道教对于中国人哲学观、世界观、思维方式乃至生活方式等诸多方面产生了巨大的影响，成为中国民间最具影响力的宗教。道教与佛教关系紧密，根据崔大华等研究，认为：

> （中国佛学）更为深层的内容则是对于印度佛教中那些艰深的迥异于中国固有理论观念的宗教思想的诠解，以及在某种意义上是离开了印度佛学固有理论轨道的独立发展，都是在道家思想，特别是庄子思想的帮助、影响下发生的。③

---

① 鲁迅：《汉文学史纲要》，凤凰出版社 2009 年版，第 21 页。

② 闻一多：《古典新义·庄子》，上海开明书店 1948 年版。

③ 崔大华：《道家与中国文化精神》，河南人民出版社 2003 年版，第 181—182 页。

道学与佛教的互吸互渗产生了禅宗。禅宗在中国佛教各宗派中流传时间最长，至今仍延绵不绝，它在中国哲学思想上也有着重要的影响。这三者对文学艺术的发展构成重大影响。当然这三者不是不加区分地全盘接受或否定地推倒重来，而是展开、补白、深化和提升，从而成为一种完整的系统。

第三，道学中以《庄子》为核心的浪漫主义文学更是影响中国文学浪漫派形成的重要因素。道家开启了中国文学想象之旅，汪洋恣肆的想象使得文学步入神奇的殿堂，从本质上讲，文学如果没有了想象，一切将不可想象。中国文学的两大流派——现实主义和浪漫主义，特别是浪漫主义文学深受其影响。《庄子》是古代浪漫主义文学的奠基作，《庄子》所表现的强烈的浪漫气氛，对我国两千多年的文学创作产生难以估量的影响。郭沫若曾说过，大半个中国文学史都受到庄子的影响，这是符合实际的。鲁迅曾断言："中国根柢全在道教。"[①]李约瑟也敏锐地指出："中国如果没有道家思想，就会像是一棵某些深根已经烂掉了的大树。"[②]《庄子》散文影响所及，不仅是散文，而且也影响到诗歌、寓言、神话、小说等众多文学创作的领域。特别是武侠小说，天马行空的格调、别致浪漫的侠客柔情、奇特潇洒的想象构成独特的文学现象，道学是其主要的组成部分，而"武功文学化"后，所有武学均靠想象完成，从这一层面看，武功来源于道家文化，并对道家文化的想象功能想象化。金庸在新修版后记中说：

> 《天龙》中的人物个性与武功本领，有很多夸张或事实上不可能的地方，如"六脉神剑"、"火焰刀"、"北溟神功"、无崖子传功、童姥返老还童等等。请读者们想一下现代派绘画中超现实主义、象征主义的画风，例如一幅画中一个女人有朝左朝右两个头之类，在艺术上，脱离现实的表现方式是容许的。

这一切均靠想象完成。

---

① 鲁迅：《鲁迅全集》第九卷，人民文学出版社1958年版，第285页。

② ［英］李约瑟：《中国科学技术史》第2卷，科学出版社、上海古籍出版社1990年版，第178页。

而道家文化所具有的创新悟性及智慧在中国文化历史发展中历久弥新，它是创新文化的源头，作为潺潺流动永不停息的活水浇灌中国人的心田。但是由于西方文化的涌入，传统文化的逐渐衰落，道家文化开始由显性文化进入到了隐性文化行列中，不再是不可磨灭的“番号”，留存在人们心中的是全球化的经济文化。激进、功利、超常规等快餐式的文化形式继而成为人们津津乐道的话题，导致当今中国人忽视了道家文化的创新智慧，这种创新智慧往往被轻忽、被悬置，很多时候无人问津，鲜有人谈起道学中包含的创新特质。如果要探索和领会道家文化的创造智慧，首先要重新重视对传统文化的学习与传承，取其精华，去其糟粕。当今，我们可以借助于道家文化的思想资源，培养当代人的创造精神和创造能力。

当今社会，信仰的丧失、理想的缺失乃是人类缺乏创新精神的重要原因之一。在城市化高速推进的背景下，全球化经济浪潮席卷中国，物欲膨胀、利益至上、道德沦丧是当代社会的突出问题，功利化、实用化、感官化等实用美学观念肆意流行，使得人们由崇尚理想变得务实、理性，理想追求和精神信仰逐渐被现实的风尚所异化。结果是，人们在功成名就后，不仅没有沾沾自喜，反而感到精神空虚、人生孤独或寂寞。所以，道家文化蕴含的精神品格和理想追求启示我们：人不能没有理想，只有理想的火花，才能点燃创造的激情。现实是残酷的，人的痛苦来源是理想在现实中找不到实现的路径，而只能把许多理想寄托在梦想或想象中，以求得一种精神上的安慰，但一个人如果连理想的梦都做不了，他还能拥有什么？从来都不去思考明天的美好，只想着今朝有酒今朝醉、得过且过的人，不会有独具价值的创新精神。

庄子在《马蹄》中勾画出一个“至德之世”的理想园，这是按照道家理想描绘的一幅人与自然和谐相处的图景，在那个时代人们生活随意适性，随心所欲，从来不用考虑现在和未来，吃饭、游乐、逍遥，人生所做的就是这些而已。其怡然自乐之情与当今社会的人心不古、诚信缺失、金钱至上形成极为鲜明的比照。科学发展、文明昌达，却给人类带来无穷的杀戮和灾难，“至德之世”里认定的“返璞归真”回归遥远的夫赫氏时代，其实是人类美学思想上的“诗意栖居”。在中国文化里“德”的概念与人的本性相关，当人类进入到文明社会，人性受到经济全球化和城市文明异化的肆意侵蚀后，“返璞归真”

实际上成了都市人群的一种向往，从喧闹的城市走向乡村自然，那是过惯了城市水泥森林冷漠生活后希望与自然的天人合一，是对“道法自然”的渴慕和追求。在对纯朴生活的追求过程中，构建一种自然逍遥、“与道为一”、“无为”的政治境界、人性的超脱豁达和人生的自由潇洒，从这一意义上讲，道家经典及体现的文化思想一如既往地与理想追求比翼齐飞。当今社会普遍缺失的理想追求，已经与“道”背道而驰，这种强调理想追求的文化暗合当下推崇的理想教育和信仰确立的方向。

可以作出这样的判断，道学对自然、世界及人类文明的看法是体现了人类高级智慧的哲学论说，是中华民族留存于世的且具世界影响的最伟大的文化资源，挖掘这种文化资源有助于弘扬传统文化，也可使道学成为中西方文化交互融合的凝聚点。道学博大精深已成为中国文化之基石，其兼容并收的品质又可以使它成为嫁接外来文化之砧木，具有深远的创新价值。这种价值体现为，道学既能成为各种异质文化的交汇点，可以融会贯通东西方异质文化中的优秀思想；又使得道家文化包容进中国诸子百家思想的精华，“有容乃大”，道家文化具有相对于其他文化的巨大超越性和对外来文化的最大包容性。这种至高超越性，使道学在任何时代都具有一种超前意识，引领人们的前瞻性思维。

为什么闻名于世界的古代文化如古希腊、巴比伦、古罗马、埃及、印度文化等都走向没落，唯有中华民族的传统文化历经沧桑，历久弥新？其中的秘密恰恰在于道家文化具有旺盛的再生能力，以道家文化作为根基的中华文明具有强大的生命力。

第八章　情深深雨濛濛

——金庸的情爱观念

人们何以喜读武侠小说，除掉上文罗列的多重原因外，小说本身的“味道”恐怕也是其中一大原因。这个“味道”简言之就是小说洋溢的独特的浪漫情怀，侠骨柔情在超现实的武侠江湖里，并不只是血雨腥风的殊死搏杀，还弥漫着一股浓浓的浪漫情调，这种浪漫的主基调就是侠客的情与爱。情与爱何以成为人们永恒的心理认定？西蒙娜·德·波伏瓦在《爱情颂》中作了如下回答：

> 人们为什么会坠入情网？这是再简单不过的事情。你之所以坠入情网，是因为你年轻，是因为你正在衰老，是因为你已经衰老，是因为春天过去了，是因为秋天开始了，是因为你精力过剩，是因为你疲惫不堪，是因为你高兴，是因为你烦恼，是因为有人爱你，是因为有人不爱你。
>
> 人们为什么会坠入情网？没有比这更复杂的了：因为这是冬天，因为这是夏天，因为劳累过度，因为闲及无聊，因为软弱，因为刚强，因为需要安全，因为喜欢冒险，因为绝望，因为希望，因为有人爱你，因为有人不爱你。

由此看来，有太多的机缘和理由使人看重和追求感情。人们之所以历经悲欢，尝尽苦难，心甘情愿并矢志不渝去为感情牺牲，就是因为感情是生命自身的需要，是维系人与人之间最原始的亲情、友情、爱情和人情的纽带，关联着每个人生命深处最原始的冲动和渴求，是生命存在的一种本能、一种欲望，联结着无穷无尽的美丽幻想和最圣洁的向往，也是人生和小说叙写的核心支撑和永恒话题。

也许爱情是一则辽远忧伤的童话，让人欢喜让人忧，遥远的童话世界相较于现实漂浮的爱情才显得真实可信。放弃一个爱你的人并不痛苦，可能你还没付出真情；放弃一个你爱的人那才痛苦，因为你已经情意绵绵。若是有缘，时间空间都不是距离，远在天涯犹如在眼前，两情若是久长时，又岂在朝朝暮暮。若是无缘纵使相聚也是貌合神离，近在咫尺恍如天涯远隔。凡事一切随缘，不必太在意一时得失，更不需去强求原本不属于你的东西。最爱的其实就是你爱得死去活来爱不到的那一种。逃避爱情不一定躲得过失意和悲剧；面对失败不一定最痛苦，你还可以诗意地享受痛苦；孤独不一定寂寥，孤独心灵的回响是最低沉有力的；容易得到往往不是最珍贵和长久；失去的也不一定永远不属于你。不要因为寂寞而错爱，不要因为错爱而寂寞一生。

爱情产生于一对男女之间的理性或感性的情感。而情爱则反映了人类之间交往中产生的普遍情感，性爱却是两性之间的身体接触。爱情由情爱和性爱两个部分组成，强调由情生爱，由爱生情。人是有理性的高级动物，其爱情不能简单归结为繁衍后代本能。真正的爱情是两性间纯正感情的结合，是男女之间基于情感、伦理、理智基础上有意识、有目的的组合形式，与盲目的性欲表现绝不相同。情爱的本质，表现在人类的爱情在选择爱情对象上各有自我标准，既有经济基础决定上层建筑的因素，也有社会意识形态因素，同时不排除纯感情因素。既为了性欲的满足，也要建立一种特殊亲密、温馨的、无我的人际关系。所以，爱情的形成是有条件和基础的，一个人不会不加选择地对任何异性都可以产生爱情，很多人的择偶条件还比较严格，社会地位的考量占据很重要的分量。人的择偶条件，不但有生物学特征方面的选择譬如年龄、面貌、身材、健康、形象等，更要选择其社会性的特征，如社会地位、家庭、职业、知识、文凭、品德、收入、能力等方面。由它引发出人的烦恼、焦虑、痛苦与失望，也酿造着迷恋、美好、欣喜与狂欢。《圆觉经》说：“一切众生从无始来，由有种种恩爱贪欲，故有轮回。若诸世界，一切种性，卵生、胎生、湿生、化生，皆因淫欲而正性命。当知轮回，爱为根本。”所以说:“三界轮回淫为本,六道往还爱为基”(《虚云老和尚云居山方便,结夏安居,端午节三开示》)。

一、侠与情的文化思考

当代学者曹正文认为:侠在男女关系上,经历了一个由“断爱”到“有情”、从“无情”到“情深”的发展演化过程。

> 这一转化大约产生于明清之际。是冯梦龙首次将“情侠”连词。《好逑传》在这方面有开创之功。这种转化打通了“侠义”与“风月”的障壁,沟通了“儿女”与“英雄”的联系,颠覆了“儿女情长,英雄气短”普遍观念。于是“君子好逑”一变而成了“义侠好逑”。[①]

而刘若愚认为:

> 从明末以来到《儿女英雄传》,情侠女子走过的是一条从“外出”到“回家”的路。[②]

在中国古代侠义小说发展史上,“侠”与“情”最初的结合同样出现在唐传奇中,只不过那时的侠客仅仅是促成爱情之人,并非爱情本身的当事者。例如《霍小玉传》、《无双传》、《柳氏传》、《昆仑奴》等作品。其中的侠客如昆仑奴、黄衫客等为玉成青年男女之爱,横身其中,以粗豪之为,做月下之老。这一“侠助爱情”的题材,也由此成为一个固定的模式被延续下来,《聊斋志异》中就有这样的许多作品,前已述及。此处还必须明确的一点是,这类作品虽然涉及了“情”,但是“成人之美”的侠举仍可归入路见不平、拔刀相助的主题中去,所以对爱情本身而言,侠只是“情”的辅助角色,男女爱情也只是表现侠行的媒介而已。

---

① 曹正文:《侠客行:纵谈中国武侠》,台北云龙出版社 1998 年版,第 80 页。

② [美]刘若愚:《中国之侠》,周清霖、唐发铙译,三联书店 1991 年版,第 120 页。

侠之于男女之情，似乎是一对处于对立之中的概念，而且我们看到的例子还往往是“侠本无情”。首先，在侠义小说历来重点表现的男侠身上，除过唐传奇中放荡不羁的侠客偶有眠花卧柳之行，大部分侠客，尤其是宋明之后的侠客，都是严守“色戒”，甚至是毫不动情的硬汉，这在前文已有论述，如《赵太祖千里送京娘》中丝毫不为京娘所动的赵匡胤，其坐怀不乱的正直品行是侠义人格必备的道德操守。在《水浒传》中，这一侠之“拒色”、“厌色”的倾向更甚，女色被视为侠之大忌，如阎婆惜、潘金莲、潘巧云等。正因为她们是“红颜祸水”，所以都在必杀之列，杀之的行为也非常酷烈。而这种举措，也正突显了侠之为侠的刚毅和果断。其次，对于历代侠义小说中的大多数女侠而言，很少言情，反以男性的姿态活跃在行侠的舞台上，况且在古代的侠义小说中，女侠的分量本就远远低于男侠，而仅有的这部分女侠，在清代之前，也往往都是冷酷无情之人，如唐传奇中的“贾人妻”(《贾人妻》)、“崔慎思妾”(《崔慎思》)，矢志复仇几乎是她们存世的主要理由，故在复仇之后杀掉自己的孩子，飘然远隐。还有一部分女侠，则是被“男性化”了的女人，如《水浒传》中的“母大虫”顾大嫂、“母夜叉”孙二娘，不仅形象粗陋，而且行为粗率，杀戮成性，无半点儿女之情。由此可见，无论男侠、女侠，似乎“情”对他们而言都是多余的，很难想象一个豪爽自由的侠客，能为儿女私情牵绊。但是，这一状况到了清代，却发生了变化，“侠”与“情”逐渐走上了一条相互融合的道路，并且对女侠形象的塑造也越来越受到重视。其中有三部非常重要的作品:《好逑传》、《绿牡丹全传》和《儿女英雄传》。《好逑传》篇幅不长却结构严谨，故事曲折，情节紧凑，引人入胜。尤其是小说的语言，清丽通脱，雅俗咸宜，无论是故事叙述，还是人物对话，都显示了作者驾驭语言的深厚功力。而此书也是流传国外最早的中国小说之一，早在18世纪就流入欧洲，先后被翻译成英、法、德等多种文字，外文版本达15种之多，19世纪德国的大文豪歌德就曾对此书做出过高度评价，因此也是小说史上非常重要的一部作品。《绿牡丹全传》，又名《四望亭全传》、《龙潭鲍骆奇书》、《宏碧缘》，八卷六十四回，不题撰人。最早刊于清道光十一年(1831)，首有《绣像绿牡丹续反唐传序》，题署为“道光辛卯重阳二如亭主人谨书”，《后叙》题署为“长洲爱莲居士漫题书于芥子园”。据此推断，《绿牡丹全传》大约成书于道光年间。小说以唐朝武则天废子自立,"扰乱大唐纲纪"为历史背景,以将门虎子骆宏勋与江湖侠女花碧莲的婚姻为线索,描写了鲍自安、花振芳等江湖豪侠行侠仗义、为民除害、除奸诛佞、迎王保驾的曲折经历。这部小说暗中因袭《水浒传》的框架,一方面歌颂了侠客锄强扶弱、匡扶正义的侠行,一方面展现了众侠客忠君勤王之心,为众侠客安排了迎王保驾、封功受爵的美满结局,这也正是侠客与官府结合的又一较为典型的小说。另从书名《宏碧缘》上看,该书又提供了一个情、侠结合的例子。全书是以花碧莲与骆宏勋的婚姻为线索而展开来的。作为出身草莽的侠女花碧莲,热烈如火又柔情似水,相中骆宏勋之后便大胆示爱,求父做媒;另一位侠女鲍金花则有着任性好强的骄纵性格,能急人之难,倾力相助。二人同是侠女,形象却彼此不同,各具神态。由此可见,《绿牡丹全传》已开始注重对女侠形象的塑造,既不同于历代侠义小说中女侠的一味粗豪之习,也不同于《好逑传》中水冰心之恪守纲常的闺教之风。她们出身草莽,往往带有江湖气息,武艺高强,行事果敢,同时在爱情的追求上也带有大胆直率的侠风。

这种"以儿女之情,写侠客之行"的创作模式,从两个方面,扩大了侠的表现领域,值得关注。无论是《好逑传》还是《绿牡丹全传》,在"情"与"侠"的结合上,可以说已作出了贡献,但《好逑传》毕竟类型不纯,《绿牡丹全传》的儿女之情,又只是串接故事的一条线索,真正有此明确创作意识的,不得不推《儿女英雄传》。此书循此路子,企图进一步将"情"与"侠"结合起来。这一创作动机,仅从它的书名《儿女英雄传》上,就已透露无遗。《儿女英雄传》原名《儿女英雄传评话》,初名《金玉缘》,又名《日下新书》、《正法眼藏五十三参》、《侠女十三妹》,共五十三回,今存四十回,署"燕北闲人",实即文康所撰。小说叙述清康熙末年的一桩公案。出自名门、智勇过人的侠女何玉凤,因父亲被权贵所害,只得奉母避居山林,更名十三妹,后广交豪杰,伺机报仇。途中偶遇为救父而奔走的孝子安骥蒙难于能仁寺,她毅然拔刀相助,勇战恶僧,并同时救出被困的女子张金凤一家三口。十三妹赠予二人银两并月下做媒,说合安公子与张金凤成婚。安骥之父安学海出狱后,弃官寻访十三妹,在江湖豪侠邓九公之处与之相遇,其时十三妹之仇人纪献唐已被朝廷诛杀,父仇已报。待母亲去世后,十三妹自念孤身,决意出家,后经安学海、邓九公、张金凤等人的反复劝说，改变初衷，也嫁于安骥。何、张二女亲如姐妹，共同协助安骥求取功名，最后，安公子探花及第，位极人臣，何、张二女各生一子，安家人丁兴旺、和睦美满。自古以来，世上都流传着“儿女情长，英雄志短”或“儿女情薄，英雄气壮”的俗谚。但文康却一反常理，认为“英雄”与“儿女”二者不仅联系紧密，更应融为一体，将这种“二元对立”的观点，导向了“二元融合”之路。他在小说的《缘起首回》中，就开宗明义地借“帝释天尊”之口揭示出了这一点：

> 这“儿女英雄”四个字，如今世上人，大半把它看成两种人、两桩事，误把些使气角力好勇斗狠的认做英雄，又把些调脂弄粉断袖余桃的认做儿女。所以一开口便道是某某英雄志短，儿女情长；某某儿女情薄，英雄气壮。殊不知有了英雄至性，才成就得儿女心肠；有了儿女真情，才做得出英雄事业。①

基于这一认识，文康创作了这部“儿女”与“英雄”融为一体的合传。书中侠女十三妹行侠仗义、武艺高强，初为报仇之故，冷落了儿女情肠，以至英雄气壮，儿女情薄，拒不接受安家的婚姻之求。后来在经过众人一番恳切的劝说和自己内心激烈的交锋之后，嫁入安家，成就了一段美满的姻缘。这一姻缘既是“英雄至性”和“儿女真情”的结合，也是何玉凤人格的蜕变与完成——走完了一段由“儿女”到“英雄”再到“英雄儿女”合一的历程。这一由“侠女”向“妻子”的角色转换，这一由“外游”向“闺阁”的性别回归，使何玉凤前后判若两人。这一转变，说来复杂，是古代小说史上自李瓶儿之后的又一位变化明显、争议殊大的形象。对这一人物以及“情”、“侠”结合的模式，后文拟作专门讨论，此不赘言。就侠义小说发展史的角度来说，《儿女英雄传》的创作思路，直接影响了民国武侠小说的结构形式，直至当代的新武侠小说中，仍可窥见它的影子。另外还要提到的一点是，清代的白话侠义小说尤其注重对武艺的展现，小说中的侠客往往是武艺过人的高手。不仅如此，作家

① （清）文康著、何草点校：《儿女英雄传》，中华书局2001年版，第3页。

还特别为他们的武功设置了具体的门派、兵器、招数，较之宋、明时期，对“武”的展现更进了一步，也更加专业化。《儿女英雄传》中的何玉凤就是一个典型的例子，她一登场就出手不凡，在客栈将一块二百五十多斤重的石头单手提起，搬放自如。书中描写其武功最精彩的一段当属她在能仁寺勇战恶僧。

> 在须臾间，她一人便手刃十几名武功不弱的恶僧，其间展现了飞弹、刀、棍、拳等诸般技艺。其中与瘦和尚相斗的一段，尤为精彩：那女子见他一拱手，也丢个门户，一个进步，便到了那和尚跟前，举起双拳，先在他面门前一晃，这叫做“开门见山”，却是个“花着儿”。破这个架式是用左胳膊横着一搪，封住面门，顺着用右手往下一抹，拿住他的手腕子，一拧，将他身子拧转过来，却用右手从他脖子右边反插将去，把下巴一掏，叫做“黄莺搦膝”。那瘦和尚见那女子的双拳到来，就照式样一搪，不想他把拳头虚晃了一晃，重回身去就走。那瘦子哈哈大笑，说：“原来是个顽女筋斗的，不怎么样！”说着，一个进步跟下去，举手向那女子的后心就要下手，这一着叫做“黑虎偷心”。他拳头已经打出去了，一眼看见那女子背上明晃晃直矗矗的掖着把刀，他就把拳头往上偏左一提，照左哈扐巴打去，明看着是着上了。只见那女子左肩膀往前一扭，早打了个空。他自觉身子往前一扑，赶紧的拿了拿桩站住。只这拿桩的这个当儿，那女子就把身子一扭，甩开左脚，一回身，噔的一声，正踢在那和尚右肋上。和尚“哼”了一声，才待还手，那女子收回左脚，把脚跟向地下一碾，抡起右腿甩了一个“旋风脚”，吧，那和尚左太阳上早着了一脚，站脚不住，咕咚向后便倒。这一着叫做“连环进步鸳鸯拐”，是这姑娘的一桩看家的本领，真实的艺业！
>
> ——《儿女英雄传》

清代最早出现将“侠”与“情”结合起来的白话侠义小说，是明末清初的《好逑传》。这是一部优秀的才子佳人小说，共四卷十八回，署“名教中人编次，游方外客批评”。此书又名《侠义风月传》或《义侠好逑传》。仅从题目上看，就有调和“侠义”与“风月”之意。另从分类上看，它既有侠义小说的特点，也有爱情小说的特点，二者的结合，也就是“侠”与“情”的结合。小说的男主人公铁中玉任侠好义、胆识过人，女主人公水冰心沉着机智、不畏强暴。二人不仅是一对才子佳人，更是一对侠男烈女，这已经突破了以往才子佳人小说男性文弱、女性娇柔的套路，给男女主人公均赋予了“侠”的性格特征。在铁中玉形象的塑造中，注重突出的是他“既美且才，美而又侠”的特点，一洗以往侠义人物特有的粗豪秉性。在水冰心的塑造中，不仅展现了她绝代佳人的美色，更以“秋水为神玉为骨”来突显她的性格，为她嵌入了几根耐得揉搓又晶莹剔透的侠骨。这一对侠义男女形象的塑造，可以说是古代小说史上的一大新的转型。另外，他们的铮铮侠骨，还表现在对男女纲常的坚守上，尽管小说为证二人之清白，不惜添设男女主人公在成婚后仍以顽强的意志压抑感情，直至谣言破除才得以真正成合的情节，难免有矫情之嫌，但是通过这部小说，我们也可以看出，“侠”与名教纲常也有相通之处，该书已经开始有意识地将二者作了融合，以期达到既突显侠义，又不悖纲常的理想效果。最终具有侠义风范的男女主人公的大团圆结局，也喻示了“侠”与“情”结合的可能性，并开启了之后侠义小说“情”、“侠”结合的路子。

人类择偶考虑的因素有多方面，既有发自人类本身的情感需求，也有社会、政治、道德伦理、环境等因素影响。真正爱情的产生，一定是基于性爱和情爱基础上的，有人认为，性爱是情爱的基础，没有和谐的性爱，不可能产生完美的婚姻，也有人认为，情爱是性爱的必要前提。在情感支配下，性爱才能达到顶峰状态。瓦西列夫认为，恋人之间的情爱是一种复杂的感受，它既包括同性本能和感觉紧密联系的简单感情，也包含与道德感、理智感、美感和人的其他精神生活相联系的高尚的社会性情感的丰富内容。所以，情爱是包含尊敬、友谊、同情、喜悦、恭敬、诱惑、依恋、自我牺牲、纯洁、体贴等多种高级情感的体验，是肉体接近和性结合时占绝对统治地位的情感。高尚的爱的情绪，使低级情绪处于“从属”的地位。因此，可以说，情爱是爱情的灵魂。他还说：

> 爱情把人的自然本质和社会本质联结在一起，它是生物关系和社会关系，生理因素和心理因素的综合体，是物质和意识多面的、深刻的、有生命力的辩证体。①

柏拉图式爱情，俗称“精神恋爱”，其实质是一种没有肉体接触的精神融合，是一种纯粹的精神恋爱。这种不以肉体接触为基础的情爱关系，只追求心灵沟通，排斥肉欲，往往会失掉爱情走向纵深的机会。柏拉图认为：当一个人美好心灵追求真情向往真理而摒绝肉体的时候，因为没有了功利色彩，所以此时的思想才是最纯洁最美好的。而当一个人的灵魂被肉欲的罪恶所玷污时，人们只追求肉体的快感，而不会体会到拥抱真理的满足，也就产生不了情爱的巅峰状态。当人类失去占有肉欲的强烈需求走向精神愉悦时，此时，他的心境是平和的、恬静的，更能接受生活的本色滋味。从社会学意义上讲，纯粹的肉欲是人类兽性的表现，构成人类原罪的方式之一，是每个生物体的本性。人之所以称为高等动物，是因为在人的一切本性中，人性高于兽性也强于兽性，兽性更多时候被制衡、被压抑而得不到显现。在人性中，情感和精神是重要组成部分，精神交流是美好的、愉悦的，是道德的，也是最能反映人类情感的关键点。金庸小说英雄、侠客的爱情故事追求的就是柏拉图式情爱，强调的是纯正感情的生发与升华，非常看淡性爱情节的叙事展现。

二、穿越传统文化的情爱观念

在中国几千年传统的封建伦理社会中，依据儒家文化形成的婚姻观，婚姻大事从来都是“父母之命，媒妁之言”，男女既缺乏婚前认知的机会，也没有自由恋爱和婚姻自由。虽然古人不断地用自己的实践宣告追求爱情的美好，有时甚至以生命为代价实现梦想中的自由婚姻理想，但现实和理想的极大反差使人类的实践努力往往付诸东流，成功的奢望只存在于梦想中，而在

① ［保］基·瓦西列夫：《情爱论》，赵永穆译，三联书店1984年版，第42页。

现实中不能得到的东西反而让人更觉得小说中男女爱情的灿烂与美好。这种现象在雅文学中得到多方位的解读。而在传统的通俗小说中，这种婚姻理想却没有得到理解和阐述，女人没有得到起码的尊重，倒是“兄弟如手足，女人如衣服”的伦理观念却得到最为有力的阐释，武侠小说中的侠客向来不以女色为重，而只重兄弟情谊，最为典型的是《水浒传》，一百零八条江湖好汉，男的个个活灵活现，而女人只剩下可怜的几位，且都是以江湖的“恶人”面目出现，像孙二娘是“母夜叉”，入梁山之前，在十字坡与丈夫经营黑店。只讲究杀人越货，没有丝毫女性特征。稍有“女人”味的扈三娘却没有主体意识，连婚姻大事都随人摆布，因宋江一句话就嫁给矮脚虎。那时，女人是男人的附庸，既缺乏温柔妩媚的女性性格，也没有女人起码的主体人格尊严。但金庸小说一改传统武侠小说的爱情和女人观念，小说中的女性人物却是英姿飒爽，活脱脱是“儿女英雄”，她们的爱情故事充满传奇色彩，或凄婉，或美满，或曲折，或心酸，不一而足。况且就男女关系上，女性如黄蓉、李莫愁等性格鲜明，其个性得到张扬。小说中的侠女也不再像潘金莲一样，只会尽情展示其女性的原始欲求，而主要展示女性的外形俏、内在美和人格魅力。男性爱情故事浓烈异常，曲张有度，较为准确地勾画出人类的本能与欲求，这就颠覆了传统不近女色的侠客形象，让侠客更人性化，也让小说更动人。

“情”有亲情、友情、爱情之分，爱情，永远是古老而又年轻的神秘话题，没有人可以说出爱情的真谛。如果说爱情是一朵美丽娇艳的花朵，那么金庸小说就是爱情春天的花园。这个花园花团锦簇，春光明媚。虽然人类的寿命有限，但渴慕“爱是永恒”的感动却普及人心，因此“情天恨海”、“海枯石烂”、“天长地久”、“地老天荒”等形容爱情永恒性的词汇在金庸小说中大放光彩，除非你不是真心爱一个人，否则你巴不得永永远远都爱着他(她)。金庸的情爱观念基本基点几乎都打上传统文化的烙印，如以男人为中心、大男子主义、门当户对等贯穿金庸小说的始终。但金庸在注重传统文化的历史传承同时，更着力于对侠客爱情的现代化改造，从而穿越了传统的情爱观念，赋予侠士爱情新的内涵，在金庸看来，爱情是一种默契，爱是一种牺牲，爱是一种责任，爱是一种谅解，爱是一种吸引，爱是一种追求幸福的过程。

钱穆比较了中西方文化差别后，对中外“爱”的差别有过精辟的论述，他说：

> 西方人的爱，重在未来幸福上，中国人的爱，重在过去情义上。西方人把死者交付给上帝，中国人则把死者永远保藏在自己心中。中国人往往看不起为个人的未来命运而奋斗，他们主张安命，因此打开局面来创新的动力不足，只对旧的极回护，极保守，只要涂上他的记忆面，他总想尽保存，不使它模糊消失，或变色了。这也是另一种坚强有力的人生，力量全用在自己内心深处，他并不是对未来不希望，他所希望的，偏重在他所回念的，他紧握着过去，做他未来生活的基准。他对过去，付以最真挚的真情，只要你一侵入他的记忆，他便把你做他的生命之一部分，决不肯放松。忠呀！孝呀！全是这道理。初看好像死守在一点上，其实可以无往而不自得。要他向前，似乎累重吃力，但他向前一步，却有向前一步之得，决不会落空。他把未来扭搭上过去，把自己扭转向别人。把死生人我打成一片。但对自己个人的未来幸福，却像没有多大憧憬般。①

所以，武侠小说更注重师门、朋友、兄弟等情感的再现和突显，对这种历史形成的“爱”和过去情义作了尽情的告白。这种隐秘的情感世界解释与描述，在新派武侠小说中已相当普遍，“情”的描写在小说中占有很重要的位置，梁羽生既是一个新派武侠小说代表作家，同时也是一个武侠小说评论家，他就曾对武侠小说的内容作出过一个简单的判断：

> “武”、“侠”、“情”可说是新派武侠小说鼎足而立的三个支柱。②

这种三位一体的构架深刻地体现在新派武侠小说三大家的作品中。

在刻画爱情的多彩多姿和情感表述的深度上，金庸小说的确是超越前

① 钱穆：《湖上闲思录》，三联书店 2009 年版，第 11 页。
② 陈平原：《千古文人侠客梦》，人民文学出版社 1992 年版，第 78 页。

人的。金庸小说中的爱情景观五彩斑斓，各种形态复杂共存，有人人羡慕的人间眷侣，有让人悠然神往的神雕侠侣，也有让人潸然泪下的悲情世界，甚至有因爱生恨的畸形情感。从审美特征来分析，金庸笔下的多种形态的爱情故事最能激起人们思考，体现的社会意义最深刻的就是爱情悲剧。鲁迅曾说："悲剧将人生的有价值的东西毁灭给人看。"①悲剧给人一种独特的审美感受，激发人类潜藏的丰富的情感，比喜剧更具有发散和张力。悲剧理论认为悲剧性就是指人对死亡、苦难和外界压力的抗争本性。人在永不满足的、不能实现的追求中找到自我，所显示出的超常的抗争意识和坚毅的行动意志，使读者心灵受到巨大的震撼。在体味一种痛苦之感后即可产生强烈的审美愉悦，在这里，侠骨柔情不但代表光明的爱情叙事，而且表征为爱情悲剧性的壮美，悲剧能使人在精神上变得高尚。

张无忌与周芷若的婚礼匆匆结束，陈家洛与霍青桐、喀丝丽姐妹之间的痛苦爱情选择，胡斐与袁紫衣、程灵素之间的情感取舍，狄云与戚芳的孤独背离，乔峰和阿朱的情断奈何桥，让我们看到金庸笔下悲剧性爱情的经典。当然被传统文化长期浸润的金庸不会被悲剧所左右，他其实也喜欢写一些大团圆的爱情，以此显示他对爱情的正面理解，譬如让郭靖碰上黄蓉，孤独的大侠不再独孤，让杨过倾情于小龙女，历经 16 年磨难终能修成正果，变为人人艳羡的神雕侠侣。但总的来说金庸小说中的爱情故事，悲情世界的居多。从类型上讲，金庸小说中的爱情悲剧，不再是封建伦理下包办婚姻的社会悲剧，也不是三妻四妾争宠恃娇失败后的生活悲剧，更不是当下二奶、三奶的婚姻败笔悲剧，他笔下的英雄侠客已经被赋予了跨越时空限制、超越历史现实的展示个性追求爱情的权利。其自由度已经远离人世间伦理规范。既然他们的行动有巨大的自由空间，那他们的悲剧又是如何产生呢？陈家洛的爱情悲剧，其本身优柔寡断的性格及其肩负的历史使命是主要原因，文化观念与价值的异同是次要原因；胡斐是造化弄人受制于命运的捉弄；狄云和戚芳的爱情悲剧是人类情感的难解之谜的历史反问：问世间，情为何物？直教人生死相许。乔峰和阿朱的爱情悲剧却是不同民族文化的冲突造成

---

① 这里所说的"毁灭"，是指所遭受到的磨难、挫折、失败和牺牲。

的。除此，金庸还设计了一些让人欢喜让人忧的爱情故事，作为对爱情故事的补充，使得小说中爱情花园摇曳多姿，让人们可以思考更多情感问题。《笑傲江湖》中令狐冲日久生情爱上岳灵珊，但岳灵珊遭遇林平之之后却移情别恋，这让令狐冲消沉痛苦情不能自已，但任盈盈的出现，让令狐冲落寞的孤独心灵有了些许安慰，随着岳灵珊的最终死亡临终嘱托令狐冲照顾林平之，令狐冲只能深藏爱念并最终与深爱着他的任盈盈逃离江湖隐居西湖底下梅庄而“笑傲江湖”，这两个人的成功，其实要归功于任盈盈。金庸让一个充满爱意而又非常善解人意的大小姐作为对令狐冲爱情上的补偿，由此获得爱情的甜蜜和美满，是符合华人的审美心理的，也是靠这么一个可人儿一步一步地把已经接近心如止水的令狐冲引向自己并最终拥有圆满的结局。这其中包含了更深刻的关于人性与爱情本质的思考，呈现出的是更高一层的审美境界。

(一)一男多女式爱情故事的反思

金庸小说里的爱情多姿多彩，倡导恋爱的自由与爱情的忠贞精神，金庸小说塑造了郭靖黄蓉、杨过小龙女、令狐冲任盈盈等多对经典情侣，编织了一个个美丽的爱情童话。但金庸小说中爱情观也有传统小说的遗病，采用的模式基本上都是一男多女式的爱情故事，偏重才子佳人式的爱情搭配。在金庸的武侠小说中，我们经常会见到这样一种现象，那就是被称为英雄或大侠的男主人公在仗剑行侠江湖时伴随着的是香艳美女，开始是两位美女同时爱上主人公。如《书剑恩仇录》中，陈家洛身边就有霍青桐和喀丝丽；《飞狐外传》中，胡斐身边有袁紫衣和程灵素；《射雕英雄传》中，郭靖先后与华筝、黄蓉产生情感纠葛。延续下去，还有《天龙八部》乔峰与阿朱、阿紫的情感心路。然后演绎出一男三女、一男四女模式……甚至到一男七女。如《碧血剑》中袁承志之于夏青青、宛儿、阿九，《笑傲江湖》中令狐冲之于岳灵珊、仪琳、任盈盈，《倚天屠龙记》中张无忌之于周芷若、赵敏、殷离、小昭，《天龙八部》中段正淳之于阮星竹、秦红棉、甘宝宝、王夫人、康敏，段誉之于钟灵、木婉清、王语嫣等，《神雕侠侣》中杨过之于小龙女、陆无双、程英、公孙绿萼、郭芙、郭襄，《鹿鼎记》中韦小宝之于建宁公主、沐剑屏、方怡、曾柔、苏荃、阿珂、双儿。李惠敏认为：

> 在金庸小说中，比较普遍地存在着“一男多女”的模式，这个模式既是男权意识的流露和体现，又是丰富、复杂的人性的折射。
>
> 金庸小说中众多美女围绕一个英雄的爱情模式，是由其进步的女性崇拜情结决定的，这一模式使女性情怀、女性之美在金庸小说中成了与英雄胸襟、英雄侠义并驾齐驱的一个看点。[①]

金庸全方位展示男女爱情的结构图示，试图表达他对情爱观念的全部理解。综观他所有的侠与情的描写中，我们可以发现，金庸实际上具有浓重的传统伦理观念，在一个个优美而温馨的爱情故事里，他更为强调爱情的忠贞与专一，这是中国古典文学情爱观的历史传承。“我欲与君相知，长命无绝衰。山无陵，江水为竭，冬雷震震，夏雨雪，天地合，乃敢与君绝！”（《上邪》）忠贞、专一的爱情喷涌而出。在可认知的小说里，金庸一如既往地写出江湖侠客和侠女至真至纯的人间真情。虽然侠客在选择爱情时存在多种可能性，如郭靖、乔峰、杨过、张无忌等明里暗里都有多个江湖闻名女侠喜欢，但他们都坚持了道德底线、品质操守，最终他们的选择是唯一的。虽然他们的选择过程起伏跌宕、波澜起伏，有过迷茫，有过错觉，但结果都会拨乱反正，走上正途。这种状况在张无忌身上得到集中体现，在《倚天屠龙记》中，张无忌在爱情这一问题上，也是多方留情，难以抉择。面对四位佳人，自己也不知该如何取舍（而这种取舍，则是法律、道德强加于他的，法律、道德不允许他鱼与熊掌兼得）。虽然最后他把四位佳人分出了层次：

> （张无忌）对芷若说：“芷若，我对你一向敬重，对殷家表妹心生感激，对小昭是意存怜惜，但对赵姑娘却是……却是铭心刻骨的相爱。”

---

① 李惠敏：《人性的辉煌，男人的梦想——对于金庸小说中的“一男多女”模式的文化阐释》，《山西高等学校社会科学学报》2003年第9期。

但这只是他无奈的选择，是理性的抉择。在他本心中，则是另一番想法：

> 张无忌做了一个好梦，在梦中，他梦见自己娶了赵敏，又娶了周芷若。殷离浮肿的相貌也变得美了，和小昭一起也都嫁了自己。在白天从来不敢转的念头，在睡梦中忽然都成为现实，只觉得四个姑娘人人都好，自己都舍不得和她们分离。
>
> ——《倚天屠龙记》

这个梦才是张无忌的心中真正所想。张无忌与四个姑娘纠缠不清，倒不是他天生花心，喜新厌旧，或者见异思迁，主要是他性格因素造成的，他随和被动，对人将心比心，易受外界感动，易受人左右，受人摆布。同船四个女孩，个个跟他都或多或少有些渊源。赵敏自不待言，张无忌对她喜怒纠葛，由不喜欢到喜欢，直至满心喜欢，倒不是赵敏比周芷若更美，主要是赵敏既能大胆主动示爱，又能爱他超出她自己生命本身，这种感人情志撩拨着张无忌的心弦，他欲罢不能，自然是刻骨铭心了。周芷若从小对他有恩，在他生病受伤时，周芷若曾细心照顾过他，张无忌铭记在心，况且周芷若光艳照人，对他深情款款，张无忌自然无法割舍；小昭是个西域美人，自有一番别样风致，又是死心塌地地爱他，换一个环境，张无忌肯定爱她，当然是舍不得她；殷离虽然面貌丑陋，但身世和处境的凄苦却让他满心怜惜，与其说张无忌是爱她多一点，倒不如说是怜她多一点，他不忍让殷离失望，他满怀真诚地想带给她幸福和快乐。历尽艰难，张无忌和四女同舟晚归何所望？虽然四女对他都有意，但张无忌众目睽睽之下不敢做出任何亲热举动，只敢做做美梦，在现实中，他方寸大乱实在不知如何选择。虽然张无忌从一而终，但作为一个男人，在其隐秘的内心世界里对女人的占有欲望是热切和强烈的。从生物学上讲，雄性动物具有尽量多地占有异性的本能。男人，作为高级的雄性动物，或许依然残存着这种动物本能。在小说中，金庸既表达对中国婚姻传统的认同，同时他也正视人类欲望与本能并传递了这种认可。

（二）大男子主义思想是金庸的情爱观念的基础

小说中，他可以随时随地设置两个或多个女子围着男人打转，但绝少看到多个男人围着一个女人转。唯一的例外是王语嫣身边围着个大痴男段誉。大男子主义、以男人为中心是金庸一以贯之的理念，长篇小说中，他设置的主人公无一例外是男人，[①]即使威风如黄蓉，也仅能作郭靖的陪衬。杨过可以逐渐蜕变为江湖大侠，小龙女却只能避世16年，虽称“神雕侠侣”，但毕竟神雕名头太响，侠侣无法在原调上再拔高音调，只能降调相和，况且小龙女根本没有想要与杨过试比高。金庸在宣扬男人中心说的同时，却在控制男人的欲望，强调爱情的忠贞，倡导“一夫一妻制”。但在表述不同民族的婚姻爱情观念时，金庸却区别对待。在汉族的侠客中，金庸设定他们的爱情最终是一女配一男，而对于汉以外的边缘小国“侠士”则放开手脚，极尽写情的恣肆汪洋、色彩斑斓之能事。段誉、韦小宝的多妻结果一方面显示金庸正统的一夫一妻的汉族文化理念在其他少数民族身上的崩溃，因为段誉是大理人，可以不理会儒家的婚姻传统，韦小宝更不知道来历，他的父亲可能是旗人，也可能是西域胡人，也存在洋人和汉人的可能，韦小宝曾求证于他的母亲，终不知结果如何，所以也就可以“胡作非为”。但都不影响金庸对爱情的看法。另一方面，这种爱情的预设，金庸也把他用以证明汉族的文明和开化、蛮人的不开化，相对传统的儒道文化传承，呈现出汉族文化的文明与优势。但有一点应明确，无论金庸如何表达汉民族以外的小国蛮野，可在笔下依然让他们具有人类最为原始的纯真情感。段誉对王语嫣的痴情，韦小宝赢得七位美女的芳心，段正淳对情人的至诚，都可以认定为人类情感的可贵和共通性。《天龙八部》中有一段描写段正淳的话很能说明金庸的观点：“段正淳贵为一国王爷，风流成性，喜欢美女柔情，到处拈花惹草。”他似乎是金庸小说中最为“情场得意”的人物。“更难得的是，他用情固然不专，但却用心很诚；固然有见一个爱一个的雅好，但每爱一个都是一片真心。”作者的态度是显而易见的，说：“段正淳虽然秉性风流，用情不专，但当和每一个女子热恋之际，却也是一片至诚，恨不得将自己的心掏出来，将肉割下来给了对方。”

当然，段正淳也为此付出了惨重的代价：情人间争风吃醋，儿子险些与

① 金庸的三部中篇小说《鸳鸯刀》、《白马啸西风》、《越女剑》中的主人公是女性，其他作品一号主人公是清一色男性。

私生女乱伦，自己险些被康敏借刀杀人，最终与所爱的女性同赴黄泉。他最大的尴尬是，他的元配夫人刀白凤为了报复他的风流而一度献身于他的仇敌段延庆，他唯一的儿子段誉原来并非他亲生，而是段延庆的骨血，不过他不知道。这是他的不幸，却是段誉的万幸。

对此，北大教授严家炎在《论金庸小说的现代精神》一文中先论证金庸小说的现代先锋性，但又指出小说中隐藏的非现代精神，在结尾，他略带遗憾地写道：

> 金庸小说有没有非现代意识，有没有陈旧观念、滞后思想呢？有一个现象也许可以讨论。那就是：他小说里的男主人公，总是被好多年轻美丽的女性包围着。……在古代，中上层男子三妻四妾并不稀奇，小说中写到也属正常。但是，一个男主人公四周总有那么多女性在围着他转，这类现象在他作品里又出现得那么多，那么集中，我以为还是说明一点问题，即金庸小说积淀着千百年来以男子为中心，女性处于依附地位的文化心理意识，虽然作者自己也许并没有明确地意识到。①

从这段话中看出连对金庸钟爱有加的严家炎教授在论述金庸小说中有现代精神之余，正儿八经地指出金庸小说还存在非现代意识，在这位当今可列于泰斗级人物眼中都作如是观，似乎可以想见这种非现代意识在金庸小说中确乎普遍存在。但严家炎有一点可能没有思考清楚，小说中确实普遍存在“一男数女”的故事模式，但这种模式不是古代的“三妻四妾”一男多女式的婚姻，而是现代爱情中极为常见的普遍现象，一个优秀的男人，赢得多个女子芳心那是很平常的，更何况金庸笔下的男主人公，虽然身边常常有两个或多个美女相伴，但他们都发乎情止乎礼，仅仅给男主人公在择偶时产生较多的心理干扰因素，而不影响爱情的忠贞与排他性。从恋爱的结果看，男主人公最后的选择都是正确的，他们选择其中一位成为配偶，在读者眼光里却是

① 严家炎：《金庸小说论稿》（增订版），北京大学出版社2007年版，第63页。

佳偶或绝配。试想想，如果郭靖没有选择黄蓉而选择华筝，他能够守卫襄阳几十年而成为“为国为民，侠之大者”的大侠典范吗？如果令狐冲不选择任盈盈，他能够屡屡化险为夷，得享大成，而后偕妻子归隐西湖而在精神上“笑傲江湖”吗？如果杨过不死守16年，千万里追寻，他能够成为江湖上津津乐道的神雕侠侣吗？从这一点说，即使按照当代中国文化及现代文明的标准衡量，金庸小说体现的思想及观念不仅不是非现代精神之余，而是现代精神的典型告白，这不仅表现在金庸严格秉承中国传统的道德伦理“一夫一妻”制，而且表现在现代人择偶的标准依然以情字为核心，更强调爱情的忠贞与专一。这在色情文学泛滥的香港，金庸的小说能够洁身自好当是难能可贵。当下，他所宣扬的爱情道德观念也是符合人类大道的，就是放在未来也是符合历史发展趋势的。所以金庸小说的一男多女模式非但不是败笔，反而是现代伦理道德的显现和张扬，值得倡导和肯定。

怎样评价这种现象，周作人《扪烛脞存》一文中曾笑谈到：

> 鄙人读中国男子所为文，欲知其见识高下，有一捷法，即看其对佛法以及对女人如何说法，即已了然无遁形矣。[①]

女性在中国向来处于被同情、怜悯的地位，在中国历史上都是被侮辱被损害的。在民国时期，如果男人眼里视女人与男人同样具有独立尊严，那这个男人的见识便可超越常人，具备“人”的意识，是一个真正的现代人。鲁迅曾经沉痛地指出：

> 中国人向来就没有争到过“人”的价格，至多不过是奴隶。修订中国历史措辞不要绕弯子，只不过是“想做奴隶而不得的时代”和“暂时做稳了奴隶的时代”的循环往复而已。[②]

---

① 周作人：《扪烛脞存》，载周作人自编文集《书房一角》，河北教育出版社2002年版，第166页。

② 鲁迅：《坟·灯下漫笔》，《鲁迅文集》第二卷，黑龙江人民出版社1985年版，第144—145页。

金庸小说中不管男性和女性都不再是鲁迅笔下的“奴隶”，而是主体意识觉醒后的大写的“人”。虽然大男子主义常常在金庸的思想里作祟，但女性的入将出相、行走江湖也是显而易见，有一种欲与男人试比高的味道。小说里也大谈佛，《天龙八部》整部小说基本以佛理为根基，如鸠摩智、虚竹、少林和尚等，《射雕英雄传》中一灯大师也是得道高僧。他们佛道高下区别，谈吐识见如何，姑且不论。但金庸小说除爱情外，对女人的不重视，该是不争的事实。除掉三部中篇以女性作为主人公外，其余十二部长篇小说无一例外地选择男性作为主人公，显示在江湖文化中对女性的轻视。

假如拿周作人的话作为衡量标准，金庸即使在谈论佛道时能够获得读者的认可，但他对女性的尊重和轻视同时存在，对女人的“见识”又是不及格的，两者相加也只够七十分。

在爱情上，金庸小说往往把男女之“情”写得流香溢彩，浓情蜜意，但在男女之“性”上，却显得相当干净，除掉《天龙八部》中段誉和木婉清被关在石屋里喝下阴阳和合散，接近性事描写，虚竹被天山童姥捉弄和西夏公主有了一段在金庸武侠小说中难见的涉性描写，所有小说中不再有涉及性的描写，所以根本谈不上淫秽。对此，很多人有不同看法，方爱武在思考杨过和小龙女爱情过程时提出不同看法：杨、龙两人居于古墓，两个人在耳鬓厮磨的世界中逐渐成长起来，继而萌生爱意，又同室而眠，情郁于中自然要发之于外，但他们能遵守传统礼教。如果是他们主观上坚守贞操，说明他们受传统伦理道德影响深刻，如果不是主观决定，那他们同居一室而能恪守名节，那是金庸造假。或者可以断定杨、龙两人爱情不能称为人性或爱情，倒可以称之为礼法。杨、龙两人未经礼法熏陶却爱得深沉，懂得“发乎情，止乎礼”，善于以“天理”来克制“人欲”，似乎有些理想化色彩。生活在这样一种脱离尘世的环境里，小龙女心如止水情有可原，但杨过青春年少，血气方刚，如何耐得住寂寞。况且杨过是一个反叛性极强之人，小龙女又根本不懂人伦，“及乱”倒是顺理成章，“终不及乱”反而假惺惺不真实。这样的情节放在杨过身上就与杨过性格的整体性有点背离，如此写古墓中杨过与小龙女在“性”上的“干净”，如果这体现的是金庸真实的男女观和性观念，那只能说是金庸本人多次失败婚姻经历的反照；如果体现的不是金庸真实的男女观和性观念，那是金庸刻意做作，或许是金庸为了迎合读者的口味而对此进行了商业化的改造。

（三）门当户对的婚姻观念是金庸情爱观念的重要支持

温柔、美丽、善良、纯洁等是理想和完美的女性形象，构成金庸小说中女性普遍具备的特征。霍青桐、喀丝丽、袁紫衣、黄蓉、郭襄、小龙女、王语嫣、赵敏、周芷若、任盈盈、阿珂等等，这些人物都可以当做是"美人"的代名词。在这里我们可以很有兴味地探讨一个问题，为什么在江湖上游走的女性都是人见人爱的美女呢？那丑女哪里去了？要不然古代不产丑女，或许丑女全都是大家闺秀，全部囿于闺阁楼台，没有一个能成为女侠而行侠江湖。让侠女都是美女大致有两点原因。首先应该说这些女性的自身素质（天生丽质）最大限度地满足了男性的审美需求和趣味，所以才可以让潇洒走江湖的侠客既不寂寞也没有生活遗憾，让读者阅读时得到心理上的补偿。此外，很可能与金庸自身偏爱美女有关，金庸一生唯一看上的红粉知己又苦追不得的是当时一个大美女——长城电影公司当家花旦、第一美女夏梦，由于夏梦已为人妇，金庸的爱情愿望当是镜中之花。另外金庸造访台湾，对外界曾说过："心目中的女神是台湾的萧蔷。"萧蔷，台湾一个才女演员，曾多次被评为"台湾最美丽的女人"。萧蔷是个"金庸迷"，十五岁开始阅读金庸小说，而金庸则认为"萧蔷人美料多"。据艾涛在《金庸新传》中记载，金庸与萧蔷有过一场特别对话：

> 萧：我觉得金庸小说对我的影响很大，尤其是它们对女人的描写，非常细腻。
>
> 金：谢谢。不过我到美国开会时，却有人觉得我不懂女人。
>
> 萧：怎么会，我觉得《天龙八部》当中，萧峰偷听段正淳和马夫人说话，描写马夫人的声音"腻中带涩，软洋洋的，说不尽的婉转缠绵，令人神为之夺，魂为之销"。我都把它背下来了，如果我说话有她一半的功力就好了。
>
> ……

萧：您可不可以用一句话形容我？

金：我将来如果写爱情小说，就把你当做主角写进去，而且会空前绝后地美。①

所以金庸不会把丑女带进小说里，空留下自身的遗憾，一定会把自身的愿景充分地在小说里加以表达。但金庸没有完成许诺，爱情小说写作仅仅停留在口头文学上，萧蔷也无容光进入金庸小说的美女排行榜。况且，这些女性某些附带的条件也是比较诱人的，如黄蓉是“东邪”黄药师之女，江湖上赫赫有名，用现在的话说是高干子弟，从世俗的角度说，郭靖攀了高枝；小龙女是“古墓派”的唯一传人，是一派之主，并与全真派比邻而居；王语嫣是段王爷的私生女，享有“公主”的尊称；任盈盈是日月神教教主任我行之女，当令狐冲尚未目睹盈盈的庐山真面目时，便已沾其芳泽，以后更是受惠不断；韦小宝之所以能赢得七位美女的芳心，除掉韦小宝的“阴谋诡计”外，他的身份、地位和黑白两道通吃，在其中起决定性作用。如果韦小宝仅仅是一个妓女的儿子，他就连认识她们的资格也没有，遑论娶她们为妻。英雄配美人，门当户对，这是金庸对婚姻最基本的看法，英雄、豪杰有如此贤内助帮扶，自然是如虎添翼。

瓦西列夫在《情爱论》中说：

人们自古以来就在探索爱情的秘密，试图认识它的本质，因为爱情既给人们带来明朗的欢乐，又给他们造成深沉的痛苦。各个时代关于爱情都有形形色色的议论和箴言，既有诗意的赞颂又有痛切的抱怨；有虔诚，也有庸俗；有兴高采烈，也有沮丧颓唐；有青年时代的鲁莽，也有对命运的诅咒。②

弗洛伊德说过，“文学作品都是作家的白日梦”。金庸在“梦中”想象出

① 艾涛：《金庸新传》，山东友谊出版社2002年版，第354—356页。

② [保]基·瓦西列夫：《情爱论》，赵永穆译，三联书店1984年版，第1页。这些，我们在金庸的小说中几乎都能读到。

爱情的万千风貌,让人叹为观止。当然,金庸小说的爱情魔力较当时琼瑶小说爱情魔力大为逊色,这主要表现在小说中所表现的爱情基础是普通又普通,要么一见钟情,心心相印,要么共同交往,日久生情,要么在行侠过程中历经磨难而产生的至死不渝的爱情。这些不食人间烟火的华彩爱情也只能在梦中享受,不能在现实中实现,作者为我们编织了一个又一个梦幻爱情,而我们却甘愿躺倒在这虚无缥缈的神话般故事里酣然入睡。对此,学者王彬彬提出不同看法,他认为:

> 作为一种大众文化,金庸的小说同充斥于荧屏的电视连续剧一样,写了许多爱情,也不可能不写许多爱情。而金庸小说里的所谓"人性",很大程度上也是由其中的那些莫名其妙的爱情来表现的。无论是写爱情,还是写别的什么,金庸都不受现实可能性的制约,都无须考虑是否真实的诘问,他唯一要考虑的,是读者的口味,对于这样写出的爱情,竟有人推崇不已,并将其作为现实中实有之物一般来分析、研究,总难免让人觉得滑稽。①

王彬彬基本上对金庸的爱情描写采取否定的姿态,认为金庸小说中的爱情是扭曲的,是莫名其妙的,是超越现实性的。

与此同时,金庸对爱情也有过迷茫,有过困惑,他自己的婚姻也说明这一点。所以,在李莫愁身上寄寓了金庸的另一种爱情观,那就是:人世间的爱有真有假,有些是海市蜃楼,根本靠不住。其中的典型人物当数李莫愁,李莫愁不是生而恶毒,原本她美丽善良。因倾心陆展元,造成她一生的不幸。曾经的她以处子之身不顾男女之嫌为其疗伤。又因为忠于爱情而被师父逐出古墓(师门),抛弃了一切追求的她不仅没有得到心中所想,反而被陆展元狠心抛弃。这种巨大的心理落差,是李莫愁无法承受的,自此她性情大变,本性中的狠毒被激发、被放大、被刺激,由爱转恨的深刻痛苦非常人所能体味,物极必反,从一个极端走向另一个极端,所以这种恨意越发显得可怕。

---

① 王彬彬:《金庸小说"低端":麻痹现实 只是精神骗术》,《辽宁日报》2011年8月30日,王彬彬采访录,作者高爽。

因此，我们可以做出一个判断：放弃爱你的人不痛苦，放弃所爱的人才是真正的痛苦，陆展元可以马上移情别恋，李莫愁就痛苦一生，终将以仇恨作为对失去爱情的落寞心灵的补偿。纵横江湖十几年，手执冰魄银针杀人无数，江湖中人无不对之闻风丧胆。爱之感觉飘忽、变异，爱到最后因失望会变成怨家、仇敌，所以那种爱是假的，不可靠。

古希腊哲学家思培多库勒对此类情爱有过解释，他认为：

> 爱总是和所爱的东西结合为一体，而结合为一体的开始，也就是分离的开始，是由争执与憎恨支配阶段的开始。①

从爱的正面看到了其反面的争执与憎恨。同样，金庸看到事物的正反两面，恋爱不成，可以放弃，但爱之极点，再也难以放弃，反而因爱生恨，从而走向另一个极端。孔子云："过犹不及。"即是这个意思。

悲剧感染力越大，悲剧存在的价值就越高。悲剧显现的无穷魅力，在于它将美的人和美的事毁灭掉。当韩何化鸳、焦刘化鸟、梁祝化蝶成为一幕幕爱情悲剧时，悲剧就演绎成了经典。尽管可能会成为弗朗西斯与金思基、露丝与杰克的爱情感人不已，但更希望天下有情人终成眷属。李莫愁在金庸小说中是一个比较典型的悲剧人物。一个古墓派的高徒既高傲又冷漠，当她全心全意去爱一个人时却发现自己做了不过是一个遥不可及的梦。深刻的孤独感和沉重的挫败感让她从一个花季少女最终变成了闻之色变的女魔头。不是她本性狠毒，而是她正需要那样一个坚硬的外壳去保护自己。阴冷的冰魄银针远比温暖但飘忽的爱情更让她觉得安全和实在。

金庸这个看法的形成与他自己的婚姻生活有关，他结过三次婚，都不是很如意。2001 年 4 月，在中央电视台《对话》节目，金庸坦言："我自己的爱情生活不是很圆满的，也谈不上凄美，总之不是很圆满，不是很理想。"他曾经对不起别人，别人也曾对不起他，总之留下了一个不完美的结局。他曾对记者讲："年轻时，喜欢一个女孩，明明知道不适合，或者没机会，也照追不可

---

① ［德］埃·弗洛姆：《爱的艺术》，刘福堂译，安徽文艺出版社 1987 年版，第 15 页。

也。”这个女孩就是当时香港长城影视公司当家花旦，貌美如花的夏梦，金庸苦追而不得。对他的离婚再婚原因，他说：

现在不怕讲，我的第一任太太 betrayed① 了我。

他在 74 岁时回忆这段不愉快的婚姻，依然眼含泪光地说：

是她背叛了我。②

第一任太太背叛了金庸，第二任太太是金庸背叛了她，传闻是“十元小费”婚外情故事结束了金庸与朱枚那一段同患难的婚姻，缔结了与“十元小费”的女主角“小龙女”的另一段共富贵的婚姻。对他自己一生的感情与浪漫，金庸也说过：

好似吸毒，你明知道那是不好的，但抗拒不了引诱，又吸了。③

似好又不好的爱情也使金庸对爱情的理解更为深刻，而对夏梦的铭心刻骨的爱却让他甘愿匍匐在人类至真爱情的“石榴裙”下，但是他却得不到。现实爱情已是不很如意，理想的爱情可望而不可得。于是，金庸就把现实爱情生活的不很适意，转而描写小说中侠士、英雄爱情的热烈与浪漫。于是就有了诸如《连城诀》中丁典与凌霜华的心心相印至死不渝；《飞狐外传》中程灵素对胡斐一见钟情并生死相依，为挽救情郎而命丧黄泉；《碧血剑》中“金蛇郎君”夏雪宜为报血海深仇，前去江南温家，准备杀尽温氏一族，却爱上温家小姐温仪，最终“情”战胜“仇”等等。

从金庸的许多公开讲话和许多文章中可以得知，金庸认为最理想的爱情最好是一见钟情，从一而终，白头偕老，这是主流观点。但有些研究者从

---

① Betrayed，中文意思为“背叛”。

② 张圭阳：《金庸与〈明报〉》，湖北人民出版社 2007 年版，第 28 页。

③ 船海：《金庸鲜为人知的一面》，《名人传记》2000 年第 7 期，第 27 页。

金庸小说中解读出其他内容，如陈墨先生认为：

> 金庸写情，虽说到底大致可以归为“有情皆孽”四字，即几乎都是以悲剧结束，然而具体而言，则有三点难得。一是自成一家不与他人重复；二是自成一体，不与自己的其他作品重复；三是同一部书中的不同人事亦不互相重复。①

这几句还是比较恰如其分地表达了金庸小说的爱情基本状况。至于金庸派生出李莫愁式因爱生恨的悲剧显然是“有情皆孽”主题的延续，与小说中大侠的爱情相比较而言不是表达中心，我们另当别论。

三、对抗世俗的壮举

因为世俗就是世间的习俗，是经过人们的长期定性活动形成的，它代表的是前人的经验和习惯，蕴涵一定的意义。这是一种大众化的认识，是具有某一范围的普遍性的共识，所以要对抗世俗，就是对抗某一范围人群的常理认识，这确实是难以纠正的观念。五六十年代的香港，深受殖民文化的影响，加上色情文学的泛滥，人们对世间是否存在真挚的爱情都抱着一种怀疑和否定的态度，不相信人间还有真情。金庸一反常态，借小说表达对爱情的看法，一是世间自有真情在；二是写情而不绘色，对世俗观念进行直面挑战。

（一）莫道世间无真情

人生不会一帆风顺，人们会经常身处矛盾的旋涡之中。很多事情大可不必认真计较或庸人自扰，自欺欺人。就爱情来说，也有很多人的情感在理性和感性之间徘徊着，甚至彷徨无依。情感发展到现在，每个人都对爱情有着个性见解，可以说仁者见仁智者见智，但“恋爱要感性，结婚要理性”的观点在现实社会中却逐渐占据主流地位。当感性占据整个思维时，由于冲动，

① 陈墨：《金庸小说赏析》，百花洲文艺出版社2000年版，第191页。

要跟着感觉走，可以为爱抛弃一切，成为爱情至上者。感性的爱情魅力就在于神秘性、原发性和冲动性，它可以抵消一个人的思辨能力，在恋爱时，人的智商几乎为零。当一个人在不断拷问自己：我爱他(她)什么？其实是找不到正确答案的。感性的情感冲动是不问来源，不计功利，不讲目的，是人类精神的一种最深沉的冲动。爱情的痛苦往往都来自于恋爱时的盲目，感性带来的后果之一是引发爱情视觉的盲点，使人失去思考力。有一句流传的话很能说明这一点："当一个人在恋爱时，就是他一生最愚蠢时。"可当理智占据上风时，缺少了浪漫和想象，缺少了对奇妙爱情的诗意理解，结了婚，忽而感觉婚姻与你对爱情的憧憬有着相当大的差别，爱情霎时变成了乏味的东西。面对爱情，空有青春流逝的感觉。摒除想象成分后，其实现实爱情也是富有爱意和浪漫的，既有着淡淡的忧愁，也有着丝丝甜蜜，同时，也让你在平淡中学会思考，学会理解，学会长大。

悲剧的爱情最能震撼人心，而喜剧的爱情往往以供人们作饭后的谈资。托尔斯泰说过一句名言："幸福的家庭总是相似的，不幸的家庭各有各的不幸。"①所以文学中以爱情描写博得大名的都是叙述爱情悲剧的。司汤达的《红与黑》就以于连个人奋斗史为线索，而于连以征服巴黎贵妇人作为手段来实现他人生的目标，爱情只不过是他走向成功的手腕而已，但在被征服的贵妇人心中却被于连的"爱情"所迷惑。玛特尔就是其中一个典型，她以为于连是真心真意的，爱上他后意乱神迷，不顾一切地向于连倾诉自己的爱情："我情愿抛弃自己的理智，让你来做我的主宰！"当热烈的爱情遭遇野心家后，爱情的味道变了，玛特尔最后还是没能抓住所爱；简·奥斯汀在她所有的小说里衷心祝愿有情人终成眷属，给主人公都安排了一个光明的结尾，但在现实的世界，她却孤独终老；《乱世佳人》中，任性而漂亮的斯嘉丽十六岁那年爱上阿希礼，而阿希礼却娶了他的表妹梅兰妮。斯嘉丽冲动之下嫁给了梅兰妮的哥哥查尔斯。后又与她的妹妹苏艾伦的未婚夫弗兰克达成了权益婚姻，弗兰克为她而死，斯嘉丽又和瑞特结了婚。瑞特表面上玩世不恭，内心一直深爱着斯嘉丽，他希望以自己的真情赢得真爱。可是，婚后的

① ［俄］列夫·托尔斯泰：《安娜·卡列尼娜》，草婴译，上海译文出版社1990年版，第1页。

斯嘉丽依然沉浸在虚幻的爱情中不能自拔。梅兰妮死了，历尽情感波折的斯嘉丽终于明白自己的真爱，那个人就是丈夫瑞特。但经历重大情感变故后的瑞特对爱情丧失了信心，对斯嘉丽的感情已枯萎凋谢。所以，网络上流行这么一句话：凡是最爱的就是爱得死去活来爱不到的那一种。

当世人都不太相信爱情，并对真爱抱着深深怀疑时，金庸却向世俗挑战，宣称真正爱情的存在与复活。杨过与小龙女、郭靖与黄蓉、令狐冲与任盈盈、夏雪宜与温仪等等爱情传说，几乎都在昭示着金庸爱情的所有主张，几乎在每一部作品中都有坚贞的爱情表白。

50年代初港台兴起的“新派”武侠小说，“武”、“侠”、“情”三位一体，大都涉及了男女爱恋婚姻之情事。梁、古、金之外有不少武侠小说，表面上冠名为武侠小说，暗地里写的却是男女的情感和欲望。但新派作家却身体力行，摒弃欲望而专注于爱情。新派武侠小说的开山鼻祖梁羽生，以一部《白发魔女传》横扫江湖，以其震撼人心的爱情悲剧而名扬天下；后于金庸的古龙，台湾的武侠第一人，一部《多情剑客无情剑》营造出别致的“情到浓时情转薄”的独特境界而为世所称道。难解的“情”字，迷惑了多少男女，像打开的“潘多拉盒子”，逃窜出幻想、迷梦、幸福、快乐、痛苦、呻吟、美妙、幸福、低吟、浅唱、慷慨、悲歌……著名作家三毛曾对金庸说：

> (金庸)你写的包含了人类最大的，古往今来最不能解决的，使人类可以上天堂也可以下地狱的一个字，也就是“情”字。我跟金庸先生的作品虽然不同，就这一点来说，本质是一样的。就是写一“情”字……①

三毛所说的“情”或“爱”不是狭义的男女爱情，而是指广义的情爱，小三(情人)、夫妻(伴侣)、父子、兄弟、姐妹、母女等各具特色的情感形态都属于广义的情爱。而狭义的爱情“就是像一道看不见的强劲电弧一样在男女之间产生的那种精神和肉体的强烈倾慕之情。”②

---

① 三毛：《梦里花落知多少》，中国友谊出版公司1984年版，第188页。

② [保]基·瓦西列夫：《情爱论》，赵永穆译，三联书店1984年版，第1页。

瓦西列夫在《情爱论》中非常详尽地描述男女爱恋时一刹那微妙的情绪体验。三毛也说过：

> 金庸小说的特殊之处，就在于其写出了一个人类至今仍捉摸不透、既可让人上天堂又可让人下地狱的"情"字。而不了解金庸与夏梦的这一段情，就不会读懂他在小说中"情缘"的描写。①

文坛上辉煌得意的金庸，在情场上却曾是愁苦失意的。他曾无奈嗟叹：我的婚姻是不成功的，有时"即使'流水有情'也毕竟东流去……"他的内心究竟有着怎样的苦情？他离过两次婚，结过三次婚，而心中的女神却又苦追不得，构成他一生的痛。

这个女神叫夏梦，夏梦原名杨蒙，因容貌清丽，体态线条优美，艳光熠熠照人，是香港众口皆碑、大名鼎鼎的美人。17 岁就进入长城影片公司当了演员，由于文化素质高，人聪颖灵慧，扮相又极俏丽，24 岁就号称"长城大公主"，所以夏梦在银幕上极有光彩，是国语片十分罕见的全能演员，不愧为第一流明星。正因如此，才使金庸对夏梦爱慕不已，倾心拜倒，金庸拒绝了好多职位而留在长城电影公司做编剧，目的就是能够经常接近夏梦。金庸早年剧本《绝代佳人》的主演就是夏梦。但使金庸苦恼的是：他对夏梦的爱是可望而不可即的，金庸在夏梦 24 岁时与其结识并成为好友，而夏梦在 21 岁时就与上海圣约翰大学的学生林葆诚先生结婚了。当金庸有一次鼓足勇气对夏梦说出心中爱恋之意时，夏梦以一句"太迟了"婉拒。得不到的往往是最珍贵的，金庸把这个经历和思想表现在小说中，他的小说男女就纯洁得超乎异常，很有柏拉图精神恋爱的味道，好多小说中都留有夏梦的倩影。1959 年，金庸带着情感的疲惫和无奈离开了长城影片公司，聚集几个合资人去创办《明报》，办报初期，销量不佳，只好致力于写作社评和武侠小说，以期借助社评和武侠小说来提高《明报》的声望，但对夏梦的春梦却没醒。夏梦去欧洲旅游，金庸在《明报》上系列报道夏梦的旅行足迹，开辟"夏梦游记"的专

---

① 三毛：《梦里花落知多少》，中国友谊出版公司 1984 年版，第 188 页。

栏。1967年，夏梦移民去了加拿大，金庸心头那一份眷念无以言表，情恋恋心依依，这么一件本是很平常的事(当时有成千上万的人移民国外)，金庸一连几天破例在《明报》的头版头条位置上，非常醒目且用了很大篇幅作了全方位报道。不仅如此，金庸还为此动用了《明报》的另一条腿——以时事为素材的社论，专门写了一篇文章《夏梦的春梦》向夏梦这个在金庸心中永远的"真善美女人"祝福。广为张扬女明星的移民事件，实在是一件超出常人一般见识的事，这在《明报》历史上是唯一的一次。不明白内幕的人会感到惊讶，只有知道金、夏两人相恋内情的人，才能理解作为《明报》主编的金庸对夏梦的那份不同寻常的痴心爱恋。佳人远离，鸿水相隔，苦恋多年，终未修成正果，但毕竟给他留下了一个终身怀念的梦。

(二)状情而不绘欲

金庸博学多才，擅长写情写欲、斗智斗力。特别是描写男女在情欲焚身时的心理变化，以及奇正互变、虚实相生的武打艺术，均独步一时。而其首创以精神、气势克敌制胜的武学原理，已近乎"道"——与"无剑胜有剑"说法，有异曲同工之妙，甚而犹有过之。同辈名家受其影响、启迪者颇多。金庸一生致力于写情，绝少涉及"欲"的描写，在所有的小说里，很接近描写情欲的只有两处，但也是"犹抱琵琶半遮面"，在最接近"欲"时戛然而止。在《天龙八部》里，段延庆抓了段誉和木婉清关在石屋，并给他们下了"阴阳和合散"：

> 段誉和木婉清在石屋之中，听说门外那青袍客竟是天下第一恶人"恶贯满盈"，大惊之下，扑过去搂在一起。段誉低声道："咱们原来落在'天下第一恶人'手中，那真是糟之极矣！"木婉清"唔"的一声，将头钻在他的怀中。段誉轻抚她头发，安慰道："别怕。"两人上下衣衫均已汗湿，便如刚从水中爬起来一般。两人全身火热，体气蒸熏，闻在对方鼻中，更增几分诱惑之意。一个是血气方刚的青年，一个是情苗深种的少女，就算没受春药的激动，也已把持不定，何况"阴阳和合散"的力量霸道异常，能令端士成为淫徒，贞女化做

荡妇，只教心神一迷，圣贤也成禽兽。此时全仗段誉一灵不昧，念念不忘于段氏的清誉令德，这才勉力克制。青袍客得意之极，怪声大笑，说道："你兄妹二人快些成其好事，早一日生下孩儿，早一日得脱牢笼。我去也！"说罢，越过树墙而去。……原来段誉和木婉清受猛烈春药催激，越来越难与情欲相抗拒。到后来木婉清神智迷糊，早忘了段誉是亲哥哥，只叫："段郎，抱我，抱住我！"她是处女之身，于男女之事一知半解，但觉燥热难当，要段誉搂抱着方才舒服，便向段誉扑去。段誉叫道："使不得！"闪身避开，脚下自然而然的使出了凌波微步。木婉清一扑不中，斜身摔在床上，便晕了过去。……钟万仇笑道："孤男寡女，赤身露体的躲在一间黑屋子里，还能有什么好事做出来？哈哈，哈哈，大家瞧明白了！"钟万仇笑声中，只见一个青年男子披头散发，赤裸着上身走将出来，下身只系着一条短裤，露出了两条大腿，正是段誉，手中横抱着一个女子。那女子缩在他的怀里，也只穿着贴身小衣，露出了手臂、大腿、背心上雪白粉嫩的肌肤。保定帝满脸羞惭。段正淳低下了头不敢抬起。刀白凤双目含泪，喃喃地道："冤孽，冤孽！"高昇泰解下长袍，要去给段誉披在身上。

——《天龙八部》

灵台一念未息，确实是高人，段誉在这样时刻能够坚守操守，已经近乎神人了，但这也反映出作者的观念，伦理道德，礼法之纲，无论何时何地，切不可越雷池一步。同样在《天龙八部》中，天山童姥为逼虚竹就范，在夜里抱来西夏公主放在虚竹的被窝里。

这一日睡梦之中，虚竹忽然闻到一阵甜甜的幽香，这香气既非佛像前烧的檀香，也不是鱼肉的菜香，只觉得全身通泰，说不出的舒服，迷迷糊糊之中，又觉得有一样软软的物事靠在自己胸前，他一惊而醒，伸手去一摸，着手处柔腻温暖，竟是一个不穿衣服之人的身体。他大吃一惊，道："前辈，你……你怎么了？"那人道："我……我在什么地方啊？怎地这般冷？”喉音娇嫩，是个少女声音，绝非童姥。虚竹更加惊得呆了，颤声问道：“你……你……是谁？”那少女道：“我……我……好冷，你又是谁？”说着便往虚竹身上靠去。虚竹待要站起身来相避，一撑持间，左手扶住了那少女的肩头，右手却揽在她柔软纤细的腰间。虚竹今年二十四岁，生平只和阿紫、童姥、李秋水三个女人说过话，这二十四年之中，只在少林寺中念经参禅。但好色而慕少艾，乃是人之天性，虚竹虽然谨守戒律，每逢春暖花开之日，亦不免心头荡漾，幻想男女之事。只是他不知女人究竟如何，所有想象，当然怪诞离奇，莫衷一是，更是从来不敢与师兄弟提及。此刻双手碰到了那少女柔腻娇嫩的肌肤，一颗心简直要从口腔中跳了出来，却是再难释手。那少女嘤咛一声，转过身来，伸手勾住了他头颈。虚竹但觉那少女吹气如兰，口脂香阵阵袭来，不由得天旋地转，全身发抖，颤声道：“你……你……你……”那少女道：“我好冷，可是心里又好热。”虚竹难以自己，双手微一用力，将她抱在怀里。那少女“唔，唔”两声，凑过嘴来，两人吻在一起。虚竹所习的少林派禅功已尽数为无崖子化去，定力全失，他是个未经人事的壮男，当此天地间第一大诱惑袭来之时，竟丝毫不加抗御，将那少女愈抱愈紧，片刻间神游物外，竟不知身在何处。那少女更是热情如火，将虚竹当做了爱侣。也不知过了多少时间，虚竹欲火渐熄，大叫一声：“啊哟！”要待跳起身来。但那少女仍紧紧搂抱着他，腻声道：“别……别离开我。”虚竹神智清明，也只一瞬间事，随即又将那少女抱在怀中，轻怜密爱，竟无餍足。两人缠在一起。

——《天龙八部》

这一段在金庸小说是独一无二的，也是金庸唯一涉“性”的描写章节。说明金庸不是不会写“性”，只不过是他有意躲避，有研究者认为是金庸自己内心不干净导致小说“无性”的结果。不过，事情也许更应该从另一个方面来理解。从历史继承角度看，金庸小说的情爱描写很多是受“鸳鸯蝴蝶派”的影响，是对当年“鸳鸯蝴蝶派”有情无性思想的一种继承。这样的模式并非金庸独创，但远离了“鸳鸯蝴蝶派”创作环境的金庸仍然步他们的后尘将男女之情写得激荡非凡，浓得化不开，而又把男女之性事写得月白风清，高洁无比，陈平原认为这样一种有情无性的小说叙事模式：

> 至多只是男女主人公的一点“非分之想”。后代人可能很难理解这样“无情”的爱情小说何以当时能引起读者那么大的兴趣。正是这种相当朦胧的爱情追求，这种有点非分而又不过于越礼的男女之情，这种只有思念之意而无肌肤之亲的精神恋爱，最能适应那个时代半新不旧读者的审美情趣。①

陈平原是把金庸小说放在特定历史环境去解读，有其合理性。在性描写上，“五四”兴起的新文学的确比“鸳鸯蝴蝶派”旧文学更直白大胆，对性及性苦闷进行大胆直白地描写造就了郁达夫小说的辉煌，以《沉沦》为代表的涉“性”文学就以此而闻名，这也构成对传统文化语境中女子贞节观念的强力冲击。郁达夫的《沉沦》对性心理的大胆越轨描写，是当时的大众读者无法接受的，因此也招来许多非议和批评。与郁达夫截然相反的是“鸳鸯蝴蝶派”，“鸳鸯蝴蝶派”的文本叙述仅停留在情感的表述上基本与性隔绝，恰好吻合了当时读者处在新旧交替社会动荡的复杂形势下自我阅读选择的文化心理表现。清末被禁毁的色情小说汗牛充栋，“鸳鸯蝴蝶派”反其道而行之，描写人性纯洁与光辉，就能博得大众喜欢，同样属于那个时代叛反或逆反心理形成的阅读认知和选择。而在金庸小说中，金庸一边宣泄着他的大男子主义意识，一边写一男与数女的恋爱故事，金庸把男女之情写得激荡非凡浓的化不开，而又把男女之性事写得月白风清，高洁无比，却又能博得华人读者的普遍喜爱，这与当时香港处在英国殖民文化统治下香港人民的复归心理和对色情文学泛滥现状的潜意识抵抗相一致。有人认为金庸小说从不涉及性事，说明金庸的两性观念更多的靠近“鸳鸯蝴蝶派”，起码还陈腐酸味。

① 陈平原：《二十世纪中国小说史》，北京大学出版社1989年版，第214页。

但从商业文化考量，色情文学充斥的香港社会广大华人从心底是反感和拒绝的，这种近乎于逆反的心理需要宣泄，金庸小说是一个非常好的选择。而西方“人”的观念在香港确立，中国传统文化对香港造成的深刻影响，又组合出香港人中西文化合体的新文化表征，因而拿这种文化心理操弄就极具商业价值。60 年代前后，以香港为主体的东南亚华人具备那个时代半新不旧读者的审美情趣。金庸只是看准了这一点并极力从商业化角度迎合了这种观念而已。传统文化构成金庸文化心理的主干，现代意识是枝叶。说明金庸小说中所表达的爱情观念起码有属于现代的“文化心理意识”存在，契合全球华人的文化心理需求。

四、武侠情爱的现代介入

文学和情感密切相关，小说的读者和戏剧的观众常常发现自己被这些作品带向恐惧、悲痛、愤怒、欢喜或雀跃，甚至带向热烈的爱。情感不只是对许多文学作品内容的可能感应，情感还是小说结构本身的内在部分，是文学形式引起读者注意力的方式。柏拉图在描写诗人和哲学家之间“古老的争论”的时候清楚地看到这一点：通过描写有弱点的和灾难降临时遭受巨大痛苦的英雄，英雄史诗和悲剧诗的诗人借此诱惑他的读者。通过将同情和认同紧密结合，这些诗人使得读者同情和忧虑英雄的困境和忧虑，同时，只要读者认为自身的可能性和那些英雄们非常相似，他们就会为自己而感到同情和忧虑。柏拉图正确地看到，在悲剧中去掉（在他看来）讨厌的情感因素并不是一件无关紧要的事情，因为情感决定了这种体裁本身，决定了小说认为什么是重要的，什么是合适的情节，什么应该被认可为人类生命的重要部分，去掉情感，意味着必须重写情节，重新塑造角色，重新调整“侠、义、情”三位一体的主旨表达。

也就是说，情感是小说的情节和主题表达的主要手段之一。金庸小说借情爱描写构建小说情节的框架，特别在爱情叙事上与武、侠互相映照，大胆地在传统的侠客爱情表达上与当代接轨，注入现代性元素，让武侠小说的爱情超越了以往的面相，呈现出一派崭新的面貌。

“五四”新文化运动给金庸以深刻的影响，从传统中破茧而出的他能够穿越中国古代社会的婚姻事实，设置出许多别出心裁的爱情故事，书写出或雅致、或浪漫、或凄婉、或至纯至美、或感天动地令人心灵不绝回响的爱情故事，余音绕梁，让人回味无穷。金庸一方面接受中西方各种思潮的影响，另一方面，也接受着传统观念的熏陶，个人的世界观、人生观、价值观使得他选择了传统文化和西方文化的组合形式，对武侠爱情作现代介入。

传统的伦理道德婚姻要遵循“父母之命、媒妁之言”，就意味着中国古代社会很难存在或产生真正的爱情。传统婚姻看重功利性，讲究门当户对，婚姻思考基本没有现代爱情的自由观念。自由恋爱既不可望也不可即，才子佳人私订终身后花园式的古老模式，也基本以悲剧作为结尾。留给人们久远的情思寄托和绵绵的感伤情绪。

对于中国人来说，大部分中国的婚姻并不以爱情为基础，婚姻和爱情可以不属同一世界，没有爱情的婚姻比比皆是，而爱情也不一定能够保证婚姻的实现，“有情人终成眷属”，那是中国式的理想，也是人类表达的一致心声。儒家文化几千年的沿袭，形成一般人的普遍认知，男女结合，更多的只是为了生存的需要，情感的需求，女人寻找男人结婚，不纯然是情感的需要，主要目的是找一个心灵和生活的依靠。男人娶妻，很少有找生活依靠的考量（当然“吃软饭”的现象依然存在，不劳而获的富贵同样是许多人的刻意追求），找爱人虽不排除有爱情的因素，更多的是出自社会地位、经济收入、家庭出身、相貌气质等诸多方面因素的考虑，思考婚姻对自己现时和将来发展的影响，爱情的分量是排在较后的位置上。西方人对待爱情的观念却是以情为唯一，可以为爱情抛弃一切，为情而献身，始终抱着爱情至上的观念。而金庸的爱情观点更接近于西方人爱情至上的观点，即侠客为了爱情可以奉献自己的一切，当然，女侠同样如此。男女之间的交往选择直至结婚，完全是以爱情为基础，譬如郭靖和黄蓉相识之初，互不知根底，以黄蓉所处的位置，完全可以找到当时的英俊而有才华的世家公子，但黄蓉就是看上傻乎乎的郭靖，小说中的爱情纯而又真，而不论家族、身世、年龄、经济、地位等。这一理念在武侠小说中得到全面贯彻，形成传统和现代的开放格局。但是金庸的爱情却也存在一些僵化的观念。

（一）理念化、抒情化爱情书写

近乎入魔、痴情于纯爱情描写的武侠小说，强调的是抒情幻化，爱情如同抽象的理念一样，金庸把它作为一个超乎现实世界的形而上存在来体认、感知、思索、讴歌，意不尽言。虽然金庸可能综合了中外爱情的类型，并借助于不同人物不同的爱情境遇解释他的爱情观，但更多的就是这种超乎现实的想象性理念世界的表达及其相对应的情感述说。在金庸看来，爱并不需要与具体的客观世界和我们的现实生活构建起更多的联系基点，只要能把内化的理念思考和形而上的感情表达出来就是成功，金庸成功地做到了这一点。即使是小说中最为人津津乐道的杨过、小龙女的爱情也没有现实生活的具象再现，而只存在为小说而爱情的理念化东西。不是他们要游离于人性之外，而是金庸要把他们作为一种爱情理念加以彰显。这不是杨、龙的不是，是金庸对爱情产生的错觉。

（二）爱情的非未来陈述

可以确认，从爱情描写的角度看，金庸的小说不是未来小说，仅是历史的乌托邦小说。赵毅衡认为，到达乌托邦可以用两种方法：一种是旅行（思想上、行动上），很困难，极冒险，但是虚构的叙述者非常幸运地做到了，其他人无此幸运，只能读他们的叙述。另一种是等待，某些现在尚无可能的事就会实现。而面对金庸小说的爱情，我们只能做旅行者而没有机会做等待者。历史的事件，可以挖掘的信息量理论上非常大，涵盖面非常广，所以金庸掌握的信息量特别大，可以根据古今中外的积淀摹画出多种爱情形态；对于未来，哪怕是下一刻的未来我们所知实际归于零。金庸无法依据现有的经验为我们勾画出人类爱情的明天，他的小说只是过往爱情的集成。这个极端非对称，是人类经验的最大恐惧，也是我们不能产生更多浪漫爱情和爱情的多彩花园的致命因素。赵毅衡又说：

凡是旅行企及的乌托邦，都是过去小说，都是描写“已然”的存在。这是小说叙事的本性。时间作为矢量似乎不可回溯，人类经验恰恰是以空间片段重组时间。叙述的最重要时间特征，恰恰是回溯。①

金庸无法超脱，同时无法摆脱中国文化铸就的爱情形态或模式，所做的工作重心只是集成人类爱情类型工作并把它形之于小说，以供读者咀嚼，旧瓶装旧酒式的花样不能以一个思想者的姿势给人以新的思想灌输。

（三）当代异化爱情传递

要用理性眼光审视人类许多隐秘的情感投射与表达，看作者的视角选择和主题再现与当代全球化文化视野下人的情感复杂性和不可预知性的契合。金庸虽然写出了人类爱情的多面性和丰富性，但对爱情的异化描写却情有独钟，特别喜欢描写痛苦畸恋的爱情景观，如狄云和戚芳、林平之与岳灵珊、尹志平和小龙女、周伯通和瑛姑、李莫愁与陆展元、周芷若与宋青书、无崖子与巫行云、李秋水，不戒大师与恒山老尼等，这种叙写当代爱情的异度空间在金庸小说中屡有表现。其实，在爱情上金庸缺乏一种大气，缺乏一种历史的观照和对未来的展望，往往被民族的欣赏习惯所绑架，大团圆、喜洋洋，或爱情补偿等再现忠贞爱情的亮色呈现，没有深刻体现真正爱情在中国发展历史中所体现的悲壮感，没有一种鼓荡人心的美学价值。他的小说没有一部在爱情描写上能媲美乐府诗歌《孔雀东南飞》，那种摧肝裂肺般让人潸然泪下的爱情悲剧所散发出来的情感价值。武侠小说的情既然享有三足鼎立（武、侠、情）的地位，就应该写情之奇、情之曲、情之美、情之深、情之崇高。与其多写武侠爱情的光明色彩，倒不如以深刻的悲剧——死亡爱情来表达未来爱情的复归，以此来彰显爱情的崇高和伟大。因为爱情而癫而死，不论是某种情感的流露和表述，某种意念的抒发，或是哲理的思辨，或是付诸实际的决然行动，都可以看做是爱情和死亡本质上的殊途同归。人们往往因为没有爱的维系而分离，或因生而重合、生而分离，又因爱而回归一体，由死亡而坠入自然。但从哲学角度思考，因爱而死亡，当是一种最顺乎本性的、天人合

① 赵毅衡：《意不尽言——文学的形式－文化论》，南京大学出版社2009年版，第101页。

一的自然回归。庄子就在妻子死后当街鼓缶而歌，庆祝妻子归于自然。

（四）变革与创新

受传统伦理道德的影响，中国古代社会强调男女授受不亲，结婚之前囿于闺房，不能像西方女子那样可以随便出入社交场合，基本不能和异性接触，结婚前彼此没有了解也没有言语交流，无法产生强烈的爱情体验。婚后，生活趋于平淡，三妻四妾式的生活使夫妻间情感浓度大大地稀释了。加上自古流传的“女子无才便是德”的影响，女性从小受过良好教育的很少，能成为女诗人的更少，绝大部分的女性文学素养较差不会吟诗作对。所以，描写婚前男女爱情生活的爱情诗少而又少，大部分的爱情诗都写结婚后，丈夫外出远离，妻子的无尽思念和对自身寂寞的自怨自叹，如白居易的《寒闺怨》、王昌龄的《闺怨》等，或是成为人妇后，得不到夫家的长辈认可而成为悲剧后的悲愤呐喊和感天动地地抗争，如《上邪》、《孔雀东南飞》。中国古代社会忌谈男欢女爱，女性不能自由地袒露自己的思想感情，更不能借诗歌大胆表达对异性的爱恋情感，所以“思妇诗”、“怨妇诗”等皆由男人所作，同样，男人也不敢大胆地袒露自己如何思念女人，只能借诗歌千方百计地揣摩和描绘女人如何思念男人，既有“代人立言”的做派嫌疑，又有自身隐秘情感的寄托与独白。况且自古文人也看不起此类诗歌，据陈寅恪考证，在传统文人心目中，闺房燕昵之情意犹同家庭米盐，都是琐屑之事，不登大雅之事。（陈寅恪：《元白诗笺证稿》）诗歌的情色大大逊色。

到了金庸时代，改变了这一切，基本不写婚后夫妻的感情生活，专注于男女相识一刹那的一见钟情、恋爱过程的忠贞和一往情深，无论他写的多么纯洁高尚不食人间烟火，在情字上确实写尽了现代人的情感浓度和烈度。从这一意义上讲金庸的武侠小说中其爱情描写是对历史爱情观的颠覆和创新。对“两情若是长久时，又岂在朝朝暮暮”，“经得起考验的才是真爱，爱是心底永远的烙印”，“爱一个人，就要锲而不舍”等爱情真谛的全面阐释，表明金庸已深得中国文学爱情描写的精髓。小说都以人物的性格特点勾勒绝不相同的爱情模型，各自演绎着不同的爱情命运，既对古往今来的爱情故事作了类型化的处理，又将生活作了形而上的再现。

第九章　回望宿命的诗意

——我看《天龙八部》[①]

宿命论是早已有之的一种世界观。宿命最早是源自美索不达米亚、埃及等东方文化中的一派思潮，当时的人类感受冥冥中苍天与人世的变化，而觉得其中有一些必然的定数，此一东方幽冥的思想传到希腊后，成为希腊哲学中的一支，之后再由雅利安人带到印度，加上印度原本就有的佛陀文化中对命定现象的探讨，而成为印度思潮中重要的一派哲学，即今日我们称为的宿命论。宿命论最主要的学说，即是认为在人类诸多神秘变化的命运现象中存有一些定数。约翰·诺斯《人类的宗教》一书中认为，人是不能离开世界独立生存的。人与赖以生存的自然及社会息息相关，从某种意义上讲，人必须依赖它们才能生存下来。几千年的发展，人类已经清醒地认识到，人是无法遗世独立的，所以，超自然、生命的现象就会出现。

宿命论起源大抵是人面对自然的无力以及对自身命运的难以把握的感慨。

一般认为宿命论是唯心主义哲学中的一种，实际可以解释为世界上的一切是命中注定的，无论过程多么曲折和复杂，其结果是早已设定的，无非是晚点登场。从过程到结果看，世上有些事情是无法超越既定规则的，现实中发生的许多事情并非规律性就可简单界定，譬如人的生老病死现象，正常死亡是规律性的，中途夭折是非正常的，起码到今天为止还是这样认为的，它潜在的含义或多或少牵扯上神秘主义、宗教信仰等，比如上帝主宰一切、冥冥之中已是注定的之类。鬼神观念是中国古代先民哲学思想的重要组成

① 本文核心部分以《回望宿命的诗意》为题发表于《名作欣赏》2011 年 2 月下旬刊。

部分，即便是现在，民间同样存在着神鬼的观念，它已经是组成中华民族精神的一部分。这其实是人们对自身生命状况思考的结果，现实的苦难使得他们向往着一些超出自然的东西，一种特别的能力和一些特别的工具。

宿命通常解释为：

一是前世的生命。

佛教都相信“业”，认为世人过去之世皆有生命，今生的功过会决定他来生的命运，因果轮回，故称宿命。《四十二章经》十三：“沙门问佛，以何因缘，得知宿命，会其至道？”唐白居易《自解》诗云：“我亦定中观宿命，多生债负是歌诗。”宋李昌龄《乐善录》卷下：“颍川一异僧，能知人宿命。时欧阳永叔领郡事，见一妓，口气常作莲花香，心颇异之，举以问僧。僧曰：‘此妓前生为尼。’”

二是指佛家宿命之说。

《法华经·授论品》：“宿世因缘，吾今当说。”南朝宋刘义庆《世说新语·尤悔》云：“阮思旷奉大法，敬信甚至。大儿年未弱冠，忽被笃疾。儿既是偏所爱重，为之祈请三宝，昼夜不懈。谓至诚有感者，必当蒙祐。而儿遂不济。于是结恨释氏，宿命都除。”

三是宿世已决定的命运。

一种唯心主义理论认为事物的变化和发展、人的生死和贫富等都由命运或天命预先决定，人是无能为力的。章炳麟《四惑论》说：“其始本以对越上神，神教衰而归敬于宿命，宿命衰而归敬于天钧，俞穴相通，源流不二。”郭沫若《反正前后》第一篇六中说：“然而一被举出了之后总还是要去担任，或者也怕是我生来便赋有了一种愚而好自用的宿命。”

命运之命既有宿命因素，自然法则和社会规范是它构成要素，也是后天所成，如一个人的道德、修养、气质、举止、言行等往往可以决定他的命运要素。在传统文化中，更为强调因果相报，因果关系是自然与社会众多逻辑关系之一种，很大程度是影响着人类的思维和行动，这是不可回避的。由此，君子与小人之命运就有所不同。为人处世因果相报，不是不报只是时候未到。要顺势而为，把握时机。《易经》常言“利见大人”，夫子常叹：“河不出图，洛不伏书，吾亦已乎。”都是时不同。

一、根植于传统的文化观念——宿命

人都是易于接受宿命论的。因为人类生性懒惰，更能安于现状，甚至懒得去打理眼下的境况，美其名曰顺其自然。而且人总是个“阿 Q”相，喜欢用“精神胜利法”来麻醉自己，总是把现实失败归之于他所能触手可及的任何东西。与此同时，成功的人总是强调自己的奋斗，高扬自己奋斗的最终成果，以成功的价值来鄙视宿命论者。但其洋洋自得之情并不代表他们的智慧高妙，这种鄙视，以及那种成功后流露的自傲与自信，不过是被注得过满的杯子溢出的水。

宿命论者在精神上沉淀着一种让人羡慕的平静，他既可以承认别人的功绩而不妒忌，又可以接受别人的鄙视而不怨恨，可能还会带着某种敬意去看待旁人的成功。当然，他也可以妒忌，也可以怨恨——如果这妒忌，这怨恨也是被注定而不受指责的话。

正因如此，宿命论分积极和消极两种。人类不仅不应消极沉沦，受困于宿命而无为，而更应积极去发现认识和利用规律，正确理解宿命，按规律办事。因为如果说“鸟只能翱翔在天空”是规律的话，那么两栖动物的存在就是动物为了生存而努力不断改变自身的结果，所以宿命是事物发展的主导因素，主观努力虽不是根本的，但也可以改变发展的进程，宿命论其实并不排斥主观努力，有时靠自身坚持不懈的努力也可以改变自己的命运。

古往今来，面对世界、人生的许多不解之谜，人类往往费尽周折地去解释自然的一切奥秘，企图借此以洞察人生，或找寻世界存在的奥秘。但在得不到正确答案时，往往会把这种困惑打包寻租，佛、道、仙、上帝等纷纷进入人类求解的视野。在西方，有一种认知体系很流行，那就是，人类对世界的认识，最基本的叫常识，常识之上叫经验，比经验高一层的叫理论，形成系统理论的叫科学，科学之综合叫哲学，哲学之上是神学，神学统领一切。从这个意义上讲西方所谓的神亦即宿命。在中国，“生死有命”、“富贵天注定”、“一切都是命”，这些话语代代相传，表明中国的传统文化中宿命论色彩非常浓厚。“敬天命”就成为百姓所做的日常功课。在无神论为主流意识的当下，当周围的人和事与宿命发生亲密接触时，有些固定的模式和结果会让你发出深切感慨。有时宿命的力量非常强大，强大到可以让一个人窒息的程度，也因此让很多人感到困惑与绝望，它不仅嘲笑了自称可以人定胜天的人类的尊严，而且也无情地打击了个人奋斗的价值。很多时候让“尽人事”的努力成为水中之月，镜中之花。

敬天命与尽人事表面上看有点矛盾，其实不然。道本自然，顺应生命的自然进程，可能是对“天命”某种程度上的理解和敬畏，这种理智反馈于本体来说，可以抑制因自得或自满而产生的“自我”的过分膨胀，大大减少因缺少思考而导致的盲目冲动。这里面可能有阿Q式“精神胜利法”的影子，任何人都只能在某一时限某一范围某一场景内把握自己的命运，而不能全方位地掌控自我，所谓愚公移山、精卫填海、夸父逐日、人定胜天之类说教，有时候确实害人不浅。老子倡导“贵柔”，不要宁折不弯，否则，遇风则折，遇刚则断。因为人世间不如意事十之八九，切不可时时处处与命运抗争，反而要承认有所不能，愿意有所不为，有些时候更需清静无为，然后在可能的范围内“尽人事”，或许是明智的。其实相对于动物来说，人类的处境并不怎样乐观。

也正因为人类无法为所欲为，时时受到命运的钳制，意识到自己的脆弱与渺小，才会产生一种被拯救的欲望。神也罢，上帝也罢，真主也罢，都是人类被拯救愿望的客体化。无所不能的神灵未免归于虚幻，打抱不平的侠客英雄更贴近于人世间。这也契合宿命文化论者，侠是前提，行侠是必然结果。

从某种意义上来讲，中西方的文化在解释宿命的理论时是基本一致的，所以我们更有理由相信，宿命论是自然界存在的一种法则，也是非常深入人心的一种人生哲学和意识。正如窦娥在临刑前面对天地亦即对宿命发出大胆而振聋发聩的历史质疑：“有日月朝暮悬，有鬼神掌着生死权；天地也，只合把清浊分辨。可怎生糊突了盗跖、颜渊？为善的受贫穷更命短，造恶的享富贵又寿延？”（《窦娥冤·滚绣球》）其实就是善有善报、恶有恶报的提示和总结，《窦娥冤》的结局不就是窦娥沉冤得雪，害人之人不得善终吗？

故孔子曰：“君子有三畏：畏天命，畏大人，畏圣人之言。小人不知天命而不畏也，狎大人，侮圣人之言。”（《论语·季氏第十六》）孔子又云：“不知命，无以为君子也。”（《论语·尧曰第二十》）司马迁对此有自己的理解，他认为，世上事儿很难预测，有道仁人尚且遭灾，“况以中材而涉乱世之末流乎？”（《史记·游侠列传》）因此不妨将“缓急，人之所时有也”作为武侠小说流行最重要的文化心理基础。当前社会不均现象越发普遍，社会不平等，人生不如意，个人努力奋斗无成效，使得很多人转而期待侠客英雄的悄然出现，成年人的童话由此诞生。但靠侠士拯救这些梦想本来只能存在于梦想中，个人的困顿有些虚无缥缈；若以为自己可以扼住命运的喉咙，同样显得太过虚妄。受传统文化的浸润，《天龙八部》带有极为明显的宿命色彩，正像段誉心有佛念，却不入佛门；虚竹出身佛门，但命运把他赶出了佛门，心中却仍然深存佛念一样。我们有时得听天由命。

金庸在《天龙八部》中表达对宿命文化的理解：以乔峰的英雄悲剧所体现的文化涵义，彰显金庸自身认定的英雄必然是悲剧的俄狄浦斯式的宿命主张；在虚竹、鸠摩智身上张着欲说还休的宿命话语喇叭，并试图跳出宿命的怪圈；在大理国的统领者身上放飞作者对边陲小国的政治主张和政治理想。小说中宿命文化体现的诗意，让我们从中可以感知金庸对传统文化的认同，但同时能窥视金庸身上隐性文化叛逆者的因子。

二、英雄悲剧——英雄精神的节点

乔峰身上体现了金庸的精神核心和宿命思想的基础，在金庸看来，乔峰身上所昭示的人类的作为、人类的奋斗跟徒劳无功这一后果的断裂，就是宿命。这种宿命与古希腊悲剧《俄狄浦斯》中俄狄浦斯王一进入“弑父娶母”的宿命隧道后身不由己随时光一同流逝具有异曲同工之妙。作为英雄悲剧宿命论的缩影，但同时又作为人类与宿命抗争精神的突显，人在宿命境况的自我坚持、永不退缩的果敢和勇气、不畏艰苦、视死如归的奋斗和拼搏，特别是在绝望条件下的决然舍身，给读者带来的震撼感、满足感和回视自己生活的幸福感，所有这些都昂扬在小说的精神里。我们与其说《天龙八部》是古时英雄状况的悲剧性的自我描绘，不如说它构成了一种既悲怆又崇高的格调，也许只有加缪的《西西里神话》在品味上可以与之媲美。

同时，乔峰身上还纠结了金庸的英雄情结，这种情结植根于作者自身未竟的英雄梦想。金庸出生在“唐宋以来巨族，江南有数人家”的海宁查家，没落的家族没有消解金庸的英雄梦想，年轻的时候想做外交官、政治家，理想幻灭后办《民报》、写小说，英雄的情结在金庸身上未有须臾离开。现实的空无一物让金庸把理想转而寄托在小说的人物上。陈家洛、胡斐、袁承志、郭靖等人身上或多或少地承载着作者的英雄理念，其中在乔峰身上几乎投射出金庸英雄精神的全部节点。乔峰是金庸笔下最大的英雄，有了乔峰，金庸的英雄精神就有了实体依托，如果乔峰真的“金盆洗手”或因意外变故成不了英雄，那金庸的英雄梦想就成了水中之月、镜中之花。金庸选择了宿命作为最佳切口，把悲剧的元素纳进乔峰的细胞里，再融入了古希腊悲剧的因子，铸就英雄悲剧的响亮音符。或许，可以这样说，古希腊的悲剧是乔峰悲剧的源头。这样的乔峰俨然可与奥赛罗、李尔王比肩。

乔峰因为三十年前父母带着还是婴儿的他路过雁门关而遭到有准备的中原武林人士围攻，这么一次偶然，就注定他一生的命运。偶然之中蕴含着必然，这种外在的“不可抗力”因素转而成为心灵桎梏，无论他如何竭尽才智，他都无法从既定宿命的怪圈中逃脱。

而这种“不可抗力”便是不同的道德及伦理价值观念的冲突，也就是乔峰众生平等的观念与同时代狭隘的民族思想的冲突。在乔峰身上集合两种对峙的文化，两个民族的世代仇恨：生身父母是契丹人，被汉族人称为“契丹胡虏”；养父母是汉族人，被契丹人称为“汉狗”。“血浓于水”，血缘关系作为人的本源关系，作为人的先天联系，血缘关系被人类认定为情感中最本质最可以信赖的关系，人们处理带血缘关系的人、事纠纷时遵循人伦原则，后天是无法改变的。血缘关系在人的一生中至关重要，因为生理的本源是定性的，所以乔峰的契丹血统是无法改变的。但乔峰却长在汉族，从小就接受少林寺玄苦大师、丐帮帮主汪剑通的谆谆教导，我们知道，外在的教育和道德规范具有强大惯性力量，教育可以造就一个人，也可以毁灭一个人。乔峰所接受的文化是汉族文化。汉族文化滋养了乔峰的人生与性格，忠孝节义形成乔峰思想的根底。“生身父母”和“养父母”集合在乔峰身上，实际已成为民族文化的符号象征。杏子林叛乱，祸起萧墙，乔峰虽然消大祸于无形，胆识超人，无人可比，但让乔峰忽然间发现了自己正是不折不扣、血统纯粹的契丹人，他一时无法正视这种残酷的现实。他不相信会是自己一直坚定和义无反顾地仇视的异族中的一员，不相信自己竟是不共戴天的敌人的同类。那些背叛他的人，并不是在冤枉他，一切都事出有因，他只能放弃，退出是非之地，靠自己超人的意志去进一步求证和忍受。文化折磨捉弄着乔峰纯朴的内心。乔峰独自扛着巨大的意义符号，置身于血缘种族与文化激烈冲突的旋涡之中，变得身不由己，既不能改变出身，又不能改变教育与文化，甚至连自己个人的生活也无法掌控。

造化弄人，使乔峰从一个誓与契丹为敌保家卫国的汉民英雄，变成了契丹大辽国之中流砥柱；当众宣布有生之年不再杀一个汉人，在聚贤庄为了救阿朱，又枉杀许多人；在辽国不愿带兵攻宋，逃亡过程中，又无辜累及许多将士性命。一个大英雄却被命运无情地捉弄，世上还没有人能打败他，打败他的只是冥冥之中不可测度的天意。

乔峰身上聚焦的是种族与种族之间、种族与国家之间、国家与国家之间的对立冲突关系，在这种矛盾冲突中，个体的力量显得非常渺小，有时甚至可以到忽略不计的地步。任你是天大的英雄绝对无法跳出旋涡而置身事外，这是历史的必然，也是命运的必然。所以马夫人为报复自己受到乔峰的冷遇，抽空乔峰血液中汉文化元素，把乔峰的血缘问题从幕后揪到台前，支撑着乔峰大汉英雄概念的立柱轰然倒塌，给乔峰一个致命的打击，任你乔峰武功多高，功劳多大，多么受人拥戴，一遇上家仇国恨，一切都归于零。乔峰纠缠于势不两立的民族仇恨中，如果秉承血缘传统，挥师南下伐宋，那就等于残杀养生父母，那是不忠、不义；如果拒绝出兵，不遵循血缘人伦，而顺从文化教诲，那就是对生身父母的不孝。出兵或不出兵都是错的，忠孝难以两全，乔峰的结局必然是自杀。

乔峰的死是他对自己命运的不懈追索后所做出的不悔的选择，是至死缠绵绝不分开的民族文化这个意义符号的分解剂，是确定自我与社会间参数关系的一套信仰、文化和观念，是他个体对宿命的正面迎击与反抗。乔峰个人力量相对于两个国家集团来讲过于薄弱，呐喊声过于轻微，但乔峰依然义无反顾，只身抗击并试图化解国与国之间的仇恨。乔峰的悲剧是所有英雄千古同之一哭的命定的悲剧。没有人可以打败他，但他却不得不在冥冥的天意面前束手无策，做困兽之斗。命运和乔峰开了一个太大的玩笑！

种瓜得豆，种豆却得瓜，因果颠倒，是非倒置，天意难违。英雄在任何场景中都必然成为主角，这是英雄的幸运，也是英雄的悲剧。越是逃避，乔峰却越是被更快更猛地推向前台。旧的矛盾尚未消解，新的冲突却更激烈和致命地冲刺而来。

正因为如此，乔峰悲剧所带给人灵魂的震撼与心灵的激荡是无与伦比的，拉斐尔(Raphael，David，D.)说：

> 悲剧永远反映出一种冲突……介于所谓必然且无可避免的力量和具自我意识努力者之间……而胜利将永远属于此不可抗力，英雄终将被毁灭。①

文学批评家诺思洛普·弗莱所说：

> 书面文字不只是一种简单的提醒物：它在现实中重新创造了过去，并且给了我们震撼人心的浓缩的想象，而不是什么寻常的记忆。②

乔峰的死所体现出的是一种民族大义与人格力量的双重成就与完善。乔峰是真正的英雄，他有大英雄的那一颗大仁大义、侠骨柔肠的本心。不在其极端的场面、极端的情感冲突，不在其芸芸众生俗不可耐的琐屑的喧哗中，这些都难以将英雄的本色浮雕般塑为永恒。

愈是那种孤立无援，那种辽阔的苦寂，那种让人恐惧的既没有回声又没有适当布景的空洞舞台上的绝对孤独，愈是悲剧性地表达出生命最为深刻

① 戴维真：《小说与现实中的悲剧英雄：乔峰与项羽》，《金庸小说与二十世纪中国文学国际学术研讨会论文集》，香港：明河社出版有限公司 2000 年版，第 311 页。

② [美]尼尔·波兹曼：《娱乐至死》，章艳译，广西师范大学出版社 2009 年版，第 13 页。

和本质的绝望。

英雄在寒冷的天空无奈和痛苦地飞翔，翅膀上毁灭的火焰燃烧出神圣的火光。苍白的背景，漠然的世俗，平庸的盲目，揭示着人性中丑恶的一面和愚昧所能达到的极限。而英雄的意志却在嗜血的自虐中达到其内在道德上的完满。愈多的流血，愈多的疼痛和愈多的野蛮，自虐般的激情就愈是快意地享受着与命运搏杀的血腥盛宴，英雄精神的航行愈高扬风帆。

乔峰自杀后，两边各有一句评价的话很能说明这一切：

> 他自幼在咱们汉人中间长大，学到了汉人的大仁大义……他虽于大宋有功，在辽国却成了叛国助敌的卖国贼，他这是畏罪自杀。

只有乔峰死了，两种文化的仇恨才暂时得以消解。除此之外，还有谁能想出办法或借助于某种外来力量破除危局。乔峰在世上只走了一小圈，他的生命沿着宿命早已安排好的道路一步一步地走近死亡。设想一下，如果三十年前他的父母不带他回外婆家，如果慕容博没有阴谋，如果“带头大哥”不率中原武士去雁门关截击，如果马夫人是一个心理正常的人……结果会怎样，很多很多的如果，只要其中一个不如果，那乔峰的命运就由此而改变。有人说乔峰的一切应归罪于马夫人康敏的阴毒，细想起来那只是表面现象，马夫人仅是乔峰宿命年轮上的一个轮毂，虽然很重要，但不过是导火线而已，马夫人不出现，以后还会出现李夫人、王夫人或张公子、宋岛主等，随时都会引爆这颗定时炸弹。乔峰依然是乔峰，不会变成另一个乔峰。太多的偶然，蕴含着必然。随着乔峰的遭遇，读者也经历一次心灵的洗涤，因为他悲剧性的一生，尤其是结束生命那一幕的崇高感，能令读者产生悲壮的情绪，正如亚里士多德所说：

> 借以引起怜悯与恐惧来使这种情感得到陶冶。[1]

---

① ［古希腊］亚里士多德、［古罗马］贺拉斯著：《诗学·诗艺》，罗念生、杨周翰译，人民文学出版社 1962 年版，第六章，第 19 页。其中“陶冶”(karthersis)一词有不同的解释，如净化、宣泄。

亚里士多德的理想悲剧人物是：

> 在道德品质和正义上并不是好到极点，但是他的遭殃并不是由于罪恶，而是由于某种过失或弱点①。

但乔峰比起亚里士多德认定的理想的悲剧人物肯定要进步得多，因为乔峰起码在道德品质和正义感上属于顶级人物。

三、因果轮回——试图逃脱的怪圈

因果轮回，世人对此有三种不同态度：一是对此持否定态度，认为轮回是封建迷信，人一死，肉体、精神随之消亡，根本不存在前生和来世；二是对此持肯定态度，认为轮回确实存在。尼采说过一句话：对生命最高的爱，就是意愿永世轮回。人有灵魂，人死后灵魂就转投他处，或升天堂，或坠地狱；三是中间派，时而肯定，时而否定。但佛教强调因果业报，前世种什么因，后世结什么果，因果循环，善有善报，恶有恶报。

金庸在小说中把与佛有关联的人物都纳入小说中佛的因果轮回的宿命套圈中，让他们随之流动起舞，最为典型的当属佛之信徒虚竹、鸠摩智。

《天龙八部》中虚竹、鸠摩智身上体现了无欲、有欲两种不同的宿命：虚竹对武功、权势则是无欲的，而对佛和亲情却是有欲的；鸠摩智却反之，热衷于武功的天下第一，心中却无佛念。书中通过这两个人物的言行举止来证明作者的宿命观：不属于你的，就永远不属于你；前世种下因，是你的，你不要也一定属于你。这是宿命，也是因果轮回。

虚竹是最普通的少林寺小和尚，一生最大的愿望就是做一个和尚，持戒守笃，到最后，就连这么小小的愿望都无法实现。阿紫作弄他，让他破了肉戒，在保护童姥时，他不得已犯了杀戒，在冰窖里受童姥的诱惑，破了色戒，继而又破了酒戒……如此多的“违纪”记录，正告虚竹在佛门中已是“罪孽”

---

① 朱光潜：《悲剧心理学：各种悲剧快感理论的批判研究》，张隆溪译，人民文学出版社 1985 年版，第 98 页。

深重。

他本不想学什么高深武功，在少林寺练功也只是强身健体，却神差鬼使解开珍珑棋局，被逍遥子头顶头倒灌70余年逍遥内力，更稀里糊涂地做了逍遥派的掌门，又被威逼利诱，连哄带骗学了“小无相功”、“天山折梅手”、“六阳神功”等，在冰窖里又神奇地获得李秋水和童姥的毕生功力，而成为天下一等一高手。

他不知父母是谁，渴求与父母团聚，却不知冥冥之中已有安排，每天都行走在父亲的眼皮底下，却不知玄慈就是父亲。虚竹在少林寺受罚时终于和爹娘相会，虚竹本可享天伦之乐，随着谜底的揭开，这种乐趣刹那间就烟消云散，父母魂断少林。虚竹拥有的父母之爱仅是一刹那，相会即是永别，因为他的自明身份，正是父母违反佛门清规的“罪证”。因此，虚竹只能在玄慈的自绝、叶二娘的自杀面前，把找到父母的愿望归于虚无。

他自小长在少林寺，一生的愿望是做一个平平凡凡的小和尚，却稀里糊涂地被散去全身少林功夫，倒灌逍遥派的内功，做了逍遥派的主人，等到虚竹想去续前梦，依然要去做少林寺的小和尚，而少林寺玄慈方丈身份的被揭开，让虚竹的美梦化为乌有。

在虚竹的一生中，他最想要的几样东西，最终什么都没得到，连做一个小和尚的人生最低诉求都落空了；而他最不想要的如名声、武功、地位却被人倒逼、倒迫而接受。虚竹生活在巨大的旋涡中间，丝毫也不能掌控自己。命中注定，虚竹能改变宿命吗？

在这里，作者似乎又不愿自己被宿命论束缚，让写作陷入一个怪圈中，金庸试图跳出这个怪圈，在虚竹身上倾注了无数心血，但结果，传统的宿命文化还是套牢金庸，虚竹依然在因果轮回的旋涡中打转，金庸所做的努力化为乌有。

在描写虚竹时试图穿越宿命观，在穿越宿命观的叙述中进行了尝试，尝试的路线图是虚竹受不了引诱而破了色戒，背叛了他对佛的信念，证明他在成长的道路上成功地迈出属于自己的一步。但从小说的结果看，这种尝试和努力并不成功。最后童姥虽靠女色轻而易举地击败虚竹，并让虚竹自暴自弃，从而实现自己的目标。相对于虚竹来讲，这一切的客观效果是虚竹实实在在地成为灵鹫宫的主人，让他再也做不成和尚。金庸的尝试反让虚竹明目张胆地投身宿命的洪流中去了。在小说中金庸陷入了开放观念和潜意识对峙的紧张和焦灼中，这种二元对峙限制了小说叙事的开放程度，一度让虚竹在宿命和非宿命的街头徘徊。可惜的是金庸所做的一切努力最后都被“化功大法”给化掉了，还给虚竹的依然是宿命。

虚者，空也；竹者，清也。取名虚竹本身就暴露作者顽固的宿命论调，唯其空清，才能从从容容地接纳世间的一切，才有了逍遥子化去虚竹仅有的一点少林内功，而变成清空的自然人，然后成为地道的逍遥派掌门人。佛可以转为道，“无为”、“无不为”，浊世与浮尘引诱了佛道，最终虚竹跌倒在宿命的怪圈中爬不起来。

同样是佛门弟子鸠摩智，他的一生可用一个“贪”概括。虽名为国师，每年开坛论经，声名远播，但就是勘不破“贪”字。偷学小无相功，又学少林七十二项绝技，还去大理天龙寺去骗去强取六脉神剑，又强练易筋经，被少林无名老僧点明“大轮明王，你错了，全然错了，次序颠倒，大难已在旦夕之间”①。鸠摩智依然冥顽不化，他的一生唯贪所求，孜孜不倦，耍尽手段，所做的事都与佛道大相违背。结局是想得到的却没得到，不想失去的，全部失去了。把段誉从大理捉到北方，想逼他写出六脉神剑，六脉神剑不仅没有得到，反而连他自己一生倾其所有练就的武功内力都被段誉吸得干干净净。在枯井里他猛地醒悟：

> 如来教导佛子，第一是要去贪、去爱、去取、去缠，方有解脱之望。我却无一能去，名缰利锁，将我紧紧系住。今日武功尽失，焉知不是释尊点化，叫我改邪归正，得以清净解脱？
>
> ——《天龙八部》

在枯井深处的污泥之中，鸠摩智“起智慧”、“证真如”，“斩无明，断执着”。这身汗水一出，他不仅找到了佛，同时也找到了真正健康的人性。鸠

① 金庸：《天龙八部》，三联书店 1994 年版。

摩智结局终于回到起点。经过一个轮回，鸠摩智大彻大悟，终于真正成为一代高僧，此后广译天竺佛家经论而为藏文，弘扬佛法，度人无数。其后天竺佛教衰微，经律论三藏俱散失湮没，在西藏却仍保全甚多，其间鸠摩智实有大功。

曹布拉说：

> 佛教把涅槃、解脱视为人生的终极境界，人要超越苦海，摆脱痛苦，唯有依经、律、论三藏，修持戒、定、慧三学，彻底转变自己的世俗欲望和认识，超出生、死、三世轮回，才能成佛。①

鸠摩智是佛门中人，佛的意义能指就是佛，不管他过去做过什么，现在做过什么，鸠摩智未来的终极世界肯定是佛，这就是宿命。如果小说结局鸠摩智能“贪”得成功，逆天而行，练成足可傲视天下的绝世武功，能从佛之宿命中逃脱出来，那金庸骨子里宿命意识的堡垒就会被现实碾碎，金庸就可以松一口气，不至于在叙述故事时被宿命论操持得如此紧张、苦恼。鸠摩智的轮回，给金庸不能摆脱宿命论一个绝妙的注脚。

佛门中的两大高手的命运耐人寻味，虚竹千不肯万不肯要的武功，莫名其妙都得到了；鸠摩智穷其一生想得到的，结果什么都没有得到，反而连自身原有的武功都付诸东流，想要的东西却两手空空。最后虚竹做不了少林寺和尚，至多只能自我修行。鸠摩智却能登上佛之殿堂，体现了佛之宿命——“因果轮回”。宿命如此，安能不遵守。

在对待佛之宿命上，金庸使用了反讽手法。虽然虚竹、鸠摩智没能逃脱宿命的怪圈，但作者对之的阐述却带有明显的反讽性质。其表现在：虚竹的存在本身就是对佛的生存反讽，虚竹的身份是佛的信徒玄慈犯了淫戒的结果。虚竹的血管中流淌着叛佛的血，因袭了“叛徒”的基因，无佛的因也就无佛的果，虚竹后世肯定成不了佛。刻意强调虚竹的佛性，其“叛佛”背后蕴含的宿命感就越强，反讽的效果愈大。但鸠摩智的存在是对佛的内容反讽。

---

① 曹布拉：《金庸小说的文化意蕴》，浙江人民出版社2004年版，第163页。

既然鸠摩智是得道高僧，年年开坛讲经，是一个登坛一呼应者云集之人，那就应具有佛性慧根，否则，他怎能有此成就，可是，作者偏偏把大写的“贪”字挂在他的头上，并让他自始至终抱着“贪”字，这是对佛的极大嘲弄。而这二者合二为一是对佛本质的反讽。虚竹不想要的武功，结果都有了，反而失去他最想要的。鸠摩智想要的都失去了，反而成得道高僧。虚竹表面成功，实质上是失败的，鸠摩智表面失败了，但最终成功了，极尽反讽之能事。

四、前世注定——皇权的历史之眺

“业不作不遇”：业果总相之一，“善恶业不作，苦乐果不生，有果必有因，无因何有果”谓善恶业不作，则苦乐果不生，譬如播种，不先播瓜豆，而欲得其实者，绝无是处。“所造业不失”：业果总相之一，“假使经百劫，所作业不亡，因缘会遇时，果报还自受”。业熏习于心相续，千万亿劫，终当成熟。在未熟之前，绝不自消失。

佛教强调业果相一，前世注定。段誉一出生就是王子，所以他的帝王之路平平坦坦，虽略显荒诞，但平实；慕容复的复国之路，却像堂吉诃德拿着破枪，骑着瘦马，要恢复中世纪的骑士制度一样荒谬，走的是一条不归路。段誉不管是段正淳的儿子还是段延庆的儿子，都能登上皇帝宝座；慕容复不管怎样做，复国之梦永远是千秋大梦，只能“过家家”做皇帝，过一把皇帝的瘾。宿命掌握了两个人的人生道路。

《天龙八部》中段誉的一生是喜剧中的喜剧。小说描写段誉以“出身(皇子)—江湖历练—正身大道”线索为经线，与三个女子爱情经历为纬线，交错而成。段誉出身就是帝王家族，段家的唯一后嗣，接掌大理王位顺理成章。段誉逃出皇宫，漂游江湖。在游历中迭遇奇缘，爱情上有木婉清、钟灵、王语嫣依次填补空白，武功上有救命的“凌波微步”、专吸人内功的“北溟神功”和万毒不侵的“朱蛤神功”作为护身符，叫人羡慕。随着小说情节的展开，读者发现与段誉有关的一干女子都是他“爸爸”的私生女，段誉的感情都是先得而后失，让人有一种有意栽花花不开的荒谬感。段誉的江湖历练除情感纠葛外，还有数度的履险历程，段誉往往能逢凶化吉或死里逃生。在段誉的爱情传说一个一个被伦理否决后，情人都变成妹妹。万万想不到谜底揭开时峰回路转，段誉竟然是恶人段延庆的儿子，是他母亲当年为报复段正淳的滥情而舍身与邋遢花子段延庆一夜情的结果，宿命的网络，再一次网住了段誉。

段延庆原本就是延庆太子，因宫廷变故逃离大理而丢失王权，等他逃得性命，学成武功后，他的使命就是夺回属于他的一切。这样，他的一生就活在王权的观念中。但段延庆在不懈奋斗中，却发现大理在段正明的治理下，政治清明，国泰民安，此时想复国，难如登天，他的梦想已经超越现实，成为空中楼阁，无论如何段延庆是登不上龙椅了，就在他意兴阑珊，倍感绝望时，却发现段誉是他的儿子，王位自然回到他的怀中。段延庆夫复何求，王位本是他的，现在还是他的，只不过让别人坐了一会儿而已，自己一生所遭的罪孽一下子都有报答，段延庆选择了归去来兮。可段誉无法选择，拒绝承认段延庆的父亲地位，还是认同血缘关系，让段誉的灵魂受到煎熬。最终父子的血缘亲情回归，理智战胜了情感，段誉回到大理皇宫，就把世上只有两个人知道的秘密(段延庆和他自己，其余知道的人都死了)告诉段正明，就明证了段誉对生身父亲身份的认同。段正明、段正淳为王位所付出的心智、努力，到头来依然还给段延庆，命中注定，原本不是他们的，最后也不是他们的。

段誉从不愿做皇帝，到最后甘愿做皇帝，他认命了。金庸以宿命这个堂而皇之的理由左右了段氏家族的命运，是对受中国传统文化熏陶的华人读者普遍心理诉求的认可，段誉在喜剧的洋洋乐曲中落下帷幕，给有欣赏大团圆结局的民族情结以一个高姿态的慰藉，同样，给久淀于民族心理深层的宿命观一个漂亮的诠释。

至此，慕容复的清秋大梦荒谬性不言自明，凭七百年前大燕亡国时祖宗留下的遗言，一个见不得光的梦想，一个遥不可及的怪诞理念，一个空虚、静无的乌托邦，左右了慕容家族七百年的发展历程，留给这个家族无尽的痛苦和折磨，罪行可以说“罄竹难书”，慕氏家族是可悲的，慕容复悲上加悲。祖先的遗言已是荒诞，恢复祖业更是荒谬绝伦。慕容博(复)要“复国”，想得到整个或部分“江山”，走的却是江湖道路，希望能控制江湖，并以此成就复国大业。就算慕容父子得偿所愿，控制了大半个“江湖”，对他们的“复国”大业，又能有多大的助益？因为“江湖”不是“江山”的同义词。书中写道：

> 乔峰也知丐帮和中原群雄所以一时占得上风，只不过攻了对方个措手不及，倘若真和辽兵硬斗，千百名江湖汉子，如何能是数万辽国精锐之师的敌手？……中原豪杰被无数辽兵分开了围攻，几乎已成各自为战之局。群豪武功虽强，但每一人要抵挡七八人至十余人，斗得久了，总不免寡不敌众。……日光初升，只照得辽兵的矛尖刀锋，闪闪生辉，数万只铁蹄践在地上，直是地摇山动。虚竹和段誉见了辽兵的兵势，情知丐帮的“打狗大阵”无论如何抵拦不住……乔峰暗暗叫苦，心想：“这些人一个个武功虽高，聚在一起，却是一群乌合之众，不谙兵法部署，如何与辽兵相抗？”
>
> ——《天龙八部》

慕容博很难能招募汇聚到这样的“江湖”阵容（包括了丐帮、少林僧、缥缈峰旗下各洞主、大理段氏），即使做到了，要借此实现他的复国野心，有多大可能？《天龙八部》中的慕容父子，煞是可笑。

他的一生从没有一天为自己活着，他是活在祖先的意念中。当这种荒诞的理念，经过小说舒缓的叙述后，慕容复变得一无所有，只能在南国的小树林里“过家家”，延续旧有的帝王梦想，唤起他既往人生的勇气。在这里，金庸再一次用他的如椽大笔，浓墨重彩地给慕容复写上“宿命”两字。当复国成为海市蜃楼时，慕容复输掉的不仅是王位，还输掉了爱情、亲情、友情，最后把自己也输给了段延庆。

段延庆命中注定是皇帝，只不过是他儿子做，也等于他自己做。

段誉不想做，但也必须做。

段正明充当了皇权继往开来的马前卒。

慕容复“过家家”，依然活在复国的意念中。

皇帝的位置，在宿命中溜达了一圈，各自回归本位，“人定胜天”在小说中似乎变成一个远古的美丽传说。

段誉不爱武功，逃走江湖，屡犯险境。现实的意义所指是金庸借段誉的经历告诉我们：在江湖世界里，要安身立命，必须学好武功自保。段誉如没有凌波微步、北溟神功和六脉神剑，他不知死了几回了，没有武功，他就回不了大理，也就别说做皇帝了。段誉的帝王宿命体现了金庸立国的政治思想，立国、固国既需仁义和清明政治，更需要自身的强大。大理国是边陲小国，依傍大宋而生，要勤练"武功"，否则，将无以立国，国势衰弱必被别国吞并。

慕容复的复国梦如果真的做成了，那将是历史的倒退，因为历史是写在故纸堆里的，历史的东西只能是历史的，绝不能成为现实。慕容复的复国梦只有破灭才能显示历史的进步。

世界上的事情不是以人的意志为转移的，这就是自然规律。就好比面对一个确定的世局，怎么走，走多远，费尽思量，然而，你要是跳出局外，就会发现，结论早已摆在那儿了。所有的努力都是徒劳的。虽然你的每一步都是对局势的改变，但是，神的手在摆弄下一步，你无法改变结局。陈平原在《在东西方文化碰撞中》中称自己："既超越浪漫主义的天真梦幻，又不能投身现实斗争，意识到自己在大时代中的无足轻重与无能为力，把一种茫然若失的心理哲理化，变成无可奈何的宿命感。"少年时代的"不畏天命"的勇气丧失殆尽，乔峰的一生是悲剧，虚竹的一生是悲剧中的喜剧，悲苦不堪，段延庆一生凄苦，慕容复可悲可怜。使读者在看完小说后凭空生出许多感慨，让人真切感知宿命就在我们的身旁。有评论者指出：

> 在《天龙八部》中，金庸以无法摆脱的偶然和近乎命定的绝对向人们昭示着生命的悲哀和绝望。①

在金庸的长篇大作中，可以这样说，最具有历史和文化厚重感的是《天龙八部》，最感动人心、震撼人心的一部小说也是《天龙八部》。

---

① 夏丽莉：《长歌当哭论英雄——简析金庸小说侠义精神的悲剧性》，《语文学刊》2004 年第 3 期。

第十章 庙堂高深江湖远

——《笑傲江湖》的政治意蕴及其背景分析

金庸武侠小说极细致而又极富个性地摹绘了一个不食人间烟火又对现实极有指向意义的“江湖世界”，这个世界充满了政治隐喻，尤其在《笑傲江湖》中体现得最为明显，庙堂高深江湖远，《笑傲江湖》带有极强的政治意蕴。借助于小说中对政治话语权的表述，非常清楚地显现金庸的政治抱负和政治观点，《笑傲江湖》承载了作者的政治理想，以及他对于“文革”的反思和尖锐批判。其高妙之处在于，它将这种对于现实政治的理解，建构于历史的丰富性和文化的多义性之上，它还消解了武侠小说中俯拾皆是的江湖文化、侠义精神、浪漫怪诞的风格和江湖的血雨腥风。事实上，只要对60年代中国“文革”政治略有了解的人，都会在《笑傲江湖》中读出强烈的政治“寓言”意味。实质上《笑傲江湖》就是一部政治小说，正是现实政论家的卓然识见、史学家的深厚学养以及小说家的浪漫与想象力，三体合一，方造就了《笑傲江湖》的灿烂与辉煌。

一、西方政治党派斗争的演绎

在野党(party out of power)，即资本主义国家(或地区)中没有执掌或没有参与执掌国家行政权力的政党。一般作为执政党的对称。

在野党代表未执政的党团，国际通用的叫法是反对党，如当下美国的共和党、英国的工党等。在相对民主的国家里在野党往往以预备执政党姿态出现，可以监督执政党的执政行为，自由地对政府的政策进行指责和抨击，在议会内外牵制和监督执政党的活动，影响政府的政策，要求执政党采取符合他们利益的政策。还可以通过法定程序倒阁，让自己取而代之。在争取执政地位的“民主”选举中，手段无所不用其极。在野党的活动，反映了不同政党所代表的不同阶级和集团的不同利益和需要。

从这个角度讲，《笑傲江湖》中体现的政治观念虽与中国的政治体制似乎有一定关联度，但与西方党派文化走得更近，更接近于西方党派斗争的现状。

西方这种党派之间的争斗，在《笑傲江湖》中得到精彩演绎，我们从华山派“剑宗”和“气宗”之争就可以明白看出其中的政治斗争的西方化。华山派在百年前因两个前辈宗师各抢得《葵花宝典》一半，又各传一半而分为剑宗、气宗，两派不共戴天。百年来血腥争斗，争的就是执政位置，其实正是西方党派政治争斗的缩影。这个跟美国的民主和共和两党相争以及日本的工党和民主党相斗极为相似。西方所谓民主国家的在野党在野时，如果努力“为国家”尽力，可能将会在下次的选举中，击败原执政党，成为新的执政党。这种情况称为政党轮替，这时执政党与在野党的角色会互换，直到下一次政党轮替发生。但在这个过程中不是都像他们竞选宣言那样公开、公平、公正，而是充满了阴谋诡计，所使用的手段倒可以用一个词儿概括，那就是无所不用其极，如果我们读过美国作家马克·吐温的《竞选州长》，其中州长候选人为了击败对手所使用的种种手段就能明白这一点。西方党派之间明争暗斗，阴谋百出，手段耍尽，其目标指向就是下一轮执政党的选举，“剑宗”和“气宗”明里是中国江湖门派之争，暗地里是西方政党争斗的缩影，剑宗之忍辱负重，图谋的是东山再起，夺取华山派话语权。

“剑”、“气”之争与西方党派之争高度吻合，表明金庸设置的情节更多地从西方文化中汲取营养。但“剑”、“气”之争又超出了现在西方党派斗争的原则，内含着中国文化的内力和外功的解释。在小说中，“剑”、“气”之分近乎外功内力之分，“气”强调的是内功符号，而“剑”则是外功的体现。华山派剑宗传人封不平、成不忧、丛不弃，自从二十年前华山“气剑之争”失败以后，隐姓埋名，苦练剑法二十余年，现在已经是江湖上的绝顶高手，时刻不忘二十年前被逐出华山的耻辱，意图卷土重来，重新执掌华山派。他们被左冷禅利用，成为争夺五岳剑派盟主的棋子。成不忧因重伤令狐冲而被桃谷六仙撕成四瓣，封不平、丛不弃在与令狐冲的比试中铩羽而归，只得归隐，表明外功仍不敌内功。从武侠小说对武功的意识倾向来说，气功即内力是练武至侠的关键，没有人能仅靠苦练招式而成就出色的武功因而独步天下，而凭借内力深厚执武林之牛耳却是普遍现象。从这一点上讲，“气宗”成为实质上的执政党而稳坐华山掌门是符合武林规律的。

金庸在《笑傲江湖》既明示西方党派之明争暗斗，又试图以中国文化弥合各党派的分歧。各个在野党或搞联合，或独自默默奋斗，不断挑战执政党，争斗的最终结果依据“潜规则”就是以“武功”战胜对手，而从不考虑手段之光明或卑劣，左冷禅处心积虑谋取五岳剑派盟主之位、“剑宗”传人公开挑衅抢夺华山掌门和玉矶子道长挑动内乱图谋泰山掌门就是其中的典型。但从令狐冲身上我们看到另一种意象，令狐冲最后的内功由“正”到“无”，经“吸星大法”到“亦正亦邪”，最后到“易筋经”的百川归海；而剑法则是由有招到无招，到无招胜有招、随心所欲的境界，融合了执政党和在野党的所有“武功”，显示其能够超越一般江湖门派而掌握武林命脉。而最重要的，这种融合是通过一个意象“笑傲江湖曲”达到的，这当然是最为理想的境界，但对于西方国家的大江湖来讲，这是不现实的，让执政党和在野党消弭一切，多党融合为一体，是天方夜谭式的神话，所以金庸设计的令狐冲结局只能是隐退，对世界不闻不问了，表示金庸与现实政治的不调和。

二、隐喻的世界——江湖的存在

梁羽生和古龙极少将江湖与政治勾连在一起，或者借小说去直接影射一些人和事。倒是金庸总是将武侠小说与政治、社会和人生相互纠葛，使原本清净的江湖变得暗昧不清，江湖和政治合二为一不分彼此，情节和人物夹带着丰富的隐喻成分而成为一个隐喻世界。金庸讲述的不仅是“成年人的童话”，还是一个“现代文明的寓言”，特别是晚期的作品政治隐喻表现得更为明显。有研究者认为：

将《倚天》视为金庸小说前后期的分界，《倚天》之前的小说重

> 在“江湖”，《倚天》之后的作品，偏重“江山”，“政治元素”从此陡增。江湖逐渐演变成一个隐喻的世界。①

《倚天屠龙记》中一句“天下至尊，宝刀屠龙，号令天下，谁敢不从，倚天不出，谁与争锋”，使屠龙刀旋即身价百倍，江湖之中为之丧命者无数。在邪派人物眼中此刀是控制武林的关键，在正派人士眼中此刀是不祥之物，就是这不祥之物却引得正邪两派疯狂争夺。可见屠龙刀非刀之不祥而见人心之不祥，如果此刀在张无忌等人手中，可以成为为国为民的利器，而在邪派手中甚至在灭绝师太手中，此刀都将成为杀人的帮凶。此刀隐喻有三，一是人性“贪婪”，二是手段“卑劣”，三是理智“糊涂”。实际暗指侠客纵横的江湖世界是一个不折不扣的梦想和贪婪世界。“武林至尊”，那是谁都梦寐以求之境界，此刀一现身江湖极大地刺激了人类原始的贪欲。于是乎大家纷纷明夺强抢，明的不行来暗的，武功不行用计谋，机关算尽，到头来绝大多数人都只不过是径自送命而已。妙的是这些人至死也没有明白“武林至尊”是什么“滋味”，做鬼也是糊涂鬼。这屠龙刀真可以说是一面镜子，把人性可恶又可悲的一面照得晶莹透亮。

之后的《笑傲江湖》隐喻成分更多。《笑傲江湖》其实即使没有暗指，光看看文中各门派之间合纵连横、分化瓦解；各门派之内争权夺利、明枪暗箭的，与政治相联结，就明白其中所指。

但奇怪的是，正是在这样一部描写政治斗争的小说中，却以曲洋和刘正风这两个不守政治集团规则的异类在音乐上的惺惺相惜拉开序幕，并以一个偏偏对政治不感兴趣、自由自在的主角令狐冲贯穿始终。

这是金庸对于那种超越社会政治和意识形态束缚的自由奔放精神的向往，但我宁愿相信那是绝望，一种意识里的绝望——即使像令狐冲这样潇洒放浪极具自由精神的人，也终究免不了政治牵绊，被政治玩弄于股掌之间而不能真正“笑傲江湖”，只能以另类方式——避世隐居来对现实作有限的抗议。正如金庸本人所说的：“充分圆满的自由是根本不可能的！”

---

① 刘国重：《倚天笑傲，天下江湖——谈独孤九剑与倚天剑》，引自新浪读书论坛“金庸客栈”。

金庸在《笑傲江湖·后记》说:“任我行、东方不败、岳不群……这种形形色色的人物,每一个朝代中都有。”

比较《倚天屠龙记》中的朱元璋、陈友谅,这两者与《笑傲江湖》中的任我行是同一类型的政治人物,两者的区别仅在于一个成功了,一个失败了。一个任我行(陈友谅)失败了,无碍大局,还有第二个任我行(朱元璋)横空出世,一统江湖。

小说中的人物和事件都各有所指,日月神教所用控制属下的“三尸醒脑丸”和“教主宝训”隐喻各种卑劣的控制和洗脑手段,也是对隐喻熟练的应用,才使《笑傲江湖》在金庸所有的小说中,有一种独特的艺术魅力。

日月神教的江湖切口“教主千秋万载,一统江湖”,“教主令旨英明,算无遗策,烛照天下,造福万民,战无不胜,攻无不克。属下谨奉令旨,忠心为主,万死不辞”等。神龙教的教歌或切口则是那青衣汉子带领大家朗颂的“众志齐心可成城,威震天下无比伦”,“教主仙福齐天高,教众忠字当头照。教主驶稳万年船,乘风破浪逞英豪!神龙飞天齐仰望,教主声威盖八方。个个生为教主生,人人死为教主死。教主令旨尽遵从,教主如同日月光。”“教主宝训,时刻在心,建功克敌,无事不成”等。这些与某些“文革”经典歌曲几无差别,尤其是神龙教的教歌或切口,更是对“文革”革命口号的直接移植。

三联版《笑傲江湖·后记》:“本书没有历史背景,这表示,类似的情景可以发生在任何朝代。”

最新修改的广州版《笑傲江湖·后记》:“本书没有历史背景,这表示,类似的情景可以发生在任何时代、任何团体之中。”新增了“任何团体”四字。

“任何团体”,最小,小不过一个“单位”。在一个“单位”的“办公室政治”中,除了“一地鸡毛”之外,类似《笑傲江湖》的场景,仍是可能发生的。

“任何团体”中,最大的“团体”呢?

从《笑傲江湖》的写作年代看,最大的“团体”,是小说作者眼中的“天下”,即 20 世纪 60 年代的整个世界。《笑傲江湖》所写少林武当联盟、五岳剑派、日月神教这三股势力或许隐隐对应着当时地球上的三大强权国家(或国家联盟)。如果真的如此,那么“一统江湖”指向的,是不是就是希特勒那样的“征服世界”、“把地球管起来”的疯狂梦想呢?

读《笑傲江湖》后记，可知作者的眼光从未局限于域内而已涉及世界。例如文中出现了这样的字句："这种形形色色的人物……大概在别的国家中也都有。""南越国会中辩论之时，常有议员指责对方是'岳不群'(伪君子)或'左冷禅'(企图建立霸权者)。"

从《笑傲江湖》所写的故事背景来看，最大的"团体"，应是古人眼中的"天下"，泱泱华夏，尧封禹壤。

"类似的情景可以发生在任何团体之中"，此语只适用于《笑傲江湖》，不能挪用到金庸其他作品上——它们讲述的是并且只是关于"江湖"的故事。再联想金庸所说《笑傲江湖》"试图刻画中国三千年政治的若干普遍现象"，可以断言：《笑傲江湖》，既事关"江湖"，亦可看做一个关于"江山"的政治寓言。

"江湖"与"江山"已然合一。"江山"即是"江湖"，"江湖"隐喻"天下"。

帝王将相、公侯伯子、霸才雄杰、大小诸侯，形形色色的"当权派、造反派、改革派，以及隐士"(《笑傲江湖·后记》)早已在"江湖"上你方唱罢我登场，自然无须再写"江山"(朝廷)的故事。

"所以本书没有历史背景。"(《笑傲江湖·后记》)

三、庙堂高深江湖远——政治和话语权的争夺

在自己武侠小说的明处，金庸比较重视对"侠"和"义"精神和传统道德的弘扬，这让他的作品中洋溢着激昂和正气。而在暗处，金庸用隐喻的手法，表达着自己不宜宣之于口的政治理念。20世纪那场浩大荒唐的群众运动后，金庸的政治隐喻在他最后的四部小说《笑傲江湖》、《侠客行》、《天龙八部》、《鹿鼎记》中，特别是《笑傲江湖》中鲜明地流露出来。《笑傲江湖》集中体现金庸对政治的见解。

在这个没有标明历史年代的江湖世界里，实质上就是"文化大革命"的翻版。与当时红卫兵各路造反派互相争斗，夺取"文革"话语权一样，小说中少林、武当、五岳剑派、日月神教等内外纷争，最终的目的就是争夺江湖话语权。就当时左冷禅的阴谋，武当掌门冲虚分析比较恰当，他说道：

左冷禅当上五岳剑派盟主，那是第一步。第二步是要将五派归一，由他自任掌门。五派归一之后，实力雄厚，便可隐然与少林、武当成为鼎足而三之势。那时他会进一步蚕食昆仑、峨嵋、崆峒、青城诸派，一一将之合并，那是第三步，然后他向魔教启衅，率领少林、武当诸派，一举将魔教挑了，这是第四步。

……

左冷禅若能灭了魔教，在武林中已是唯我独尊之势，再要吞并武当，收拾少林，也未始不能。干办这些大事，那也不是全凭武功。

——《笑傲江湖》

无论是嵩山派动议五派并一，抑或是少林、武当联合假手令狐冲阻止左冷禅的阴谋，这里面包含着政治权力的激烈争夺。从左冷禅处心积虑几十年如一日的心理沉淀看，一个区区五岳剑派的盟主绝不是他的最终目的，其真实目的正像冲虚分析的那样，左冷禅的计谋是第一步先成功登上盟主宝座，然后挑战日月神教，等到日月神教被剿灭后，再叫板少林、武当，甚至灭掉数百年来众所公认的武林领袖少林、武当，做成天下武林盟主，野心极大。当然凭左冷禅的功夫是不足以达成这一切，这是再明显不过的事情，左冷禅很清楚这一点，但左冷禅明知不可为，为什么偏要为之呢？因为世上还有一个依靠可以帮助他完成“宏图伟业”，那就是《辟邪剑谱》，只要练成《辟邪剑谱》上的武功，那么在武功一途上就可以傲视群雄，在争斗中占据上风。所以他费尽心机不惜灭门福威镖局抢占《辟邪剑谱》，《辟邪剑谱》也就成为另一个政治隐喻的物件。

在这场江湖话语权的争夺中，最不着痕迹、最能耍阴谋、最终夺得话语权的，我认为应是少林寺方证大师，我们看完“密谋”一节就可以体味其中的关节：

冲虚点头道：“令狐掌门所见不差。左冷禅野心极大，要做武林中的第一人。自知难以服众，只好暗使阴谋。”方证叹道：“左盟主文才武略，确是武林中的杰出人物，五岳剑派之中，原本没第二人比得上。不过他抱负太大，急欲压倒武当、少林两派，未免有些不择手段。”冲虚道：“少林派向为武林领袖，数百年来众所公认。少林之次，便是武当。更其次是昆仑、峨嵋、崆峒诸派。令狐贤弟，一个门派创建成名，那是数百年来无数英雄豪杰，花了无数心血累积而成，一套套的武功家数，都是一点一滴、千锤百炼地积聚起来，绝非一朝一夕之功。五岳剑派在武林崛起，不过是近六七十年的事，虽然兴旺得快，家底总还不及昆仑、峨嵋，更不用说和少林派博大精深的七十二绝艺相比了。”令狐冲点头称是。冲虚又道：“各派之中，偶尔也有一二才智之上，武功精强，雄霸当时。一个人在武林中出人头地，扬名立万，事属寻常。但若只凭一人之力，便想压倒天下各大门派，那是前所未有。左冷禅满腹野心，想干的却正是这件事。当年他一任五岳剑派的盟主，方丈大师就料到武林中从此多事。近年来左冷禅的所作所为，果然证明了方丈大师的先见。”方证念了一句：“阿弥陀佛。”冲虚道：“左冷禅当上五岳剑派盟主，那是第一步。第二步是要将五派归一。由他自任掌门。五派归一之后，实力雄厚，便可隐然与少林、武当成为鼎足而三之势。那时他会进一步蚕食昆仑、峨嵋、崆峒、青城诸派，一一将之合并，那是第三步，然后他向魔教启衅，率领少林、武当诸派，一举将魔教挑了，这是第四步。”令狐冲内心感到一阵惧意，说道：“这种事情难办之极，左冷禅的武功未必当世无敌，他何以要花偌大心力？”冲虚道：“人心难测。世上之事，不论多么难办，总是有人要去试上一试。你瞧，这五百里山道，不是有人凿开了？这悬空寺，不是有人建成了？左冷禅若能灭了魔教，在武林中已是唯我独尊之势，再要吞并武当，收拾少林，也未始不能。干办这些大事，那也不是全凭武功。”方证又念了一句：“阿弥陀佛！”令狐冲道：“原来左冷禅是要天下武林之士，个个遵他号令。”冲虚说道：“正是！那时候只怕他想做皇帝了，做了皇帝之后，又想长生不老，万寿无疆！这叫做‘人心不足蛇吞象’，自古以来，皆是如此。英雄豪杰之士，绝少有人能逃得过这‘权位’的关口。”

令狐冲默然，一阵北风疾刮过来，不由得激灵灵地打了个寒噤，说道："人生数十年，但贵适意，却又何苦如此？左冷禅要消灭崆峒、昆仑，吞并少林、武当，不知将杀多少人，流多少血？"

冲虚双手一拍，说道："着啊，咱三人身负重任，须得阻止左冷禅，不让他野心得逞，以免江湖之上，遍地血腥。"

令狐冲悚然道："道长这等说，可令晚辈大是惶恐。晚辈见识浅陋，谨奉二位前辈教诲驱策。"

——《笑傲江湖》

从字面上看不出方证就是最大的阴谋家，但我们透过字里行间隐含的计谋即可以清楚地看出这一点。左冷禅图谋的是江湖的盟主宝座，面对左冷禅咄咄逼人的态势，少林、武当当然不会束手就擒，乖乖地让出武林至尊地位，为保住少林、武当武林老大的雄风，方证和冲虚殚精竭虑，谋定而后动，所以就有了第三十四回"密谋"一章。这回密谋主角不是令狐冲而是方证和冲虚，少林、武当既然领袖武林，方证又武功高强，那为什么不凭借威望和武功来阻止左冷禅的阴谋而是假手令狐冲呢？究其原因，有以下几大理由：一是方证虽是当世高人，声望、武功极高，但他的声望不足以弹压左冷禅的野心，其正道功夫也不能和邪派功夫对抗，方证大师面对学有"辟邪剑法"的人，他就觉得自己不如。在群雄大闹少林寺时，从任我行、向问天和令狐冲与方证、冲虚和左冷禅三场比赛及左冷禅和岳不群对阵看，方证对付任我行已经是力有不逮，而面对拥有辟邪剑法的左冷禅和岳不群，方证更没有必胜把握。二是身为方外之人，又是被邀作为见证人，碍于道义，不可出面争夺或干涉盟主位置，必须寻找代理人。三是让五岳剑派内斗，消耗有生力量，少林、武当可坐收渔利，其野心昭然若揭。

那他们为什么选择令狐冲作为他们的代理人？最主要是令狐冲对政治无主见，也与世无争，即使做了盟主，也不会危及少林、武当。二是令狐冲无政治抱负，有正义感，心地善良，极容易被鼓动而上当受骗。三是令狐冲武功高强，可以对敌任何一位。四是暗藏的最厉害的杀招，届时五派争斗，死伤惨重，无论谁最终夺得盟主之位，终将无力撼动少林和武当几百年来武林至尊的地位，从而牢牢控制江湖话语权。此一石四鸟之计，从此情节看，方证是《笑傲江湖》中最阴险之人。方证和冲虚对令狐冲谆谆诱导：

> “老弟如做了五岳派掌门，第一，不会欺压五岳剑派的前辈耆宿与门人弟子；第二，不会大动干戈，想去灭了魔教，不会来吞并我们少林、武当；第三，大概吞并峨嵋、昆仑诸派的兴致，老弟也不会太高。”方证微笑道：“冲虚道兄和老衲如此打算，虽说是为江湖同道造福，一半也是自私自利。”
>
> ——《笑傲江湖》

假惺惺到了极点，方证最了解令狐冲性格的弱点，明白对付令狐冲有不二法宝，重情重义。只要找准其身上三个罩门，令狐冲必会乖乖就范，一是师门，二是衡山小尼姑和三位师太的嘱托，三是对盈盈和朋友许诺。鼓动令狐冲争抢五岳剑派掌门之位只要以上三点中任何一点，就足可挑动令狐冲以天下苍生为念的侠客本性，令狐冲都不会拒绝，方证“动之以情晓之以理”的计谋屡试不爽。

所以最具政治手段的不是君子剑岳不群或阴险狡诈的左冷禅，而是方证大师，并且在他的处心积虑的谋划下，事情发展的最终结果朝着他所设定的轨道前进，五岳剑派内斗，死伤殆尽，任我行意外暴毙，而策划这场巨变的幕后黑手少林、武当却不损分毫，是最大赢家。怪不得风清扬在教导令狐冲时说：“世上最厉害的武功不是‘独孤九剑’或‘无招胜有招’，而是阴谋诡计。”这是他人生经验的高度总结，也是他看破世人真面目后无奈的归隐选择，风清扬作为武林大豪，目光如炬，他与方证大师久有交情，但为什么从不与他真心交往？我们怀疑是否是因风清扬已看清方证的真面目而弃之舍之。何况，两者的交情都出自方证之口，未见风清扬只言片语提及两人之关系，让人产生无穷联想，在茫茫江湖世界能看清少林方丈庐山真面目的恐怕只有风清扬了。

四、江湖与政治的完美结合

《笑傲江湖》中涉及的大场景“江湖”，实际上根本就是影射现实和朝廷的。金庸以刘正风金盆洗手为隐喻，一反武侠小说既定的“庙堂”和“江湖”的意思，朝廷和江湖形成大逆转。把侠士退隐的“江湖”影射为“庙堂”，“虚拟的朝廷”反而成为全身远害的“江湖”。刘正风为逃避权力斗争，追寻艺术生命，成全朋友友情，要金盆洗手，他说：

> 今日金盆洗手，想要遍告天下同道，刘某从此退出武林，再也不与闻江湖上的恩怨仇杀，只盼置身事外，免受牵连。去捐了一个芝麻绿豆大的武官来做做，原是自污，以求掩人耳目。
>
> ——《笑傲江湖》

刘正风想仿效古人，远离江湖恩怨仇杀，保妻荫子，庙堂之高居然成为他最后的选择，但结局依然无法逃脱政治旋涡。虚拟的江湖世界与现实的世界同样残酷。

但是说到《笑傲江湖》这部小说最大的特点，还是在于它将江湖与政治完美结合。

> 冲虚道：“下月十五，左冷禅召集五岳剑派齐集嵩山推举掌门，令狐少侠有何高见？”令狐冲微笑道：“那有什么推举的？掌门之位，自然是非左冷禅莫属。”冲虚道：“令狐少侠便不反对吗？”令狐冲道：“他嵩山、泰山、衡山、华山四派早已商妥，我恒山派孤掌难鸣，纵然反对，也是枉然。”冲虚摇头道：“不然！泰山、衡山、华山三派，慑于嵩山派之威，不敢公然异议，容或有之，若说当真赞成并派，却为事理之所必无。”方证道：“以老衲之见，少侠一上来该当反对五派合并，理正辞严，他嵩山派未必说得人心尽服。倘若五派合并之议终于成了定局，那么掌门人一席，便当以武功决定。少侠如

全力施为，剑法上当可胜得过左冷禅，索性便将这掌门人之位抢在手中。”令狐冲大吃一惊，道：“我……我……那怎么成？万万不能！”

冲虚道：“方丈大师和老道商议良久，均觉老弟是直性子人，随随便便，无可无不可，又跟魔教左道之士结交，你倘若做了五岳派的掌门人，老实说，五岳派不免门规松弛，众弟子行为放纵，未必是武林之福……”

令狐冲哈哈大笑，说道：“道长说得真是，要晚辈去管束别人，那如何能够？上梁不正下梁歪，令狐冲自己，便是个好酒贪杯的无行浪子。”冲虚道：“浮滑无行，为害不大，好酒贪杯更于人无损，野心勃勃，可害得人多了。老弟如做了五岳派掌门，第一，不会欺压五岳剑派的前辈耆宿与门人弟子；第二，不会大动干戈，想去灭了魔教，不会来吞并我们少林、武当；第三，大概吞并峨嵋、昆仑诸派的兴致，老弟也不会太高。”方证微笑道：“冲虚道兄和老衲如此打算，虽说是为江湖同道造福，一半也是自私自利。”冲虚道：“打开天窗说亮话，老和尚、老道士来到恒山，一来是为老弟捧场，二来是为正邪双方万千同道请命。”方证合十道：“阿弥陀佛，左冷禅倘若当上了五岳派掌门人，这杀劫一起，可不知伊于胡底了。”

令狐冲沉吟道：“两位前辈如此吩咐，令狐冲本来不敢推辞。但两位明鉴，晚辈后生小子，这么一块糊涂材料，做这恒山掌门，已是狂妄至极，实在是迫于无奈，如再想做五岳派掌门，势必给天下英雄笑掉了牙齿。这三分自知之明，晚辈总还是有的。这么着，做五岳派掌门，晚辈万万不敢，但三月十五这一天，晚辈一定到嵩山去大闹一场，说什么也要左冷禅做不成五岳派掌门。令狐冲成事不足，捣捣乱或许还行。”冲虚道：“一味捣乱，也不成话。届时倘若事势所逼，你非做掌门人不可，那时却不能推辞。”令狐冲只是摇头。冲虚道：“你倘若不跟左冷禅抢，当然是他做掌门。那时五派归一，左掌门手操生杀之权，第一个自然来对付你。”令狐冲默然，叹了口气，说道：“那也无可奈何。”冲虚道：“就算你一走了之，他捉不到你，左冷禅对付你恒山派门下的弟子，却也不会客气。定闲师太交在你手上的这许多弟子，你便任由她们听凭左冷禅宰割么？”令狐冲伸手在栏杆一拍，大声道：“不能！”方证又道：“那时你师父、师娘、师弟、师妹，左冷禅一定也容他们不得。数年之间，他们一个个大祸临头，你也忍心不理吗？”令狐冲心头一凛，不禁全身毛骨悚然，退后两步，向方证与冲虚两人深深作揖，说道：“多蒙二位前辈指点，否则令狐冲不自努力，贻累多人。”方证、冲虚行礼作答。方证道：“三月十五，老衲与冲虚道兄率同本门弟子，前赴嵩山为令狐少侠助威。”冲虚道：“他嵩山派若有什么不轨异动，我们少林、武当两派自当出手制止。”令狐冲大喜，说道：“得有二位前辈在场主持大局，谅那左冷禅也不敢胡作非为。”

——《笑傲江湖》

政治是诡秘而残酷的，而主角令狐冲却不懂政治，以至于被精于政治方略的方证和冲虚玩弄于股掌之间。不去深究的阅读者可能认为少林、武当为了武林安危，为了天下苍生消弭杀劫，对令狐冲“动之以情晓之以理”，大加开导。但在通读《笑傲江湖》后会有一种豁然开朗的感觉。若将金庸的“江湖”作一番“官场政治”的索隐，这里面体现出政治上的深刻含义。在《笑傲江湖》中的江湖已不纯然是武侠小说中的江湖，而是政治江湖。各种门派帮会在种种伪善口号的掩饰下，展开重重阴谋，企图攫取江湖的绝对权力，先后出场的掌门、教主们都被政治染黑，道貌岸然之下都是政治骗子，江湖与政治结合得近乎完美。

既然《笑傲江湖》是政治小说，那么字里行间所透视的政治因素是显然的。大的层面我暂且不说，我继续选择东方不败形象的政治意义加以阐述。东方不败在作者笔下已经不纯然是一个武林人士，而是动用手段攫取权力妄想登上权力顶峰之人。东方不败是由男人变为女人，但自宫后杀死妻妾、宠幸男宠杨莲亭已明证他是一个女人，起码具备女性的心理及行为特征。如果东方不败的女性性征得到认可，那她可作为历史和现实中企图登上权力宝座的女性典型。但女人攫政在中国历史上无疑是离经叛道的。在政治让女人走开的传统观念下，东方不败尽管玩耍权力政治，终将被政治所玩弄。东方不败虽被称为千秋万载教主万岁，还远不及百岁，黄粱一梦，身死人手，诚为人所感慨。金庸是不认同女人玩政治的，他认为政治是男人耍弄的手段和工具，女人不适合在政治大潮中升降沉浮。他研究历史，知道中国历史上几个女人在权力上的登峰造极，如吕后、武则天、慈禧太后等，女人要想成功玩转政治，心智和手腕必须要超人一等，必须付出更为卓绝的努力，她们一生奋斗与追求的故事到头来往往不堪回首。特别是慈禧太后临死前最后的感悟是女人不能当政，就是女性享受至尊后的清醒反省，也是对自身几十年当政后反省时局、社会变化的回光返照，实际上是对中国历史性别差异的价值判断。在这一点上，金庸完全接受了传统文化的影响而无关乎西方政治观念的侵入。

五、文化的政治化

江湖上流传，练就《辟邪剑谱》上记载的武功，可以称霸武林，但这个剑谱并非善物，号称辟邪，却邪门的紧，“欲练神功，必先自宫”，是必须先付出不可告人的代价的，只要一接触《辟邪剑谱》正常之人受其诱惑也会先自我异化变成不男不女的怪物，变性后伴随着的必然是精神扭曲，言行举止失去原有的规范，可能连他自己也不知其言行所以然，完全被欲望和权势所左右，代表人物东方不败就是一个典型。

《辟邪剑谱》原本是太监公公的“绝学”，违背传统伦理道德“不孝有三，无后为大”不说，在世上还难免遭受“不男不女”之讥笑，但这些相对于欲望和野心来说根本就是微不足道的，达成称雄目的是他们唯一所要考虑的。在小说中，作者设置的武功名称含有很深的意义，同样的武功在日月神教被称为“葵花宝典”，在福威镖局直至后来流传江湖的都叫做“辟邪剑法”。这是为什么？小说原文从字面上给出的解释是，《葵花宝典》原为莆田少林寺方丈红叶禅师所有，华山派岳肃和蔡子峰偷阅全书，暗中修炼，渡元禅师受命前往华山派查询此事，从华山派岳肃和蔡子峰口中得到《葵花宝典》后离开莆田少林寺，后来改名为林远图，以《葵花宝典》为基础，创出林家七十二路“辟邪剑法”，打遍天下无敌手。魔教十长老攻打华山抢走宝典残本，东方不败据此练成“葵花宝典”武功。相比较而言，“辟邪剑法”漏失的招式更多一点，《葵花宝典》完整一点，但这不能满足读者的疑虑。最可能的理解为，凶险之极最艰难的第一关——“欲练神功，必先自宫”过去后，武功修习者其性征变化程度产生很大不同，自宫后生理上、心理上都失去男性特征继而成为标准女性的才是最符合《葵花宝典》的原意，东方不败在神功练成后极度女性化就是一个标志。更为诡异的是东方不败的身影似鬼魅幻影，快如迅雷，使用的武器竟是一枚最精致细巧的绣花针，粉红色就那么一闪，风雷堂堂主童百熊就倒下去了。那风能吹起、落地无声的纤纤绣花针，竟能拨开令狐冲的长剑，让通晓独孤九剑能破天下招式的令狐冲在“快”字前面无从破招，而东方不败却能以一敌三，进而不败并且大占上风，让人匪夷所思。如果光是生理上产生蜕变，而心理上没变，那他是无法得到宝典的神髓，岳不群、林平之、左冷禅，只是胡子逐渐稀疏，声音变得尖细，但心理上还是男人，所以他们达不到这种武功的巅峰状态，只有生理和心理两者都产生全部异化才能步入武功巅峰，东方不败修习《葵花宝典》后彻底变成女性，恨不得自己一生下来就是个女人，死心恋上男性杨莲亭，最后武功得《葵花宝典》真传，而岳不群、林平之、左冷禅却是半男半女的怪物，只能形似而无法神似，因为在心理上不可能等同于东方不败，所以武功一途永远不能比肩东方不败，就是告诉读者岳不群等人是永远无法跻身女性行列。影射或对应到现实和政治官场之事，在集权专制体制下，权迷心窍的人，为着飞黄腾达，总须不惜在人格上“自宫”的：奴颜媚骨、阿谀奉承、见风使舵、寡情薄义、落井下石等等。这样的角色，古今多有，在某些时期更是达到登峰造极的地步。

《辟邪剑谱》和《葵花宝典》其实是同一种武功秘籍。面对《辟邪剑谱》我们是否可以还有这样的想法，金庸设置这样的情节，包含着非常诡异的悖论，或者是作者与现实走得太近有点走火入魔。如果把剑谱和文化对应比照，《葵花宝典》是不是暗喻传统文化？修炼是否象征对旧文化的传承？东方不败和岳不群，以这两个人为代表的两大对立集团，一个代表魔教，一个代表正教，代表所谓的旧文化传统，唯一能够互相对抗的神功分别是《葵花宝典》和《辟邪剑谱》，可惜要练这两种神功的条件都是要自阉，也就是要自宫。这里有非常吊诡的悖论，所谓创建新文化，必须要隔断以孔儒为代表的中华民族旧文化的联系，也就要先把自己阉割了。要保存传统，先自我阉割、断子绝孙，这不是很矛盾，很吊诡？最后东方不败和岳不群不约而同都选择了后者。凡是修炼《葵花宝典》和《辟邪剑法》的人无异于与传统的告别，终将自绝于历史。这是构成文化隐喻的支点之一。

而所谓现代意义的新文化，是在历史传统文化基础上的传承和变革，但问题在于这种继承和创新首先要把自己阉割了，置之死地后才能生，也就是要先断子绝孙才能成就绝活，这种继承法能行得通吗？同时，要留存传统文化的人不死也要自我阉割，与传统撇清关系，这样的文化断层意识在金庸晚期的小说《笑傲江湖》里体现得很明显，从整个情节和《葵花宝典》的功用来看，他是想隔断传统与现实的关联，这与金庸早中期小说反映的意识有了很大差异，标志着现实金庸潜意识里对传统文化的继承和创新在晚期出现了重要变奏。这使得他在陈述时显得很矛盾，先是东方不败再是岳不群，其后林平之和左冷禅，前仆后继不约而同都选择了自宫，武功因而卓有大成。而从修炼神功的最后下场看，作者似乎又是不赞成与传统文化的分道扬镳，因为与传统割裂的最终结局都是走向毁灭无法进入新时代，而没有一个人因此获得新生。冥冥中的思想和意念重构了金庸的当代文化意识，使得他在构思武功情节时陷入了矛盾状态。如何对待传统文化？那是摆在当代中国人面前的一道简单又复杂的问题。取其精华，去其糟粕，那是作者自然而然形成的已经是根深蒂固的观念，但是“运用脑髓，放出眼光，自己来拿”①是说着简单做着艰难的事情，金庸无法厘清两者偶然和必然的关系。在《笑傲江湖》中构思了关于《葵花宝典》这种意味深长的情节借以表达他的文化观，但是他却没有清楚阐述他的文化态度。在如何对待传统文化的问题上陷入了线条和块状的模糊认识，既认可传统文化的博大精深又要廓清仅依靠传统的东西无法产生新文化，新文化的产生要基于脱胎换骨之上。实际上也是关注文化话语权的解释。江湖中流传的《辟邪剑谱》记载着一套至深至奥的剑术，谁夺得《辟邪剑谱》就意味着有实力统治江湖，即谁掌握了传统文化，

① 鲁迅：《拿来主义》，《鲁迅文集》第六卷，黑龙江人民出版社 1995 年版，第 33 页。

谁就握住了江湖的文化和权力双重话语权(武功)。

江湖关于《葵花宝典》的传说本身就是一个谬论，修炼《葵花宝典》本身真的可以让一个人脱胎换骨，武功高妙，如东方不败可以一个人抵挡当世三大高手，但武功高并不能代表目标的最终实现。东方不败最后不是依然死在任我行手里吗？岳不群等人的结果不也都走向毁灭呈现惊人的一致吗？所谓“成也萧何败也萧何”也就是这个道理。简单的情节却让金庸对此蕴含的文化意识表露无余。多层矛盾同时出现在金庸对武侠小说深层次考量上，加重了小说传递出来的深远迷茫感，这种迷茫感不仅传染给作者，同时也传染给读者。

不仅东方不败、左冷禅，就连有着“君子剑”美誉的岳不群，为了“五岳剑派”的盟主地位，不惜撕掉君子的面纱，甚至“挥刀自宫”变成不阴不阳的怪物，妻离子散，身死人手。林平之为了复仇，抛却新婚妻子，背地里修炼，只能做阴阳人，最后惨死华山后洞。其实，话语权的诱惑力极其强大，英雄豪杰之士，绝少有人能逃得过这“权位”的关口。无数人受其诱惑飞蛾扑火，但结局却没有英雄的悲壮感。殊不知当一个人头脑里一旦存在修炼《辟邪剑谱》的意念，就已经宣告此人的嬗变和异化，他已经不是一个正常之人，而是一个极度扭曲的变形人种。

主要参考文献

[保]基·瓦西列夫:《情爱论》,赵永穆译,三联书店 1984 年版。

[德]姚斯:《文学史作为文学理论的挑战》,《接受美学与接受理论》,周宁、金元浦译,辽宁人民出版社 1987 年版。

[德]伊瑟尔:《本文与读者的交互作用》,《阅读行为》,金惠敏、张云鹏、张颖、易晓明译,湖南文艺出版社 1991 年版。

[俄]列夫·托尔斯泰:《自传》,陈琛主编:《列夫·托尔斯泰文集》,吉林人民出版社 1995 年版。

[古罗马]奥古斯丁:《忏悔录》,商务印书馆 1996 年版。

[古希腊]亚里士多德、[古罗马]贺拉斯著:《诗学·诗艺》,罗念生、杨周翰译,人民文学出版社 1962 年版。

[美]刘若愚:《中国之侠》,周清霖、唐发铙译,三联书店 1991 年版。

[美]韦勒克、沃伦:《文学理论》,三联书店 1984 年版。

[美]夏志清:《中国古典小说导论》,胡益民等译,安徽文艺出版社 1988 年版。

[美]詹姆斯·费伦、彼得·J. 拉比诺维茨等编:《当代叙事理论指南》,申丹等译,北京大学出版社 2007 年版。

[瑞士]爱德华·布洛:《作为艺术因素与审美原则的"心理距离说"》,载《美学译文》第 2 辑。

[英]卡莱尔:《英雄和英雄崇拜:卡莱尔讲演集》,上海三联书店 1988 年版。

[英]李约瑟:《中国科学技术史》第 2 卷,科学出版社、上海古籍出版社 1990 年版。

[英]亚当·斯密:《道德情操论》,中央编译出版社 2008 年版。

(西汉)司马迁:《全本史记》,华文出版社 2010 年版。

(南宋)朱熹:《四书集注》,岳麓书社 1987 年版。

《2000'北京金庸小说国际研讨会论文集》,北京大学出版社 2000 年版。

《诸子全书》,浙江人民出版社 1984 年版。

曹布拉:《金庸小说的文化意蕴》,浙江人民出版社 2004 年版。

曹正文:《侠客行:纵谈中国武侠》,台北云龙出版社 1998 年版。

陈墨:《金庸小说赏析》,百花洲文艺出版社 2000 年版。

陈墨:《金庸小说与中国文化》,百花洲文艺出版社 1999 年版。

陈平原:《二十世纪中国小说史》,北京大学出版社 1989 年版。

陈平原:《千古文人侠客梦:武侠小说类型研究》,新世界出版社 2002 年版。

崔大华:《道家与中国文化精神》,河南人民出版社 2003 年版。

傅国涌:《金庸传》,北京十月文艺出版社 2002 年版。

龚鹏程:《道教新论》,北京大学出版社 2009 年版。

龚鹏程:《侠的精神文化史论》,山东画报出版社 2008 年版。

胡光宇:《中国共产党文化建设》,人民出版社 2011 年版。

黄简:《历代书法论文选》,上海书画出版社 1979 年版。

金庸:《韦小宝这小家伙》,苏登基、温瑞安等著《金庸茶馆》(1—6 卷),中国友谊出版公司 1998 年版。

金庸、池田大作:《探求一个灿烂的世纪——金庸/池田大作对话录》,北京大学出版社 1998 年版。

金庸:《金庸作品集》(1—36 卷),北京三联书店 1994 年版。

金庸:《金庸作品集》(1—36 卷),花城出版社 2006 年版。

李珺平:《中国古代抒情理论的文化阐释》,北京大学出版社 2005 年版。

廖可斌编:《金庸小说论争集》,浙江大学出版社 2000 年版。

林保淳:《解构金庸》,中国致公出版社 2008 年版。

鲁迅:《鲁迅文集》,黑龙江人民出版社 1995 年版。

鲁迅:《中国小说史略》,上海古籍出版社 1998 年版。

钱理群编:《二十世纪中国小说理论资料》,北京大学出版社 1997 年版。

钱锺书:《管锥编》,三联书店 2008 年版。

三毛:《梦里花落知多少》,中国友谊出版公司 1984 年版。

孙通海译注:《庄子》,中华书局 2008 年版。

汪聚应:《唐代侠风与文学》,陕西师范大学出版社 2002 年版。

汪涌豪、陈广宏:《侠的人格与世界》,复旦大学出版社 2005 年版。

王学泰:《发现另一个中国》,中国档案出版社 2006 年版。

王一川:《大众文化导论》,高等教育出版社 2009 年版。

徐岱:《侠士道——金庸小说与中国精神》,北京大学出版社 2009 年版。

徐扬尚:《金庸解读》,武汉大学出版社 2001 年版。

严家炎:《金庸小说论稿》(增订版),北京大学出版社 2007 年版。

严家炎:《金庸小说论稿》,北京大学出版社 2000 年版。

杨义:《中国叙事学》,人民出版社 2009 年版。

袁良骏:《武侠小说指掌图》,新华出版社 2003 年版。

张立文编:《玄境:道学与中国文化》,人民出版社 1996 年版。

张柠:《中国当代文学与文化研究》,北京师范大学出版社 2008 年版。

赵毅衡:《意不尽言——文学的形式－文化论》,南京大学出版社 2009 年版。

周清霖:《中国武侠小说名著大观》,上海书店出版社 1996 年版。

周庆华:《侠的神话性与社会功能——武侠小说类型研究》,《侠与中国文化》,台湾学生书局 1993 年版。

朱栋霖:《中国现代文学史》(1917—1997),高等教育出版社 1999 年版。

朱光潜:《悲剧心理学:各种悲剧快感理论的批判研究》,张隆溪译,人民文学出版社 1985 年版。

后 记

一个偶然机会，我进入华东师范大学进行为期一年的访学生涯，师从著名教授、文艺理论专家殷国明先生，专攻现当代文学研究。在华师大一年，导师至深至新的学术见解，让我豁然开朗，我的研究逐渐有了新感觉，短短的两年时间在 CSSCI 引文期刊和中文核心期刊及几家较有影响的专业杂志上发表十几篇论文，并完成了现在这本不起眼的小书。

一种真诚的关怀是无须说出口的，珍藏在心里更值得留恋和回味。殷老师的无私关爱，成为我在学术生涯上不断进取的动力，在这里，我特别感谢我的这位老师。

目前，金庸小说研究已经逐渐淡出主流视野，但以金庸的小说作为素材制作的网游、电玩、影视等文化创意产业却历久弥新，极受年轻一代的喜欢。从这一角度看，金庸小说依然是中国通俗文学的一个标杆，依然有其存在的巨大价值。当大学都在搞“高雅文化”进校园活动时，本身就意味着校园文化建设在纠偏，大学中可能充塞着更多俗文化的东西。既然年轻一代都喜欢俗文化，那为什么我们不可以从俗文化身上挖掘其高雅的成分，挖掘那些适合年轻一代实际心理需求的元素，以一种让青年人喜闻乐见的文化形式，形成一种文化氛围，身处其中，自然而然地接受熏陶呢？所以重读金庸小说，在跨文化语境下，思考金庸小说的艺术转型，思考金庸小说的文化传承与现代变革，可以与现实构成较为紧密的对接。

当中国在世界经济舞台上赢得万千瞩目的时候，一个文化中国的形象似乎仍然不太清晰，中国与西方发达国家之间的文化交流存在明显的“入超”（或言“入侵”）现象，同时西方国家对中国文化的“误读”也时有发生。通过文学的方式，能让世界对中国更少一些误解，多一些真切、生动的感知。

随着国家的强大和在国际上地位的提高，弘扬中国传统文化，抵制西方文化的侵略，具有很重要的当代意义，而金庸小说正是对中国传统文化的维护与弘扬。所以研究金庸小说依然有着很强的现实意义。

这本书的形成，起于华师大教授周圣伟先生，因为阅读的喜好，让我不期然地走进“金庸小说欣赏”的课堂，正是周先生课堂上诙谐的语言、独到的见解、崭新的视角、豁达的思想让我洞开思维，诱导我萌生写作的欲望。书中的有些观点就来自于周先生，由于没有征得他同意，心中惴惴不安，很有些偷窃的感觉。在此我诚表敬意和谢意。

这两年多时间内，我朝着殷老师的研究方向在努力，并开设了“金庸小说欣赏”的选修课，作为研究中文文学、文化和武侠小说的支撑，很有幸，殷老师多年的研究获得了认可，他主持研究的“跨文化语境和20世纪文学批评转型研究”课题获国家社科基金项目立项（批准文号：12BZW018），让我的研究有了依附。我以第一参与人身份加快了研究进程，终于有了我人生中的第一本不成样的小书。虽丑，但倾注了我的心血，它的到来足可告慰我这几年来的努力和辛苦。

这本书第七章和第九章的主干部分以《穿越道家文化——金庸小说武学散论》和《回望宿命的诗意——我看〈天龙八部〉》为题发表在《小说评论》2011年第3期和《名作欣赏》2011年第11期上。由于全书是课堂讲学内容的积累与深化，不可避免地受到网络上一些材料和观点的影响，少数语句来源于网络，但因无从查究，没有注明出处，深感惶惑。

在这里，我还要感谢浙江大学中文系主任吴秀明先生对我的关心和指导，感谢我们学校推出的鼓励优秀教师外出访学政策，我是其中第一批受益者。我非常珍惜这样的机会，正朝着目标不断努力着，或许明天会更美好，这是对我自己的鼓励和愿景吧。

本书的出版还得到台州职业技术学院学术专著出版专项资金资助，在此一并致谢。

周仲强

2012年12月